Schriftenreihe Symbolische Studien

Paul Halle

Schwingungen

Roman einer Tatsache

Österreichisch – deutsche Originalausgabe
in Zusammenarbeit mit dem
Zentrum für Bioenergetik

ALBA TRUST

1. Auflage

Autor: Paul Halle
für die Schriftenreihe Symbolische Studien
im Zentrum für Bioenergetik
Lektorin: Adelheid Fitzinger
Einbandgestaltung: ALBA TRUST Verlag e.U.
Grafische Gestaltung: Martin Mühlbacher
Gestaltung und Layout: ALBA TRUST Verlag e.U.
Druck: Paul Gerin Druckerei, 2120 Wolkersdorf, Austria

Herausgeber und Verleger:
ALBA TRUST Verlag e.U.
Inhaberin Adelheid Fitzinger
Hirschlag 26
5222 Munderfing
AUSTRIA
Telefon: +43 – (0)699 – 12 73 42 48
FAX: +43 – (0) 7744 / 20 102
eMail: alba-trust@aon.at
www.albatrust.at

ISBN: 978-3-9502434-4-4
Copyright 2008 by ALBA TRUST Verlag e.U.
Munderfing, Österreich

All rights reserved
Published and printed in Austria

Alle Rechte, auch Übersetzungslizenzen, vorbehalten.
Kein Teil des Werkes darf in irgendeiner Form (Druck, Kopie, Mikrofilm oder einem anderen Verfahren) ohne schriftliche Genehmigung des Verlages reproduziert oder unter Verwendung elektronischer Systeme verarbeitet, vervielfältigt oder verbreitet werden.

Schwingungen

Lege deine Hand
in die Hand deines Freundes.
Zu zweit lässt sich jeder Weg
leichter beschreiten.

Deutsche Originalfassung

für die Schriftenreihe Symbolische Studien
im Zentrum für Bioenergetik

Widmung für meine liebe Frau Lisl

und meine Tochter Anne,

für die viele der beschriebenen

Fähigkeiten

nun zum alltäglichen Leben gehören.

Vorwort des Autors

Vor Ihnen, liebe(r) LeserIN, liegt der Versuch einer Verknüpfung von Einzelschicksalen, die durch ihre Symbolik und Synchronizität ungewöhnlich scheinen mag, in Wahrheit aber überall und jedem unterkommen kann.
Ganz besonders in einem dieser kleinen Orte im äußersten Norden dieses winzigen Landes Österreich, wo man neuerdings Ursprünge des alten Keltenvolkes vermutet und immer schon um die Mystik der Natur und ihrer Phänomene wusste.
Ein Journalist wie ich hört zufällig von einem alten Förster, als er sich in Wien untersuchen lässt. Diese Untersuchung soll seine letzte sein, bevor er sich endgültig aufgibt. Es war der Wunsch seiner Frau, bevor sie sich aufgegeben hat. Und plötzlich nimmt ihn diese Förstergeschichte gefangen, er wünscht sich einen Aufschub, will noch mal recherchieren, wie er es früher getan hat. Schon ist er drinnen, in den Tatsachen, den Fakten – und dieser unglaublichen Geschichte, die sich anhört wie ein Roman.

Und schon ist er zuständig dafür, dass gegnerische Interessen miteinander vereint werden und dass Polaritäten letzten Endes zu einem harmonischen Ausgleich kommen.
Mehrere Liebesgeschichten entwickeln sich, wie die Dinge sich eben entwickeln, voller Synchronizität und doch scheinbar echt zufällig.

Nun haben Menschen in ihrem Archetypus immer auch eine Entsprechung in der Pflanzenwelt.
Diesen Aspekt der Signaturlehre wollte ich noch unbedingt unterbringen in meinem Roman, weil er eine Tatsache ist. Manchmal nur zwischen den Zeilen sichtbar, bitte ich Sie, geneigte(r) LeserIN, mit Geduld danach zu forschen, sie werden staunen, wie oft Sie sich womöglich selber wieder erkennen.
Für die Ungeduldigen gibt es übrigens auch ein Glossar.

Gute Unterhaltung und zahlreiche AHA Erlebnisse wünscht Ihnen

Ihr
Paul Halle

Danksagung

Meinen großen Dank an das Zentrum für Bioenergetik, wo ich jenen Personenkreis fand, der mein Anliegen auf Anhieb verstand und mich tatkräftigst unterstützte, wo mein Deutsch und mein Österreichisch nicht mehr ausreichten, um in allen Facetten bildhaft und wortgewaltig zu bleiben, wie es meine Art und Absicht ist.

Dem ALBA TRUST Verlag mit seinem Team kreativer Geister möchte ich danken für die tadellose Umsetzung, denn vom Manuskript zum fertigen Buch ist es ein langer Weg.

Vor allem aber danke ich meiner Familie, meiner Frau und meiner Tochter, die mich auf den Weg zu diesem Buch gebracht haben. Zunächst unbewusst, später voller Tatendrang durchforschten sie mit mir die polarisierenden Energiesysteme unseres Universums.
Das Resultat?

Schwingungen

1. Kapitel

Der Hinterstätter, 13. 01. 2006, Schlossberg im Waldviertel

„Also wir schreiben einmal ihre Daten, damit die Leut' sie besser kennen lernen.
Franz Hinterstätter, geboren am 07.02.1945 in Schlossberg, wo sie auch heute noch wohnen, richtig?", die etwas flirrige Journalistin Marianne Gurtner wartete kaum Hinterstätters Nicken ab, bevor sie mit ihrer >Datenaufnahme< fortfuhr.
„Sie sind der Förster hier im Bezirk Schlossberg, schon seit 1969 …"
„Ja, und ich bleibs auch noch ein paar Jahr' – nur falls Ihnen einfallen möcht', dass' S womöglich was von Pensionierung schreiben, das hätt' ich gar net gern."
„Nein, nein", kam es auch gleich in beschwichtigendem Tonfall, die Dame schien sich auszukennen mit schwierigen Interviewpartnern.
Der Hinterstätter will es seinem Gegenüber aber niemals schwer machen, also wird er auch ganz zahm und nett.
„Das freut mich, dass wir uns gleich verstehen." Er lässt seine blauen Augen blitzen, anerkennend über die etwas graue Erscheinung der Frau gleiten. Er weiß, wie so etwas geht. Grundmuster ändern sich nie und nimmer, denkt er seufzend.
Die Zeitungstante war mit ihrer Versicherung noch nicht fertig, legt jetzt auch noch gehörig nach.
„Ich bitte Sie, ein Mann im besten Alter wie Sie, wenn ich es nicht gerade gelesen hätte, ich hätte sie höchstens auf Fünfzig geschätzt."
„Danke, meine Liebe, verbindlichsten Dank. Wollen Sie wirklich nichts trinken? Oder Sie, mein Lieber?"
Der junge Fotograf konnte sich ein Grinsen nicht verkneifen, sülzten die zwei Alten doch tatsächlich da herum was das Zeug hielt.
„Nee, Dank auch, braucht's erst mal nich."
„Sie kommen aus der D …, ich mein, aus dem Osten von Deutschland, oder?"
„Ja, aus Gera, das is hier gar nich mal weit weg." Der Fotograf wetzte unruhig auf seiner Bank hin und her. Der Alte fixierte ihn jetzt doch zu eindringlich für seinen Geschmack. Schnell stand er auf, um seine langen Beine unter dem Eichentisch hervorzukramen und in dem kleinen Holzhäuschen drei Schritte zu tun. Mehr war nicht möglich.
„Setz dich, Lars, du störst mich sonst."
Zicke, dachte sich Lars, setzte sich aber wieder brav und betrachtete sehr eingehend die Wände, um nicht den Förster ansehen zu müssen.
Der schmunzelte ein wenig, er würde später seinen Kommentar zu dem Jungen anbringen, wenn die Gute mal kurz weg war.

„Okay, wollen wir loslegen, Sie haben sicher nicht den ganzen Nachmittag Zeit."

„Ich nehm' mir immer so viel Zeit, wie es braucht."

„Aha, keine fixen Arbeitszeiten - oder Privilegien?"

„Ich schreib' seit Jahr und Tag Stundenlisten, aber so ein Förster ist oft zu Zeiten unterwegs, meine Liebe, da sind Sie gemütlich in Ihrem Bett."

„Ja, äh, Herr Hinterstätter, wir wollen eine Reportage über Sie und Ihre Tätigkeiten bringen, weil sehr viele Leser uns schon geschrieben haben, dass Sie etwas ganz Besonderes sind oder – besser gesagt – können.

Sie wurden uns also schon ein bissl beschrieben und das möchte ich Ihnen auch nicht vorenthalten, denn das soll zu einem gewissen Teil auch mit hinein – ich zitiere also: Auf den ersten Blick sehr jugendlich, immer leichtfüßig unterwegs, sehr vielseitig." Fragender Blick in seine Richtung.

„Da will mir jemand schmeicheln, aber – was soll's?" Nicken.

„So bodenständig, so erdverbunden, da kann man sich seine andere Seite gar nicht vorstellen. Für mich ist er ein Symbol für Ausgleich von Anziehung und Fliehkraft."

„Oha!"

„Herr Hinterstätter?"

„Passt schon."

„Er ist wohl im Einklang mit den kosmischen Gesetzen. Er handelt nicht egoistisch sondern intuitiv, er sucht nach Weisheit, er hat Liebe zur Wahrheit und Objektivität …"

„Streichen, streichen!" Hinterstätter war plötzlich sichtlich mitgenommen. Seine starke Reaktion war ihm peinlich, er versuchte sie zu mildern.

„Ich bin doch kein Heiliger!"

„DAS", Seitenblick zum Fotografen, „haben wir allerdings auch schon gehört."

„Hören Sie, schreiben Sie doch einfach, dass manche Menschen mich loben, weil ich Ihnen geholfen habe, ihr Leben besser zu meistern, das ist normal. ICH bin normal. OK?"

„Ok, ok, ganz wie Sie wollen, kein Problem. Man beschreibt Sie auch als sehr – männlich, ein wenig Macho, gelegentlich herrisch, dabei reichlich kreativ und erfinderisch. Gefällt Ihnen das besser?"

„Wenigstens ehrlich", knurrte er jetzt mit gesenktem Blick, „soo brauchen'S das aber auch net zu schreiben."

„Dann fangen wir jetzt mit den Fragen an, wenn's Recht ist?" Eine rhetorische Frage, sie sah ihre Aufzeichnungen durch und erwartete keine Entgegnung. Gab es auch weibliche Machos? Hinterstätter überlegte sich eine entsprechende Frage für sie an entsprechender Stelle.

„Weil wir gerade – nun – so in etwa davon sprachen – hm – was denken Sie über die Liebe?"

Hinterstätter war perplex. Damit hatte er nicht gerechnet, dass sie ihm philosophische Fragen stellen würde. Aber gut, er wusste, was er zu sagen hatte, er war schließlich belesen und gebildet. Seit ihm Pater Bernhard die Augen geöffnet hatte las er viel in spiritueller Richtung und dachte über Dinge nach, die ihm früher selbstverständlich schienen.

„Liebe ist ein menschliches Grundbedürfnis. C.G. Jung hielt sie für eine archetypische Realität."

„Und Sie, Sie ganz persönlich – wie halten Sie es mit der Liebe?"

Was wollte sie hören? Von den Liebschaften, die man ihr vielleicht zugetragen hatte, von seiner Frau, der er nicht helfen konnte? Nein, er würde nicht hinausschreien, was er ständig am liebsten täte, dass er versagt habe, dass er ein Schweinehund sei und alles das, was er sich nur insgeheim eingestand. Nein, das würde er nicht sagen, davon hatte ja niemand etwas.

„Auch in meinen eigenen Lebensgeschichten von Liebe und Freundschaft liegt eine ganz besondere Bedeutung."

Sie wartete, ließ ihm Zeit, wollte mehr hören.

Musste er wohl nachhelfen. „Weiter!"

„Gut, also … reden wir über die Grenzen der Seele. Man sagt Ihnen übersinnliche Fähigkeiten nach. Was sagen Sie dazu?"

„Meine Intuitionen sind das Ergebnis einer Kombination aus Erfahrung, gesundem Menschenverstand und erworbenem Wissen."

„Dieser gesunde Menschenverstand, was genau meinen Sie damit?"

„Das ist großteils wohl das, was wir im Tierreich Instinkt nennen. Den Einsatz aller Sinne, ohne Nachdenken. Die Interpretation und Reaktion auf sinnliche Wahrnehmungen nach uraltem, festgelegtem, „archaischem" Muster. Etwas, was viele Menschen bereits im Kindesalter rasch verlernen. Ich hatte das Glück, mein Leben lang den besten Lehrer der Welt zu haben."

„Der da wäre?"

„Der Wald."

„Ähamm, achch" Lars hatte sich gerade verschluckt, obwohl er nichts zu trinken hatte.

„Warten Sie, das haben wir gleich, ich schenk' Ihnen unser bestes Quellwasser ein, rechtsdrehend, versteht sich, das macht fit."

„Äh…"

„Doch, probieren Sie, das können Sie nicht vergleichen mit dem Wasser aus der Stadt."

Lars trank und dachte, dass er damit sicherlich Milliarden Mikroben zu sich nähme, keine einzige vernichtet vom segensreichen Chlor.

Dann war er erstaunt. So hatte er sich Wasser nicht vorgestellt. Konnte etwas weich und rund schmecken?

„Nicht übel, hammSe wohl Recht."

„Frau Gurtner?"

„Ja, danke, langsam wir mir auch die Kehle trocken."

Sie trank, reichlich gierig jetzt, als würde ihr etwas zu schaffen machen. Nun, sie würde wohl noch damit herausrücken, da war sich Hinterstätter ziemlich sicher.

„Sie sagen den Menschen, ob ihr Haus von Strahlen verseucht ist, wo sie schlafen sollen …"

„Moment! Moment, bitte. Bitte nix verwechseln. Ich werde zu allen möglichen Themen gefragt; freilich versuch' ich darauf zu antworten. Dass Standorte wichtig sind weiß man schon lange. Eigentlich schon immer. Tiere spüren für sie gute und schlechte Plätze ganz einfach instinktiv. Ein Hund legt sich nicht auf einen Platz mit starker Strahlung, eine Katze sucht sich genau einen solchen, weil das für sie gut ist. Heute kann man fast alle Strahlungen auch messen. Ganz wissenschaftlich und für alle Zweifler nachvollziehbar. Es gibt dazu Begriffe wie Geobiologie und -pathologie und es gibt schon seit beinahe dreißig Jahren Institute für Baubiologie und –ökologie, die sich mit den Themen beschäftigen. Unsere deutschen Nachbarn sind da wesentlich aufgeschlossener. In Österreich wird halt viel geredet über Geomatie und Radiästetik und das klingt halt schon irgendwie verdächtig, gell?"

„Sie stellen Ihre Messungen aber nicht mit technischen Geräten an."

„Nein, die brauche ich nicht. Ich habe sozusagen eine andere Arbeitsweise."

„Meinen Sie, Herr Förster, dass Sie andere Erfahrungen, anderes Wissen oder einen anderen Instinkt haben als andere Menschen?"

„Nein, ich hab nur vielleicht einen anderen Zugang – vielleicht ist er offener, nicht so gebremst.

Die meisten Menschen unterschätzen, wie viel Wissen sie im Laufe ihres Lebens anhäufen. Das menschliche Gehirn besitzt die Fähigkeit, die gespeicherten Informationen sofort zueinander in Beziehung zu setzen, und zwar so blitzschnell und so umfassend, wie keine andere Spezies das kann – und auch keine Maschine.

Das Gehirn lernt aber auch, die große Mehrheit der Informationen, die ihm zugetragen werden, gleich wieder zu verwerfen, weil es ja nicht nötig ist, dass man sich alles und jedes merkt. Das Gehirn wirft in den Papierkorb wie ein Computer. Die Daten sind weg, aber nicht gänzlich. Bei Bedarf kann man darauf zurückgreifen.

Diese Datenfülle kann unser Instinkt durchkämmen, mit archaischen Mustern kombinieren und daraus werden die heute so beliebten Soft Skills, - was man halt früher einen menschlichen Anstand genannt hat."

„Gut und schön, aber ist da nicht ein bisschen mehr, wenn Sie einem Kranken genau sagen können, wo es ihn drückt und warum?"

„Naja, meine >besonderen< Sinneseindrücke, die auch gerne als >übernatürlich< dargestellt werden, sind wohl einfach deshalb besonders, weil es heute für die meisten Menschen ungewöhnlich ist, sie zuzulassen und

anzunehmen. Freilich wird seit den Zeiten des New Age gerne auch auf das „Bauchgefühl" und eben die Soft Skills verwiesen, meist aber ohne genau zu wissen oder zu definieren, worum es sich dabei handelt.
Der Mensch wird aber seit alters her und immer noch mit reichen Gaben geboren. Es sind großteils die Gaben der Menschheit, das Wissen seit der Entstehungsgeschichte, der Archetypus. Und dann wird dem neuen kleinen Menschen ein Großteil seiner Fähigkeiten auch gleich wieder weg genommen, nämlich ab – erzogen, weil er ja doch nicht braucht, was womöglich nicht in das gerade moderne Erziehungsschema passt. Und bald kann er nicht mehr auf seinen „Bauch" hören, weiß nicht mehr, wann er satt ist und was sonst so alles gerade gut ist für ihn, und er vergisst.
Und ist sehr erstaunt und oft auch sehr irritiert, wenn er Menschen trifft, die genau diese seine angestammten Fähigkeiten - noch - haben und nicht nur für sich, sondern auch für andere, womöglich auch noch echt und ehrlich altruistisch, nützen."

„Puhh! Ein starkes Plädoyer! Das kann ich wohl Wort für Wort so drucken lassen, oder?"
„Ja schon, aber in besserem Hochdeutsch bitte – obwohl ich mich für unseren Freund Lars hier extra bemüht habe mit der Schriftsprache."
„Jeder Mensch hat also sein Leben selbst in der Hand, man muss nur fest genug, stark genug, positiv genug sein ... oder?"
Vom Hinterstätter keine Antwort, keine Andeutung einer Erwiderung. Also musste die Journalistin fortfahren, um ihn zu einer Reaktion und möglichst wieder sehr eindeutig starken Worten zu veranlassen.
„Zumindest in westlichen Kulturkreisen sind die Menschen davon überzeugt, die Handlung ihrer Lebensgeschichte zu kennen oder zumindest zum größten Teil zu beeinflussen. Das sind schon seit Jahren die beliebtesten und gängigsten Buchtitel!
Wir wären die Autoren unserer persönlichen Geschichte und Geschicke oder könnten es sein, wenn wir nur richtig positiv dächten, Affirmationen formulierten und so weiter ..."
Jetzt konnte er sie nicht mehr länger zappeln lassen, er war selbst schon ganz zappelig, denn er hatte etwas zu sagen dazu, natürlich.
„ ... was ist aber, wenn äußere Ereignisse, wenn die Bedeutung und Wirkung von scheinbar zufälligen Geschehnissen sich unserer Kontrolle komplett entziehen, wenn wir erkennen, dass wir keinen Einfluss auf die aktuelle Handlung der Geschichte nehmen können?
Die Zufälligkeit und Irrationalität sogenannter synchronistischer, also eben zufälliger Ereignisse verträgt sich nicht mit der bewussten Vorstellung, die wir von uns haben, sie irritiert unser Ich.

Die Menschen sträuben sich in den meisten Fällen gegen die Vorstellung, NICHT selbst und nahezu ausschließlich der Autor der eigenen Lebensgeschichte zu sein.
Ich gebe ihnen ja auch Recht, zum Teil.
Gelegentlich kommt es aber eben zur Konfrontation mit Ereignissen, deren Bedeutung sehr eindringlich klar macht, dass es auch Dinge gibt, die auf andere, besondere Weise mit einander verknüpft sein können.

Da haben wir die Geschichte in der Geschichte:
Was ist, wenn wir alle eine Person in einer Geschichte sind, wenn das, was wir als unser Leben erfahren, tatsächlich eine Art Roman, ein Drehbuch ist? Können wir das erkennen?
Vorausgesetzt, die Handlung ist zusammenhängend und die handelnden Personen und ihr Leben sind glaubwürdig, wie soll eine Person in einer Geschichte dann merken, dass sie sich in einer Geschichte befindet? Natürlich kann nur jemand, der außerhalb der Geschichte steht, also irgendeine übergeordnete Instanz, der Person bewusst machen, welche Art von Geschichte sie da erlebt. Gleichzeitig muss diese Instanz selbst Bestandteil der Geschichte sein. So wie Träume auch haben zufällige, synchronistische Ereignisse wie alle Symbole die Funktion, Unbewusstes bewusst zu machen.
C.G.Jung hielt viel davon darauf hinzuweisen, dass unser Leben eine Geschichte ist, die es gilt, auch von außen zu beachten."
„Mit welchem Hintergrund oder besser, mit welchem Zweck?"
„Die tiefe Bedeutung ist DIE CHANCE, die dahinter steckt. - Synchronistische Ereignisse machen uns bewusst, dass unser Leben tatsächlich eine Geschichte ist mit einer Struktur, einer Handlung, die oft erst in jenen entscheidenden Momenten erkennbar wird, in denen ein äußeres Ereignis mit einem inneren Zustand zusammenfällt, wie wir es aus Filmen und Romanen kennen. Und sie haben entscheidende Folgen. Sie können das Bild verändern, das wir von uns haben, uns neue Perspektiven eröffnen oder uns helfen, andere Menschen und die Welt besser zu verstehen.
Manchmal helfen sie uns auch, die eigenen Fähigkeiten und Sinneswahrnehmungen zuzulassen und aktiver zu erleben."
„Da sind wir wieder bei Ihnen."
„Und Millionen anderen Menschen. Zwei – oder auch mehrere Millionen – Personen können die gleiche Situation völlig unterschiedlich wahrnehmen. Der eine erlebt sie synchronistisch, der andere absolut nicht, für einen Dritten hat sie vielleicht nur geringe oder eine gänzlich andere Bedeutung. Da braucht es eben auch eine große Portion Toleranz – und Liebe, vor allem Liebe. Und damit schließt sich dann der Kreis."
„Ja", sagte Frau Gurtner und schien ergriffen, „und ich danke Ihnen sehr.

Ich – wusste nicht, was ich heute erleben würde, aber – es war wirklich etwas Besonderes."

„Na, ich hoff', Frau Gurtner, nur im Positiven." säuselte der Förster, als wolle er das Süßholz-Geraspel vom Anfang noch einmal aufnehmen. Sein Blick war aber ganz anders. Aufmerksam, achtsam, konzentriert.

„Jetzt schauen Sie mich aber mit Röntgenaugen an!"

„Weil sie was auf'n Herzen haben, im übertragenen Sinn, und Ihr Herz sagt's Ihnen zunehmend lauter und deutlicher."

„ – Mein hoher Blutdruck, und manchmal stolpert's!"

„Genau. Und dabei sind Sie gar net der Typ für einen hohen Blutdruck. Das macht nur die Anstrengung, weil Sie so unbedingt weiterkommen wollen."

Die Journalistin war jetzt schon beunruhigt. Er konnte doch nicht wissen, dass sie unbedingt Ressortchefin werden wollte, ALLES daran setzte, schlaflose Nächte mit Arbeit und Konkurrenzanalyse und …

„Loslassen, wissen'S, is oft ganz wichtig, b'sonders fürs Herz. Im g'sundheitlichen wie im übertragenen Sinn. Manchmal muss man nur a bissl nachdenken drüber. Die Geschichte geht eh meistens gut aus. Jedenfalls sehr häufig viel besser, wenn man nicht klammert."

Er schloss kurz die Augen und als er sie dann öffnete war da wieder der eher schelmische Blick.

„Ich mach' jetzt mit dem Lars die Fotos, derweil wollen Sie sich bestimmt ein bissl frisch machen. Gehn'S ruhig ins Haus hinauf, fühlen Sie sich wie daheim, machen'S Ihnen einen Kaffee oder so. Die Küch' is rechts, 's Bad links. – So", wandte er sich dann an den Fotografen, nachdem die >Chefin< sprachlos, mit gesenktem Blick und etwas hängenden Schultern, hinausgegangen war,

„jetzt zu Ihnen, lieber Herr Lars aus Gera, wenn Sie mir ein offenes Wort erlauben: Ihre Aura ist schon ganz verpickt – äh, also – verklebt mein' ich. Und dabei wären Sie bestimmt total kreativ und künstlerisch stark, aber das Hanfzeug, was Sie da so ständig nehmen und rauchen und so weiter, das tut besonders Ihnen nicht gut. Der Hanf macht mit öfterem Gebrauch nämlich häufig unbeholfen in praktischen Dingen, passiv, behäbig und haltlos.

Dann scheitern Sie an der Vielzahl ihrer Möglichkeiten – zu viele Gedanken, auf die aber zu wenige Taten folgen.

Diese – Abstumpfung, das ist doch schade, bei einem Künstler wie Ihnen, verstehen Sie: Abstumpfung durch Gewöhnungseffekt, die Welt ist nicht mehr intensiv, nicht mehr schön genug.

Und jetzt lachen Sie nicht, ich rate Ihnen, Hanf in homöopathischer Form anzuwenden, da ist er großartig für Menschen wie Sie."

2. Kapitel

Rosa, 14. 01. 2006, Christian Doppler Klinik, Salzburg

Rosa Hinterstätter, 3091 11.11.47

stand da auf ihrem Krankenbett. Seine Frau, seit 38 Jahren.
Eine Nummer nur noch, zusammengesetzt wie üblich aus einer vierstelligen Sozialversicherungszahl und ihrem Geburtsdatum.

Seit beinahe fünf Jahren besuchte er sie wöchentlich einmal, wenn es sich ausging, manchmal auch etwas weniger, wenn die Fahrverhältnisse besonders schlecht waren in strengen Winterzeiten. Schlossberg lag hoch oben im Waldviertel, da war es nicht immer gut mit den Straßen.
Er setzte sich zu ihr, nahm ihre Hand, tätschelte sie, als könne sie das spüren und sprach mit ihr, als könne sie das hören. Er sah ihr ins Gesicht, als könne sie sehen, wie er sie betrachtete beim Sprechen, wie er ihr Haar bewunderte, so wie er es schon immer getan hatte.
Er erzählte ihr von dem gestrigen Tag, von den wunderlichen Zeitungsleuten, ohne näher auf den Anlass einzugehen, er wusste ja, dass sie seine >Fähigkeiten< für Teufelswerk hielt. Trotzdem musste er etwas loswerden.
„Er ist wohl im Einklang mit den kosmischen Gesetzen. Er handelt nicht egoistisch sondern intuitiv, er sucht nach Weisheit, er hat Liebe zur Wahrheit und zu Objektivität …, hat sie vorgelesen, die Klatschtante, stell' dir vor! Hättest gern g'hört, ha? Soo sehen mich die Leut', schau', auch wenn wir zwei wissen, dass das net immer g'stimmt hat, aber   versucht hab ich's wohl. Überhaupt die letzten Jahr', wo ich doch jetzt viel mehr weiß über mich und die Welt und … ach, Rosl, magst net doch aufwachen? Noch einmal anfangen, nur wir zwei, ha, mögerst net?"
Richtig beschwörend sah er sie jetzt an, seine Stimme klang nach Suggestion wie bei Jemandem, der alle seine Argumente ausspielt, um das letzte große Spiel zu gewinnen.
„Ich hab deinen Stacheldrahtcharme schon mögen, kampfbereit, wie du immer warst, das hat mir ja imponiert. Hättest halt deine Aggressionen mehr gezeigt, uns nicht eine schöne Welt vorgespielt, dann hätten wir dich auch besser verstanden, der Erwin, der Roman und ich.
Ich hab sie gespürt, deine verhaltene Energie, zuerst feurig, ha, da war'n wir frisch verliebt, da warst schon g'scheit feurig, meine Liebe! Dann ist das irgendwie fiebriger geworden, es war wohl aggressionsgeladen. Hättest es halt an mir ausgelassen, ich hätt' es sogar verdient! Niemand muss dauerhaft nett sein, das hätt' ich gar nicht verlangt. Nur dass du dich so eingeigelt hast, das hab' ich überhaupt nicht verstehen können. Und ich geb's zu, ich hab's lang net

g'sehen, dass du schon so grauslich autoaggressive Verhaltensweisen g'habt hast.
So viel hab ich net g'sehen, Rosl, ganz viel, es stimmt eh alles, was du mir jemals an den Kopf g'worfen hast. Aber warum hast das denn alles an dir selber auslassen, ha? Warum hast denn auf einmal dich selber net mögen, dass du so was hast machen müssen?"
Plötzlich sprang er auf, unbeherrscht, wie er halt immer noch manchmal war.
„Kannst denn gar nimmer? Nix, net eine winzige Regung spür ich an dir, nicht an der Hand, nix, net einmal irgendwas SEHEN kann ich, keine Aura, nicht ein Wolkerl, gar nix!"

„Herr Hinterstätter, brauchen Sie was?"
„Nein, danke, ich … ich hab nur laut gedacht, wissen'S."
„Ja, freilich, bis später, Herr Oberförster."
Die Schwester Erika kannte ihn, seit die Frau als Apallikerin hier eingeliefert worden war. Sie betreute die >Endstation< schon seit sechs Jahren, aber diese rührende Geschichte, die ging ihr jedes Mal wieder sehr nahe. Fast wie in einem Roman war das.
Der treue, liebende Ehemann, der so brav und ausdauernd seine Frau besuchte, die doch nur noch Hülle war.
Sie war Alkoholikerin gewesen, bevor sie sich das Leben nehmen wollte. Die Leberwerte katastrophal, als sie hierher gekommen war.
Schreckliche Male hatte sie gehabt am Hals. Sie hatte sich aufgehängt und war wohl schon etliche Minuten tot, als ihr Mann sie fand. Er hatte sie sehr fachgerecht reanimiert, der Notarzt war in der Nähe und schnell zur Stelle, es lief alles wie am Schnürchen, sie hatten sie bald wieder. Aber wie.
Sie atmete selbständig, hatte leidlich gleich bleibende Gehirnströme, die Vitalfunktionen waren aktiv. Und aus. Mehr war da nicht und würde auch nicht sein.
Ein Geistlicher kam oft, ein Professor Rencker, und betete still, inbrünstig und lange an ihrem Bett. Ein fescher Pater, dem sogar die Kutte der Kapuziner Franziskaner gut stand, besuchte sie auch öfter einmal. Der erzählte ihr mit seiner melodischen Stimme Irgendetwas, Märchen oder religiöse Legenden vielleicht.
Nicht viele ihrer Schützlinge auf dieser Station bekamen so häufigen und lieben Besuch.
Fehlte eigentlich nur noch der Sohn. Der war anscheinend irgendwo in Übersee und dort unabkömmlich. Naja, er konnte ja auch nichts tun für seine Mutter. Letztlich hatte sie selbst es ja so gewollt.

3. Kapitel

Roman, 19. 02. 2001, Christian Doppler Klinik, Salzburg

„Und SIE sind Roman Hinterstätter, der Sohn."
Das war keine Frage, sondern eine Feststellung. Dieser Arzt schien zu allem eine bereits feste Meinung zu haben. Roman wollte ihm gerne behilflich sein bei seinen >Ermittlungen<, vermutete aber, dass auch auf diesem Gebiet bereits alles feststand.
„Geboren?"
„1969, am 1. Februar."
Der Arzt sah auf, beinahe irritiert, zumindest aber aufmerksamer als bisher.
„Da hat sie … ähm, das ist der Tag, an dem sie sich das … angetan hat."
„Ja, mein Vater und mein Pate haben mich sogleich informiert, auch noch an diesem Tag."
„Oh, sehr schmerzlich."
„Ja, aber nicht meines Geburtstages wegen, sondern weil sie sich so sehr gegen Gott versündigt hat. Eine geistige Umnachtung, das ist doch anzunehmen, Herr Oberarzt?"
„Das kann so noch nicht gesagt werden …", Doktor Dorn erinnerte sich, dass der Gatte der Patientin gesagt hatte, der Sohn wisse nichts von der Alkoholkrankheit seiner Mutter, man habe ihm das erspart, er sei da zu sensibel und so weiter. Jetzt konnte er das besser verstehen.
Diese Bürschchen hier sah aus als könne es schon von weit weniger schwerwiegenden Erklärungen umgeblasen werden.
„Sie sind - ?"
„Kaplan, Missionskaplan in Santa Maria Condeluente in Nicaragua. Gestern angekommen, weil mein Pate meinte …"
„Ihr Pate? Nicht ihr Vater?"
„Äh, das ist, nun, das ist bei uns so, ich meine, mein Pate ist mein Professor, mein Mentor, mein geistlicher und geistiger Führer, er … er sagt, was … er berät mich in allen … er musste ja auch meinen Missionsbischof verständigen und um Urlaub bitten, Sie verstehen?"
„Könnten Sie das nicht selbst?"
„Wie bitte?"
„Konnten Sie denn den Bischof nicht selbst um Reiserlaubnis bitten? Es geht immerhin um ihre Mutter."
„Ich bin zu großer Demut und absolutem Gehorsam verpflichtet, ich kann doch nicht … Die weltliche Vergänglichkeit meiner Familie darf nicht über meinem geistlichen Wirken stehen, das werden Sie sicher einsehen."
Oh ja, langsam bekam Dr. Dorn immer mehr Einsichten.

„Hatten Sie denn noch Kontakt zu Ihrer Mutter?"
„Selbstverständlich. Seit meiner Aufnahme in das Borromäum Gymnasium gab es regelmäßige Besuche, die ich zu Hause abstattete und zahlreiche Briefe meiner Mutter, die ich stets gewissenhaft beantwortete. Das ist bis … bis vor kurzem so geblieben. Mit wenigen Ausnahmen, wenn sie etwa im Krankenhaus war, was in ihrem Alter ja hin und wieder der Fall war."
„Aha. Würden Sie ihr Verhältnis zueinander als herzlich bezeichnen?"
„Das Verhältnis eines Sohnes zu seiner Mutter in Dankbarkeit und Liebe, jawohl."
Dr. Dorn seufzte. Das war die Frage nicht gewesen, doch zweifelte er, sich bei dem Kaplan verständlicher machen zu können.
Ja, er glaubte nun den Grund für die Verzweiflungstat dieser Frau zu kennen.
Sie hatte wohl das Gefühl gehabt, ihr Kind verloren zu haben.

4. Kapitel

Hiro, 2006 – 02 – 21, National Hospital, London

„Hieronimus Fielding, geboren am 21.10.1949, arbeitet als Journalist für Journey Weekly, liegt auf 332."
„Hey, die hab ich grad zu Hause, äh, die Zeitschrift meine ich. Aber wieso, arbeitet der denn noch, ich meine …"
„Nun mal langsam, meine Dame, wir wissen doch noch gar nicht, ob das Krebs ist."
„Na, das sieht doch ein Blinder."
„Der Professor ist aber nicht blind."
„Bist du dir da auch ganz sicher, oh, ho, ho …", die junge Krankenschwester fand die Vorstellung sehr erheiternd, der distinguierte, sehr zurückhaltende Professor könne womöglich gar nicht sehen, woran seine Patienten litten.
Tatsächlich war er eher zögerlich in seinen Diagnosen.
Mister Fielding jedenfalls wartete noch auf eine solche.

„Mensch,", sagte er soeben zu seinem Freund Jake, der ihn schon das dritte Mal hier auf dieser Station besuchte, „jetzt, wo es Erna so schlecht geht, muss ich auch noch hier herum liegen, das ist echt zu viel für Sissy, das sage ich dir, das arme Mädel weiß ja gar nicht mehr, wo sie zuerst hin soll."
„Jetzt warte erst mal ab, was wirklich herauskommt. Deine beiden Damen wünschen sich doch nichts mehr, als dass du gesund wieder nach Hause kommst.
Mit einer Leber wie ein Neugeborenes."
„Die habe ich zumindest seit Korea nicht mehr. Da hat vermutlich alles angefangen, sagen sie, mit der Malaria und all dem, was man da halt so bekommt.
Ich war so jung, da habe ich wohl auch nicht aufgepasst, jedenfalls kann ich mich gar nicht erinnern. Aber was soll es, jetzt kommt die Rechnung. Ich war ungeheuer gerne der rasende Reporter, der tolle, wilde Kerl. Und dafür bin ich jetzt ein alter Mann mit einer kaputten Leber."
„Nun tu dir mal nicht selber Leid, Alter, die Mädels in unserer Abteilung schauen dich auch als Feuilletonschreiberling noch verdächtig interessiert an.
Wärst du direkt in der Reiseabteilung hätte ich den Verdacht, du würdest denen die besten Gutscheine überlassen …"
Hiro hatte ein Kissen auf seinen Freund geworfen.
„Jetzt aber raus hier, einen armen alten kranken Mann hier auch noch zu verdächtigen …"
Als sein Freund lachend abzog lehnte sich Hiro erschöpft zurück.
Das übliche Geplänkel mit seinem Freund und Arbeitskollegen tat gut, war

aber anstrengend. Lenkte kurzzeitig ab, konnte aber nicht vertuschen, was Sache war: Seine Frau lag mit Knochenkrebs zu Hause und hatte wenig Überlebenschancen und er war vor einer Woche knallgelb in diese Krankenstation gekommen, nachdem die Kollegen vom Feuilleton die Knaben vom Rettungsdienst geholt hatten.

Hiro schloss die Augen, versuchte sich zu erinnern. Der junge, der rasende, der ewig atemlos suchende Reporter Hiro, immer in Bewegung, immer am Ball. Er konnte rasch Lorbeeren einheimsen. Manche sagten, er sei wie geschaffen für das unstete Leben auf Kriegs- und Krisenschauplätzen.

Dann hatte er Erna kennen gelernt. Sie kam aus Wien, war ungeheuer häuslich und ungemein weiblich. Mit der Raserei war es also vorbei. Seine Zeitung bot ihm den ruhigeren Job des Auslandsberichterstatters, allerdings wieder in Fernost, da er dort schon reichlich Erfahrungen und sogar etliche Sprachkenntnisse erworben hatte.
Erna wollte nicht mitkommen. Wollte ihn aber auch nicht ziehen lassen, denn eine Ehe auf Entfernung, nur der Heimaturlaube wegen, das wollte sie ganz und gar nicht. Hiro war hin und her gerissen, versuchte sich auf kürzeren Reisen zu profilieren und es überall Recht zu machen. Seine Zeitung wollte ihn gerade wieder in ein Krisengebiet schicken, als Erna schwanger wurde.
Diesen Triumph in ihrem Gesicht konnte sie nicht verbergen und er nicht übersehen oder vergessen. Damit waren also die Weichen gestellt für ein ruhiges, aber erfülltes und glückliches Familienleben. Die kleine Elisabeth war ein Engelchen. Ihr zweiter Name war Valerie, um Hiros Mutter zu ehren, die wenige Monate zuvor an einem raschen, ungeklärt gebliebenen „Verfall" verstorben war.
Seine Arbeit fand er nun bei Wochenmagazinen. Er war immer noch gut, akribisch und ausdauernd, jedoch nicht mehr rasend.
Hiros Vater fand diese Arbeit auch wesentlich passender.
Als Freund der schönen Künste war ihm die Sensationsgier der Reporter ein Dorn im Auge und der Sohn bei weitem nicht durchgeistigt genug.
Selten hatte der Filius es im Recht machen können, auch nicht als Kind, denn der Vater hatte so seine ganz eigene Weltsicht. Wohl in einem Anflug von Boshaftigkeit kam er vor der Geburt seines ersten und einzigen Kindes auf Hieronimus. Später sagte er oft, das sei gut und wichtig gewesen, damit hätte er ihm das Kunstverständnis in die Wiege gelegt, „nomen est omen, wie man so schön sagt.".

Hiro seufzte, seine Erinnerungen wollten nicht bei den lichten, freundlichen Jugendjahren seiner Tochter bleiben. Wieder sah er seinen Vater, der mit Hiros junger Familie zusammen alt geworden war in genau dem Haus, in dem auch schon die Generation zuvor gelebt hatte.

Ein alter, großbürgerlicher Familienbesitz. Jedoch, ohne Adel, meinte auch noch der Vater wie dessen Vater vor ihm und vermutlich etliche weitere Ahnen davor, sei alles nichts so Recht Wert.

Seine Frau war mit dem Alten gut ausgekommen. Zu Guter Letzt konnte sie ihn richtig bemuttern und ihre Kenntnisse als Krankenschwester auch reichlich anwenden. Und der alte Starrkopf ließ sich pflegen und hegen und genoss die reichlich gespendete Zuwendung sichtlich.

Ein inoperabler Gehirntumor wurde in seinem letzten Lebensjahr diagnostiziert.

Es schien ihn nicht sonderlich aufzuregen. Geistig noch sehr wach und regsam wollte er genau wissen, welche Gehirnareale betroffen seien und mit welchen Ausfällen zu rechnen sei.

Erna besorgte Fachbücher, studierte sie auch selber alle durch und machte sich viel größere Sorgen als die beiden Männer.

Hiro sprach mit seinem Vater nicht über dessen Leiden. Auch über andere altersbedingte „Zipperleins" hatten sie nie gesprochen, denn das war nicht männlich. Der Sohn kannte nun mal die Vorgaben des Vaters und hielt sich daran. Das war ihm auch sehr Recht im Falle der Krankheit, denn er wusste selber nicht, wie er damit umgehen sollte.

>Wehwehchen< kamen in seinem Leben nicht vor. Um Kinderkrankheiten und später alle „Frauengeschichten" seiner beiden >Mädels< hatte sich natürlich Erna gekümmert und auch nie groß darüber geredet, das war schließlich ihre Arbeit, seit Sissy geboren war.

Er selbst hatte gar keine Zeit, einmal krank zu feiern. Er kurierte seine seltenen Erkältungen im Büro aus, indem er einen heißen Tee nach dem anderen trank. Gelegentlich mit einem gehörigen Schuss Gin versehen.

Wieder seufzte Hiro schwer. Konnte es sein, dass er Erna vernachlässigt hatte? Gerade in dem letzten schweren Jahr vor dem Tod seines Vaters? Hatte er bemerkt, dass sie müde war und ausgelaugt von der Pflege?

Ganz zuletzt war der Alte herrisch, unleidlich, manchmal auch richtig aggressiv gewesen und Erna stets voll gleich bleibendem Mitgefühl und unerschütterlicher Toleranz. Wo war er, Hiro, gewesen? Viel Arbeit, hm, und wohl auch viele Ausreden.

Schließlich bedrängte der Tumor das Stammhirn und damit auch das Atemzentrum. Als die Atmung immer unregelmäßiger wurde rief ihn seine Frau im Büro an. Eine sehr seltene Ausnahme, die ihm sofort die Tragweite ihrer Entscheidung klar machte.

„Ich komme.", aber er kam zu spät. Erna kniete am Bett, hielt noch die Hand, die nun gelblich bleich und blau geädert seltsam klein und zart wirkte, hatte den Kopf auf der Matratze und starrte ins Leere.
„Es ging schnell, er hat es nicht gespürt, glaub' ich. So ist es gut zu gehen, weißt', so kann man die Reise antreten. Ich möchte 's auch einmal so leicht haben. "
„Hallo, Liebling, warum sagst du denn jetzt so etwas? – Du bist bestimmt ganz erschöpft, komm', lege dich nieder, ich kümmere mich jetzt um alles."
„Ja, und verabschiede dich noch von ihm, darauf hätt' er Wert gelegt, das weißt' eh."
„Ja, weiß ich, mach ich, ist mir ja auch selbst wichtig, ich komme dann später und sehe nach dir, erhole dich jetzt einfach mal, ja?"

Seine Frau war dann zu Sissy in die Staaten geflogen. Die Tochter absolvierte gerade ein weiteres Universitätsstudium, um ihre Gesangsausbildung zu komplettieren und ihren Marktwert als Sopranstimme zu erhöhen, wie sie selbst sagte.
In New Orleans hatte Erna dann einen Schwächeanfall. Im Krankenhaus wurden Untersuchungen gemacht und eine Geschwulst an der Gebärmutter entdeckt. Zur Operation wollte sie unbedingt zurück nach London. Zellgewebe wurde natürlich sofort untersucht.
Diagnose: Uteruskarzinom.
In London wurde die Gebärmutter entfernt, eine milde Strahlentherapie sollte den Rest erledigen, von einer Chemotherapie wollte man absehen.
Erna war sehr zufrieden, sie wusste noch genau, was sie an der onkologischen Station in Wien mit Chemopatienten erlebt hatte. Manchmal waren sie schneller an der Therapie als an ihrem Krebsleiden gestorben.

Das Jahr nach diesen aufregenden Prozeduren war schön gewesen.
Nachdem sich Erna zwei Monate lang sehr geschont und gut erholt hatte, wollten sie nun mehr zusammen erleben und die Zeit intensiver nutzen, die so schnell verflog und in ihrem Alter immer kostbarer wurde.
Diesmal waren sie beide zu Sissy gereist.
„Ich komme jetzt bald zurück. Die Met will mich noch nicht, aber die Albert Hall …, ihr werdet schon sehen …"
Abends, wenn sie wieder alleine waren, war Sissy immer noch Gesprächsthema Nummer Eins.
„Unser kleines Mädchen, was, jetzt wird sie bald gefeiert als Opernstar. Als ob es nicht auch die kleineren Häuser getan hätten."
„Nein, meine Liebe, deine Tochter will ganz hinauf, das habe ich immer gewusst, dass sie ehrgeizig ist, viel mehr als … als ich."

„Nein, das wolltest du jetzt nicht sagen, du wolltest sagen viel mehr als ich, ihre Mutter. Und das stimmt auch. Schau, ich bin in meinem Mutterglück ganz aufgegangen, das hätte mir eine Karriere in meinem Beruf nie geben können, was ich mit der Sissy hab erleben dürfen. Du, ja, du warst ehrgeizig, du hättest auch viel mehr erreichen wollen. Das hast du alles wegen uns hinten an gestellt, das weiß ich und das war mir immer bewusst und dafür hab ich dich ganz besonders geliebt, dass du trotzdem bei uns hier geblieben bist und die tolle Auslandskarriere in den Wind geschossen hast."
„Hey, eine Liebeserklärung!"
„Ja, besser jetzt, wer weiß wann ich wieder so eine Gelegenheit hab'."
„Erna? Es geht dir doch gut?!"
„Ja, schon …"
Damals hatten sie das Thema fallen gelassen, wollten diesen Urlaub weiter genießen, nicht an die Endlichkeit des Lebens denken.

Zu Hause in London wurden dann weitere Untersuchungen gemacht und keine Metastasen gefunden. Krebs besiegt, jawohl! Drei weitere Monate, schön und harmonisch in einem neuen Miteinander, wie sie es bisher nicht gekannt hatten, da der Vater oder das Kind immer auch mit einbezogen werden sollten.

Dann hatte Erna Schmerzen, Schmerzen in den Schienbeinen, die sie erst nicht wahr haben wollte, dann vor Hiro verschwieg und schließlich ziemlich spät ihrem Arzt sagte.
„Gelenke, ja, in meinem Alter können mir die wohl mal wehtun, aber die Schienbeine, warum das denn?"
Wieder Untersuchungen, wieder Gewebeproben, wieder warten. Bedenkliche Gesichter.
Dann die Diagnose: Knochenkrebs.
„Jetzt ist es aus, das ist das Ende, das weiß ich, das hab ich in Wien erlebt. Nein, dass ich gerade so grausig sterben muss!"
Der Arzt konnte die Verzweiflung wohl verstehen, trotzdem versuchte er ihr Mut und Zuversicht mitzugeben.
„Heute sind die Behandlungsmethoden doch schon viel besser, denken Sie doch an Ihre Familie, die wird Ihnen wieder viel Halt und Hoffnung geben."

Als sie sich wieder beruhigt hatte überlegte Erna, wie sie es denn nun ihren Lieben sagen sollte, dass sie sie endgültig verlassen würde, vermutlich nach langem Leiden, zu einem Gerippe abgemagert und hässlich wie ihr eigenes Leichentuch.

Schonend, schonend ging sie vor, so wie in ihrem ganzen bisherigen Leben.
„Mama, ich komm Heim, ich bin bald da, halt durch, hörst du?" kam Sissys

Stimme etwas schrill, aber gefasst durch die Leitung auf der anderen Seite des Atlantik.
„Liebling, du schaffst auch das, du wirst sehen." war Hiros zaghafter Versuch, seiner Stimme Festigkeit zu geben und Zuversicht, wo er am liebsten losgeheult hätte.

Nun wartete er hier auf eine weitere Diagnose.

5. Kapitel

Erna, 2006 – 03 – 28, 239, Devon Street, London

Erna Fielding, geb. Walter,
geboren am 03 .03. 1951 in Mödling, Niederösterreich
gestorben am .. .. 2006 in London

würde in den Wiener Tageszeitungen stehen, denn sie hatte Verwandte in Niederösterreich und Wien und auch noch Freunde, vor allem aus ihrer eigenen Wiener Zeit als diplomierte Schwester im Krankenhaus.

Gerade in der letzten Zeit, als auch Hiro erkrankte, hatte sie den Kontakt zu ihren früheren Freundinnen und Kolleginnen gesucht und auch gefunden, wofür sie sehr dankbar war.
Da war Maria, die selbst viel durchgemacht hatte, als sie Wien den Rücken kehrte und ihre Familie in der Schweiz gründete. Mit ihrem Sohn Matteo war sie später wieder zurück gekommen und prompt wieder in der Onkologie tätig, was sie natürlich dem großen Einfluss und Einsatz ihrer ehemaligen Chefin Zita zu verdanken hatte.
Sporadisch hatten sie sich geschrieben, Erna nur die Highlights aus Sissys Leben, Maria ihre Tragödien in möglichst sachlicher Form.
Und dann war es plötzlich umgekehrt, Marias Leben verlief in ereignislos ruhigen Bahnen, während sich bei Erna die Krankheitsfälle häuften. Erna telefonierte jetzt, zum Schreiben schien ihr die Zeit zu kurz zu werden.
Erna schilderte, Maria versuchte zu interpretieren, zu verstehen, zu trösten und aufzubauen.
Sie erzählte auch von Zita, der lieben, älteren Freundin, unter deren Leitung sie von 1968 bis 1973 gemeinsam gearbeitet hatten.
„Zita, ja, mei, die B'sondere, die! Mit der tät ich gern noch einmal reden."
„Das wär auch gut, die weiß so viel, weißt, auch was anderes als nur die Schulmedizin, weil die hat einen Freund ..."
„Was, geht das noch immer so wie damals, das gibt's doch gar nicht, in dem Alter ..."
„Jetzt wart', ja, halt, nein, also, sie ist schon ganz lang mit dem zusammen und der kann so Sachen mit Pflanzen und so, weißt. Alternativmedizin, das sagt dir sicher auch was."

„Ja, die Erna, natürlich kann ich mich erinnern! So schlecht sind die alten grauen Zellen noch nicht, meine liebe Kleine!"
Zita war am Telefon genau so, wie sie vor dreiunddreißig Jahren gewesen war und sprach, als hätten sie sich erst vor ebenso vielen Tagen getrennt.

Erna hatte sich vor dem Telefonat genau zu Recht gelegt, was sie sagen wollte, um zum einen die alte Freundin nicht zu überfordern und zum anderen in einer halbwegs überschaubaren Zeit zu bleiben.
Zita hielt sich auch nicht lange mit unnützen Floskeln auf. Sie unterbrach Ernas Redefluss nicht, hörte still, was da aus dem fernen England zu ihr schallte und dachte dabei bereits intensiv nach.
„Ja, mein Lebenspartner beschäftigt sich wohl schon sein ganzes Leben mit der Signaturlehre. Natürlich wird er ihn empfangen, wenn er kommt, aber ich weiß nicht, ich glaub, da sind die lieben Pflanzen ein wenig langsam in der Wirkung. Meine erste Idee war der Hinterstätter. Also lass dir erklären: Der Hinterstätter ist einer, der sieht den Menschen an, was sie haben. Diagnose darf man nicht sagen, weil er ein Förster ist und kein Arzt, aber er weiß es halt. Eigentlich sogar weit besser, weil er die Hintergründe erkennt. Also kann man das Übel an der Wurzel packen, verstehst?"
„Hm, ein Geistheiler?"
„Nein, nein, er sagt, er kann überhaupt nicht heilen – aber helfen."

Und nachdem die Zita ausführlich beschrieben hatte, wo er zu finden sei und sich versprechen ließ, dass Hiro zunächst auch noch die Schulmedizin im schönen Wien in Anspruch nehmen werde, bedankte sich Erna und verabschiedete sich so sachlich wie möglich. Sie war innerlich aufgewühlt, denn wie schon öfter in letzter Zeit wusste sie auch bei diesem Abschied, dass er für immer sein würde.

Sie wollte schon auflegen, als Zita „Auf Wiedersehen" gesagt hatte, da hörte sie die vertraute Stimme noch einmal, tiefer diesmal, leise und in einem sehr melodischen Tonfall, fast wie ein Singsang:
„Geh' in Ruhe und Frieden, meine liebe Kleine, fürchte dich nicht, du bist nicht allein. Ein liebes Wesen wird dich begleiten, reiche ihm die Hände und lasse dich führen. Licht warst du und Licht wirst du wieder werden. Und es ist gut."

Dann war die Leitung tot und Erna wie in Trance. Hatte die Freundin das wirklich gesagt oder bildete sie sich das nur ein in ihrem Morphiumrausch? Ganz ohne das Teufelzeug konnte sie nicht bleiben, auch wenn sie noch so sehr versuchte sich einzuschränken, um klar zu bleiben im Kopf und wirklich restlos alles ordnen zu können und zu organisieren, was ihren Tod betraf und das Leben ihrer Liebsten.
Hiros hing an einem Faden, wer wusste schon wie dick?
Nein, seine Leber war es nicht gewesen. Jedenfalls nicht das Hauptproblem.

Zum Glück aber die Ursache für weitere Untersuchungen. Schließlich hatten sie auch den Darm untersucht und ein Gewächs gefunden, das sich nicht endgültig als gut- oder bösartig klassifizieren ließ. Nun war es Zeit für eine klärende Operation und er zögerte immer noch, wollte nicht wieder ins Krankenhaus - solange sie lebte.

Das sprachen sie nicht aus, wussten sie aber alle. Sissy, die arme, verzweifelte Sissy, die Ärzte, die Hauskrankenpflege, sie selbst und Hiro auch, obwohl er es sich vielleicht selbst nicht eingestehen wollte.

„Liebling, versprich mir, dass du dich in Wien untersuchen lässt und dann entscheidest, wo du operiert werden willst. Buche dir jetzt gleich einen Flug, Sissy ist ja eh bei mir und du bist auch bald wieder da. – Weißt schon, mein damaliger Chef, der ist immer noch der große Boss da auf der Onkologie. Zita hat ihn mir als überaus kompetent empfohlen, das hat man ja damals noch gar nicht wissen können, dass der einmal so erfolgreich werden würde. Naja, außer als Zitas jugendlicher Liebhaber halt, aber das ist eine andere Geschichte."

6. Kapitel

Zita, 28. 03. 2006, Großegg, Waldviertel, Niederösterreich

Sie fürchtete sich sehr, obwohl sie wusste, dass das alles gar nicht stattfand.
Der Herr war sehr streng, das sah sie gleich. Ein akkurater Seitenscheitel, ein kleiner Schnauzbart, eine äußerst zackige Stimme.
Er sprach Deutsch, aber sie hatte große Mühe, ihn zu verstehen. Und er war so hoch oben, so groß. Auch der Raum – unendlich weit, der Tisch so groß, die Sessel ...
„Das ist alles völlig falsch! Betrrrug! Damit kommst du nicht durch, du ..., dieserr Pass, das ist dein Dokument, sooo?"
„Jjaa." Diese Stimme, so hell und zart, DAS war ihre Stimme?
„Zita BACHER, ha, einen DEUTSCHEN Namen sollltest DU haben?"

Jetzt erst sieht sie, dass da auch ihr Vater ist, ganz hinten in der weit entfernten Ecke dieses großen Raumes, er wird ihr aber nicht helfen, vor ihm muss sie sich doch auch immer so schrecklich fürchten.
Sie ist noch so klein, aber schon viel größer als ihre Schwestern, und sie lebt im Wald, in einem Land, das sie später Slowenien nennt.
Über ihrem Leben und allem herrscht der Vater. Er verkauft Zita an die Österreicher, die – vorwiegend im Fronturlaub - über die Grenze kommen.

Der mit der Geldtasche ist schon öfter da gewesen, nicht schlimmer als die anderen. Bisschen grob, aber auch das kennt sie schon. Auf einmal hat er es ganz eilig, er nimmt sie mit sich, ohne Abschied muss sie gehen. Er sperrt sie ein in ein Haus, wie sie es noch nie gesehen hat. Sie soll in der Küche arbeiten, an einem Ofen, der ihr wie ein Feuer speiender Drache erscheint. Noch nie zuvor hat sie eingesperrtes Feuer kennen gelernt, jetzt soll sie damit umgehen. Sie lernt es rasch, sie ist ungeheuer anpassungsfähig, nutzt jedes noch so kleine Fleckchen, an dem sie sich entfalten kann.
Langsam wird ihr klar, dass sie sich in dem gelobten Land befindet, von dem sie ihre Brüder schon hat erzählen gehört. Der große Mann ist jetzt auch manchmal freundlicher. Er sagt, sie werde ihn heiraten. Vielleicht hat sie es sogar besser getroffen als ihre Mutter. Es macht nichts, dass der Bräutigam älter ist als ihr Vater, der schon sieben Kinder hat. Sie nimmt sich vor, nicht so viele Kinder zu bekommen. Anscheinend kümmert das hier niemanden. Keine Großmutter, die alles regelt und lenkt.
Sie brauche irgendwelche Papiere, sagt der Mann, aber das mache er schon.
Zita hat keine Ahnung, wovon er spricht, aber sie erfährt, dass er Karl Bacher heißt. Und sie lernt und lernt.

In ihrem neuen Zuhause, einem Gasthaus in der Nähe von Bad Radkersburg, erfährt Zita so nach und nach, dass sie eine andere Frau ersetzt, die unter mysteriösen Umständen ums Leben gekommen ist und deren Papiere sie jetzt benutzen soll.

Viel später erfährt sie auch, dass die Kellnerin in Bachers Wirtshaus, die Mitzi, ein ›Luder‹ und ein ›Flittchen‹ war, arbeitsscheu und wahrscheinlich hat sie sich mit den paar übrig gebliebenen Männern, die nicht an die Front mussten, vergnügt, wenn der Karl, ihr Arbeitgeber und Fast-Schon-Verlobter, an die Front musste. Was er zum Teil vermeiden konnte, aber zum Schluss nicht mehr. Oder in Slowenien „einkaufen" war, wie das Viele taten, vor allem im Gastgewerbe. Dann hat sie sich schwängern lassen und der Karl war furchtbar wütend. Der Onkel Franz behauptet, er habe sie im Suff und Zorn erschlagen. Der alte Pfarrer, der Bürgermeister und vor allem der Karl waren sich aber einig, dass sie bei einer „Hexe" die Abtreibung nicht überlebt hatte. Und weil das nicht gut ist für einen kleinen, gut angesehenen Ort zu Zeiten deutscher Führung, erklärte sich der Karl großmütig bereit, eine neue Mitzi zu besorgen.

Darum heißt sie jetzt Mitzi, und bald auch Bacher. Das arrangiert alles der Bürgermeister, der so alt ist, weil er seinen Sohn, der an der Front ist, vertritt. Und nichts mit bekommt. So wie der alte Pfarrer aus dem Nachbardorf, weil der eigentliche Pfarrer vom Ort ist auch an der Front. Die Weiber reden natürlich, weil die Zita so wenig sagt, weil sie ja noch nicht Deutsch kann, und weil sie schon ein bisschen anders aussieht als die Mitzi. Jünger vor allem. Aber sie hat schon mit Elf recht fraulich ausgesehen, darum hat sie ja auch für die Familie Geld verdienen können. Ihre Familie fehlt ihr jetzt. Der Bacher ist häufig grob, oft hat sie blaue Flecken. Er ist halt auch so schwer ... und oft betrunken. Das muss so sein, weil er mit seinen Gästen in der Stube sitzen muss. Sie hat genug zu essen, aber die Speisen sind komisch. Die Arbeit ist nicht allzu schwer.

Sie weiß, dass sie von Männern schwanger werden kann und weiß noch viel besser, wie schwer das für ihre Mutter oft war. Kinder sind wichtig, um bald mithelfen zu können, Geld und Nahrung zu besorgen, wenn die Eltern nicht können. Aber nicht immer sind sie gut und willkommen. Die Großmutter hat ihr gezeigt, was zu tun ist, wenn noch keine Kinder kommen sollen. Sie darf nicht schwanger werden von den Österreichern, mit denen der Vater einig wird, hat die Großmutter gesagt, die sind nämlich nicht von uns, die sind nicht rein und nicht gut als Väter und überhaupt schlechtes Blut. Also sieh dich vor, nimm die Tinktur und den Tee und das Moos. Sei brav und gefügig und tu, was sie sagen, damit sie wiederkommen.

Und so hält sie das auch in dem neuen Land mit dem großen Mann. Sie ist folgsam und fleißig, aber den Bacher ärgern ihre stummen Blicke manchmal. Dann möchte er etwas, was sie nicht versteht, und dann schreit er und dann schlägt er auch oder zieht sie an den Haaren. Die hat sie sich abschneiden müssen, die Zierde einer jeden Sintifrau. Sie findet das schade, aber natürlich sagt sie das nicht. Es dauert nicht lange, bis sie so gut wie alles an Deutsch und hiesigen Dialekt versteht, aber Jahre, bis sie sich ein wenig zu sprechen getraut.

Eigentlich so lange, bis er aus dem Krieg nicht mehr heimkommt. Und kein Krieg mehr ist. Da ist auf einmal alles ganz schlimm, weil alle was von ihr wollen. Zum Glück hat sie den Onkel Franz auf ihrer Seite.
Er ist noch älter als der Karl war und ein wenig verkrüppelt, aber er kennt sich aus. Hat immer schon mitgeholfen im Wirtshaus. Macht wieder was zusammen mit dem neuen Bürgermeister, damit alles passt.
Ein neuer Pass muss her und viele andere Papiere. Sie ist jetzt die Wirtin. Und kann Deutsch.
Die Gäste machen ihr oft schöne Augen und unzüchtige Angebote. Sie geht jetzt in dieses Haus, in dem sich die Menschen hier gerne versammeln und das sie Kirche nennen und in dem sie Musik machen, die ihr wundersam erscheint, aber wenigstens Musik, fast ein wenig wie zu Hause. Und sie hört und lernt dort, dass die Männer das nicht so einfach dürfen, was sie sich im Wald von ihr geholt haben, dass das nicht so selbstverständlich ist, wie sie immer gedacht hat. Auch der Onkel Franz darf nicht, der ihr immer gesagt hat, er darf alles mit ihr machen, wenn der Karl nicht da ist. Das ist anstrengend mit dem Onkel, besonders seit der Karl tot ist.
Einmal kommt sie der neue Herr Pfarrer besuchen und spricht so nett mit ihr, wie das noch nie jemand gemacht hat. Da spricht sie auch nett mit ihm und sagt ihm alles oder jedenfalls fast alles und er ist ganz entsetzt und verzweifelt und will unbedingt mit dem Franz sprechen. Der wird ganz böse. Als der Pfarrer noch da ist nicht so sehr, da ist er auch zerknirscht, aber hinterher ist er sehr böse und ganz wie der Karl.
Ein Wort zu seiner Frau und sie sei tot, sagt er. Hätte er gewusst, dass sie so viel Deutsch kann, hätte er ihr lieber schon früher die Zunge heraus schneiden sollen. Aber das könne er ja immer noch tun. Zita/Mitzi sagt ihm, er solle sich lieber zum Teufel scheren, weil er da nämlich wahrscheinlich sowieso hin gehen müsse, jedenfalls laut Pfarrer Dorner. Er solle auch nicht wieder kommen, sonst reiße sie ihm seinen Schwanz aus, den trage der Teufel nämlich hinten, und nicht vorne.
Onkel Franz kommt daraufhin auch nicht mehr, sie muss sich einen neuen Helfer suchen und geht zum Pfarrer, weil der alles weiß und ihr sicher hilft. Der Pfarrer ist jung und voller Eifer, hilft ihr ab sofort in allen wichtigen Dingen und lehrt sie neben lesen und schreiben sogar die Grundbegriffe der Buchhaltung. Zita lehrt ihn die Grundbegriffe der menschlichen Zweisamkeit und bald schon die Feinheiten der Erotik bis zu den höheren Weihen.
Alle sind zufrieden. Bis Zita schwanger wird. Der Pfarrer Dorner ist ganz entsetzt und verzweifelt und will unbedingt, dass sie das Kind austrägt, sie

könne doch das Kind (nicht SEIN Kind, Gott bewahre!) nicht töten, nein, da müsse eine andere Lösung her.

Und so fährt Zita schon bald, noch ehe ihr Bäuchlein sichtlich gerundet ist, nach Wien.

Im Gepäck eine Empfehlung des guten Pfarrers Dorner, der die liebe „Schwester Maria" als aufopfernde Helferin in einem Lazarett kennen gelernt hatte und nun darum bitte, sie wie mit seinem Kollegen, dem hochverehrten Pfarrer Hilbert besprochen, im Spital der guten Schwestern aufzunehmen. Sie habe schon schwere Schicksalsschläge erlitten wie beinahe jeder Österreicher auch, aber gerade jetzt, wo alles wieder aufwärts gehe, sei ihr Mann verstorben und lasse sie in guter Hoffnung zurück. Man möge sie doch in Gottes Namen in die Gebete ebenso wie in die Herzen mit einschließen und für sie sorgen. Dein Wille geschehe. Pfarrer Dorner meldet sich nie wieder, er muss jetzt stark sein und gegen jede Versuchung ankämpfen und Buße tun und so weiter.

Es ist das Jahr 1951 und das Leben ist schön. Zita ist jetzt 20 Jahre alt. Noch nie in ihrem Leben war sie so frei. Und sorglos. Denn zunächst muss sie nur an sich selber denken. Das Kind ist noch weit weg. Unbeschwert genießt sie Wien, indem sie jede freie Minute für lange Spaziergänge und Erkundungen mit der Tram nützt. In der Arbeit im Spital genießt sie den Status der verwitweten Krankenschwester. Sie sieht nicht unbedingt aus wie die dreißigjährige Maria Bacher in ihrem Pass. Aber das macht nichts, die Kriegswirren und überhaupt. Sie ist schwanger und das Wirtshaus ihres lieben Gatten wird durch einen Rechtsanwalt Gewinn bringend veräußert. Natürlich muss unter den Erben (Onkel Franz nicht vergessen!) geteilt werden. Es bleibt ein schöner Batzen Geld über.

Der Rechtsanwalt schlägt ihr vor, das Kapital zu verwalten, bis sie es für das Kind brauche. Aber Zita ist gewitzt. Sie hat in den vergangenen Jahren alles gelernt, was sie nur aufnehmen konnte. Sie will das Geld selber verwalten und irgendwann einmal entscheiden, was damit geschehen soll.

Was sie von dem Kind halten soll, weiß sie sowieso noch nicht. Sie hat ihre lästigen kleinen Geschwister noch ganz gut in Erinnerung, es war immer sehr anstrengend am Anfang und erst lustig, wenn sie ein bisschen größer waren. Aber gerade da war sie dann schon fast wie erwachsen und brachte das Geld in die Familie und die Geschichten von den komischen Ausländern, die mit ihrem Körper allerhand machten.

Ihre Mutter mochte es nicht, wenn sie den Kleinen davon erzählte.

Es war schon ein Geheimnis um die Sexualität, besonders wenn der gute Pfarrer Dorner davon sprach.

Bei ihm war es Sünde, also etwas Böses, und sehr geheim. Aber trotzdem tat er es und tun es alle. Oder wollen es zumindest. Das sieht Zita den Männern an, wenn sie sie ansehen. Sogar jetzt, wo sie hochschwanger ist, sind viele interessiert, zumindest an ihrem Gesicht.

Sie sieht anders aus als die Österreicherinnen, das weiß sie seit acht Jahren. Obwohl die Mädchen in der Steiermark auch manchmal ganz schön dunkel waren. Die Haare und die Augen, nicht so sehr aber die Haut. Ihre ist dunkel, das kann man sehen. Das ganze Gesicht ist irgendwie anders. Wenn Menschen auf sie böse sind, nennen sie sie Zigeunerhure, in leichten Fällen auch nur Zigeunerin, aber sie weiß, dass das ein Schimpfwort ist.

Seit dem Kriegsende ist es viel leichter, da gibt es Soldaten, vor denen sie sich nicht mehr so verstecken muss wie vorher, die jetzigen sprechen auch nur ein bisschen Deutsch oder gar nicht und manche sehen auch komisch aus. Das ist gut, sie fällt jetzt weniger auf.

Der Pfarrer hat ihr vom Kriegsende erzählt und von den politischen Wirren, aber das hat sie nicht sehr interessiert, war ihr viel zu abstrakt, weil es sie nicht betraf.

Aber jetzt, in Wien, muss sie alles wissen. ALLES. Und dann entscheiden, was für sie wichtig ist, was sie betrifft, was ihr nützlich sein kann.

Sofort nach ihrer Ankunft hat sie im Krankenhaus der Schwestern zu arbeiten begonnen und sich nicht geschont. Bald ist sie unabkömmlich, weil überall einsetzbar. Vieles, was vorausgesetzt wird, weiß sie in Wirklichkeit nicht, aber sie hat eine rasche Auffassungsgabe und kann sich mit ihrem schauspielerischen Talent immer wieder aus allen Situationen bestens heraus mogeln. Sie hat auch schon einen Platz für ihr Kind nach dem Wochenbett. Eine Kollegin, die Schwester Gabi, erwartet auch ihr erstes Baby und wird sich halt dann um zwei kümmern und ganz gut daran verdienen.

Manchmal, immer seltener, denkt sie noch an ihre Familie, zu Hause, irgendwo. An ihre Sprache, in der sie nicht mehr denkt. Ihre Wörter, ihre Namen.

Immer öfter denkt sie an das Kind, das bald da sein wird. Sie wird gut umgehen damit, das hat sie von Klein auf gelernt. Sie wird gut zu ihm sein, auch wenn es kein gutes Kind ist, kein gutes Blut hat. Es wird österreichisches Blut haben, österreichisch aussehen und auch so heißen. Es wird einmal österreichisch sprechen und die andere, die fremde Sprache nie hören, denn das gefällt den Österreichern nicht. Sie denkt lange nach über einen passenden Vornamen, auch weil die Schwestern im Spital sie danach fragen. Und zu jedem Vornamen haben sie eine Geschichte. Sie nennen sie Heilige. Der heilige Florian wäre sehr passend, damit es nie mehr eine Feuersbrunst gäbe in den Häusern der Schwestern.

Dann ist das Kind endlich da, geboren unter den aufmunternden Worten der Schwestern, die für Zita schon fast wie ihre wirklichen Schwestern sind oder mehr noch wie wohlmeinende Tanten. Familie eben. Es ist ein Mädchen.

Zita hat sich für die Namen Anna und Viktoria entschieden. Anna ist zwar eigentlich jüdisch, und das war bis vor kurzem ganz schlecht, aber neuerdings kommt dieses seltsame Volk wieder zu Ehren, wird fast schon bewundert. Anders jedenfalls als die Zigeuner, die zwar auch vor kurzem noch verfolgt und vergast wurden, auch immer schon in alle Teile der Erde verstreut waren, aber die Zigeuner haben es versäumt, ein schönes und bedeutungsvolles Buch darüber zu schreiben wie einst die Juden, und deshalb wird es mit denen nie anders werden als es immer schon war.

„Und darum, liebe Anna Viktoria, wirst du das nicht wissen. Anna heißt „die Schöne", denn das wirst du sein, aber ohne den Makel der Andersartigkeit. „Viktoria" steht für die Siegreiche, und siegen wirst du in deinem Leben, denn es wird dir an nichts fehlen und du wirst nichts zu tun haben außer zu lernen, wie du im Leben oben bleibst und siegst."

„Zita, Schatz, hallo, meine Schöne, du schnatterst im Schlaf, was ist denn los?"
„Was … ?"
„Hattest du einen anstrengenden Traum, Liebes, du bist ja ganz verschwitzt?"
„ … ah, ja, - ach so, du bist es, mein Lieber, Guter – also …, hab ich meinen Platz gefunden …"
„Na, ganz wach scheinst du mir noch nicht, aber ja, hier hast du deinen Platz, drück dich ganz fest zu mir, das ist dein Platz, den hast du dir für immer erobert, mein starkes Löwenzahn–Mädchen.", flüsterte Donnenberg in ihr zerdrücktes, feuchtes Haar hinein mit seinem wissendsten Lächeln.

7. Kapitel

Der Pfarrer, 29. 03. 2006, Asyl der barmherzigen Schwestern, Salzburg

„So - schauen Sie, wir haben ihm extra noch ein neues Schild an die Tür machen lassen. Sie werden sehen, er wird sich hier genauso wohl fühlen wie drüben."

Pfarrer Erwin Rencker, 31. August 1939,
Professor am Borromäum Gymnasium i.R.

Ach, mein Alter, is' das jetzt für dich auch die Endstation, ha?, dachte sich der Hinterstätter, während er behutsam anklopfte.
Sein Freund erschreckte sich so leicht. Er wirkte immer, als sei er auf der Hut, fast auf der Flucht. Angespannt, verspannt, ziemlich verkniffen, doch stets freundlich. Sein bester Freund. Schon ganz lange.

Der Erwin lag im Bett, das sah ihm gar nicht ähnlich, da hatte die Schwester also nicht übertrieben.
„Ja, sag' einmal, was machst denn für G'schichten? Ich komm' grad von der Rosa und jetzt wollt' ich mit dir einen trinken gehen, da liegst du g'mütlich im Bett ..."
Sein Freund winkte müde ab.
„Servus Franzl, schön, dass du da bist. Bemüh' dich jetzt net, brauchst mich net aufheitern. Ich weiß, was es g'schlagen hat und du siehst es ja sowieso, also was soll's?"
„He, he, so red'n wir aber net, ha? Erzähl', was los is."
„Die gleiche G'schicht wie immer. Das haben mir die Ärzte damals schon g'sagt, wie sie mir die zwei Zehen abgenommen haben, dass das weiter gehen könnt. Keine Durchblutung, weil ich meinen Diabetes nie ganz unter Kontrolle g'habt hab oder so was, jedenfalls ist es höllisch schmerzhaft, sag ich dir."
Der Hinterstätter hatte sich bereits auf die Beine konzentriert, die ihn unter der Decke wie zwei Prügel morsches Holz anmuteten.
„Magst nimmer vorwärts, ha, nimmer weiter gehen?"
„Ja wenn ich doch nicht kann!"
„Du magst net können, Erwin. Vielleicht sollt'n wir einmal nachdenken warum?"
„Ha, tust schon wieder so, als hätt' ich Ausreden nötig, als tät ich mir meine Krankheit ausdenken. Weißt' eh, da geraten wir wieder g'scheit z'amm. Aber zum Streiten bin ich zu krank, da kannst wieder geh'n."
„Geh', Erwin, laß' gut sein, ich meins ja nicht bös'", Hinterstätter nahm die Hand des Freundes in die seine, sie war womöglich noch schlaffer als sonst auch.

>Müde, enttäuscht, verbittert< waren seine Eindrücke.

Er sah dem Pfarrer aufmerksam ins Gesicht. Nein, nicht die ersten Spuren des Todes fand er, aber die vielen alten Spuren des Lebens. Eines mühsam auf Freundlichkeit und Menschenliebe und Gottesfurcht getrimmten Lebens, von dem jetzt nur noch Furcht übrig geblieben war. Und Überdruss.

Der Förster holte sich einen Stuhl, um seine große Gestalt darauf nieder zu pflanzen, er empfand sich sonst selbst als störend in dem kleinen Raum.

Dann sah er sich um; die Möbel waren großteils mit gewandert aus der kleinen Wohnung, die der Pfarrer seit langem bei den Schwestern bewohnte, als Seelsorger der Asylinsassen, die hier ihren Lebensabend verbrachten und als Beichtvater für die Schwestern. Die Messen in der hauseigenen Kapelle hatte er nur noch selten gelesen, da hatte ein junger Kaplan ausgeholfen, denn das war für den alten Herren schon zu anstrengend geworden.

Die Schwester der Pforte, die den Hinterstätter hierher geleitet hatte, legte großen Wert darauf zu betonen, dass der Herr Professor nur hier auf der Pflegestation die optimale Betreuung bekommen könne, die ihm selbstverständlich zuteil werden würde. Ein großes Privileg sei ihm eingeräumt worden, weil er ein eigenes Zimmer bekommen habe. Meistens seien auf dieser Station vier Betten in einem Zimmer, wie solle das auch sonst gehen, nicht wahr?

„Ah, Erwin, weißt, ich glaub, das kann auch wieder gut werden."

„Vielleicht jetzt grad', mit dem ganzen Zeug, was sie mir spritzen, aber auf Dauer …"

„Auf Dauer is' da gar nix auf derer Welt, das brauch ich dir jetzt aber net sagen, ha? Komm', schau wieder ein bissl lustiger, denk doch einfach einmal, dass du's eigentlich auch sehr schön g'habt hast auf der Welt, oder? Hätt' auch ganz anders werden können für dich, als Bergbauernbub, als kranker."

Der Hinterstätter hätte jetzt gerne schwadroniert über die alten Zeiten, seinen Freund in der Fantasie überall dahin gebracht, wo sie beide gerne gewesen waren, in Mühlbach am Hochkönig, in Salzburg im Bräustübl, bei ihrem Freund auf dem Kapuzinerberg. Es ging aber schon auf siebzehn Uhr zu, die eiserne Schwester mit dem stahlharten Blick würde gleich einmal hereinrauschen, hinter ihr der Pfleger aus Indonesien, ihr stets ergebener Helfer.

„Sooo, meine Herren, jetzt geht's los, erst die Spritze für den Herrn Professor, wollen Sie bitte g'rad so lange draußen warten, Herr Oberförster?"

„Nein, ich glaub' ich lass' Sie lieber in Ruhe Ihre Arbeit tun, es gibt dann ja auch gleich Essen …, ich komm' bald wieder, Erwin, spätestens nächste Woche, oder ruf mich doch an, das kannst auch vom Bett aus, ha?"

Der Pfarrer winkte ihm nur noch, er wagte auch nicht viel zu sagen neben der Schwester, bei der man nie wusste, wie man gerade ankam. Lieber wollte er das Bild festhalten, das der Franzl heraufbeschworen hatte, das von dem kleinen kranken Buben, der ein großes Glück hatte.

Hatte er?
Er war in Mühlbach am Hochkönig geboren. Fünf Kinder waren sie schon auf dem kleinen Bauernhof, und dann kam da noch so eins, das kaum zum Überleben taugte, das hatten ihn alle spüren lassen. Die Geschwister, der Vater, der Knecht und – manchmal nur – auch die Mutter.

Erwin, dieses kleine, kranke Würmchen, buhlte um jeden Funken Anerkennung. Und die bekam er, sobald er aus dem Gröbsten raus war.
So schmächtig und marode sein Körper, so flexibel und aufnahmefähig war der Geist, der darin wohnte.
Wenn er so seine Schulfotos betrachtete kam es ihm vor, als habe er sich bereits in der ersten Klasse deutlich von den Bauernkindern seiner Umgebung abgehoben. Eine sehr hohe Stirn, die damals schon große geistige Fähigkeiten versprach und eine ausgeprägte, nach vorne geschobene Kinnpartie, die deutlich machte, wie sehr er energisch und willensstark seine Wünsche verwirklichen wollte.

Anerkennung war ihm das Wichtigste, aber auch die Liebe. Er war deshalb ein wirklich guter Freund, auch wenn er gerade hier Zeit seines Lebens an dem Kreuz der Versündigung würde tragen müssen.

 Ach, wie war es denn nun mit der Liebe?
„Er hat selbst zugegeben, dass er noch während der Studienzeit nicht immer hat widerstehen können, was später war, ließ er stets offen …", hatte der Franzl einmal dem Pater erzählt, weil er wusste, dass das gar kein Geheimnis war zwischen dem Pfarrer und dem Pater. Das wirkliche Geheimnis wusste aber nur der Pater und der Franzl nicht.

Natürlich musste er sich oft verstellen, das war dem Wesen seines Berufes entsprechend. Er hatte auch kaum jemals spontan gehandelt, nein, sondern versucht durch sein Denken allein schon die Dinge – und Gegensätze – zu harmonisieren.
Mit diesen seinen Gaben nun war er seinem Volksschullehrer aufgefallen und weil der einen Freund in Salzburg hatte, wollte er ihn bei diesem im Gymnasium mit Schülerheim und – ganz wichtig – richtiger medizinischer Versorgung unterbringen. Ach, die Beziehungen.
Glück? Ja, vielleicht schon auch. Es war noch die amerikanische Besatzung im Salzburger Land gewesen, und die halfen, den kleinen kranken Buben im Jeep in die Landeshauptstadt zu bringen.

Erwin war ein dankbarer und williger Schüler, der alles aufnahm, was man ihm bot. Einige seiner Professoren erwarteten Großes von ihm.

Mindestens aber, dass er Theologie studieren würde. Was er natürlich auch machte. Alles mit Stipendium, denn von zu Hause kam nichts. Nur ein kurzer Brief, wenn wieder eines seiner Geschwister gestorben war. Drei starben, bevor er noch zwanzig Jahre alt war. Dann die Mutter, gleich darauf erschoss sich der Vater, ein Jagdunfall, sagte man. Seine beiden älteren Brüder bewirtschafteten alleine den Hof.

Während einer langen Krankheit, bei der es zu einer ernsten Krise kam, stellten die Ärzte endlich fest, was den jungen Burschen und vielleicht auch seine Geschwister so anfällig gemacht hatte: Diabetes mellitus, vermutlich in seiner juvenilen Form.
Lustigsein wurde ihm noch wichtiger, auch wenn das ständige Lachen manchmal ziemlich verkniffen wirkte, er wollte leben und das Leben auch genießen.
Warum war es ihm nur immer so schwer gefallen?
Das Lachen war wohl nicht so ganz echt, oft war es einfach nur Anpassung an eine Begebenheit oder eine Begegnung und aus beinah zwanghafter Harmonieliebe heraus.
Glück – ja, hatte er gehabt, was seinen Lebensweg betraf – aber Glück im Leben? Glück im Leben mit Gott? Wie konnte er, da er doch so weit gefehlt hatte?!
Ach, da war wieder sein verhasstes Augenzwinkern, von dem nur er wusste, dass es nicht gesteuert, sondern Ausdruck seiner emotionalen Anspannung war! Er wusste auch, dass es auf viele Menschen nur schalkhaft wirkte, aber eigentlich kam es von der inneren Anstrengung, immer auf der Hut sein zu müssen, um nicht verletzt oder gar durchschaut zu werden.
Mit viel Freundlichkeit machte er gerne auf seine Tugend und Geistesgröße aufmerksam, doch was die Tugend betraf, hatte er eben so sehr gefehlt, dass er sie sich selbst nicht mehr glauben mochte.

Gerade jetzt, wieder einmal ganz nahe Auge in Auge mit dem Angesicht des Todes, musste er an all die schlimmen Geschehnisse denken, die ihm, als sie geschahen, so tragisch oft gar nicht erschienen waren.

Rosa, die liebliche, stolze, erhabene Rosa, welchen Anteil hatte seine Rolle in ihrem unglücklichen Leben?
Ach, sie war so schön gewesen damals Innergebirg, aber immer schon unnahbar. Sie versteckte sich gerne hinter „man", Allgemeinplätze waren ihr am liebsten. Da vergibt man sich nichts, da muss man nicht selbst dazu stehen.

„Ich hab ihn geheiratet, ja. Aber ich kann ihm nicht gerecht werden, so, wie er jetzt ist. Seine Hirngespinste, da reden ja schon die Leut'! Da waren mir seine Weibergeschichten ja noch lieber. Viel lieber sogar. Das kennt man ja."

Der Sohn, der Roman, war ein aufrechter Kaplan geworden, freilich, da hatte er gut dafür gesorgt.

„ … dann nimmst ihn halt mit, ja, mit seinen grad' einmal zehn Jahren schon mit nach Salzburg!" hatte die Rosa lamentierend zugestimmt, als der Franzl und er ihr das unterbreiteten, was sie sowieso schon beschlossen hatten.

„Ins Borromäum Gymnasium, das Vorzimmer zur theologischen Fakultät in Salzburg.", erklärte der Vater stolz in der kleinen Heimatgemeinde.

Gleich nach Abschluss des Studiums ging er in die Mission, erst nach Afrika, dann nach Südamerika. Seine Eltern und seinen Geburtsort kannte er kaum. Seine Bezugsperson, sein Draht nach Hause blieb sein Taufpate, Professor und Mentor Erwin Rencker.

Die Rosa freilich beklagte sich täglich, dass man ihr das Kind weggenommen habe, auch als das Kind als fertiger Kaplan nach Übersee startete und sich nur noch brieflich verabschieden konnte.

Liebe Mutter, lieber Vater,
das tut mir Leid, dass es jetzt so rasch gehen muss, aber ich habe meinen Marschbefehl und kann nicht mehr zu Euch fahren, ohne in zeitliches Gedränge zu geraten. Ich bitte um Verständnis.
Wie immer schließe ich Euch innigst in meine Gebete ein und verbleibe
mit besten Grüßen
euer dankbarer Sohn Roman

Seinem Vater, dem Franz, mache das ja wohl nichts aus, nie habe er sich um den Roman gekümmert, wie die Fremden seien sie immer zueinander gewesen. Vermutlich, weil er, der Franz, dieser Weiberer, sowieso an jeder Ecke angebaut habe, eigentlich müsste sowieso schon der halbe Ort aussehen wie er und die Männer zu Hause müssten sich still und heimlich grämen ob der zahlreichen Hörner; und im Wirtshaus müssten sie angeben und sich damit brüsten, dass die, die so ähnlich wie ihr Kind aussehen, alle von ihnen sein könnten, man habe ja schließlich nichts ausgelassen und so und nicht wahr … .

Und so hatte sie dem Franzl tagtäglich das Leben auch nicht gerade leichter gemacht.

Mit zunehmendem Alter hatten sich ihre Standpunkte mehr und mehr verhärtet und er, ihr Beichtvater und Vertrauter seit den Mühlbacher Zeiten, war hin und her gerissen zwischen seiner Loyalität zu ihr und seiner ebenfalls innigen Freundschaft mit ihrem Mann, den sie zusehens verteufelte.

Dass sie sich etwas antun würde, trotz ihrer nahezu bigotten Gläubigkeit, das hätte er auch nie für möglich gehalten. DIESE schwere Last auf seinem Herzen machte seine Zuckerkrankheit wohl so unberechenbar. Man weiß ja, wie das ist mit belastenden Ereignissen.

Erhängt sich auf dem Dachboden - alleine diese Vorstellung!

Der Franzl hat das gespürt, dass was Schreckliches passiert, rast nach Hause, schneidet sie vom Seil, beginnt sofort mit der Wiederbelebung, wie er es zusammen mit seinen Waldarbeitern immer wieder mal übt und - sie bleibt apallisch, nach fünf Jahren alles gleich. Soll sie weiter künstlich ernährt werden?
Wann wird es eine Veränderung geben? Ihre langen roten Haare wachsen weiter, nicht einmal die Farbe verändert sich. Die Fingernägel wachsen erstaunlich schnell, alles ist so rätselhaft.

„Schweester, jetz isse eingeschlafen Heer Profesoor."
„Ja, das ist gut, kommt von der Spritze, die beruhigt, er wird die Nacht durchschlafen, glaub ich. Wir müssen noch zum Herrn Hofrat, also Tempo, los, Beeilung."

8. Kapitel

Der Pater, 01. 04. 2006, Kapuzinerberg, Salzburg

Bernhard Holzner, geboren am 31. Juli 1964, dem Orden der Kapuziner nach dem heiligen Franziskus angehörend, wohnhaft in Kapuzinerberg 6, 5020 Salzburg.
Das hatte der Herr Notar vorgelesen, als der Erwin unbedingt sein Testament hatte machen wollen und ihn zum Erben bestimmte, da keine Angehörigen mehr unter den Lebenden waren und Kinder selbstverständlich auch nicht.
Die beiden Brüder Rencker, unverheiratet und mit den langen Jahren zunehmend eigenbrötlerischer und einsamer, waren nach einander verstorben. Seither lag der kleine Bergbauernhof verlassen und stetig mehr verfallend in seiner einsamen Idylle hoch oben unter den Mandlwänd.

Nun gut, hatten die Kapuziner also ein Anwesen Innergebirg, weit droben am Hochkönig, diesem majestätisch schroffen Riesen der Salzburger Bergwelt, der es den menschlichen Ameisen oft schwer machte, ein Leben an seinen Flanken zu fristen.
Da sich die Kapuziner in Salzburg vorwiegend um die angehenden Brüder in ihrem Noviziat kümmerten konnte es gut sein, dass das Anwesen als Rückzugsgebiet, zur Klausur und Kontemplation, genützt werden würde. Oder vielleicht doch ein Arbeitsprojekt für seine Schützlinge, die Obdachlosen? Ach, wo er manchmal hindachte mit seinem grenzenlosen Optimismus.

„Immer das Höchste, das Optimum, gell?", würde ihm der Prior wieder unter die Nase reiben, dabei über seine Brille hinweg gütig lächeln und sich ob dieser nicht unwesentlichen Erbschaft ein wenig die Hände reiben. Rein im Geiste natürlich.

Er hatte den Erwin dann ins Krankenhaus begleitet.
„Den Franzl rufst erst nachher an, ich sterb' nicht dran, hat er letztens g'sagt, also soll er Recht behalten, in Gottes Namen."
Jetzt tat er es.
„Weißt du's schon?"
„Sie haben eines weggenommen, oder?"
„Mhm, 's Zweite haben sie grad' noch so erhalten können."
„Ja, was soll's, es gibt auch Spitzensportler mit nur einem Bein, oder?"
„Eh, da könnt' er jetzt noch drauf trainieren, meinst?"
„Ist er schon wach? Was sagt er?"
„Was fragst, wennst es eh schon weißt?"
„Damit dass du mir was sagst, du Lauser, du damischer."

„Gut geht's ihm, sonst wärst du net so gut drauf!"
„Morgen komm' ich ihn besuchen, sag ihm derweil einen schönen Gruß, so ein Unkraut wie er vergeht net so g'schwind, das hab' ich ihm eh gleich g'sagt."

Ach, seine guten alten Freunde, das waren schon Zwei! Gebeutelt vom Schicksal und begünstigt von Gottes Gnade zugleich, wer konnte da mithalten? Das Meiste schien den beiden Alten ja nicht einmal bewusst zu sein. Den Hinterstätter hatte er ja geradezu mit der eigenen Nase darauf stoßen müssen.

Ihn selber, den kleinen Bernhard, hatte niemand aufmerksam gemacht.
Er musste schon seine eigenen Erfahrungen machen, und die waren oft schmerzhaft gewesen, als er noch sehr jung war.
Bald schon war ihm aufgefallen, dass er anscheinend anders sehen, hören und fühlen konnte als andere Menschen.
„Der Bub spinnt wieder.", sagte seine Mama, wenn er ihr die Wölkchen und Strahlen und Lichter beschreiben wollte, die er sah.
„Sei net immer so bled!", verlangte der Vater, wenn er mit seinem Engel redete, der doch auch mit ihm sprach und folglich ein Anrecht hatte auf Antwort.
Er brauchte Wärme, Liebe und möglichst auch Bewunderung, stattdessen fand er Ablehnung, bis er sich dazu entschied, die wesentlichen, die großen Bereiche seiner Wahrnehmungen ausschließlich für sich zu behalten.
Daraufhin wurde er als umgänglich, angenehm und bescheiden eingestuft.
Ihm war es Recht. Seine Fähigkeiten konnte er trotzdem gut gebrauchen, sie halfen ihm in der Schule und während seines Studiums der Pädagogik und Soziologie. Schon während des Studiums merkte er, dass seine Sinne sich dort am besten entfalten konnten, wann und wo er am meisten gebraucht wurde.
Seine Doktorarbeit in Soziologie wollte er über die Obdachlosen seiner Heimatstadt schreiben. Er setzte sich mit den Kapuzinern in Verbindung, von denen er wusste, dass sie auf dem Gebiet der Sozialarbeit und der Gefängnisseelsorge besonders engagiert waren.
Viel Zeit verbrachte er von da an mit den Obdachlosen und den Patres, viele Nachtstunden der endlosen Diskussionen, viele Stunden der innersten Einkehr und trotzdem in großer Gemeinschaft. Und schließlich blieb er ganz bei den Patres, machte ihre Sache zu seiner und ihren Gott zu seinem.

Und endlich fand er Ruhe, Wärme, Anerkennung, manchmal auch Bewunderung und sogar Liebe. Von nun an lebte er nicht für sich, sondern für seine Arbeit und Berufung.
Seinen inneren Halt fand er immer in der Natur, wo Gott ihm am nächsten war.
In der wunderbar intakten ökologischen Schutzzelle und natürlichen Enklave des Kapuzinerberges eignete er sich nach und nach ein immenses Wissen über die Zusammenhänge in der Natur an. Einer seiner Brüder war für den riesigen

Garten des Klosters zuständig und er hatte ein ebenso riesiges Wissen angesammelt, das er bereitwillig und freudig an den jungen Novizen und späteren Pater Bernhard weitergab, bis ihm dieser nur noch an Erfahrung nachstand.

Und in dieser Zeit seiner tiefen Einsichten und großen Dankbarkeit begegnete der Pater dem Förster wie einer Naturgewalt. Wie ein Orkan war sich auch dieser Mann seiner gewaltigen Kräfte nicht bewusst.
Dem Pater fiel nun seine vielleicht wichtigste Aufgabe zu, dieses Urgestein und sein Umfeld ACHTSAM werden zu lassen für das große Ganze, das sich aus unseren kleinen Geschichten ergibt.

Nicht immer leicht, seine Aufgabe, wollte er niemanden erschrecken und überfordern.
Seinem Charakter entsprechend war er eigentlich meist sehr direkt in seinem Vorgehen, wobei es ihm nicht schwer fiel, dabei auch herzlich zu bleiben. Sachte, sachte, musste er sich dennoch oft sagen, um nicht zu vorschnell los zu preschen und die Hauptakteure auf der Strecke zu lassen.

Dann ergaben sich Schicksalsschläge, die auch er nicht hatte kommen sehen und auch wenn er ihre Bedeutung erahnte war er doch so sehr mitten in dem Geschehen, dass er manchmal zu hadern begann.
Bitterkeit wollte aufkommen zu manchen Zeiten und dann brauchte er seine Brüder, um wieder zu seinem Gleichgewicht zu finden.
Sein wichtigstes Gebet war wie ein Mantra seine Stütze und seine Quelle zugleich.
Herr, lasse mich Kanal sein für deine große Gnade!
Herr, lasse mich in Demut empfangen, was du vorgesehen hast!
Herr, lasse mich weitergeben, was immer du mir schenkst!
Herr, lasse mich wachsen an jeder Aufgabe!

Nun sah er seine Aufgabe, den beiden Freunden und ihren Lieben zu einem guten Ende ihrer Lebensgeschichte zu verhelfen, indem er sie SICHTBARER machte, der Rest lag selbstverständlich nicht bei ihm. Nur einen kleinen Impuls, den brauchten sie wohl.
Sie hatten ihm schon viel erzählt, berichtet, auch gebeichtet.
Die wilden Jahre in Mühlbach am Hochkönig, der junge Pfarrer und der noch jüngere Forstangestellte, beide Schwerenöter. Der eine darf, der andere nicht, sie verstehen sich prächtig im Wirtshaus. Trinken können sie beide beachtlich. Als Hinterstätter seine Rosa endlich heiratet und eine Stelle als Förster in seiner Heimatgemeinde bekommt, geht Rencker nach Salzburg zurück und wird Professor am Borromäum Gymnasium.

Die Freunde besuchen sich häufig, Hinterstätter kommt allerdings viel häufiger nach Salzburg, weil er es als eine gute Gelegenheit wahrnimmt, seinen Hobbys Wein und Weib nachzugehen.

Rencker und auch Hinterstätter sehen, dass Rosa immer wunderlicher wird, beide haben den Plan, den äußerst zarten und sensiblen Roman da weg zu bringen, eben zu Erwin nach Salzburg, wo er sich sehr um ihn kümmert.

Er weiß, was außer ihm nur noch Rosa weiß oder vermutet.

9. Kapitel

Maria, 03. 04. 2006, Mariahilf 6. Bezirk, Wien

Mist! Schon wieder warten auf den Gerichtstermin. Das machte er nur, um sie zu ärgern und zu demütigen!
Maria war zum x-ten Mal hier in dem langen Gang vor dem kleinen Gerichtssaal, der mehr einer Abstellkammer glich. Es ging ja nur um die Pflegschaftssache eines Minderjährigen, der Kläger war ohnehin nicht anwesend, da konnte ruhig in der Rumpelkammer verhandelt werden und warten konnte man die Beklagte auch lassen, solange man wollte.
Maria, du wirst zickig und bockig und überhaupt brauchst dich net ärgern, sagte sie sich gerade – ebenfalls zum x-ten Mal – vor.

„Maria Huemer, geschiedene Rizzardi, geboren am 15. August 1955, DGKP an der onkologischen Station des AKH, wohnhaft in der Weißdorngasse 46 in 1016 Wien, Mutter des Minderjährigen Matteo Rizzardi, geboren am 10.01.1991 in Luzern, Schweiz, Schüler, wohnhaft bei der Mutter, siehe oben.", verlas die Richterin gelangweilt. Dann sah sie ihr Gegenüber kurz an, als wollte sie sagen so, jetzt kommt's.
„Sie werden beschuldigt der fortwährenden Unterlassung Ihrer Aufsichtspflicht gegenüber dem Minderjährigen durch Mario Rizzardi, Vater des genannten Minderjährigen."
Seufzen auf beiden Seiten. Ja, was soll man da machen steht in den Augen beider Frauen, aber das sagt frau natürlich nicht, vor allem als Richterin.
„Also?"
„Also alles wie gehabt, nur dass er immer älter wird und die Beschuldigungen daher immer noch dümmer."
„Soll das ins Protokoll?"
„Nein, Pardon, unhaltbarer, wollt' ich sagen."
„Gut, wir nehmen das auf und dann geht das alles seinen Lauf."

Gleich darauf war sie von der Richterin entlassen, stand wieder auf der Straße und überlegte sich, was sie jetzt mit den restlichen Stunden anfangen sollte, die ihr dieser unfreiwillige Urlaubstag einbrachte.
Freundin anrufen, Kaffeehaus gehen? Üblicher Klatsch. Stand ihr gar nicht der Sinn danach. Sie war immer noch aufgebracht. Das schaffte er also doch noch jedes Mal, dass sie sich ärgerte und auch fragte, ob nicht doch ein kleines Körnchen Wahrheit dran sein könnte, dass sie sich womöglich wirklich nicht ausreichende bemühte und sorgte um ihr flügge werdendes Kind, so als allein erziehende Mutter.

Aber sie wusste auch, dass dieser Mann, der ihr Ehemann gewesen war und den zu lieben sie einmal ganz und gar sicher war, dass der am Liebsten Macht und Einfluss ausübte und ausspielen wollte und ihr deshalb diese zusätzlichen Belastungen und auch die eigenen Unsicherheiten und Ängste aufhalste.

Am Anfang war das alles nicht so gewesen. Mario lebte schon einige Jahre in Wien, hatte eine kleine Pizzeria und hatte sich dem Leben um ihn her bestens angepasst.

Sie waren auch sehr verliebt, na ja, für sie eine ziemlich späte Liebe, wo sie doch schon vierunddreißig Jahre alt war; für Mario mit seinen Vierzig war es auch schon die zweite, denn seine italienische Frau hatte sich scheiden lassen, weil sie das Leben abseits der Heimat nicht hatte ertragen können, sagte Mario. Alles lief ganz gut und auch nicht sonderlich aufregend, bis die Miete für das Lokal drastisch erhöht wurde und der Gastronom immer unruhiger wurde. Schließlich kam er mit der Neuigkeit, er habe ein Angebot aus Luzern, da sei die Miete erschwinglich und der Verdienst weit besser. Es sei jetzt an der Zeit zu heiraten und Nägel mit Köpfen zu machen.

Maria musste sich entscheiden. Beinahe zwanzig Jahre hatte sie an ihrer Karriere gefeilt, viele Zusatzausbildungen absolviert, sich stetig hochgearbeitet. Andererseits tickte wohl ihre biologische Uhr zusehnds lauter und unmissverständlich. Sie wünschte sich eine Familie, Kinder.

Also Luzern, wo Matteo geboren wurde und alles aus dem Lot kam.

„Du bist jetzt meine Frau!", war Marios Argument, wenn er sie wegen Ungehorsams schlug. Seine Affenliebe zu seinem Sohn – „Er ist so schön, er ist so toll, das beste Kind überhaupt!" – konnte sekundenschnell in Wut, Verhöhnung und Knüffe für das Kind umschlagen.

Maria zeigte Zähne, wollte nicht zulassen, dass er dem Kleinen auch nur ein Haar krümmte. Fragte sich abwechselnd zornbebend und in verzweifeltem Weltschmerz gefangen, was sie verbrochen oder in ihrer Verliebtheit übersehen hatte, dass dieser Mann sich nun derartig gebärdete.

Sie, die fleißige, unermüdliche Schwester, für Patienten wie Kollegen stets herzerfrischend, ja geradezu herzstärkend, nahm jetzt mehr und mehr die Dornen des Lebens wahr und zeigte möglichst auch ihre eigenen, was ihr aber nur Schläge und sehr viele Unannehmlichkeiten einbrachte. Sie fragte sich in dieser Zeit häufig, was wohl ein Mensch so alles aushält.

In ihrem Innersten herrschte Chaos und tiefste Bewegung, wenn sie an ihr Kind und seine Zukunft dachte. Sie litt an ihrer Zersplitterung, wollte etwas ganz anderes als das, was sie nach außen hin immer noch vorgab zu sein und zu tun.

Bis sie endlich, endlich zu sich selber und ihrem Kind stand und einen Schlussstrich zog.

Sie kehrte als Häufchen Elend nach Wien zurück und fand sich selbst wieder in den Straßen dieser lustvoll melancholischen Stadt.

Hach, was hatte sie alles aufgegeben, hinter sich gelassen zusammen mit der österreichischen Lebensart!
Die eigene üppige Lebendigkeit, den triumphierenden Humor, das enorme Leistungsvermögen, ihren Ehrgeiz und ihre Einsatzbereitschaft für alles und alle, die sie auch nur stumm darum baten.
Jetzt wollte sie alles wiederhaben, aufleben lassen, erneuern.
Allem voran den Kontakt mit Zita, der allmächtigen Chefin, ihrem großen Vorbild.
Sie wollte unbedingt wieder auf der Onko arbeiten.
Also rasch ein Treffen mit Zita vereinbaren, die sporadisch immer noch Kurse für die Schwesternschülerinnen hielt – jetzt hieß das ja Gesundheits- und Krankenpfleger.
Bis Zita mit dem Donnenberg im Jahr 2000 endgültig ins Waldviertel gezogen war hatten sich die ungleichen Freundinnen nicht mehr aus den Augen gelassen. Maria war für Zita auch eine zweite Tochter – die eigene war zu dieser Zeit ja kaum noch in Wien, da sie gerne Rollen in Fernsehproduktionen im Ausland annahm. Maria vermutete manchmal eine gewisse Projektion aller unerfüllten Wünsche der Mutter auf sie, die verlässlich und praktisch hier in Erreichbarkeit war. Und alles dankbar annahm, was die Ältere ihr an Zuwendung, Aufmerksamkeit und Lernthemen anbot.
Dem äußeren Erscheinungsbild nach konnten die Beiden ungleicher nicht sein.
Die winzigklein Dunkle gegenüber der großen Blonden, einer echten >Arierin<, wie Zita manchmal mehr versonnen als witzig anmerkte.

Wo Zita eine anscheinend angeborene Autorität besaß, die sie niemals in starken oder gar lauten Worten, Taten oder gar in der Kleidung zum Ausdruck brachte, wollte Maria ihre starke Natur hervorheben, gerne noch ein wenig verstärken, wo sie sich womöglich selber doch nicht so sicher war.
Sie liebte die rote Farbe, die – rein äußerlich und ihrem eigenen Imagegedanken nach, ganz der durchsetzungsstarken Krankenschwester entsprach.
„Du bist das Gegenteil von Erna, weißt du?", hatte Zita ihr kurz nach dem Weggang der Dritten im Bunde gesagt. Maria hatte das damals als Kompliment gesehen und weiter an ihrem Image gebastelt, bis, tja, bis sie dem Fehler ihres Lebens begegnet war.
Stimmt nicht, maßregelte sie sich sofort in ihre beinahe verbittert grüblerischen Gedanken hinein. Das Beste meines Lebens, weil daraus Matteo wurde, den ich mir überaus gewünscht habe und der die Sonne in meinem Dasein ist.
Natürlich konnte sie mit dem kleinen Kind nicht mehr alles an ihrem früher so aktiven Wiener Leben aufnehmen.
Die Wasserrettung zum Beispiel, das war wohl vorbei. Dafür ging sie mit dem Jungen so oft als möglich schwimmen.

„Musst dich nicht mehr hinter Mauern und Masken verstecken, um deinem Selbstbild gerecht zu werden. Hier demütigt dich niemand mehr."
Mit Zitas beständiger Hilfe wurde ihr eigentliches Wesen wieder gestärkt. Na ja, so stark, wie sie das gerne gehabt hätte und auch ständig vorgab war es wohl gar nicht, darum schoss sie vermutlich auch öfter mal weit über ihre Rolle hinaus.

Aber nicht, was die Gerichtssache mit Mario betraf, nein, da tat sie sicher sehr gut daran, sich absolut nichts gefallen zu lassen, schließlich ging es dabei um Matteo. – Und ihre Ehre als Mutter – setzte sie in Gedanken lächelnd nach, denn das klang schon sehr sizilianisch. Auch gut, hatte sie sich halt doch was behalten von ihrem Mann.

Was war sie doch plötzlich klein und unsicher geworden damals im Ausland! Ihre erstklassige Ausbildung zählte in der Schweiz nicht, sie bekam keine adäquate Arbeit und ihr Mann verlangte sowieso, sie solle im Betrieb mitarbeiten, was ihr aber gar nicht lag und schlecht gelang.
Was ihr wiederum Hiebe einbrachte. „Du bist zu allem zu dumm!"
Als er wegen größerer Einkäufe nach Frankreich fuhr flüchtete sie mit dem kleinen Jungen nach Österreich zurück.
Von da an begannen seine Boshaftigkeiten, die auch mit der Scheidung nicht endeten.
Aber sie hatte Matteo in Ruhe und Sicherheit erziehen können, hatte ihre geliebte Arbeit wieder, eine kleine gemütliche Wohnung und na ja, das war es dann auch. Mann keiner in Sicht. Sie glaubte sich bei der weisen Einsicht angelangt, sie sei für eine Partnerschaft wohl nicht gemacht. Andere Frauen hatten ständig Bekanntschaften, Liebschaften, mehrere Ehen, oft alles Mögliche gleichzeitig – wenn sie da nur an das Paradebeispiel Zita dachte!
Apropos Zita – ach ja, Erna! Ob sie wohl schon mit der früheren Chefin telefoniert hatte, die Arme? Das alles hörte sich ja nicht gut an, bei Gott nicht! Ich telefonier jetzt mit der alten Dame!, schoss es Maria durch den Kopf.
Nummer? Hier. Hm, nicht zu Hause ...
„Donnenberg."
„Oh, oh hallo, Herr Donnenberg, Maria Rr – Maria Huemer hier, vom AKH, kann ich bitte die Zita sprechen, wenn möglich?"
„Grüß Gott, Frau Huemer, sie ist schon hier, aber irgendwo draußen.
Sie wird Sie gleich zurückrufen, wenn ich sie gefunden habe, ja?"
„Das ist sehr freundlich, Herr Donnenberg, vielen Dank, Auf Wiederhören."
Während sie sich nun an den Hausputz machte, allem voran an Matteos verwahrlostes Zimmer, dachte sie an die verflixte Situation in Ernas Familie.
Das ist doch wie verhext. Oder – wie verstrahlt.

Das müsste doch …, da gab es doch …, da war doch ständig die Rede von dem Waldschratt da oben im Waldviertel.
Jetzt war sie ganz schön aufgeregt. Dieser Einfall schien ihr wichtig, das könnte doch vielleicht so sein, dass da einfach ein schlechter Platz war in diesem Haus. Hatte sie doch gelesen über den Pfarrer Kneipp, dass der letztlich zu Tode kam, weil er in seiner Klause falsch lag, vor allem mit dem Kopf.
Als das Telefon läutete hatte sie Zita beinahe vergessen, bis sie die Stimme hörte.
„Ach, … Zita, bin ich froh, dich zu hören!"
„Du bist aufgeregt, verschnauf erst einmal, Kind!"
Ganz die Zita, wie immer mit ganzer Aufmerksamkeit selbst auf kleinste Nuancen.
„Danke für den Rückruf. Es ist …"
„ … wegen Erna, oder?"
„Ja, ich mache mir solche Sorgen, und da ist mir jetzt gerade was eingefallen."
Im Zuge ihres Gespräches stellte sich dann heraus, dass Zita das Gespräch mit dem Hinterstätter schon angeregt und dringend empfohlen hatte und Hiro natürlich auch zu Zita und dem Professor eingeladen war.
Mit einem innigen, geradezu dankbaren Gefühl verabschiedete sich Maria von der Älteren. Sie war schon etwas ganz Besonderes, ihre Chefin. Wenn sie sich nur ein wenig von ihr hätte abschauen können damals, dann hätte sie vielleicht nicht so ein Problem mit Männern. Oder eigentlich mit keinen Männern.
Dabei war sie doch sonst nicht so. Auch kein Mauerblümchen. Robust und mit beiden Beinen mitten im Leben, sagten ihr die Kolleginnen auf der Station gerne nach. Klar. Imagemache erfolgreich.
Vielleicht war es einfach der Mangel an Gelegenheiten. Zwischen Full time Job und Teenager Sohn blieb wenig Zeit für sonst etwas. Eben. Was wollte sie also? Vielleicht einmal etwas für sich?!

10. Kapitel

Albert, 20. 04. 2006 Großegg, Waldviertel, Niederösterreich

„Albert Donnenberg, geboren am 24. 12. 1939 in Wolkersdorf, Niederösterreich, Studium der Botanik und bis zur Pensionierung Professur an der naturwissenschaftlichen Universität Wien, wohnhaft in Großegg Nummer 3. - Richtig?"
„Ganz genau, gnädige Frau."
Marianne Gurtner lächelte ihr freundlichstes Lächeln, beinahe herzlich. Das war ja nun ein Kavalier alter Schule! Welch eine Wohltat, wenn man wie sie die Außentermine mit einem Ghandi - Che Guevara - Verschnitt wie Lars hinter sich bringen musste.
Mal sehen, was der gute Mann hier sonst noch auf Lager hatte.
„Also wie gesagt, wir möchten in unserer Reihe der alternativen Heilweisen gerne auch das bringen, was Sie hier studieren – oder besser gesagt erforschen. Sie nennen das Signaturlehre – äh, ja."
Der Professor hatte nur leicht seine Hand gehoben.
„Ich möchte Sie nicht unterbrechen, doch bitte, es ist nicht meine Wortwahl. - Der Begriff lässt sich bis ins Mittelalter zurückverfolgen, auch bei Paracelsus finden wir ihn, der sich sehr eingehend damit beschäftigte. Natürlich wird heute auch viel Scharlatanerie betrieben und alles mögliche so bezeichnet, deshalb ist es mir wichtig, dass dieser Begriff nicht von mir stammt, aber es gibt keinen besseren, nur ist er mit Vorsicht zu handhaben.
Ich habe dieses erstaunliche Gebiet im Bereich der Botanik noch während meiner Tätigkeit an der naturwissenschaftlichen Fakultät genauer beleuchtet und nach absolut wissenschaftlichen Kriterien untersucht."
„Ja, gewiss." Ach, er wirkte so durchgeistigt, so seriös und absolut glaubwürdig; der Mann hatte etwas ungemein beruhigendes, da konnten ja sogar ihr geplagter Magen und ihr nervöses Herz zur Ruhe kommen!
„Bitte, sprechen Sie doch weiter, ich will Sie auch gar nicht zu viel fragen. Sie wissen sicher ganz genau, worauf es unseren Lesern ankommt!"

Täuschte sie sich, oder wurde er tatsächlich ein wenig Rot in den Wangen?
Ein schüchterner Riese, das wurde ja immer noch schöner!
„Nun, ähm, hm – für Vorträge bin ich doch schon ein wenig aus der Übung, nicht wahr. Aber ich werde es gerne versuchen – zu erklären, meine ich. Also mit dem Begriff Signaturlehre oder Signaturenlehre bezeichnet man altertümlich ausgedrückt die Heilmittelerkenntnis aus der Zwiesprache mit der Natur. Ich möchte stattdessen lieber > durch empirische Erforschung der Natur < sagen. Viele Naturheilverfahren basieren aus diesem Lesen aus der Zeichensprache der Natur.
Paracelsus muss hier immer wieder zitiert werden, der sagte:

Folgt nicht eurer Geldgier, nicht eurem Machthunger, euer einziger Schulmeister ist die Natur!
Der kannte seine Pappenheimer, darum sprach er die niederen Beweggründe an – die heute halt auch allzu oft im Vordergrund stehen. Die Beobachtung der Natur ist aber eine langwierige Prozedur, schnelles Geld ist damit nicht zu machen und schnelle Heilung nicht zu erwarten; -
weshalb es von den Kranken auch viel Geduld braucht."

Das Tonband lief. Lars sah sich um, hielt den Mund und fiel erst einmal nicht weiter störend auf. Also konnte die Journalistin ihr Gegenüber studieren. Das würde einen wundervollen Bericht ergeben. Sie wollte nicht sparen mit Adjektiven der Superlative!
Gebaut wie Tarzans Pflegevater.
Albert Donnenberg, alt, aber immer noch ein Ereignis. Wie ein Erzengel saß er da, hoch, erhaben – und doch bescheiden.
Glaubt an Alternativmedizin, propagiert interpretierte Botanik, weil er Botaniker ist, trotzdem denkt und agiert er nur nach streng wissenschaftlichen Gesichtspunkten, sagt er.

Er wird wohl oft mit einem Musiker verwechselt, mit dem er wahrscheinlich nichts gemein hat außer gewissen Äußerlichkeiten und der zudem bereits seit zehn Jahren tot ist, aber trotzdem, die Ähnlichkeit und die Gegend ...
„ ... Ja, so ist das also, mehr kann ich eigentlich auch nicht sagen."
„Und die Menschen kommen zu Ihnen und fragen Sie um Rat?"
„Ja, es werden immer mehr, die sich dafür interessieren und die die einfacheren Zeichen aus der Handschrift der Natur auch lesen können."
„Haben Sie eine Homepage oder sonst eine wirksame Publikationsschiene?"
„Nein, nein, das möchte ich auch nicht. Wer möchte kann kommen. Ich gebe Auskunft, wenn ich kann. Das ist alles."
„Und das kostet ...?"
„Gott bewahre, nein, ich möchte kein Geld, ich freue mich, wenn ich jemandem mit meinem Rat ein wenig helfen kann, mehr nicht."
„Nun, die Menschen bräuchten etwas zum Nachlesen, meinen Sie nicht?"
„Ja, das vielleicht schon, das gibt es aber auch – populärwissenschaftlich – so als Ratgeber oder so etwas in dieser Art. Meine Aufzeichnungen sind sehr umfangreich, es wird wohl an meinem Nachlassverwalter sein, die Sichtung und Publizierung in Auftrag zu geben ..."
„Nun, ich bitte Sie, das kann doch noch lange kein Thema sein! Was sagt denn Ihre Frau dazu, wenn Sie so sprechen?"
„Die ist auch nicht dafür, dass ich mich in einem Buchmanuskript versenke. Wir sind lieber draußen und arbeiten empirisch."
„Ihre Frau auch?"

„Nun, sie ist an allem interessiert und unterstützt mich stets tatkräftigst."
„Dürfte ich sie vielleicht kennen lernen, während Sie mit meinem Kollegen die Fotoserien überwachen? Er wird Ihre Führung und Anleitung brauchen und ich möchte wirklich von dem gesamten Anwesen und allen Pflanzen beste Aufnahmen!"
Der Professor lachte jetzt sehr herzlich.
„Nun, da werden wir vermutlich noch morgen daran arbeiten, aber bitte, wie Sie wünschen. Ich werde gleich fragen, ob Zita für Sie Zeit hat."
Er ging ins Haus, während die Journalistin auf der Terrasse blieb. Ein wunderbares Anwesen, aber am A ... Ende der Welt! Erstaunlich auch, dass er in diesem herben Klima mit einer solchen Pflanzenvielfalt arbeiten konnte. Ach, sie freute sich schon auf ihre Reportage, Pulitzerreif würde die werden!

„Grüß' Sie, ich bin die Zita!" Eine kleine, zarte, kindlich anmutende Gestalt neben dem Riesen. Erst der Blick in das Gesicht machte klar, dass einem eine alte Dame gegenüber stand. DAME. Aufrecht, stolz, geradezu aristokratisch. Na, diesmal würde sie Extraseiten brauchen.
„Grüß Gott, Frau Donnenberg. Ich danke Ihnen vielmals, dass Sie einem Gespräch zustimmen ..."
„Kein Problem. Möchten Sie einen Rundgang durch das Haus machen, solange wir sprechen?"
Albert verdrehte – nur geistig selbstverständlich – die Augen. Musste das sein, soviel Öffentlichkeit? Wahrscheinlich war Zita gar nicht bewusst, dass sie sich, das Anwesen und alle ihre Äußerung bald in der Zeitung wieder finden würde. Würde sie auch nicht, verbesserte er sich sofort, sie kümmerte sich sowieso nie um Zeitungen. Klatsch, sagte sie, und viele schlimme Nachrichten, das musste sie alles gar nicht wissen, da brauchte sie gar nicht hinein zu sehen.

„Das ist wirklich sehr freundlich von Ihnen und Ihrem Gatten, dass Sie uns hier so sehr willkommen heißen."
„Der liebe Albert ist nicht mein Gatte, nicht Ehemann. Wir haben nie geheiratet. Aber wir freuen uns meistens über liebe Besucher, wenn sie ehrliches Interesse haben. Sie interessieren sich doch?"
„Oh ja, ich schreibe doch diese Reportage ..."
„Hmm, das heißt nicht viel. Was meinen Sie, möchten Sie nicht wissen, welche Pflanze Ihnen entspricht?"
„ – doch, doch, schon, klar."
„Dann fragen wir den Lieben später danach, nicht wahr?"
„Aber ich möchte ihn nicht zu sehr behelligen, sie verstehen, es soll ihn doch nicht belasten, dass wir hier sind und so weiter."
„Ach, der liebe Albert ist immer bemüht, es allen Recht zu machen - solange es ihn nicht direkt betrifft. Das ist zum Glück selten der Fall, also er fühlt sich

selten betroffen, weil ihm das meiste egal ist, was halt so alltäglich ist. – Hm, er ist eben mehr … geistig. Trotzdem ist er sehr vielseitig und sehr intellektuell. Wissen Sie, solch großes Konzentrationsvermögen im Alter, - ich bin Krankenschwester, wissen Sie, ich hab auch Ausbildungen in Geriatrie – also was der liebe Mann seine geistigen Fähigkeiten durch seine Studien in letzter Zeit noch verstärkt hat!
Es ist genau das, was er immer tun wollte. Noch viel mehr als seine Professur an der Uni."
„Aber er hat doch gerne unterrichtet, oder?"
„Ja, glaub' schon. Manchmal waren ihm die Studenten zu anstrengend, glaub' ich, weil – er so schüchtern und bescheiden war – ist, ja, der Liebe.
Vorsichtig ist er im Umgang mit anderen Menschen, so dass er nie geheiratet hat. Wir haben uns erst kennen gelernt, da war er auch schon – reifer.
Und ich wollt' ihn dann prompt auch nicht heiraten."
„Warum denn nicht – so einen wunderbaren Mann?"
Ach, diese Frau war Gold Wert, was die alles preisgab, so von Frau zu Frau, köstlich!
„Ja, das ist er, der Beste überhaupt! Aber heiraten, in unserem Alter, das zahlt sich ja gar nimmer aus."
„Oh, harte Worte!"
„Ehrlich, nur ehrlich! Das ist unser Geheimnis: wir sind ehrlich – zu einander und überhaupt."
„Ist das das Rezept für eine gelungene Partnerschaft?"
„Glaub' schon. Wenn man ehrlich sein will passt man auf was man sagt, damit nicht was Falsches rauskommt, da muss man vorsichtig sein. Bei ihm ist das angeboren, glaub' ich. Das gibt ihm schützende, richtig … bergende Eigenschaften, die er in unserer Partnerschaft auslebt, glaub' ich."
„Mir fiel auf, wie höflich und abgerundet er sich ausdrückt, sehr gewählt und – ja, auch vorsichtig."
„Mhm, großartige Erziehung, seine Mutter lag leider dann bei uns auf der Station, RIESIGE Frau, auch im Geist, mein' ich, und im Herz.
Aber er kann auch anders. Er kann beißend und ätzend sein, manchmal auch bitter. Das merken alle Leute, die er bekämpft. Wobei er ja aber nicht die Person selbst, sondern die Taten oder Werke angreift. Also zum Beispiel … Also eigentlich ist das ganz selten."
„Aber da ist etwas, ganz aktuell?"
„Glaub' schon, aber da kenn' ich mich zu wenig aus, da fragen Sie ihn bitte selbst, nicht dass …" Lachen, ein wenig verlegen, um Verzeihung bittend, „dass ich was Falsches sag'."
„Wird er dann ärgerlich?"
„Hm, kaum, aber er weiß dass ich weiß, was er will und was nicht. –

Es ist ihm bewusst, dass er durchsetzungsstark ist, das war in seinem ganzen Leben so und das gilt auch für unsere Partnerschaft.
Schauen Sie, da unten sind die Zwei, ich glaub' Sie sollten besser mal sehen, was das wird. Ich hab' noch einen Weg zu machen, für unser Abendessen. Wir nehmen noch eine zweite Thermoskanne Tee mit hinaus, damit es Ihnen nicht zu kalt wird, wenn Sie noch ein bissl sitzen, es ist schon noch sehr frisch draußen. - Und vergessen Sie nicht, ihn nach Ihrer Entsprechung im Pflanzenreich zu fragen."
Oh, jetzt entlässt sie mich, sehr nobel zwar, aber unmissverständlich.

Zita wollte im Wald die kleinen, jugendlich frischen Triebe der Waldhimbeere und der Großen Brombeere sammeln und zum Reis geben. Besser als Spargel. Auf ihrem Weg ließ sie das eben geführte Gespräch noch einmal Revue passieren. Zu viel gesagt? Ach wo, sie hatten schließlich nichts zu verheimlichen. Der liebe Albert sowieso nicht und sie – ach – wohl auch nicht mehr, es war ja bald ein Jahrhundert her!
Ehrlichkeit, hatte sie gesagt. Nun gut – fast immer.

Auch der liebe Albert war nicht IMMER ehrlich, nämlich zu sich selbst. Dass er seine Gefühle lange nicht so recht ausgelebt hatte, dass er auch deshalb manches in seinem Inneren immer noch ätzend fand, das war ihm erst bewusst, seit er seine Gefühle besser zeigen konnte.
Seit fünf Jahren und vier Monaten in Pension, kann er erst jetzt so richtig aufleben, das Stadtleben hinter sich lassen, unsere Beziehung genießen. Das tut er doch?!
Wie die Zeit vergeht! Seit 1985 sind wir ein Paar. Es ist schon sehr überraschend gekommen.
Sie hätte sich nicht vorstellen können, sich WIRKLICH zu verlieben. Sie kannte ihn seit Jahren. Er war ja als Angehöriger in die Onkologie gekommen, als seine Mutter das erst Mal behandelt wurde.
Immer wieder kam sie dann und mit ihr der Sohn, beide zwischen Hoffen und Bangen und Aufgabe. Bis zum Ende, als der Sohn ihre Hand hielt und Schwester Zita die Hand des Sohnes.
Und der Sohn erschien auf der Station, auch als er keine Mutter mehr besuchen konnte. Schlug sich theatralisch mit der Hand gegen die Stirn „Ach, die Gewohnheit, meine Schritte lenken mich automatisch vom Institut weg hier her."
Zufälligerweise zu der Zeit, wo Schichtwechsel war und seine ›Lieblingsschwester‹ nach Hause gehen würde. Und rein zufällig hatten sie beide Hunger und wie es der Zufall so wollte, gingen sie immer öfter gemeinsam essen.
„Die Einsamkeit, Schwester Zita, ohne Mama ..."
„Sie leben schon mindestens zwanzig Jahre allein, was ich so gehört hab'."

„Ja schon, aber moralisch, seelisch, geistig ..."

„ ... sind sie jetzt mutterlos."

„Wie wahr, wie wahr, und einsam, vor allem einsam ..."

Albert war in seinem Werben geistreich und erfinderisch. Und sehr langsam. Vielleicht hatte er während der langen Stunden, die er bei seiner Mutter im Krankenhaus verbrachte, so manchen Tratsch über die rassige Stationsschwester gehört, vielleicht erkannte er seine Wünsche auch tatsächlich erst so nach und nach, am wahrscheinlichsten war aber, dass seine große Vorsicht in emotionalen Dingen ihn dazu brachte, seine Liebesbeziehung beinahe wissenschaftlich aufzubauen.

Währenddessen hatte die liebe Zita noch häufige sexuelle Begegnungen mit dem zweiten Geiger des Theaterorchesters. Der besondere Reiz für sie bestand darin, dass sie den Guten über ihre Tochter kennen gelernt hatte, die dort im Engagement war. Sie, die immer darauf achtete, dass Vicki nichts bemerkte von ihren amourösen Abenteuern, fand es aufregend und pikant, ihn von den Schauspielern erzählen zu hören. Denn auch Vicki weihte ihre Mutter nie in zwischenmenschliche Details ein, und jetzt erfuhr sie von dieser Seite aus nächster Nähe, wer mit wem in diesem Stück und dass sehr häufig während einer oder mehrerer Spielsaisonen innerhalb des Ensembles jeder mit jedem einmal ... na so was!

Natürlich beauftragte sie ihren Lover, ein Auge auf die Kleine zu haben, denn was die Mutter machte, sollte die Tochter noch lange nicht. Zita scheute sich ein wenig davor, mit dem Geiger Schluss zu machen, bwohl sie sich in Alberts Gesellschaft so wunderbar fühlte, dass sie gerne auf das sexuelle Element für eine Weile verzichten wollte. Bald schien es ihr auch nicht mehr richtig, sich mit beiden Männern zu treffen, auch wenn die eine Seite nur platonisch war. Wie auch immer, sie fürchtete, der Musiker könne nach einem Ende mit der Mutter einen neuen Anfang mit der Tochter in Erwägung ziehen. Wollen oder nicht, Vicki sah ihr sehr ähnlich und offensichtlich war das ganz der Typ Frau, auf den er stand.

Wie wohl jeder Mann würde er natürlich eine Vierunddreißigjährige einer fünfundfünfzig Jahre alten Frau vorziehen, und wenn er es klug anstellte, könnte womöglich auch Vicky Gefallen finden an dem gut gebauten Fünfziger. Also wollte Zita das Spiel noch weiterspielen, bis das befristete Engagement zu Ende war und Vicky wieder wo anders landen würde.

Aber in diese Überlegungen hatte Zita das beharrliche Werben Alberts nicht mit einbezogen.

Er wusste, auch wenn er es kaum glauben konnte, dass sie noch in diesem Jahr in Pension gehen würde. Ohne ihr Wissen sprach er sich mit dem Leiter der Onkologie ab, dass sie von Juni bis Oktober ihren gesamten Urlaub in Anspruch nehmen sollte, um dann im Herbst noch rasch die neuen

Schwesternschülerinnen und ihre Nachfolgerin in der Stationsleitung fertig einzuführen. Als ihr diese Lösung zusammen mit der Option, im neuen Jahr auf selbständiger Basis weiter in der Schwesternschule unterrichten zu können, sang- und klanglos auf den Tisch geflattert war, traf sie sich abends Wut entbrannt mit Albert, der sich natürlich ganz ahnungslos stellte.

„Nach all den Jahren werde ich einfach so überfahren, das ist doch wirklich nicht, nicht ... lieb!"

Albert lachte glücklich auf und nahm ihre Hand.

„Weißt du, dass du dieses Wort bestimmt hundert Mal am Tag sagst? Und ich LIEBE es, so wie du das sagst, sogar wenn du wütend bist."

Zita sah ihn nur verständnislos an. Wie konnte er da nur lachen, wenn ihr SOWAS widerfuhr?

„Sieh mal, LIEBE Zita, ich glaube, dass das sehr gut überlegt ist und für alle Seiten das Beste."

„HAA, du mit deinem Harmoniestreben, das ist nicht zu fassen. Es muss nicht ALLEN passen, MIR soll es passen, weil nämlich ICH in Pension gehen muss!"

„Warum eigentlich?"

Sie sah ihn immer noch erbost an, aber er merkte, dass er ihr mit dieser Frage den Wind aus den Zornessegeln genommen hatte.

„Das ist doch jetzt wurscht, ich ..."

„Ist dir eine Frage meinerseits einfach gleichgültig, meine LIEBE?"

Verlegenheit. So, mein Täubchen, eine kleine Beichte ist fällig, dachte Albert genüsslich. „Ja ... ???" Albert schauspielerte nicht gerne, aber jetzt konnte er es ganz gut, sich geknickt und betroffen zu zeigen.

Sofort war Zita bemüht ihm zu zeigen, dass sie ihn und seine Fragen und Anliegen ernst nahm, aber das musste nicht heißen, gleich alles zu verraten.

„Also schau", das begann wie ein Aufklärungsgespräch für Achtjährige, „du weißt doch", und es setzte sich auch so fort ... „Frauen gehen normalerweise früher in Pension. Und in meinem schweren Job, die Nachtdienste, ja, also, diese Verantwortung, da muss jede Schwester schon etwas früher, ja, und so ist das." Erleichtertes Aufatmen.

„Wenn du deinen Schülerinnen jemals eine solche Erklärung vorgesetzt hättest, hätten sie dich höchst wahrscheinlich geteert und gefedert. Kein Satz beendet und nichts ausgesagt."

Verwunderung. Erkenntnis, dass der Herr nicht so leicht abzuspeisen war. Also Angriff, immer noch die beste Verteidigungsstrategie. Madame holte tief Luft, vermutlich um ihre Kriegserklärung zu verkünden. Bewunderung auf Alberts Seite.

„Was ist das heute für ein Tag? Erst so ein Käseblatt von Schreiben und dann fällst du mir in den Rücken, wo ich dachte, du würdest mich unterstützen ..."

„Aber das tue ich doch."

„In dem du mich aus dem Konzept bringst ..."

„An welches Konzept hattest du denn gedacht?"
„Na, eine Strategie ..."
„Genau, die erarbeiten wir jetzt, aber schau den armen Kellner nicht so böse an und iss deine Suppe."
Folgsam tauchte Zita ihren Löffel in die Suppe und hauchte dem Kellner ein „Danke, lieber Herr Ober." hin, dass dem Armen plötzlich Schweißperlen auf der Nase glänzten.
Während des Hauptgerichtes erläuterte Albert ihre „gemeinsame" Strategie; mit zunehmend vollem Magen war Zita auch schon viel sanfter und beim Dessert beinahe schon davon überzeugt, dass „ihre" Idee Klasse sei.

So fuhren Zita und Albert am Ende des Sommersemesters auf eine weite Reise durch Österreich und Deutschland. Zwei Monate konnten sie sich Zeit lassen. Der zweite Geiger würde warten oder zumindest nichts Unanständiges ausbrüten, denn Zita hatte ihm genau wie ihrer lieben Tochter eine haarsträubende Geschichte von einer Fortbildung für Vortragende an der Uni Lüneburg(!!) erzählt.

Sie hatten ihre erste gemeinsame Nacht in einem kleinen Gasthof in Rust verbracht.
Zita hatte sich voller Vorfreude schon Wochen vorher gefragt, wie er wohl seine nächsten Schritte setzen wollte. Würden sie nach alter Manier zwei getrennte Zimmer nehmen? Und dann höchst spannend durch nächtliche Hotelgänge schleichen und einander besuchen. Oder womöglich gar nicht besuchen. Zwei Monate wie Brüderchen und Schwesterchen. Nun, dann, aber nur dann, würde sie die Initiative ergreifen.
Er hatte sie in einem schönen großen Auto von zu Hause abgeholt. Ein solches Gefährt hatte sie noch nie gesehen, sie beide gingen eigentlich immer zu Fuß, manche Wege erledigte sie freilich auch mit den Öffentlichen, aber ein Auto war ihr noch nie so wirklich in den Sinn gekommen.
„Also ich glaube, ich kenne noch eine Menge Seiten nicht an dir."
„Gut möglich, lass dich einfach überraschen."

Von nun an wurde sie zwei Monate lang umsorgt und verhätschelt, wie sie es in ihrem Leben noch nie erfahren hatte. Der Sinn des Wortes Geborgenheit wurde ihr bewusst gemacht in tausend Kleinigkeiten.
Zunächst einmal war sie aber sehr gespannt auf seine Inszenierung im Ruster Gasthof.
Sie wurden bereits erwartet. Als Zita hinter Albert den Schankraum betrat, der praktischerweise auch gleich als „Rezeption" diente, wurde Albert bereits angesprochen.
„Sie sind sicher der Herr Professor aus Wien, goi?"

„Ja, und das", sich nach Zita mit einem kleinen Zwinkern umdrehend, „ist meine Gattin."
„Herzlich willkommen, Frau Professor, ich komm gleich und zeig Ihnen Ihr Zimmer. Oder möchten S' vorher noch eine Kleinigkeit trinken? Zur Begrüßung auf Kosten des Hauses. Vielleicht einen Tokaier, Frau Professor, ganz lieblich?"
Nachdem sie also recht freundlich und nur eine Spur zu aufdringlich zu einem Willkommenstrunk angehalten worden waren, Albert ganz selbstverständlich einen Meldezettel für das Ehepaar Donnenberg ausgefüllt hatte und Zita immer aufgekratzter der Dinge harrte, konnten sie sich endlich ihr Zimmer ansehen. Als der „liebe Herr Wirt" endlich gegangen war, konnte sich Zita das Lachen nicht mehr verkneifen. Auch Albert lächelte, Zita konnte ihm aber ansehen, wie sehr er jetzt seine Erklärungen abgeben wollte.
„Also los, heraus damit, wie hast du dir das gedacht? Es scheint ja alles von langer Hand geplant?!"
Zita wies bei ihren Worten auf ein buntes Blumenbouquet, das dieses einfache Haus sicher nicht standardmäßig für seine Gäste bereithielt.
„Ja, ich habe vorbestellt, ich wollte ja sicher gehen, dass wir zumindest für die ersten Etappen alles bereit finden."
„Aber es gibt nur ein Bett!"
„Nein, wenn du genau hin siehst, sind es zwei Betten, zusammen geschoben. Die kann man bei Bedarf sicher trennen."
Zita setzte ihr Koboldgesicht auf, das ihre Augen über dem schiefen Grinsen teuflisch zum Glühen brachte.
„Und, werden wir das tun?"
„Das bestimmen Madame.", kam es mit der dazu passenden Verbeugung, ganz serviler Diener.
„Nun ... zunächst einmal ... welche Madame? Ich wusste nicht, dass du verheiratet bist. Der Wirt muss mich verwechselt haben!"
Albert zog den Durchschlag des Anmeldeformulars aus seiner Rocktasche.
„Aber nein, hier steht schwarz auf weiß ..."
Zita musste sich neben ihm auf die Zehenspitzen stellen, um das Formular lesen zu können und sofort zu triumphieren:
„Alles falsch, ha, komplett falsch!"
Jetzt war Albert doch etwas verunsichert.
„Wieso? Ich hab halt den Nachnamen weg gelassen, weil bei Gattinnen nur nach dem Vornamen gefragt wird und nach dem Geburtsdatum ..."
„Eben, eben, alles falsch, alles falsch."
Zita amüsierte sich köstlich, das war nicht zu übersehen.
Ganz nach Koboldmanier tänzelte sie um Albert herum.
Mit einer schnellen Bewegung packte Albert sie am Arm.

„Du Wirbelwind, jetzt bleib halt endlich ..." er zog sie ganz nah zu sich, beugte sich über sie, hielt sie mit beiden Armen fest umfangen und murmelte nur noch, während er lange ausatmete: „du machst mich wahnsinnig."

Sie hatten sich schon einige Male geküsst, aber eher zaghaft und verhalten. Diesmal war es ganz anders. Beide total angespannt, war dieser Kuss erst einmal hart und von beiden Seiten unnachgiebig, bis der eine vom anderen an winzigen Signalen merkte, dass Wünsche und Begierden kurz vor einer Explosion standen. Zita entspannte sich, lehnte sich fest gegen seine Arme, ihre Lippen wurden weich und überaus lockend, während Albert zunehmend sicherer und damit fordernder wurde.

Irgendwann wurde Zita bewusst, dass sie immer noch mitten im Raum standen, der Durchschlag in Alberts Hand raschelte, die Zimmertür war nicht versperrt, vielleicht nicht einmal geschlossen.

„Deine Argumentation ist nicht schlecht, lieber Herr Professor, aber nicht ausreichend!"

Wieder tänzelte sie davon und warf sich auf einen Sessel, die Beine über der Lehne.

Nein, sie wollte das schöne Spiel noch nicht beenden, und sie wusste, dass ihre Wirkung auf Männer noch nicht gravierend nachgelassen hatte. Das galt es jetzt auszuspielen.

„Euer Ehren werden sich strafbar machen und die zwei schönsten Monate des Lebens im Knast verbringen, während ich liebe, arme, kleine ..."

Albert baute sich vor ihrem Sessel auf – es war ihr bisher noch nie aufgefallen WIE riesig er war, wahrscheinlich weil sie noch nie in kleineren Räumen wie diesem mit ihm alleine gewesen war.

„Zeig mir deinen Pass, ich will es jetzt wissen!"

Das war ein Befehl. Sie stand auf und holte ihn schweigend aus ihrer Handtasche. Natürlich war es nicht mehr das Vorkriegsmodell, das sie damals von der Mitzi übernommen hatte, aber es waren dieselben Daten. Es war nach dem Krieg leicht gewesen, neue Dokumente zu beschaffen, die brauchte ja jeder. Aber wie, fragte sie sich, konnte das alles vor Albert standhalten? Was musste sie ausplaudern, was verschweigen? Sie würde die Situation darüber entscheiden lassen. Bisher hatte sie es immer so gehalten und noch nie mehr als Halbwahrheiten oder kleine Schwindeleien gebraucht.

Bloß dass sie bei Albert nicht einmal das wollte. Er sollte nichts von ihrem frühen Leben wissen, aber anlügen würde sie ihn gewiss auch nicht. Das hatte er nicht verdient.

Albert ragte noch immer vor ihrem Sessel in die Höhe, ganz gerade, und starrte auf ihren Pass, als wolle er ihn auswendig lernen.

„Das bist nicht du!"

„So schlecht ist das Foto auch wieder nicht ..."

„Zita, kannst du mir bitte ERNST und EHRLICH erklären, was ich da alles nicht weiß oder nicht verstehe?"
„Komm, wir setzen uns auf das Bett und ich erklär' es dir."
„Aber keine Teufeleien mehr!"
Zita begriff, dass das Spiel fürs erste vorbei war. Sachlich wie in ihrer Arbeit berichtete sie ihm, dass sie eigentlich Mitzi heiße, dass das aber total veraltet klinge und auf der Station habe es damals schon so viele Marias gegeben, da sei sie eben auf ihren Spitznamen aus der Kindheit gekommen und das sei dann halt so geblieben.
„Und du bist am 15. November 1921 geboren?"
„Ja, siehst du ja."
„Ja, auf dem Papier, aber in natura sehe ich, dass das nicht sein kann."
„Bist du jetzt böse, weil du so eine alte Schachtel hierher geschleppt hast?"
„Ich glaube es nur nicht."
„Ahhh, es kränkt deine Eitelkeit und du denkst, da lohnen sich deine Verführungskünste ja eh nicht mehr."
„Hör auf, das ist nicht witzig!"
„Hast du Angst, jemand könnte dich für einen Gigolo halten, einen akademischen noch dazu, wenn du dich mit einer so alten Frau einlässt?"
Zita hatte die Beine auf das Bett gezogen, saß jetzt schräg hinter ihm und schmiegte sich mit ihrem biegsamen Körper fest an ihn. Albert schüttelte den Kopf, er wollte sich nicht ablenken lassen, wollte klar und logisch denken und hinter diese dumme Geschichte kommen.
Zita umfasste von hinten seine Schultern und begann seine Brust zu streicheln. Eine vorwitzige Hand öffnete zwei Knöpfe unter der obligaten Krawatte, schlüpfte durch bis auf die Haut und begann mit seinen Brusthaaren zu spielen. Er konnte ein Stöhnen gerade noch unterdrücken. Oh, er wollte es ja so sehr, hatte sich hundertmal vorgestellt, wie er sie endlich in den Armen halten würde, nackt und zart und noch viel mehr.
Beherrschung. Er rang sich ein kurzes Lachen ab, halb zornig, halb ironisch, nicht lustig, eher angespannt.
„Die Leute werden mich für einen Glückspilz halten, der sich ein rassiges Model aufgerissen hat, solange sie deinen Pass nicht sehen. Den glaubt dir sowieso NIEMAND."
„Mein lieber Hausarzt schon."
„Ha, schon wieder eine bloße Behauptung! Meines Wissens hast du gar keinen."
„Ach, jaa, - jetzt, wo du es sagst ..."
Natürlich hatte er vermutet, dass sie einige Jahre älter sein müsse als er und spätestens seit er Vickys Geburtsdatum kannte war er sich klar darüber.

Nach diesem ersten hitzigen Gespräch hatten sie später kaum jemals mehr über ihr Alter gesprochen. Außer noch einmal auf ihrer Reise durch Österreich, als Albert vorsichtig anfragte, ob sie denn ganz sicher keine Verhütungsmethode anzuwenden bräuchten. Zita zeigte ihm die kleine Narbe, die er in letzter Zeit täglich sah und schon gut kannte. In seiner zurückhaltenden Art hatte er nicht danach gefragt, jetzt erzählte Zita kurz von der Operation, zu der man ihr im Krankenhaus geraten hatte und bei der man ihre Gebärmutter entfernt hatte. Also auch hier waren keine Rückschlüsse auf ihr wahres Alter möglich.

Es waren wundervolle Jahre geworden, manchmal schwierig, weil er noch an der Uni war und sie viel mehr Zeit hatte als er, aber insgesamt harmonisch und sehr liebevoll.

11. Kapitel

Sissy, 2006 – 05 – 05, Cranston House, Nottingham

„Ich weiß nicht, was jetzt werden soll. Irgendwie fühle ich mich total herausgerissen aus meinem eignen Leben."
„Ach Sissy, du wirst das gleich mal wieder hinkriegen. Du wirst ein Star, eine zickige, exzentrische Operndiva – weißt du noch?"
Sissy wusste. Sie konnte sich gut erinnern an die unbeschwerten Ferientage hier in Cranston House bei ihrer besten Schulfreundin, als sie schon ganz fest davon überzeugt war, einmal genau diese eben beschriebene Operdiva zu werden.
„Oh ja, und das Porträt von mir in allen Zeitungen. Mein Vater wird den besten Artikel liefern, ist klar:
Elisabeth, >Sissy<, Valerie Fielding, geboren am 01 .09. 1975 in London, der neue Star am Himmel der klassischen Musik.
Gut behütete „höhere" Tochter. Der alleinige Goldschatz ihres Vaters, herausragender Feuilletonist des allerbesten reinenglischen Wochenmagazins JOURNEY WEEKLY und ihrer gefühlsbetonten, stimmungsvollen Mutter, die auf eigene Standpunkte des Kindes gerne leicht hysterisch reagierte.
So lernte Sissy sehr rasch, sich dem ein wenig erpresserischen Einfluss der Mutter tunlichst zu entziehen. Die frühe Hinwendung zur klassischen Musik erlaubte ihr Studien in verschiedenen Ländern und die Mutter auf Distanz war wunderbar.
Wie sollte sie auch wissen, dass sie sie bald gar nicht mehr …"
„Sissy, hör auf, du quälst dich - und mich auch! Deinen Sarkasmus hast du jedenfalls noch, deshalb wirst du auch ganz rasch wieder in alle anderen lieben Gewohnheiten zurückfallen, ich kenne da so manche … und drüben wirst du dir noch ein paar neue zugelegt haben, nehme ich an."
„So rasch wollte ich die Staaten ja auch gar nicht verlassen, da ist ja auch noch Nigel …"
„Ja, erzähl doch mal genauer, was war jetzt da mit euch?"
„Keine Ahnung, jedenfalls nicht genug, um es genau zu sagen."
„Hm, sehr ausführlicher Bericht."
„Nicole, ich weiß es auch nicht, wirklich, ich bin so durcheinander."
„Ja, entschuldige, klar, dumm von mir, echt, tut mir Leid. Du musst jetzt erst einmal was anderes um die Nase haben als hier drinnen in unserem verstaubten Verlies. Wir gehen ausreiten, ok?"
„Mhm, lieb von dir. Habt ihr die Leila noch, meine ganz besonders brave …"
Nicole schüttelte den Kopf, zog eine traurige Grimasse.
„Nein, sieh mal, du warst etliche Jahre nicht hier, da werden auch Tiere älter – und sterben."

Sissy wollte sich nicht anmerken lassen, dass sie auch diesen Tod irgendwie mit sich selbst in Verbindung brachte und tief betroffen war, also wandte sie sich ab und begann die Treppe nach oben zu steigen.
„Dann zieh ich mich gleich um, wenn es dir passt?"
„Ja, klar doch, ich freu mich schon, dich wieder mal zu besiegen."
Ach Nicole, dachte Sissy in ihrem Zimmer, das sie schon als Schulmädchen hatte bewohnen dürfen, wenn sie hier länger auf Besuch war, als ob es mir nicht auffiele wie verzweifelt du versuchst, mich in meine Mädchenzeit zurück zu versetzen. Damals hatten sie lange Wettrennen auf den Pferderücken zurückgelegt und kaum einmal hatte Nicole die Freundin „besiegen" können. Jetzt war alles anders. Der Sinn stand ihr nicht gerade nach Sieg.

Trotzdem freute sie sich an dem schönen Tag hier in dieser wunderschön grünen Gegend mit den dunklen Wäldern und den sanften Hügeln.
„Ach, aber das Meiste hier ist wie es immer war, nicht wahr? Eure Gebäude und die Koppeln und die Schafe und das alles."
„Ja, nun, ja und nein, wenn du ganz genau hinsiehst, siehst du viel Verfall. Wie soll man solche Gebäude heute auch noch in Stand halten? Kostet alles ein Vermögen. Mein Vater sagt, ich müsse alles so lassen wie bisher, mein Hirn mit dem BWL Studium darin sagt mir, dass ich fast alles verändern müsste, um wirtschaftlich voran zu kommen."
„Du brauchst vor allem einen Partner."
Nicole lachte, während sie die letzten Bürstenstriche an ihrem Pferd vornahm.
„Ja, genau wie du. Aber den richtigen, wenn's schon sein soll."
„Eigentlich hab ich das mehr geschäftlich gemeint, aber das könnte sich ja verbinden lassen …"
„Jetzt sprichst du wie meine Mutter und das klingt bei euch BEIDEN sehr viktorianisch, und das im fortgeschrittenen neuen Jahrtausend, also ich muss schon sagen, sehr rückständig, meine Liebe!"
„Ja, das hab ich in den Staaten gelernt."
„Von Nigel?"
„Auch so ein Punkt …"
„Oh je, ich sehe schon, du solltest unbedingt in Europa bleiben, hier haben wir wenigstens schon mal was von Emanzipation gehört."
„Das freut mich ungemein, sonst wäre dieser Sattel auch noch ein Damensattel. Mensch, ist das ungewohnt, dieses kleine Ding hier!"
„Ja, du hast auch noch den Jagdsattel genommen, Frodo hier hat aber auch einen Trekkingsattel, wenn du den lieber magst."
„Ach, egal, ist schon ganz in Ordnung, dass ich mich wieder umgewöhne. Ich war schon öfter reiten drüben, aber natürlich nur Western. Das musste ich auch erst lernen, finde ich aber eigentlich sehr gut und weit weniger anstrengend für Reiter und Pferd."

„Mhm, hab mich auch schon ein wenig dafür interessiert, wird sogar bei uns hier zunehmend immer beliebter. Vielleicht sollten wir so eine Art Ausbildungszentrum für Western Reiter eröffnen?"
„Genau, und als Ausbildner holst du dir einen hübschen Texaner, so einen breiten …"
Nicole zielte drohend mit ihrer Reitgerte nach Sissy, die sich gerade in den Sattel schwang. Frodo unter ihr machte einen erschrockenen Sprung zur Seite, so dass sie Mühe hatte, auf dem flachen kleinen Sattel nicht den Halt zu verlieren.
„Hey, was soll das!? Der ist ja aber ganz schön verschreckt, wenn der wegen deiner Fuchtelei gleich so einen Aufstand macht. Gaaanz ruhig jetzt, mein Junge."
„Tschuldige, das war mir auch nicht bewusst. Ist eben nicht Leila. Dad hat Frodo vor ein paar Jahren nach Hause gebracht, weil er ihn zur Zucht verwenden wollte. War dann aber nichts, weil er einen Fehler an der Hinterhand hat. Jetzt ist er kastriert und meistens ziemlich fromm, glaube ich. Jedenfalls reitet ihn mein alter Herr, und der muss schon ein bisschen auf seine Knochen achten."
„Ja, ja, ist auch ein gaaanz Hübscher, unser Frooodo, nicht waaahr?", Sissy beugte sich über den breiten, muskulösen Hals des Tieres und tätschelte ihn ausgiebig.
„Zu unserem Aussichtspunkt, oder?"
„Klar, aber lass es uns langsam angehen, sie ordentlich warm reiten, die sind jetzt immer viel im Stall gestanden – und du musst dich auch erst wieder eingewöhnen, sieh mal, wie du die Zügel hängen lässt, der arme Frodo kennt sich ja gar nicht mehr aus."
„Oh, sorry, na ja, aber zum Warmgehen?"
„Du kennst doch Dad, oder? Der will es immer sehr korrekt, vom ersten Schritt an."
„Eye, eye, Sire, werde es mir merken, Sire."
Als sie zu traben begannen blieben sie hinter einander, weil der Weg durch den Wald und leicht bergan es nicht anders zuließ.
Sofort waren Sissys Gedanken wieder dort, wo sie in den letzten Wochen immer waren.
Hatte Mum sich womöglich doch zu sehr gegrämt, dass Töchterlein nicht bei ihr war?
Gewiss war die Mutter nicht krank geworden, um sie damit zur Rückkehr nach London zu bewegen, trotzdem hatte Sissy sofort ihr typisch schlechtes Gewissen, als die Krankheit zutage trat und noch viel mehr, als sie sich nicht besiegen ließ.

Darum wollte sie nach ihrer Ankunft die große Fürsorge und Liebe, die sie so selbstverständlich erhalten und genommen hatte, auch ein klein wenig zurückgeben.
Sie stellte also ihr Bett in den Bügelraum, um möglichst nah bei der Mutter zu sein.
Nichts hatte es geholfen, letztendlich.
Außer dass sie mit ihrem Vater zusammen am Bett ihrer Mutter wachte, bis diese ihren letzten langsamen Atemzug machte.

Als Hiro nicht gleich in den nächsten Tagen nach ihrem Gespräch mit Zita und seinem Versprechen den Flug buchte, begann Erna mit hohen Dosen ihres Medikaments zu experimentieren. Ja, es war auf alle Fälle entspannend. Sie dachte, ihre Lieben würden das nicht merken, aber auch das war ihnen allen klar, dass die Hauskrankenpflege die Medikamente überwachte und Bescheid gab. Unternehmen wollte niemand etwas, die Ärzte hatte ja gesagt, sie könne unbedenklich nach Bedarf nehmen, es war nur noch eine Frage der Zeit und warum hinauszögern, was unvermeidlich in naher Zukunft geschehen musste. Sissy hatte sich gleich nach ihrer Ankunft zu Hause eben dieses Zimmer neben dem Schlafzimmer der Eltern eingerichtet, um gleich zur Stelle sein zu können, wenn ihre Mutter etwas brauchte.
In dieser Nacht hörte sie nichts, wo sie sonst den Vater schnarchen oder die Mutter gelegentlich leise stöhnen hörte. Ruhe. Ungewöhnliche Ruhe.
Leise öffnete sie die Tür, wollte nur ganz kurz nach der Mutter sehen.
Der Vater hatte die kleine Nachttischlampe mit einem Tuch ein wenig abgedunkelt. Er hielt Mutters Hand und betrachtete sie. Sie hatte die Augen geschlossen. Ein schneller Blick auf die Decke über ihrer Brust. Bewegung? Ja, das mussten Atembewegungen sein.
„Dad?"
„Ach, Sissy, sie atmet, aber sie ist weit weg."
Durchatmen jetzt, Ruhe bewahren.
„Ja, dann warten wir eben ein wenig hier bei ihr, bis sie wieder wach wird."
„Ja, komm her, ganz nah, damit dir nicht kalt wird."
Oh, wie kalt es ihr immer wurde, wenn sie daran dachte. Täglich. Mehrmals täglich. Denn plötzlich war die Hand ihrer Mutter sehr kalt. Der Brustkorb steif und bewegungslos. Ihr Vater erstarrt. Aber sie waren bei ihr gewesen.
Das hatte die Mutter sich sehr gewünscht, das betonte der Vater und es war ihm sicher ein großer Trost.
Was aber war das für sie? Immer wieder sah sie die letzten Augenblicke im Leben ihrer Mutter, das schwere Atemholen, das mühsam langsame Erlöschen.
Wie sollte sie damit weiter leben können? Tag und Nacht? Vor allem nachts, wo diese Bilder sie nicht einschlafen ließen, sie immer wieder weckten, nicht weichen wollten.

Rasch Ablenkung, der Vater musste eben mal alleine zurecht kommen.
Alleine die Vorstellung, er könne als nächstes so dahinschwinden machte sie fast verrückt.
„Ich fahre für ein paar Tage zu Nicole, wenn es dir Recht ist, ich möchte einmal …"
„Natürlich, spann einmal aus, mein Liebes, du hast ganz Recht, fahr' nur gleich."
Und jetzt war sie hier und genoss den Ritt und die liebevollen Zänkereien mit der Freundin, als sei sie wieder elf und nicht beinahe einunddreißig Jahre alt.
Genau besehen war das ein Alter, in dem man einen Elternteil nicht allzu früh verlor, denn man war ja erwachsen. War sie das? Viele Frauen in ihrem Alter hatten eine eigene Familie, Kinder – und einen Mann. Sie hatte ihre Karriere, oder? Hatte da ein Mann noch Platz? Das hatte sie sich oft gefragt, auch wegen Nigel, der auf ihre Auftritte und – seltenen – Interviews und Promotions irgendwie eifersüchtig reagierte, weil er als Anwalt und angehender Politiker ihre ganze Aufmerksamkeit für sich wollte. Sie hatte dazu kaum jemals etwas gesagt, wieder ganz typisch für sie.
Im Zeigen von Gefühlen war sie schon immer eher zurückhaltend und geradezu schüchtern. Sie hatte sich lange Zeit für wenig attraktiv und letztendlich zu keinen intensiven Beziehungen fähig gehalten und wahrscheinlich war es auch so. Jedenfalls fehlte ihr Nigel nicht sehr, nicht emotional, nicht körperlich, höchstens theoretisch, weil sie sich eben einen Partner wünschte.
Aber sie würde immer eine Individualistin bleiben, die gerne viele verschiedene Erfahrungen machte und nur sich selbst absolut treu war.
Ach, sie kannte sich gut. Sie war vielseitig, ehrgeizig, funktionstüchtig. Sie hätte auch gut in die Fußstapfen ihres Vaters gepasst, denn sie konnte die Dinge und Geschehnisse der Welt gut wahrnehmen, begreifen und beschreiben. Sie war in Sprache und Schrift ebenso geschickt wie mit ihren Händen und Fingern, die mühelos Geige und Klavier bedienten.
Hatte sie sich von ihrem Großvater zu sehr für die schönen Künste einnehmen lassen? Hatte er aus ihr das durchgeistigte Wesen gemacht, das sein Sohn nicht geworden war?
Konnte sie nur in der Musik finden und ausdrücken, was ihr ansonsten Angst machte, nämlich Gefühle zu zeigen.
Nun, so wollte sie ihre emotionale Feigheit mit intellektueller Frechheit wettmachen. Sie hatte Geist und Witz und eine sensible Wahrnehmung, was machte es da, ein wenig zurückhaltend zu sein? Das konnte bei der Presse durchaus auch gut ankommen.

Als die beiden Reiterinnen auf ihrem Aussichtspunkt angekommen waren war Sissy fast schon wieder mit sich im Reinen, gewillt, ihren Weg zum Star der klassischen Musik weiterhin vehement zu verfolgen.

„Oh, es ist ganz wunderbar, ich hatte ganz vergessen, wie schön es hier oben ist, Nicole, ich beneide dich!"
„Meinst du nicht im Ernst, aber macht nichts, tut trotzdem gut, das mal von dir zu hören. Ich war ja eigentlich immer die, die DICH beneidet hat und deine ungeheuren Gaben."
„Talente, meine Liebe, wenn schon, und ungeheuer waren nur die Pflichten, die ich ständig zu erfüllen hatte. Üben, üben, üben. Sogar hier hab ich euch genervt mit meiner sägenden Geige, meinen Foltermethoden auf eurem Pianino und meinen Koloraturen, die bestimmt keine waren."
„Meine Mutter hat es toll gefunden."
„Ja, meine auch, so sind Mütter eben."
„Komm, bevor wir noch ganz mütterliche Gefühle bekommen, lass uns lieber rasch wieder hinunterreiten, schau wie dunkel es von dort drüben kommt."
„Ha, hast du auf deine alten Tage Angst vor ein bisschen Nässe, meine Liebe? Dann versuch mal mich einzuholen auf deiner alten Mähre!"
Sissy fühlte sich plötzlich wirklich ganz jung und ungestüm, ließ sich anstecken von dem frisch aufwirbelnden Wind und lebenshungrigen Frühling rund um sie.
Sie gab dem Pferd kaum Hilfen zum Galopp, schob ihre Hände aber weit nach vorne, fast wie sie es beim Western Reiten gelernt hatte, um ihm viel Kopffreiheit für den Galoppsprung zu lassen. Frodo schien sofort zu verstehen, die unbekannte Freiheit sogleich anzunehmen und machte einen gewaltigen Satz nach vorne, sodass sich Sissy auf dem hintersten Rand des Jagdsattels wieder fand.
Hoppla, da musste sie ja gehörig aufpassen. Sie hob ihr Gesäß aus dem Sattel, beugte sich über Frodos Hals, um ihm seine Sprünge zu erleichtern.
Tausendmal erprobt, tausendmal genossen. Was war dann heute so anders? Sissy schüttelte rasch ihren Kopf, die Reitkappe schien sie zu behindern oder vielleicht eine Mücke. Ihr Sichtfeld war eigenartig eingeschränkt, die Bäume zu beiden Seiten des Weges, der Weg selbst, alles wirkte verzerrt und verschwommen.
Der Wind – er musste stark zugenommen haben, ein Brausen und Dröhnen war in ihren Ohren, als bräche ein Orkan um sie herum aus.

Immer unwirklicher erschien ihr dieser Ritt, kaum bemerkte sie mehr die Bewegungen des Tieres unter ihr, aber es mussten sehr schnelle Bewegungen sein, denn sie konnte ihre Umgebung gar nicht mehr erkennen, alles schien sich zu drehen und an ihr vorüber zu flitzen.
Das Dröhnen nahm zu, sie musste die Augen schließen, um nicht zu fallen vor Schwindel und – Watte. Der Orkan kam zum Stillstand.

12. Kapitel

Nelly, 2006 – 05 – 20, London, East End

„Wie kann ich Nelly finden, oh Dad, ich bin so durcheinander, so – verzagt, ich weiß wirklich nicht, was ich noch …"
„Hör zu, dein hysterisches Jammern bringt dich nicht weiter, also hör auf damit, setz dich hin und denk gefälligst logisch und folgerichtig, wie du das gelernt hast."
Nicole setzte sich folgsam hin. Widerspruch zwecklos. Auch unsinnig – er hatte ja Recht – wie fast immer. Er würde ihr helfen, auch wie fast immer.
Sie kam gerade aus dem Krankenhaus, in das sie Sissy überstellten, nachdem sie einigermaßen transportfähig >gemacht< worden war.
Sissys Vater war ständig bei ihr, nur noch Haut und Knochen und ein wenig irre Augen. Was Wunder. Sie fühlte sich entsetzlich schuldig. Auch nachdem die ermittelnden Polizisten sie beruhigt hatten, dass ihr keine Vorwürfe zu machen seien. Mister Fielding machte ihr ebenfalls keine. Aber trotzdem. Frodo war ihr seither verhasst, ihr Vater kümmerte sich jetzt alleine um die Pferde. Sie wollte nicht einmal den Stall betreten. Alles war irgendwie bedrohlich, einfach furchtbar. Seit dem Ritt konnte sie kaum noch schlafen, geschweige denn richtig denken.
Bei ihrem Besuch war Sissy wach oder zumindest das, was man so nennen konnte seit dem Unfall. Bewegungslos, eine Gesichtshälfte schlaff nach unten hängend, ohne Worte.
„Der Arzt sagt, sie müsse selbst mithelfen. Bei den vorsichtigen ersten Versuchen der Ergotherapien MUSS sie selber aktiv sein. Aber das ist sie nicht."
Auf ihre Frage, wie es weitergehen solle, mit welchen Maßnahmen oder Verbesserungen zu rechnen sei, kamen nur niederschmetternde Antworten, die der Vater auch erst am Gang gab.
Prognose: ungewiss
Ratschläge: Aktivierung, Besuch von Freunden, Bekannten, wenn schon keine Verwandtschaft aufzutreiben war.
„Wir sollen nicht mit einer Änderung rechnen, sagt Doc Troots, eher mit Verschlechterung. Im ersten Jahr nach solchen Traumen kommt es häufig zu weiteren Gehirnblutungen, die dann meist tödlich ausgehen."
Nicole hatte scharf die Luft zwischen den Zähnen eingezogen.
„Blödsinn! Spinnt der? So etwas darf er doch gar nicht sagen, so ein A …, also wirklich! Mister Fielding, hören Sie. Glauben Sie das nicht!" Sie hatte ihn am Arm gepackt, beinahe hätte sie ihn auch noch geschüttelt, um ihn zum Leben zu erwecken.
Er war ja auch schon beinahe tot, so wie er da vor ihr stand mit den hängenden Armen und dem leeren Gesicht!

„Nelly, Nelly muss her, die hat sie noch immer zum Lachen gebracht und zum Ausgehen, wenn sie mal wieder ihre stillen Tage hatte …"
„ … Zehn Jahre her …", flüsterte Mister Fielding.
„Egal, ich mach das, Sie werden sehen, dann wird es wieder, das muss es, Mister Fielding – BITTE!"
Irgendwie schien er ihr Flehen zu verstehen, es war auch das Flehen um Vergebung. Er nickte. Wohlwollend und väterlich, wie sie ihn seit so vielen Jahren kannte, wie damals, als er ihr geradezu imposant groß und stark vorkam und stets lieb und nett.
„Natürlich Nicole, du kümmerst dich um Nelly und schickst sie her und es wird alles wieder gut, nicht wahr? Du musst dich auch wieder um eueren Hof kümmern, das musst du auch, Nicole. Ich habe deine Handynummer und ich rufe dich an, wenn es etwas Neues gibt, ok?"
Es klang nach Trost. Für Sie, für ihn selbst?
Sie hatte sich dann bald verabschiedet. Auch von Sissy, die aber nicht reagierte. Erkannte sie sie überhaupt? Wusste sie, was los war?

„Hier, im Internet, sieh her, das wird sie sein:
Eleonore McDougal, 67 Fairfield Road,
elendslange Telefonnummer, vielleicht mit Durchwahl, könnte ein Studentenwohnheim sein …"
„Dad, Nelly ist auch schon Einunddreißig!"
„Hast du nicht gesagt sie studiert noch?"
„Hat sie vor zwei Jahren jedenfalls, aber immer gejobbt, hat glaube ich sogar ihren Abschluss als medizinisch technische Assistentin, und nebenher studieren – keine Ahnung, ob es ihr dann nicht doch zu viel geworden ist. Leben wollte sie ja auch noch, und das nicht zu knapp."
„Hm, habe sie auch ziemlich lebenslustig in Erinnerung."
Ja, hatte er. Hatte ihn ganz gehörig angeflirtet, das unverschämte Ding. Damals mussten sie so um die Sechzehn gewesen sein. Und er, nun, im ALLERBESTEN Alter. Äußerst schmeichelhaft zwar, aber trotzdem ungehörig. Sissy wäre so etwas nie eingefallen, obwohl sie ihm als die schönste der drei jungen Damen erschienen war. Hatte sich auch bestätigt, als er sie neulich kurz begrüßt hatte auf seinem Gut. Ach, ein Jammer!
„Fairfield …, zeig mal … East End, klar, London Hospital, Whitchapel Road, das könnte wirklich passen, wenn sie das noch macht.
Ich versuch das gleich einmal."
Nein, hier niemand wohnt mit diese Name, nein, nicht kenne ich, halt, warten sie, die Concierge kommt.
Concierge – oh, diese Ausländer! Aber Hauptsache, es kennt sich jemand aus, da darf die Hausmeisterin dann ruhig Concierge heißen …

Hallo? Die Nelly, ach, DIE Nelly, ja klar, hier gewohnt, zum Freund gezogen, na, sagen wir mal, vor ein paar Wochen, können auch Monate gewesen sein, ha, ha. Nummer hat sie da gelassen, sowieso, klasse Mädchen, so was von nett, immer …
„Die Nummer, ich hab die Handynummer."
„Gut, weiter, wir könnten morgen wieder zu Hause sein, wenn du das jetzt gut hin bekommst."
„Dad, meinst du ich denke an die blöden Schafe, wenn meine beste Freundin vielleicht hops geht?"
„Aber hallo, mäßige deine Ausdrucksweise! Davon geht es ihr nicht besser und auch nicht, wenn wir Verluste schreiben, also los."

Nelly freute sich zunächst einmal riesig, Nicoles Stimme zu hören, brüllte ins Telefon, ließ die Freundin gar nicht richtig zu Wort kommen und plapperte, bis die Worte Sissy und Unfall so richtig eingesickert waren.
„Sag dass das nicht stimmt! Was hast du gesagt? Ich glaub' …"
„Nelly, aus jetzt! Hör zu: Sissy war bei mir. Sie war aus den Staaten zurück, weil ihre Mutter – na ja, sie war krank und ist gestorben, vor ziemlich genau einem Monat. Sissy wollte sich dann bei mir ein bisschen erholen, das war alles so viel für sie – Ihr Vater ist nämlich auch krank, ach, eben alles voll die Scheiße!"
Den strafenden Blick ihres Vaters ignorierte Nicole einfach, sie musste sich das jetzt erst mal deftig von der Seele reden.
„Wir waren ausreiten, nicht anders als früher, du weißt schon, zum Aussichtspunkt und alles wie immer und dann, dann, Mensch, Nelly, kannst du dir nicht vorstellen, sie ritt vor mir und auf einmal hing sie da so komisch und dann kippte sie, aber sie hielt die Zügel, wie in einem Krampf, und sie war in den Steigbügeln, sie hing UNTER DEM PFERD, so am Bauch, Nelly, Nelly, das war so, so …"
„Hey, ist gut, Nicole, ist gut, ich hab verstanden, schlimm für dich. Sag jetzt, wie geht es ihr, wo ist sie jetzt, kann ich sie sprechen?"
„Das ist es ja!", heulte Nicole jetzt auf, „das ist es, dass sie gar nichts mehr kann, nichts sagen, nicht bewegen, Nelly, eine lebende Leiche, Nelly!"
„Schrei nicht so und komm' wieder runter, du sollst dich nicht so hysterisch benehmen, hab ich dir schon mal gesagt heute!", knurrte ihr Vater hinter ihr. Zum Teufel mit dem gemeinsamen Hotelzimmer, sie wünschte ihn auf den Mond, aber sie wurde wieder ruhiger.
Nelly war verdächtig still.
„Wo liegt sie?"
„National Orthopaedic Hospital, 234 Gt. Poortland Street, wegen des Ellenbogens und der Rippen, glaube ich, da war das Ausmaß der Kopfverletzungen noch nicht so …, wahrscheinlich nicht so klar, ich weiß nicht."

„Alles klar, Nicole, das ist nicht so wichtig, die tun alle ihr Bestes, nicht wahr?"
NICHT wahr, dachte Nelly, aber das musst du nicht wissen, das ist nur was für verdammte Insider wie mich.
„Ich fahr da jetzt gleich hin, Nicole, ok? Wo bist du und was machst du?"
„Wir sind hier in der Pension Walkers Lines, wir sind praktisch hinter dem Krankentransporter her gefahren und seit 5 Tagen in London, ich musste unbedingt wissen, wie es weiter geht und alles und wir haben alle Tests abgewartet und so, aber mein – wir sollten wieder zurück, du weißt, unser Hof, da läuft nichts ohne uns."
„Mit deinem Dad bist du hier?"
„Ja."
„Ok, der passt gut auf dich auf. Sag ihm liebe Grüße und fahr nach Hause, ich kümmere mich um alles."

Oh shit! Nelly setzte sich erst, als Nicole aufgelegt hatte und sie ihre Knie zittern spürte. So viel verfickte Scheiße auf einmal gab es doch auf keinem Bahnhofsklo!
Sie weckte Doggie. „Muss weg, geh mit Flöckchen endlich mal raus, du Penner. ICH war arbeiten, und jetzt muss ich auch noch quer durch diese verdammte Hölle von Stadt, also sieh zu, das du mal deinen dreckigen Arsch hochkriegst."
Doggie stöhnte, drehte sich um und schien wieder dem Koma anheim zu fallen. Nellys Ton änderte sich noch einmal so drastisch wie vorhin zwischen dem Telefonat und ihrem Weckruf.
„Flöckchen, komm her zu Mami. Weck das Stinktier hier auf, hörst du, brauchst nicht zart umzugehen mit ihm, nur mit Mami, jaa." Sie kraulte ganz sacht und zärtlich den schwarzen Kopf, der über ihr aufragte, weil sie am Bettrand saß und Flöckchen stand. Auf vier Pfoten, nicht auf zwei.
Das flauschige Etwas, das ihr Sissy geschenkt hatte, als sie vor drei Jahren nach New Orleans abdüste, war etwas größer geworden und wog gute siebzig Kilo. Tendenz steigend.
„Das ist ein Neufundländer, reinrassig, ein wunderbares Exemplar. Kann sicher alle Zuchtkriterien erfüllen.", hatte der Tierarzt damals gemeint und ihr letztes Geld kassiert für diese Hiobsbotschaft. Seither musste sie auch noch putzen gehen, um das Tier satt zu bekommen. Naja, sie putzte nachts in der Prosektur, da war es schön ruhig. Oft blieb Zeit, um eines ihrer Fachthemen durchzuarbeiten. WAR geblieben. Mit dem Trottel von Doggie war jetzt ja wieder alles anders.
Noch. Musste sich aber auch wieder ändern.

Erst einmal aber war Sissy wichtig.

Sie machte sich sofort mit ihrem Roller auf den Weg und rechnete mit etwa fünfundvierzig Minuten Fahrtzeit. Die sie sehr nachdenklich in ihre Jugendzeit hinein träumend und wenig verkehrssicher dahinfuhr.
Sissy, ihre Beste, ihr Vorbild seit Jungmädchentagen. Sissy, die sie in ihre Familie integriert hatte und in ihr gesamtes Leben, obwohl eigentlich Welten zwischen ihnen lagen. Rein vom Status her. Sissy aus sehr gutem Hause, Vater sehr erfolgreicher Journalist, Großvater Apotheker und begnadeter Musiker, sie selbst schon beinahe ein musikalisches Wunderkind.

Und dann so etwas wie Nelly: geboren am 24. Juli 1975 in einem winzigen Nest in der Nähe von Inverness, Schottland.

Nelly ohne Familie – wollte man von der alkoholkranken Mutter einmal absehen -, aber mit enormer Intelligenz und reichlich Trotz gesegnet. Nelly ohne erkennbare Erziehung oder Manieren, aber mit einem reichen Schatz an Kraftausdrücken und Flüchen.
Nelly mit ihren vielfachen Begabungen, die zum Glück auch Lehrer und sogar Sozialarbeiter erkannten.
„Die muss auf das beste musische Gymnasium, das wir finden können."
„Und wer soll sie aufnehmen? In einem unserer klassischen Wohnheime für Kinder solcher Familien geht sie zugrunde."
„Die nicht, die ist zäh, aber vielleicht können wir ihr das trotzdem ersparen, sie hat nämlich eine Tante in England. Die Schwester der Mutter, versteht sich, den Vater kennt man ja nicht."
„Und du meinst, die Schwester wäre anders?"
„Zumindest hat sie geheiratet."
„Aha, sehr löblich."
Tante ausgeforscht, Kind nach London. Nelly nicht fad, erkundete die große Stadt, ließ kaum ein Fettnäpfchen aus, stolperte in jede Falle, saß immer in der Bredouille, musste ständig irgendwo gesucht und ausgelöst werden.
Nicht von der Tante, die durfte das alles nicht wissen, sondern von den Fieldings, wem auch sonst. Die hatten sie zeitweise nahezu adoptiert. Ihrer Tante fiel das kaum auf. Sie hatte selber keine Kinder, war geschieden und arbeitete sehr erfolgreich in der Immobilienbranche. Nelly brachte ihr ein wenig Pflegegeld, Prestige – meine Ziehtochter geht in das Peacock Gymnasium – und manchmal Aufregung, aber wirklich selten.
„Ich bin ja so froh, dass ich für dich da sein kann, meine Liebe. Das wirst du mir zurückgeben, wenn ich alt werde, nicht wahr, Liebling?"
„Ja, dann kümmere ich mich um dich so wie du um mich, Tante."
Also gar nicht, meine Teuere, säuselte die kleine Nelly in Gedanken hinter der alten Zicke her, die ihre Tante für sie war. Nein, weder Respekt noch sonst etwas an Gefühlen war sie ihrer Tante schuldig, da war sie sich ganz sicher.

Aber die Fieldings, die waren ihre Familie und die Gordons in den Ferien, wenn die drei Freundinnen auf dem großen Anwesen wunderbare Wochen genießen durften.

Die anfällige, ewig leidende Mutter Gordon war herzlich und weich und kuschelig und erst gegen Ende der Ferien ein wenig überfordert, weshalb sich dann auch alle auf den Schulbeginn und die Reise ins Internat freuten.

Mister Gordon war unverkennbar SIR Gordon. Nelly sah in ihm nicht nur die Vaterfigur, sein ziemlich herrisches Wesen ließ sie vor Erregung zittern und bald herausfinden, dass sie auf Autoritätspersonen abfuhr.

Ach, diese wunderbar geordneten Verhältnisse, welch schöne Zeit das doch gewesen war.

Später war sie dann selber oftmals ausgestiegen aus dem behüteten Leben der höheren Töchter. Hatte plötzlich das Bedürfnis des ›Abheben müssens‹ gehabt, weg, nur weg, meistens in Verbindung mit einem steilen Liebhaber, der sich eigentlich immer erst nach einigen Tagen oder sogar Wochen als nerviges Ekel zu erkennen gegeben hatte.

„Meine Pimpinella", nannte Sissy sie oft scherzhaft liebevoll, „meine kindliche Fee, bleib bei deinen Wunderbildern, das bringt dir viel Geld und ein bisschen mehr Ruhe."

Klar, alle liebten ihre Bilder! Kitsch, entfleucht aus ihrem Kinderhirn! Geld, pah, konnte ihr gestohlen bleiben! SIE mochte ihre Bilder nicht, sie waren so flüchtig, so – nicht real. In sehr klaren Momenten wusste sie, dass sie damit ihr Innerstes zeigte, aber das wollte sie auch nicht. Nein, keine Bilder mehr.

Etwas Handfestes, etwas Nützliches. Sie wollte eingehen in die Analen der Menschheit als herausragende Medizinerin, die den Menschen auch tatsächlich helfen wollte.

Wieder bekam sie ein Stipendium, wieder blieb sie nicht bei der Sache, weil sie mit Mr. Right mal kurz nach Irland dampfte, wo er sich als wahnsinniger Fanat präsentierte und Nelly ohne Geld und Papiere in Belfast zurückließ.

Dann gab es keine Förderungen mehr und die junge Dame musste einen richtigen Beruf ergreifen, um sich durchzuschlagen und diversen Mitläufern, Bettlern und Drogenabhängigen unter die Arme greifen zu können, woraufhin diese häufig nicht nur nach ihrer Körpermitte, sondern auch nach ihrer Kreditkarte griffen.

„Ach Nelly, wer schaut jetzt auf dich, wenn ich sooo weit weg bin?", hatte Sissy ganz zerknirscht gefragt, als sie ihre Ausbildung in den Staaten fixiert hatte.

Und dann hatte sie das schwarze Knäuel gebracht und behutsam angefragt, ob sie ihn wohl hier lassen dürfte.

„Es gibt auch Pflegegeld für ihn, weißt du, jeden Monat auf dein Konto, damit er dir nicht zu sehr auf der Tasche liegt."

„Gehört er dann dir oder mir, wenn du wieder kommst?"
„Ich glaube, dass er auch dann nur zu dir gehören möchte, weil er mich ja nicht kennt und ich werde vielleicht JAHRE nicht hier sein und dann nur, um mal eben der Albert Hall die Ehre zu geben …"
„Natürlich, Madame, und deshalb will ich das Geld nicht."
Es kam trotzdem pünktlichst jeden Monatsersten. Und Nelly überwies es weiter auf das Treuhandkonto, das sie in einem Anfall wunderlicher Regung eingerichtet hatte.
Begünstigte(r): Die Flöckchen Stiftung für familienlose Hunde. Auszuzahlen an den Hundehalter, der Flöckchen bis zu seinem Tode betreut hatte.
Nelly hätte es nicht erklären können und sprach auch wirklich niemals mit Jemandem darüber, sie war sich aber sicher, so traurig das auch war, dass nicht SIE selbst diese Auszahlung jemals bekommen würde.

Hatte sie da so etwas wie ihr Testament gemacht? War ja auch nie zu früh, dachte sie lakonisch, als sie in die Auffahrt zum Hospital einbog.
Praktisch, so ein Roller, wenn er nur öfter funktionieren würde.
„So, Mister Fielding, jetzt bin ich da – und jetzt bleib ich da. Fahren Sie nur mal schön nach Hause, ich rufe Sie sofort bei der kleinsten Veränderung …"
„Nelly, du hast ja keine Ahnung!"
„Doch, erstens hab ich schon zehn Semester Medizin – mit Unterbrechungen – und außerdem hab ich vorhin eine gute halbe Stunde lang alles eingesehen, was an Unterlagen momentan vorhanden ist. Das ist eine Menge, das schaffen andere in ihrem ganzen Leben nicht."
„Oh Nelly, wie konnten wir überhaupt überleben ohne dich?", sagte Mister Fielding sehr heiser und – umarmte sie. Das erste Mal in ihrem Leben umarmte sie dieser großartige Mann. Und als sie ihm ein wenig unbeholfen den Rücken tätschelte glaubte sie fast, er könnte tatsächlich weinen, wie er so schlaff an ihrer Schulter hing.
Shit, diese rührseligen Familiengeschichten hatte sie seit vielen Jahren nicht mehr. Tantchen war auch ohne jede Rührseligkeit in einem zerknautschen Auto dahin geschieden; Muttchen, keine Ahnung, hatte sich höchst wahrscheinlich tot oder blöd gesoffen, oder – dritte Möglichkeit – blind.
„Ehrlich, ich bin voll im Bild, Schwester ist informiert, die ist auch froh, wenn eine kompetente Praktikantin sich kümmert …", zog sie doch tatsächlich einen nur mäßig zerknitterten Arztkittel MIT Namensschild versehen aus ihrem Rucksack, „und Sie müssen mal zur Ruhe kommen, damit Sie fit sind, wenn es ihr wieder besser geht."
„Nelly, es wird wohl nicht …"
Sie schob ihn jetzt ziemlich resolut zur Tür.
„Doch, bestimmt. Die bescheuert verknöcherten alten Docs nehmen immer das Maß ihrer eigenen ausgelatschten Treter, die verstehen einfach nicht, dass Sissy

in ihrem jugendlichen Elan das alles Wett macht, einfach alles wieder wachsen lässt, was hin ist – ist doch eigentlich voll logisch, oder?"

„Wenn ich jemals jemandem etwas von ganzen Herzen glauben wollte, dann dir und dieses, Nelly, bei Gott."

„Gut. Und im Bett, wenn's geht, da gehören Sie jetzt dringend hin. Sie fahren doch mit dem Taxi?"

„Ja, danke für deine Fürsorge und deine wunderbare Hilfe, meine Liebe."

Nelly grinste breit und winkte – nur ein bisschen übertrieben heiter. Er musste ja nicht wissen, dass sie jetzt nichts mehr hätte sagen können, weil sie einen dicken fetten Kloß der Rührung im Hals hatte.
So war sie also wieder im Schoße der Familie gelandet.
Sie wandte sich erneut der reglosen Freundin zu.
„Hättest du auch anders haben können, dumme Pute. Was machen wir jetzt, he, damit du wieder auf deine dürren Beine kommst?"

13. Kapitel

Matteo, 13. 06. 2006, Schlossberg im Waldviertel

„Matteo Rizzardi, geboren am 10.01.1991 in der Schweiz, Luzern, wohnhaft in der Weißdorngasse 46 im Sechsten. So, das ist einmal das. Dann … schau ma einmal … beschäftigt?"

„Beschäftigt? Hallo, ich frag dich was, Bürscherl!"
„Mit was?"
„Mit was was?
„Weil sie g'sagt ham >beschäftigt< …"
„Eben, also -. Ahh – arbeitest wo und was, oder tust nur mit'n Stoff ummadum? Oder dealst aa nu?"
„Ich bin Schüler."
„Aha, hammas schon, der Herr Papá zahlt's eh, wennst an Scheiß machst."
„Kein Vater, jedenfalls net anwesend."
„Aha, hammas schon … na ja … dann werdnma jetzt die Frau Mamá anrufen und ein ernstes Plauscherl mit ihr haben, gell."
„Mama, hallo? Ich weiß, dass du Nachtdienst hast, aber es ist wichtig, glaub' ich. Weil, der Kasperl der da grad da ist meint, dass du kommen sollst." Der Beamte nahm ihm ziemlich unsanft und reichlich erbost das Handy aus der Hand.
„Frau …äh … Rizzardi, hier Alois Dürhager von der Polizeiinspektion Innere Stadt, ich hab da Ihren Sohn bei mir, weil wir ihn bei einer Razzia g'schnappt ham."
Matteo beobachtete den Polizisten, versuchte genau zu fokussieren, was ihm aber sehr schwer fiel. Die tollen Schwammerl wussten die ja gar nicht. DAS war der Hammer, nicht das bissl Gras hinterher. Von dem hatte er ja das Meiste blöderweise noch in der Tasche gehabt. Weil die Schwammerl überall so Gesichter machten und das echt witzig war. Jetzt leider nicht mehr, aber der Typ da war wenigstens komisch. Jetzt lächelte er sogar.
„Naa, er rennt uns eh net davon. Sechs Uhr, ja, passt, aber net später, weil um Siebene is Dienstübergabe, da muss das schon fertig im Protokoll sein, gell. Also - Deutschmeisterplatz 3. – Naa, regnS Ihnen net so auf, die sand halt einmal so bled, jetzt müssenS ihm halt mehr zuwi steigen, sag ich immer."
Das Gespräch war offenbar beendet, das Handy gab der Fiesling aber nicht zurück. Stattdessen nahm er einen dicken Schlüsselbund aus einem versperrten Kasten.
„Alsdann, Bürscherl, jetzt kannst sogar noch ein bissl schlafen bei uns, bis die Mama kommt, und dann schaun ma weiter. Hoffentlich richtet's dir die Wadln amal ordentlich nach vorn, du Depp, damischer."

„Sie ist Krankenschwester, die Waden sind hinten."
„Naa, und ein Oberg'scheiter is er aa nu, der Burschi, na servas!"
Matteo richtete sich häuslich ein auf dem schmalen Bett. Neben ihm dröhnten allerhand Schnarchgeräusche, aber das war ihm jetzt auch wurscht, Hauptsache liegen. Ziemlich übel wurde ihm jetzt, aber das kannte er schon vom Alkohol, da war es am Besten, wenn man sich ganz ruhig auf den Bauch drehte.
So schlief er ein und der Beamte hatte um kurz vor sechs Uhr Mühe, ihn wach zu rütteln.

„Poizeiinspektion, Zelle, Drogen gefunden! Du bist sooo dumm!
„Mama, pass auf wie du fahrst, sonst erwischen sie dich auch noch. Ich wollt'…"
„Wirst jetzt auch noch frech, oder? Was glaubst denn du eigentlich, was ich mir alles gefallen lassen soll, ha?"
„Jetzt reg dich halt net so auf, hast eh g'hört was der Kasperl g'sagt hat, muss ich halt ein paar Mal zum Psychologen, das is eh eine Gaudi, da sind alle irgendwann einmal …"
„Hoppala, jetzt wird das aber interessant, ha, wer sind denn alle und mit welchene Leut' bist denn du da auf einmal zusammen, die da alle schon einmal beim Psychiater war'n, haa?"
Mist, Fehler, Scheiß-Schwammerl, das hätt' ihm so nicht herausrutschen dürfen.
„Nur so daherg'sagt, aber ich mein halt, auch in der Schule erzählt man das herum, verstehst, das ist irgendwie lustig und so."
„Nein, nein, versteh' ich überhaupt nicht, gar nicht, da wirst mir noch viel erklären müssen. Aber jetzt schlafen wir uns erst einmal beide aus, und dann red'n wir, ok?"
Matteo grinste sie von der Seite an.
„Voll ok, Mama, bist voll ok."

Sie hatten dann am Nachmittag wirklich ein langes Gespräch, in dem Matteo sie genau wie sein Vater beschuldigte, keine Zeit für ihn zu haben.
Maria war am Boden zerstört. Matteo hatte ein klein wenig ein schlechtes Gewissen, weil er ja aus Erfahrung wusste, wie man – oder eigentlich sein Vater – ihr wunderbar Schuldgefühle einreden konnte. Sie arbeite zuviel, habe nur ihre Karriere im Kopf und so weiter. Dabei verstand er eigentlich sehr genau, warum sie das machte. Entweder so oder sie war irgendwann weg. Die Älteren wurden immer am schnellsten ausgetauscht, wenn sie austauschbar waren. Das hatte sie ihm von klein auf erklärt, dass sie unabkömmlich werden musste, um mit ihm überleben zu können. Einleuchtend. Zumal SIE alles bezahlte, obwohl der Vater schließlich auch Geld verdiente, mit den Alimenten aber häufig säumte, gerne eine Ausrede oder einen Kapitalmangel oder irgendwas erfand. Aus dem Ausland war das einfach, einklagen schier unmöglich.

Und er selber wollte auch nicht arbeiten und womöglich eigenes Geld verdienen. Er wollte weiter in die Schule gehen, das Leben genießen, später vielleicht sogar studieren, obwohl er kein besonders guter Schüler war. Zu viele Ablenkungen rund herum.

Vor allem rund, hmm, vor ihm in der Klasse, die Eva, alles rund, trotzdem nicht zu viel, da musste Mann sich doch ablenken lassen und so.

Jedenfalls alles ziemlich paletti, restliches Wochenende aber beim Teufel, weil er nicht mehr weg gehen durfte.

„Ich hab frei bis Dienstag, also verbringen wir auch die Zeit gemeinsam. Das haben wir früher ja auch immer g'macht. Nur jetzt, mit deinen Freunden, da WILLST mit mir ja gar nix mehr tun."

„Und was tun wir denn schon Großartiges. In den Tiergarten geh'n?" „Jetzt wo du das sagst ...", Maria zwinkerte ein wenig, weil er sie so entsetzt ansah, damit er ihren Scherz auch richtig einordnen konnte. Er war manchmal ja doch noch ihr kleiner Bub.

„Ich muss dir voll was Trauriges erzählen, DAS ist das Leben und seine Schwierigkeiten, da muss man sich nicht noch welche machen."

Dann schilderte sie ihm die Ereignisse rund um Erna, soweit sie sie wusste und ihre Vermutungen.

„Wir gehen gleich morgen in die Bücherei und holen uns alles, was es über Erdstrahlen gibt und so was."

„Geh ich in mein Zimmer und hol's mir gleich aus dem Net, Mama, alte Schachtel."

Knuff von Mamas Seite.

„Geh' ich mit und schau dir zu, damit du nicht bei den Sexseiten hängen bleibst."

Wurde er doch glatt knallrot, ihr Kleiner.

Am Montagvormittag rief sie in London bei Hiro an. Weil er auch beim dritten Versuch nicht ans Telefon kam suchte sie seine Handynummer, die ihr Erna noch gegeben hatte, und versuchte es damit.

„Hallo?"

„Maria Huemer, aus Wien, hallo Hiro!"

„Ach, die ... die Freundin meiner Frau ..."

Er sprach Deutsch, aber mühsamer, als sie es aus den wenigen Sätzen ihrer bisherigen Telefonate in Erinnerung hatte. Und sehr leise. „Störe ich?"

„Nnnein ... ich gehe aber hinaus ... ich bin nämlich ... im Krankenhaus."

„Oh je, geht es Ihnen schlechter? - Es tut mir so Leid mit der Erna, ich hoffe ..."

„Ich habe Ihr Schreiben erhalten, ja, danke."

„Wegen dem Hinterstätter, die Erna hat doch mit Ihnen gesprochen, deshalb ruf' ich an, weil ..."

„Das ist jetzt alles gar nicht wichtig, weil, ja, jetzt ist alles anders, ... meine Tochter, sie hatte einen schweren Unfall, sehen sie, wenn ..."

Er konnte nicht mehr weiter sprechen, sie hörte es genau.
Maria war völlig entsetzt. Das konnte doch wohl nicht auch noch passiert sein, das gab's ja nicht, das konnte doch nicht alles auf einmal in einer Familie geschehen?!
„Sind Sie noch ... sind Sie noch da ...?"
„Ja, ja, Mister Fielding, ich bin nur so erschrocken. Darf ich fragen ...?"
Hiro erzählte knapp. Man merkte, dass er das schon oft hatte machen müssen in letzter Zeit, wenn auch nicht in Deutsch, aber das wurde zusehends wieder flüssiger.
Maria berichtete dann ihrerseits von ihrem Gespräch mit Zita und zu welchen Schlüssen sie beide ganz unabhängig von einander gekommen waren.
„Und deswegen sollten Sie ihn schleunigst aufsuchen, wer weiß, wo Sie noch immer schlafen und überhaupt."
„Ich kann hier nicht weg. Man spricht schon davon, dass sie in eine Pflegestation oder in häusliche Pflege entlassen werden soll, weil man an ihrem Zustand nichts mehr stationär ändern könne."
„Aber gerade dann, stellen Sie sich vor, wenn Sie den Auslöser für alle Krankheiten Ihrer Familie im Gebäude finden und Sie würden sie trotzdem nach Hause bringen und DEM auch noch aussetzen!"
Hiro zeigte sich sehr verständig, hatte durchaus eine Vorstellung von Geomantie und Radiästetik und konnte mühelos eine Verbindung zu seiner Situation herstellen, auch wenn er daran bisher niemals gedacht hatte. Ein Strohhalm vielleicht? Ließ sich etwas rückgängig machen, wenn man Störfaktoren ausschaltete?
„Ich mache Ihnen einen Vorschlag, das fällt mir gerade ein, das wär' das Einfachste: ich frag den Hinterstätter, ob er auch aus der Ferne etwas tun kann. Sie wissen schon, es gibt doch die Leute, die verschwundene Dinge oder sogar entführte Personen wieder finden können. Ein kleiner Strohhalm nur, ich weiß, aber wir müssen halt alle Kompromisse eingehen, nicht wahr?"
Hiro stimmte sofort zu und verabredete eine genaue Uhrzeit am Dienstag, zu der er sie anrufen wollte.
„Ich weiß gar nicht wie ich Ihnen danken kann, Sie machen diese Sache so sehr zu der Ihren."
„Mister Fielding, Ihre Frau war meine Freundin, da macht man so was, auch nach Jahrzehnten. Die Wertschätzung für einen Menschen und der Wert einer Freundschaft überdauern Zeit und Raum, denke ich."

Es war dann wie verabredet am nächsten Abend, dass Maria Hiro sagen konnte, wie der Hinterstätter vorgehen wollte.
„Erstellen Sie einen Plan vom ganzen Haus, wo Sie die Schlafplätze, die Arbeitsplätze und so weiter einzeichnen. Bei den Betten möglichst genau, wie die Schlafrichtung war, wo der Kopfteil und so weiter. Ausmessen,

einzeichnen, alles mit der Hand, das ist wichtig. Dann gleich schicken, auch etwas Persönliches von Ihnen, Erna und Sissy, Bürsten, Schals, Tücher, so was. Schicken Sie alles zu mir, ich bring das dann gleich dem Hinterstätter persönlich, ich muss ihm das alles auch genau erzählen, denke ich. Es wird sehr aufschlussreich, Sie werden sehen. Alles Gute für Sie und Sissy."

„Du hängst dich da voll rein."
„Genau, Matteo, dazu sind Freunde nämlich da."
„Es interessiert dich, weil das nicht Schulmedizin ist – und die hast du bis zum Kotzen satt."
„Hallo, wie redst denn du?"
„Ehrlich. Die ganze Scheiße mit der Chemo und den Strahlen, das ist doch voll ätzend und seit Jahrzehnten fällt denen nix Besseres mehr ein, da muss es dir doch den Vogel raushauen, wenn du das dein Leben lang siehst, wie sie sie zu Tode therapieren."
„Jetzt hörst aber auf! Als ob man nicht auch Erfolgserlebnisse hätt'. Das weißt ja du alles gar nicht."
„Wie viele denn, ha? Eine Hand voll in den letzten zehn Jahren, kann das sein?"
„Matteo, komm, sei friedlich, ich führ doch nicht Buch über unsere Toten und die, die geheilt entlassen werden ..."
„ ... und nach fünf Jahren wieder kommen."
„... und fünf schöne Jahre weiterleben konnten und alles regeln und sich mit dem Tod anfreunden ... Matteo, ich denk' auch nach über meinen Job, weißt. Und ich möcht' immer noch keinen andern, weil ich grad auf DIESER Station was tun kann, was AUCH wichtig ist: Trost spenden, menschlich da sein, nicht nur Kompetenz vermitteln, sondern Menschlichkeit und Akzeptanz und Liebe."
„Auch für die ganz fiesen, ecklig querschlagenden Typen?"
„Genau für die, grad für die, weil die das sonst nie von wem kriegen."
„Mensch, Mama, hast du das aus einem Roman, so romantisch und edel und hilfreich und gut?"
„Nein, aus dem Herzen, du Ungustl, du, direkt aus dem Herzen, sonst müsst' ich dich auch schon aufgegeben haben und dir meine Liebe vorenthalten, aber das tu ich nicht, da kannst mir noch so fies und ecklig querschlagend kommen."

Das Paket aus London kam rasch, Maria telefonierte sofort mit dem Hinterstätter und vereinbarte einen Termin an ihrem freien Tag, an dem Matteo noch einen schulautonomen Tag hatte, obwohl sowieso gleich die Ferien begannen.
Er hatte sich sehr für das Paket interessiert.
„Zeig her, ah, das ist voll krass, der hat das voll genau gemacht."

„Es ist ihm wichtig. Lebens – wichtig."
„Ich komm mit, das interessiert mich jetzt schon, was der Alte da für Hokuspokus anstellt."

Und da waren sie jetzt, saßen im Holzhäuschen auf der Bank und beobachteten, wie der Förster mit dem Pendel die Zeichnung abfuhr. Er murmelte, legte den Pendel zur Seite, bewegte seine rechte Hand. Schnell, kreisförmig. Das ging lange so. Maria blieb konzentriert bei der Sache. Matteo hatte eine weitere Nuss zu knacken.
Bei der Begrüßung hatte der Hinterstätter ihn nämlich ziemlich genau betrachtet, recht lange seine Hand gehalten und dann nach den Begrüßungsformeln gesagt:
„Gänseblümchen, mein Lieber, wegen der Akne und so - das andere Zeug, vor allem mit dem Chemischen musst narrisch aufpassen, das brauchst net."

14. Kapitel

Leo, 03. 07. 2006, Wiener Neurologische Poliklinik, Wien

Leo studierte gerade die Unterlagen für seinen nächsten Termin.
Das las sich ziemlich arg, keine Frage. Er war aber nicht so ganz bei der Sache.
Sein Medizinstudium rückte näher, DAS war jetzt seine Sache.
Nicht mal ganz zwei Monate noch, dann war er hier weg.
Weg aus dem morbiden Mief der Riesenstadt Wien, leben in einer freundlichen Gegend, in einer überschaubaren Stadt. Studieren in einer der renommiertesten Universitäten Europas. Er freute sich sehr auf Innsbruck.
Er hatte gespart. Kleine Wohnung suchen, mit Massagen und Therapien privat Geld verdienen, ansonsten auf das Studium konzentrieren. Das war die Sache, auf die er hin gearbeitet hatte.
Er war am 24. Mai 1979 geboren, einem Sonntag. Der Geburtstag seiner Mutter noch dazu. Ein Sonntags- und ein Glückskind, ja, das war er. Seine Mutter hatte ihm das oft gesagt.
Bis sie mit seinem Vater zusammen in ihrem Auto zerquetscht wurde.
Daraufhin hatte er sich oft gefragt, ob sein Geburtstermin nicht eigentlich am Freitag vor Ostern hätte sein sollen, einem Dreizehnten. Als Frühgeburt hätte er vielleicht gar nicht überlebt und damit wäre ihm allerhand erspart geblieben. Aber natürlich alles Schwachsinn, kindischer Aberglaube und Todessehnsucht eines verlassenen Teenagers.
Er war während seines Zivildienstes Rettungssanitäter geworden, hatte vielen Unfallopfern helfen können; seine Eltern wurden davon zwar auch nicht wieder lebendig, aber seine Gefühle erträglicher.
Als Arzt würde er zahlreiche Patienten gut behandeln und kurieren können, … nun, seine persönlichen Geister würde er damit auch nicht vertreiben, aber beruhigen konnte er sie möglicherweise.

Es klopfte an der Tür seines Behandlungsraumes.

Ergotherapie
Physiotherapie
Leonhard Kreutzer
Dipl. Physiotherapeut

Nur anklopfen wenn grünes Licht
Bei rotem Licht Behandlung – nicht stören

„Da muss es sein. Nun denn, hinein mit uns."

Hiro schob den Rollstuhl vorsichtig durch die Tür. Sissy war darauf >befestigt<, angegurtet und seitlich abgestützt, um nicht nach vorne oder zur Seite weg zu kippen. Ihr Körper war seltsam nach rechts verkrümmt, auch der Kopf zeigte mit der rechten Gesichtshälfte zum Boden.
„Hallo, Mister Kreutzer, wir haben einen Termin. Fielding."
„Hallo Mister Fielding, stimmt, ich habe einen Termin für Elisabeth Fielding, erste Stunde Ergo, steht da."
„Ganz recht, ja, es geht alles sehr rasch hier, wir sind sehr froh …"
„Mister Fielding, ich danke Ihnen, dass Sie Ihre Tochter herunter gebracht haben von der Station, sonst hätte einer der Bediensteten das machen müssen. Miss Fielding wird in etwa vierzig Minuten fertig sein."
„Ja, aber …, ich kann sie doch nicht allein … sie – sehen Sie doch."
„Ich sehe, Mister Fielding, und ich verstehe, bitte glauben Sie mir. Ich habe die Unterlagen durchgesehen, sonst wüsste ich ja nicht, was zu tun ist. OK?"
Hiro nickte. Er benahm sich schon wie die hysterische Mutter eines Kindergartenkindes. Aber seine Kleine war noch viel hilfloser als ein Kind im Kindergartenalter.
Der Therapeut sah jetzt nur noch auf sie. Hiro ging leise hinaus.
Leo hob ihr Gesicht langsam und vorsichtig an. Dachte, dass er jetzt bloß keine Regung zeigen durfte, auch wenn das verdammt schwer war bei dem, was er da sah. Die rechte Seite sah aus wie das bedauernswerte Gesicht einer alten Frau nach einem Schlaganfall. Es würde einige Zeit und sehr viele ausdauernde Übungen brauchen, um dieses Gesicht wieder ansprechend zu gestalten, Muskel, Nerven und Sehnen mussten hochgezogen, alles aktiviert werden, was dieser grausame Unfall zerstört hatte.
Die Augen waren verhangen, trifteten zur Seite, sobald sie etwas einige Sekunden lang fixiert hatten. Etwaige Äußerungen? Mit dieser halbseitigen Lähmung und Zerstörung würde sie noch längere Zeit nicht sprechen können. Jedenfalls nicht verständlich.
Gut, das war das Gesicht. Jetzt der Rest.
Der rechte Ellenbogen war noch verdrahtet, da konnte man gar nichts damit tun.
Er bückte sich weit hinunter, um in ihr nun wieder dem Boden zugewandtes Gesicht zu blicken.
„Ich nehme nun Ihre Hände, ich überkreuze ihre Arme und dann drücken Sie, so fest Sie können. Ok? Wenn Sie verstanden haben schließen Sie die Augen. Los!"
Nichts. Leo beobachtet, wartete. Er wusste, dass, FALLS sie verstanden hatte, trotzdem eine immense Arbeit nötig war, um seinen einfach scheinenden Befehl auszuführen. Die linke Seite ihres Gehirns war schwer beeinträchtigt. Massive Einblutungen unter den einzelnen Gehirnhäuten, mehrere kleine Schlagadern

waren regerecht geplatzt, hatten große Teile der linken Hemisphäre überflutet, aber nicht mehr durchblutet.
Eigentlich unerklärlich, da die äußeren Schädelverletzungen ein derartiges Schadensausmaß im Inneren kaum vermuten ließen.
Und jetzt verlangte er, dass dieses malträtierte Gehirn seine Informationen empfing, verarbeitete und auch zu den Augenlidern weiterleitete.
Da, das linke Lid, das weit nach unten hing, schloss sich komplett, das rechte Auge zuckte, dann bedeckte auch dieses Lid das Auge.
„Bravo, gut gemacht. Das ist ganz wunderbar. So können wir weiter machen. Jetzt öffnen Sie die Augen wieder, Sie sollen ja sehen, was wir hier tun."
Leo verstand seine Arbeit, er war gut, das wusste er, das hörte er auch oft genug. Es war nicht weiter schwer, fand er, er musste sich nur genau hineinversetzen in diese Körper, diese Muskeln und Nerven. Geduld haben, bis die Synapsen wieder ein Ziel fanden, Ausdauer, bis aufgefaserte Muskulatur wieder an einem Strang arbeitete.
Manchmal – selten – kamen ihm Zweifel, ob er als Arzt diese seine Stärken noch würde einsetzen können. Er sah das ja hier im Klinikbetrieb. Zeit, Hetze, schnell noch den gerade eingetroffenen Fall. Die Ärzte standen unter gewaltigem Druck. Die Zeit, die man ihm jetzt ließ, damit Patienten in ihr Leben zurückfinden konnten, ihre Fähigkeiten neu entdecken durften, diese Zeit würde ihm als Arzt niemals bleiben. - Trotzdem.
Er würde es sich schon richten. Sein unvoreingenommener Charakter hatte ihm bisher gute Dienste geleistet, unbefangen ging er auf seine Ziele zu, ohne Hemmnisse, wo andere von Vorurteilen gefesselt waren.

Ach, er wollte seine Zukunft leicht nehmen, was konnte einem jungen Menschen schon geschehen, wenn nicht gerade ein grausames Missgeschick wie diesem zusammengesunken Wesen hier.
„Wir müssen uns alle ständig verändern, nichts bleibt wie es ist, aber es ist auch nichts unabänderlich."
Er war sich selbst nicht sicher, zu wem er das jetzt eigentlich gesagt hatte; aber so war er nun mal, beruhigend ohne viel nachzudenken, auch frischen Mutes und gefühlvoll. Wo er durfte. In der Arbeit und im Rettungsdienst eine ständige Gratwanderung, aber mit seiner offenen Heiterkeit nahm er auch die Hürden der Professionalität. Wenn er mal gar nicht weiter wusste vertraute er auf seine sicheren Instinkte und seine Gefühle, die ihn wie innere Stimmen leiten konnten.
Jedenfalls würde er auch in Innsbruck seine Interessen genauso entschieden vertreten wie bisher und sich Zeit herausschinden, wenn er das für sich und seine Patienten für notwendig hielte.

Sein Fachgebiet würde möglicherweise letztendlich eher im psychischen Bereich liegen; ganz besonders wollte er sich mit der Transaktionsanalyse beschäftigen.
Noch war er aber hier und hatte sich gefälligst ausschließlich um seine Patienten zu kümmern, brachte er sich gedanklich wieder auf den Boden zurück.
Nachdem er alle neurologischen Möglichkeiten der jungen Frau geprüft und ihr größtmögliche Mitarbeit abverlangt hatte waren dreiundvierzig Minuten vergangen.
Er öffnete rasch die Tür, vermutend, dass der besorgte Vater schon unruhig warten würde.
Nun, der Vater machte wirklich einen äußerst unglücklichen Eindruck.
„Mister Fielding, kommen Sie doch noch einen Augenblick herein, bitte."
„Danke, wie war es? Hat sie mitgemacht?"
„Natürlich. So weit es ihr gegenwärtig halt möglich ist."
„Ha, in London sagte man, es ginge nichts voran, weil sie nicht mitmache."
„Ach, das ist ja auch nicht eine Frage des Wollens, vielleicht war damals auch noch nicht die Zeit …"
„Und das richtige Personal …"
„Mister Fielding, ich verstehe ihre Bitterkeit, aber sehen Sie, ihre Tochter braucht jetzt eher Ruhe, Geduld, Ausgeglichenheit und auch Heiterkeit, ja?"

Die Augen des Mannes vor ihm weiteten sich, es sah beinahe wie im Entsetzen über das eben Gesagte aus. Leo angelte rasch nach seinem Drehstuhl, der Gute hier würde ihm jetzt auf der Stelle kollabieren, warum zum Teufel auch immer.
„Setzen Sie sich, kommen Sie, alles halb so wild, hier, die Beine auf den Schreibtisch. Doch, tun Sie was ich sage, ich weiß warum ich das jetzt so will. Gut. Atmen Sie doch mal ein bisschen durch, ja, sehen Sie, so, durch den Mund herauslassen, laaangsaaam herauslassen jetzt, sehr gut."
Okay, langsam kam wieder ein leicht rosa Ton in die graublauen Lippen.
„Also, nun der Reihe nach. Was hab ich gesagt, was so schlimm war für Sie?"
Hiro begann zu sprechen. Langsam, deutlich, nachdenklich. Auch präzise, als würde er einen Artikel in sein Aufnahmegerät diktieren. Er war so unendlich erschöpft und dieser Mann hier so unglaublich aufmerksam, er MUSSTE einfach jetzt und hier alle Ungeheuerlichkeiten aussprechen, die sein Leben in den letzten Jahren bestimmt hatten.
Er war noch nicht fertig mit seinem Bericht über die Ergebnisse des Hinterstätters, als sich Leo kurz bemerkbar machte und entschuldigte.
„Ich muss nur kurz meinen nächsten Termin absagen …", dann brachte er Sissy in eine etwas aufrechtere Position, legte Hiros Beine etwas niederer auf einen Gymnastikball an der Wand und setzte sich wieder auf die Liege wie vorher.
Es bedurfte keiner Aufforderung, Mister Fielding begann sofort wieder zu

sprechen und Leo lauschte gebannt. Das war vielleicht eine Story, die konnte sich nicht mal ein Journalist wie dieser hier ausdenken.

„Nach diesen >Ferndiagnosen< ließ ich sofort das ganze Haus auf Strahlungen untersuchen, das ist ja teilweise sogar bei Neubauten üblich, das wusste ich vorher eigentlich gar nicht, dass sich so vieles mit wissenschaftlichen Methoden messen lässt. Jedenfalls fanden die auch viele Störzonen. Die deckten sich großteils mit denen aus dem Waldviertel, allerdings hatte der Hinterstätter wesentlich mehr verzeichnet. Das Wesentlichste: Meine Frau und ich schliefen über einer besonderen Linie, die ging geradewegs durch unsere Mitte, durch unsere Unterkörper, verstehen Sie?!
Und Sissy – oh Gott – Sissy hat sich das Bett im Bügelzimmer gerade so gestellt, dass die gleiche Störzone oder Linie oder was und wie das heißt genau bei ihrem Kopfteil war."
Leo sah ihn nachdenklich und abwartend an.
Hiro sah ihn ebenfalls konzentriert an, wollte wohl eine eindeutige Reaktion, die aber nicht kam.
Schließlich sprach der Engländer weiter, bis er erschöpft innehielt.
„Das ist der Status Quo und ich weiß nicht, was weiter werden soll."

Leo, immer sensibel für die Stimmungen und Erwartungen seiner Mitmenschen, sagte jetzt auch etwas. Langsam und vorsichtig formulierend.
„Ok, jetzt wissen Sie, WARUM Ihre Befindlichkeiten so sind wie sie sind.
Es ändert aber nichts an dem, was augenblicklich zu tun ist. Ihre Tochter muss sich wieder aufbauen, dabei braucht sie vor allem IHRE Unterstützung. Sie sind ebenfalls krank, aber sie sind stark, ihr Geist und ihr Wille sind ungebrochen, also können Sie an Ihrer Genesung arbeiten, weil Ihre Tochter das am dringendsten braucht."
Jetzt war es Mister Fielding, der erst einmal nichts sagte, sein Gegenüber nachdenklich betrachtend.
„Was raten Sie mir, wie kann ich vorgehen?"
„Oh, die einzelnen Schritte, die Sie selbst betreffen – bitte besprechen Sie die mit jemandem aus dem onkologischen Bereich, ich bin für genaue Planungen exakter Abläufe auch oft zu – chaotisch, würde ich sagen. –
Aber was Ihre Tochter betrifft, doch, ja, da werden Sie stark gefordert sein mitzuhelfen. Vor allem auch im psychischen Bereich. Sie können sie besonders unterstützen mit Gedanken und Bildern, die sie an ihre Stärken erinnern und an schöne Erfahrungen anknüpfen, damit sie ihren schwierigen Alltag langsam auch wieder besser meistern kann.
Es ist wichtig, ihr einen Zugang zu ihren früheren positiven Erlebnissen zu eröffnen, ihren Selbstwert zu stärken, indem sie sich an ihre vielen positiven Seiten erinnert, um so auch alle ihre helfenden Energien zu mobilisieren und sie

auf kritische Situationen vorzubereiten, die natürlich auch kommen können."
„Glauben Sie auch, dass es zu neuerlichen Blutungen kommen wird?"
„Ich bin kein Arzt, aber auch ein Mediziner kann nicht in die Zukunft sehen. Er kann nur von Erfahrungswerten ausgehen, also von Statistik. Eine solche ist immer mit Vorsicht zu betrachten, das wissen Sie sicher besser als ich."
„Keine eindeutige Antwort."
„Nein, natürlich nicht, wir haben es hier nicht mit einem Kochtraining zu tun, wo es genaueste Mengenangaben möglich machen, dass zwanzig Kursteilnehmer exakt das gleiche Menü herstellen.
Aber es wird auch bei uns in der Therapie sehr wohl ein Plan erstellt; der aber nicht fix ist, da er sich ja nach den Fortschritten oder besser gesagt nach den Möglichkeiten Ihrer Tochter ausrichtet. Wie auch immer", jetzt zog der junge Mann eine Grimasse, die einem Grinsen gleichkam, „ich werde zuständig sein dafür, dass wieder Licht durch die Nerven der Miss läuft, das ihren Geist erhellen wird und ihre Reaktionen zu Leben erwecken.
Unsere täglichen Sitzungen werden erhellend und anregend sein.", setzte er noch hinzu, ganz seiner scheinbar teilnahmslosen Patientin zugewandt.

15. Kapitel

Karl Herbert, 17. 08. 2006, Wiener Neurologische Poliklinik, Wien

Karl Herbert Landwieser
1336 03. 05. 73

„Das is sein Bett, seh'n S eh, aber er is net da, das ist der sowieso kaum, immer unterwegs, aber vielleicht finden Sie ihn in der Frauenstation drüben, da ist er oft – da hat er eine Flamme, wird schon g'sagt."
Die Schwester hatte ein verschwörerisches Lächeln aufgesetzt. Sie war etwa im gleichen Alter wie diese Besucherin, kurz vor der Pensionierung, da sah man es gerne, wenn die Kinder unter der Haube waren. Dass er das nicht war wusste sie. Weniger aus dem Krankenblatt als von den jungen Dirndln, die sich heute zwar DGKP nannten, aber trotzdem wie die Backfische seinerzeit kicherten und girrten und hüpften, wenn ein fescher Kampl wie der Herr Lehrer mit ihnen schäkerte. Und das tat er ausgiebig. Vor dem war kein Rock zwischen Achtzehn und Achtunddreißig sicher, das kannte sie, aber das musste sie dieser Frau, die sie für die Mutter hielt, ja nicht sagen, sie wollte ja schließlich nicht tratschen.

Wär' auch Zeit von wegen einer Flamme, dachte seine Mutter, die ihn zum ersten Mal hier besuchte, extra die weite Reise aus Neusiedl auf sich genommen hatte und jetzt war der Bub gar nicht da.
Ah, der Bub! Immer fleißig, ehrgeizig, zielstrebig; aber so umtriebig. Den hatte ja noch nie etwas gehalten, immer war er überall und nirgends zugleich, schon als Kind. Nie konnte sie ihn finden, wenn sie ihn brauchte, aber er hatte dann auch immer grad was ganz Wichtiges gemacht.
Jetzt war er Hauptschullehrer in Wien, sicher würde er es einmal bis zum Direktor bringen. Gymnasiallehrer oder besser Professor war nicht möglich gewesen wegen dem Studium, das war sich finanziell nicht ausgegangen.
Als kleine Weinbauern kann man sich kein Studium leisten, hatte der Vater damals gesagt und gemeckert, weil der Bub nie mithelfen konnte, wenn viele Hände nötig waren für die Lese und auch sonst.
Der hätte sich nicht immer so aufregen dürfen, der Vater, dann würde er vielleicht heute noch leben, aber so – da war es schnell gegangen, dass er alt und krank geworden ist und dann hat ihn der Schlag getroffen und aus war's. Darum hat sie sich auch so erschrocken wie der Bub angerufen hat und erzählt hat, dass er in der Nervenklinik ist.
„Mama! In den Händen haben wir auch Nerven, weißt du? DA operieren sie mich, und zwar jetzt, weil das am besten ist von der Zeit her. Bis Schulbeginn kann ich die Hand hoffentlich wieder voll gebrauchen."

Das wollte die Mutter dann aber kontrollieren, ob das nicht doch mehr war als er ihr da sagte, der Bub. Das hatte er auch immer schon gemacht, etwas verheimlicht, zur Schonung, wie er dann gerne sagte.

Karl Herbert hatte Sissy vor der Tür zur Ergotherapie getroffen. Sie hatte irgendwie Eindruck auf ihn gemacht, er hatte sich dann erkundigt und von den netten kleinen Schwestern auch erstaunlich viele Informationen erhalten. Die beiden Süßen machten seine Spielchen liebend gerne mit, er spielte sie ein wenig gegeneinander aus, gleichzeitig verbündete er sich ständig mit Beiden gegen den >Stationsdrachen< und letztendlich ließ er sie gleich wieder links liegen.
Sein Getue um die holde Weiblichkeit war doch nur Theater.
Wirklich interessiert war er an dem Fall der kleinen Opernsängerin, die keinen Ton herausbrachte und im rechten Profil wie ihre eigene Urgroßmutter aussah.

Der Physiotherapeut wollte nicht mit der Sprache heraus, obwohl er ihn jetzt täglich volle vierzig Minuten löcherte, was nur ging.
„Hören Sie, Sie könnten mir ruhig ein bisschen helfen, ich versuche immerhin, ihre Patientin ... aufzuheitern. Sie braucht doch jede Hilfe die sie bekommen kann, oder? Ich unterrichte Deutsch, ich kann mit ihr Aussprache üben, Begriffe wieder einstudieren, eben ihr Sprachzentrum aktivieren. Deutsch oder Englisch, das ist dann egal. Sie sehen, ich habe mich informiert, links der Schläfenlappen, da sitzen die Begriffe, nicht wahr? Logisches Denken und solche abstrakten Sachen kommen dann später, wenn sie wieder singen kann. Das ist doch das Wichtigste, oder, dass sie wieder Perspektive bekommt. Und ich helfe ihr."
„Warum wollen Sie das tun?"
„Weil ich es kann. So ein Schicksal wie sie es erlitten hat, da will doch wohl jeder helfen, aber die meisten fragen nur >was kann man da denn wohl machen?<, ich sag es Ihnen aber, weil ich ein Mann der Taten bin."
„Sie müssen die Finger fester strecken, Herr Landwieser, stellen Sie sich vor, sie müssten etwas unbedingt erreichen – mit den Fingerspitzen."

Nach dem Eingriff erholte sich der Lehrer wunderbar, es fehlte ihm hier in der Klinik an nichts, das musste man der Zusatzversicherung schon lassen, die war was Wert. Kostete ja auch ganz ordentlich was, aber jetzt war er sehr froh, sie abgeschlossen zu haben.
Heute war seine letzte Trainings Behandlung vor der Entlassung. Er wollte noch mal nach Sissys Fortschritten und vor allem den Prognosen fragen, das musste der Therapeut schließlich am Besten wissen. Der war aber zugeknöpft wie immer. Freundlich, sachlich, höflich, auch kompetent, aber professionell verschwiegen.

„Mehr strecken, Sie erinnern sich, so, als müssten Sie unbedingt den besten Apfel am Baum erwischen. – Sehr gut, weiter …"
Herr Landwieser machte das gut, keine Frage. Leo Kreutzer traute ihm zu, dass er alle seine Ziele ähnlich in Angriff nahm. Fixieren, danach strecken und erreichen.
Nur was Sissy betraf war er sich da nicht so sicher, ob sie das wollen würde. Oder er. Dem Physiotherapeuten war sie mittlerweile so sehr ans Herz gewachsen, dass er sich schon fragte, wie und vor allem WEM er sie denn nicht nur in kompetente Hände, sondern auch wirklich ans Herz legen konnte, ohne sich in Innsbruck ständig Vorwürfe machen zu müssen.
Herr Landwieser hier wirkte sehr nett und freundlich und in seiner Arbeit bestimmt absolut kompetent und sicher, aber …
„So, das war's jetzt, oder? Ich bin erschöpft. Aber ich glaube auch, dass ich so gut wie wieder hergestellt bin, was meinen Sie?"
„Ganz Ihrer Meinung. Sie haben noch eine Behandlung verordnet, die machen wir wieder um diese Zeit nächste Woche, um auch ganz sicher zu gehen. Ich denke aber auch, dass sie sehr gute Erfolge erzielt haben und die Rehabilitation sehr rasch gegangen ist. Sie haben ja auch mit viel Disziplin und Einsatz daran gearbeitet. Solche Kunden kann ich mir nur wünschen."
„Man tut was man kann, mein Bester. Der Termin nächste Woche … da haben wir bereits die erste Sitzung in der Schule. Ginge auch übernächste?"
„Nnnein, ich schau' grad', das wird nicht mehr möglich sein, weil ich im September nicht mehr da bin und noch so viel …"
„Wie nicht mehr da? Gehen Sie weg?"
„Ja, erst noch Urlaub, dann Studium."
„Nicht möglich! Ich meine, Sie haben einen wunderbaren Job – und da wollen Sie was Neues beginnen?"
„So neu auch nicht, ich bleib' sozusagen bei der Materie, werde es in manchen Fächern auch wesentlich leichter haben, ich studiere Medizin."
„Na, so was! Naja, ich wünsche alles Gute. Und nächste Woche selbe Zeit wie bisher, Wiederschauen!"
Vor der Tür erlaubte sich Karl Herbert ein feines Lächeln.
Widersacher entfernt. Wie die Dinge manchmal einfach waren! Er hatte sich dieses Gefühles nicht erwehren können, dass der Therapeut ihm eher im Wege stand als hilfreich zur Seite. Aber jetzt – beseitigt. Sehr gut.
Er hatte mittlerweile schon zwei Mal mit dem Vater gesprochen, hatte sich mehr oder weniger bereits erboten, für die Aktivierung des Sprachzentrums zu sorgen. Ob er denn Unterlagen besorgen solle, er hätte jetzt in den Ferien ja noch Zeit und würde das sehr gerne tun. Wissenschaftliches Interesse und menschliche Anteilnahme, sie verstehen.
Der Vater verstand nicht ganz. Es ist nicht alltäglich, solche Hilfestellung angeboten zu bekommen.

War sowieso mehr als ungewöhnlich, wie viele Menschen sich hier in Österreich für den ›Fall Fielding‹ interessierten und engagierten. Allen voran Maria, die er mittlerweile schon oft am Telefon gesprochen hatte.
Und hier stand nun ein Lehrer und wollte ebenfalls ein langwieriges und aufwändiges Programm starten, um seiner Tochter wieder zu mehr Lebensqualität zu verhelfen.
„Ich danke Ihnen sehr. Natürlich wäre es fantastisch, wenn Sissy weitere Aktivierungsmöglichkeiten in Anspruch nehmen könnte. Allerdings – Sie wissen ja, es ist sehr verschieden, wie sie gerade kann und … dergleichen."
„Selbstverständlich müssen wir immer auf ihre Tagesverfassung Rücksicht nehmen, Herr Fielding. Wenn Sie erlauben, werde ich Sie jeden Morgen anrufen und fragen, wie und wann es passen kann. Noch geht das ja, bis die Schule wieder anfängt. Dann wird es anders zu organisieren sein, aber ihre Tochter wird dann ja auch aus der Klinik entlassen werden, nehme ich an?"
„Oh ja, davon wird bereits gesprochen, das stimmt. Aber – ich werde Sie anrufen, das ist sonst für Sie auch noch mit Kosten verbunden, das ist nicht … angebracht. Wir hören uns also. Vielen Dank noch mal!"

Karl Herbert war begeistert. Welch nobler Mann! Er freute sich wirklich sehr auf diese Arbeit, diese Herausforderung.
Vor seinem Krankenzimmer fand er seine Mutter.
„Geh' Mama, jetzt am letzten Tag kommst noch, das wär' doch net nötig g'wesen, die weite Fahrt …"
„Ja, drei Mal umsteigen, s'is eh a Wunder, dass ich da bin. Wenn ich net gleich um Sechs in der Früh den ersten Zug g'nommen hätt' wär ich sowieso niiie ankommen, jedenfalls net heut'."
„Toll, Mama, wie du das g'macht hast. Magst auf einen Kaffee gehen mit mir in die Cafeteria?"
„Darfst du das überhaupt? Und jetzt zeig mir zuerst einmal deine Hand, was haben die denn da g'macht, ha, war das schon nötig …"
Der Bub also berichtete und erzählte und beantwortete geduldig alle Fragen.
„Musst dich du nicht auf den Weg machen, damit du rechtzeitig wieder daheim bist?"
Die Mutter sah ihn sehr erstaunt an.
„Das geht sich doch heut' sowieso nimmer aus! Ja was glaubst denn du? Nein, nein, das hab' ich auch gar net ein'plant, das machen wir ganz anders. Ich fahr jetzt dann gleich zu dir z'Haus und räum' dir schön sauber auf und alles und dann übernacht' ich da und morgen oder übermorgen, wenn du hier entlassen wirst dann hast es schon schön fein daheim und brauchst die Hand noch net so viel bewegen."
Tief durchatmen, Karl Herbert, ermahnte sich der Sohn in Gedanken. Hätte er sich ja denken können, dass sie etwas im Schilde führte. Sie wollte also wieder

einmal sehen, wie er so lebte und ob er auch alles ordentlich in Schuss hielt in seiner kleinen Wohnung im zehnten Bezirk.

„Jawohl Mama, das machst du, genau, hätt' ich auch selber drauf kommen können, gell? Ich hol dir dann den Schlüssel aus mein' Zimmer und morgen wirfst du den in den Postkasten, wenn d' gehst."

„Ja, Bub, und bevor die Schul' angeht besuchst mich noch, das musst mir versprechen."

„Aber sicher, Mama, ganz bestimmt. Da sind dann auch die Zwetschken reif, da lad' ich mich gleich für die Zwetschkenknödel ein, bitte."

Die Mutter lächelte zufrieden und geschmeichelt.

„Genau, Bub, die kriegst du bestimmt. Dann nimmst dir noch welche mit und tust es ins G'frierfach, dann bleiben s' dir bis nach Weihnachten."

Und länger, dachte der Sohn, weil ich sie vergessen werde und sowieso nur frisch mag, aber das macht nichts, schenk ich sie wieder der Nachbarin, die hat schon deine Grammeln bekommen und das G'selchte, das fette, und die Blutwurst. Die ist immer ganz begeistert, wenn ich daheim war und ihr sag' ich hätte da was für sie. Dafür hält sie mir auch die Pflanzen frisch, wenn ich einmal länger nicht in Wien bin. Hoffentlich ist sie nicht grad in der Wohnung, wenn du kommst.

Das war also auch geregelt, Mutter auch beruhigt, alles bestens gelaufen.

Karl Herbert war zufrieden. Und sehr gespannt, wie er mit seinem >Schützling< Sissy zu Recht kommen würde.

16. Kapitel

Anna Viktoria, 27. 08. 2006, Bad Leonfelden, Oberösterreich

„Ach Mama, ich hab auch bei anderen winzigen Produktionen mitgemacht. Da vergebe ich mir doch nichts. Das ist so, wenn man mal Open Air machen will oder eben sonst was anderes. Und Musical ist wirklich neu für mich."
„Ja, und du warst großartig! Es hat uns super gut gefallen, nicht wahr, Albert?" Albert nickte wohlwollend. Seine weißen Haare, die der Schauspielerin jedes Mal ein wenig länger vorkamen wenn sie ihn sah, seit er nicht mehr in Wien an der Uni arbeitete, wallten im Luftzug auf der Terrasse des Cafes.
„Schau, wir haben einen Zeitungsartikel gefunden."

Die schöne Anna Viktoria Bacher, dem Fernsehpublikum bestens bekannt aus den Serien um den Wienerwald und den bayrischen Landarzt, in letzter Zeit mit vielen Gastrollen im Bullen und den SOKO Sendungen, hatte mit dem **Musical Evita** in Bad Leonfelden ihr Debüt als Sängerin.
In einem Interview gab sie unlängst bekannt, dass sie am 23. 12. 1951 geboren ist und wir von der Redaktion waren nicht wenig erstaunt, denn zum Einen hätten wir das Datum eher in die frühen Sechziger geschätzt und zum Anderen scheint es uns mehr als mutig, in einem doch schon reiferen Alter ein neues Genre der darstellenden Künste anzupacken…
„Frechheit!"
„Aber nein, du musst weiter lesen, sie tun dir richtig schön. Für einen Bericht über ein kleines Musikfest auf dem Land ist das schon wirklich viel Aufhebens."
„Aber hallo, Mama, so ist das nicht, das ist kein Bauernschwank, wenn ich bitten darf. Die Musical-Sommer hier sind schon legendär! Man geht heute eben in die Provinz. Wien ist nicht alles. Erinnerst du dich an Schärding? Da hast du mich im Talisman von Nestroy besucht, open air im Schlossgarten, es hat geregnet und du warst begeistert …"
„Ja, der Regen war dir richtig ins Gesicht geprasselt, du hast beim Singen trotzdem den Mund aufgerissen, und getanzt hast du und gesteppt, köstlich! – Da warst du aber noch jünger."
„Mama, das war im Juli 2004. Vor zwei Jahren, wenn ich richtig rechne, ok?"
Zita wandte sich lebhaft um.
„Albert, wo …, nein, du warst nicht mit … du hattest ein Seminar, glaub ich …"
„Ja, die hatten mich auf die Burg Mauterndorf eingeladen. Weiß ich noch gut, weil ich dich in Schärding abgeliefert habe und dann Richtung Süden weitergefahren bin. Schöne Reiseroute. Du warst nach diesem langen Wochenende richtig aufgekratzt und energiegeladen, so schön war's bei dir. Die Vorstellungen – ich glaub du warst zwei Mal – und die Zeit mit dem

Töchterchen und diese wunderbar barocke Stadt mit dem Grenzlandcharme, die hatten es dir angetan. Sollten wir wieder einmal machen."
„Hier ist es auch schön."
„Ja, vor allem weil Vicky hier ist."
Zita strahlte ihn an.
„Hat er mich wieder durchschaut, der liebe Albert. Ich finde auch, du solltest ruhig öfter in die Provinz. Vornehmlich Niederösterreich, wenn das möglich wär'. Oder wenigstens Österreich, ja? Wenn wir dich in Deutschland besuchen reden die Leute Türkisch mit mir. Nichts gegen die Türken ... aber ich versteh's ja nicht!"

Vicky lachte herzlich auf. Es war schön, die beiden betagten Leutchen um sich zu haben. Ihre Mutter war wohl immer schon ihr treuester Fan gewesen, auch wenn sie keine ernst zu nehmende Kunstkennerin war. Sie liebte ihre Tochter und sagte das bereitwillig allen, die es hören wollten oder auch nicht hören wollten. Als junges Mädchen war Vicky oft mit roten Backen und zornigen Gedanken geflüchtet, wenn ihre Mutter die Lobeshymnen auf ihre Tochter zum Besten gab. „Wissen Sie", hatte sie gerne begonnen, „sie ist ein so optimistischer Charakter, so reich an Empfindungen, die sie auch erklären, ausdrücken, weitergeben möchte. Ein Wesen aus Sonne und Luft, sag ich immer!"

Ihrer vertrockneten alten Englisch-Professorin hatte sie tatsächlich einmal zu erklären versucht, dass die liebe Vicky ohne das Licht der Sonne depressiv würde und sich freilich nicht konzentrieren könne in diesem Mief hier und die liebe Frau Professor möge doch bitte, bitte so lieb sein und mit den Mädchen hinausgehen und sie an der Sonne rezitieren und deklamieren und überhaupt studieren lassen. Und weil die verknöcherte Pädagogin sich so liebenswürdig behandelt fühlte und selbst als so liebenswürdig statt wie üblich verhasst hingestellt wurde war sie so liebenswürdig, Vicky in ihrer Freizeit ein Theaterstück (in Englisch!) schreiben zu lassen, das dann tatsächlich im Schulhof aufgeführt wurde. Vicky verwünschte ihre Mutter tausende Male, bis sie dieses verdammte Stück geschrieben, mit ihren Klassenkameradinnen einstudiert und schließlich am Ende des Schuljahres vorgetragen hatte.

Während des Spielens aber und anschließend im warmen Bad des Applauses und der späteren Anerkennungsreden ihrer Lehrkräfte hatte Vicky das Gefühl des Schwebens. Hier war die Leichtigkeit des Seins, die Summe des bisherigen Lebens und die Geburtsstunde ihres weiteren Erfolgsweges.
Was machte es schon, dass sie in Mathe gerade noch durchrutschte, die Lernfächer vernachlässigte, alle praktischen, handfesten Tätigkeiten einfach ablehnte? Mama hatte verstanden. Sie wusste ebenso wie ihr Kind, dass dies nun der Weg war, den es zu verfolgen galt. Stolpersteine wurden aus dem Weg geräumt.

Gesangs- und Musikunterricht musste privat absolviert und auch bezahlt werden, aber das war ein Klacks, sagte Mama.
Erste Statistenrollen in den Filmen des Franz Antel wurden vereinbart, zur Übung sozusagen. Und weil das sehr lustig war. Mama mit ihrem Organisationstalent und ihrer unverblümten Art bekam das wunderbar hin. Der große Franz Antel war angetan von Mutter und Tochter. Mehr noch von der Mutter, hatte Vicky aus heutiger Sicht den Verdacht, aber das war damals alles nebensächlich. Ein Star wurde hier soeben gemacht. Darauf kam es an. Vicky gab stets ihr Bestes, auch im Hintergrund. Noch war sie ganz im Schatten der Großen, aber sie lernte mit jedem Setting, bei jeder Einstellung, an jedem Tag. Bald würde sie im Rampenlicht stehen. Möglichst alleine. Eine Solitärpflanze.
Dieses >solitäre< Image blieb ihr auch.
„Du bist nicht nur ein wenig ehrgeizig, nein, du willst nicht nur gesehen werden, du bist erfolgssüchtig und das willst du und kannst du immer durchsetzen, dass der volle Erfolg deiner ist. - Ausschließlich."
Die harten, verletzenden Worte ihres langjährigen Lovers, der sich stets zu wenig beachtet gefühlt hatte und der mit dieser Charakterstudie seinen Abschied nahm.
Vicky hatte ernsthaft darüber nachgedacht, ob dieses böse Plädoyer der Wahrheit entsprechen konnte und war zu dem Schluss gekommen, dass es das zu einem großen Teil tatsächlich tat.
Gut, dann eben kein Partner oder einer, der den Mund hielt. Ihre Mutter hatte auch keinen Mann und war zufrieden, ja glücklich, wenn man sie so ansah und ihren Beteuerungen Glauben schenkte. Damals war Vicky dreißig Jahre alt, hatte sich hin und wieder gefragt, wie sie wohl eine Familie mit ihren Tätigkeiten vereinbaren könnte und war nun, nach diesem Eklat und ihrem darauf folgenden Entschluss richtiggehend erleichtert. Das war es. Single Dasein. Noch reichlich unbekannt zu dieser Zeit, aber sie würde das durchziehen. Kein Mann in ihrer Begleitung, kein Fressen für die Regenbogenpresse, keine Amouren, nichts.
Welche Kraft ihr das doch verliehen hatte. Ihre intensivsten Jahre folgten. Triumphe auf den besten Bühnen Europas. Dann jede Menge Filmangebote. Aber der deutsche Film in jenen Jahren war nahezu tot. Oder uninteressant kitschig und so kommerziell, dass sie sich hätte schämen müssen.
Dann schon lieber Fernsehfilme, auch wirklich gute. Ihre Popularität stieg gewaltig, jedermann erkannte sie, auf den Straßen ein Raunen, wo sie vorüber ging.
Sie genoss das, badete in dieser Aufmerksamkeit, schritt durch das Wohlwollen der Menge in scheinbarer Ahnungslosigkeit, dass ihr diese bewundernden, neugierigen, begehrlichen Blicke galten.

Sie schöpfte Kraft daraus und auch aus der Kargheit ihres tatsächlich einsamen Lebens.

Wo immer sie gerade war zog sie sich nach der Arbeit zurück, wenn sie keine weiteren Verpflichtungen gesellschaftlicher und damit karrierewichtiger Art hatte. Sie lebte asketisch, wenn sie für sich war. Essen durfte sie sowieso nur wenig, um ihre sehr schlanke Figur nicht in Gefahr zu bringen, Alkohol verbot sie sich strikt, wenn es nicht gerade das in Gesellschaft praktisch obligatorische Glas Sekt oder Wein war. Rauchen kam nicht in Frage. Schlecht für die Stimme und – nun, die Mama hatte es nie gemocht und aus.

Sex? Ha, wie denn? Ein Begleiter in der Öffentlichkeit war ein Tabu geworden, ein heimlicher Lover viel zu anstrengend. Also fristete sie alleine ihr anspruchsloses Leben. Abends lernte sie ihre Rollen, manchmal auch solche, die sie nie bekam wie das Gretchen im Faust, was sie wurmte und sie erst Recht gierig machte auf das Können und auf gerade dieses Stück und dieses Engagement. Sie studierte Videos, prägte sich Gesten und Mienenspiele der >Konkurrenz< ein und vor allem ihrer großen Vorbilder. Romy Schneider, Catherine Deneuve, Sophia Loren.

Nur in den letzten Jahren war ihr das alles nicht mehr genug gewesen. Sie hatte zugesagt, als ein reichlich alternativer Regisseur sie bat, Laien Schauspielunterricht zu geben und mit einer wild zusammen gewürfelten Horde aus Schauspielern und Möchte – Gerns ausgerechnet eine eigenwillige Interpretation von Nestroys Talisman zu spielen. Die Gage war lausig, die Kostüme eine Zumutung, die Infrastruktur nicht vorhanden, das Wetter meistens scheußlich – und die Stimmung großartig. Das lustigste, was sie seit langem gemacht hatte. Die Laien in ihrer unbefangenen Art, die jedes Wort von ihr aufsogen wie das Manna der Wüste, die Unprofessionalität der Inszenierung, der Spaß am Spiel, das alles zusammen war LEBEN. Auch Liebe wäre hier besonders reichlich und leicht möglich gewesen, sehr verlockend; aber sie war zu feige gewesen.

Langsam fragte sie sich nach dem Sinn ihres Lebens.

Wollte sie bisher einfach nur im Licht stehen und leuchten, suchte sie nun nach Erleuchtung.

„Ach, was Ihr auch noch gar nicht wisst und was Ihr auch nicht aus der Zeitung erfahren sollt: ich werde mich in der Kleinkunst versuchen. Ich mache ein Kabarett."

Zita schaute sie ein wenig entgeistert an, Albert zog seine dichten weißen Brauen zusammen. Sein Bart zitterte leicht.

„Nichts Politisches, Albert. Bisschen zeitkritisch, klar, aber wie üblich in der Hauptsache die Beziehungskisten und die liebe Damenwelt betreffend, also die Alltäglichkeiten, ist das in Ordnung?"

„NOCH was Neues? Warum denn? Ist was los?"

„Nein, Mama, nur ich bin los. Los gekommen von dem ewig Gleichen. Schau, das mache ich jetzt schon fast dreißig Jahre. Immer das, was der Regisseur grad sagt und wenn der daherspinnt und Blödsinn verlangt dann mach ich das auch. Jetzt soll das mal anders sein, jetzt mach ich was ICH will. Aufzeichnungen zu Themen, die für ein Kabarett taugen hab ich genug, weil ich oft was schreibe in meiner Freizeit."

Zita schaute ihren Liebling und ihren Liebsten abwechselnd ein wenig ratlos an.

„Na so was, dass du dafür auch noch Zeit gefunden hast und das jetzt anfangen willst …"

„Das ist eine tolle Neuigkeit", warf Albert sehr ruhig und ganz entspannt ein, „aber keine Überraschung."

Die beiden Frauen an seinem Tisch zeigten sich aber durchaus überrascht von seiner Feststellung.

„Nicht?"

„Nein. Das war uns doch allen klar, dass du noch mehr willst und kannst. Du hast so Vieles an dir noch gar nicht gelebt, überhaupt nicht herausgelassen."

Ein spitzbübisches Grinsen kam ganz vorsichtig in seine Mundwinkel.

„Ich hab mich schon gefragt, wo dieser harte Zug um deinen Mund herkommt und warum du dich gar so starr aufrecht hältst. Jetzt ist es Zeit, wieder biegsam und weich zu werden. Wundert mich nicht, dass du das erkannt hast. Du willst auf den kleinen Bühnen die Menschen viel direkter erreichen, du willst die Durchlässigkeit. Hingabe willst du ihnen zeigen und Liebe, weil sie das brauchen, die einfachen Leute mit ihren Alltagsbeschwerlichkeiten. Toll finde ich das, große Klasse, auch wenn ich dein Programm noch gar nicht kenne. Aber die Idee ist wunderbar, auch wenn es dich Nerven kosten wird, das zu starten! Wenn es mich was angehen tät'", wieder das leise Schmunzeln und ein kurzes Zwinkern, „wär' ich schon narrisch stolz auf dich."

Zita fasste nach seiner Hand auf der Stuhllehne.

„Lieber Albert, du hast so Recht. Ich weiß zwar auch nicht, ob's mich was angehen darf, aber ich bin auch ganz toll stolz auf meine liebe, starke, wunderbare Tochter!"

Vicky winkte ab, sehr lässig, so dass es fast schon verlegen wirkte.

„Halt, reicht schon, für heute habt ihr mir genügend Rosen gestreut, ich werde noch ganz eingebildet, wenn ihr so weiter macht!"

Sie lachten und scherzten noch ein bisschen, dann brachen sie auf. Es war spät geworden. Vicky hatte morgen nur eine Vormittagsbesprechung, Zita und Albert hatten sich seit gestern in einer Pension eingemietet und würden dann morgen nach einem gemeinsamen Mittagessen mit Vicky wieder nach Hause fahren.

Du warst heute großartig, mein Lieber! Du hast so rasch reagiert, derweil ich noch schlucken musste hast du schon verdaut gehabt und hast ihr so viel Mut gemacht, das war einfach eine Meisterleistung."
„Danke, danke, freut mich, freut mich. Aber ich war komplett ehrlich und es war auch nicht Schlagfertigkeit sondern das, was ich mir wirklich immer schon gedacht hab."
„Aber mein lieber Schatz, kommt es dir nicht selber ein bisschen ... viel vor, was sie da in Angriff nimmt und auf einmal diese Veränderungen!"
„Die braucht sie aber doch. Ein neuer Lebensabschnitt beginnt. Bei ihr ein bisschen anders als bei den meisten anderen Frauen", dabei fixierte er seine Liebste theatralisch, „das mag daher kommen, dass sie deine Tochter ist – aber nun gut, auch ihre biologische Uhr tickt und sagt ihr, dass das nicht alles gewesen sein kann."
„Für ein Kind ist sie zu alt!"
„Wie wahr, wie wahr, aber sie ist bereits in einem Alter, wo frau normalerweise Oma wird und weise und tolerant nur noch das Wohl ihrer Nachfahren im Auge hat und mit Hingabe Haus und Kindeskinder hütet und ..."
Zita hatte ihm, weil er gerade sein Hemd öffnete, neckisch zart in eine Brustwarze gebissen.
„Werde bitte etwasch konkreter.", forderte sie, ohne die Zähne weg zu nehmen.
Albert sah amüsiert und sehr liebevoll auf sie herab.
„Du aber auch."
Zita nickte andächtig, was beinahe schmerzhaft war.
„Konkret, nicht blutrünstig!"
„Du auch, ernscht."
„Du weißt vielleicht noch, dass ich Vicky immer schon gerne mit dem Johanniskraut verglichen habe. Eine wunderbare Lichtpflanze, die in der zweiten Hälfte des Jahres erst so richtig zur Entfaltung kommt. Hier gibt sie uns ihre größten Gaben, - wenn sie nicht mehr ganz jung ist, verstehst du?"
Albert stellte sich, halb seines Hemdes entledigt, etwas breitbeinig hin und zitierte:
„Die Natur gibt ein Licht, wodurch sie in ihrem Schein erkannt werden mag.
Das ist von Paracelsus; neben Goethe und Leonardo da Vinci und vielleicht noch der Hildegard von Bingen einer der größten Wissenschaftler nach Christi Geburt."
Zita löste Zähne und Lippen von seiner Brust, legte ihre Hände sachte an seine Oberarme als Aufforderung, er möge sie umarmen und schmiegte ihr kleines Gesicht an seine immer noch breite Brust.
„Mein lieber Meister Engelwurz, du bist langatmig in deinen Erklärungen."
„Ich gehe mit beharrlicher Bedachtsamkeit vor, das magst du doch, hm?"
„Mhmm, mag auch wissen, was du dir über Vicky zusammengereimt hast."

„Nichts da, zusammengereimt wird nicht, das sind wissenschaftlich fundierte Erkenntnisse. Johanniskraut zum Beispiel, alle Bestandteile durchgeprüft, alles bestätigt, was die Menschen in Jahrtausenden sowieso schon herausgefunden haben.

Ein Lichtsamer, also ein sonniger Charakter, wo sich in den Blüten der Stimmungsmacher, der Aufheller zeigt, der Animateur würde man heute sagen, - der Kabarettist, wenn du so willst. Die Blüte hat einen warmen, trockenen, leicht bitteren Geschmack; und auch das ist dir nicht unbekannt, stimmts? Ihre warme Herzensgüte versteckt sie gerne hinter trockenem, manchmal ganz schön beißendem Humor und ihre Bitterkeit über das, was nicht war oder das, was ihr widerfahren ist als Kind kennst auch nur du, stimmts? Aber wie auch immer: auf andere wirkt sie geisterhellend und seelenerwärmend und sogar antidepressiv."

Zita hatte sich mittlerweile fest und fester gegen ihn gelehnt, ihr Becken an seinen Oberschenkel gedrückt, alle kleinen Zeichen gesetzt, die er so gut kannte.

„Um nicht zu langatmig zu werden, meine Teuerste: Johanniskraut ist noch viel komplexer, hat noch ganz andere Wirkungsformen, aber für die Frage, warum gerade die Kleinkunst, scheint mir das jetzt ausreichend."

Er beugte sich zu ihrem Mund, gab ihr einen Kuss und hob sie dann mühelos hoch, wie er das noch immer häufig und lustvoll tat.

„Ich bring dich jetzt ins Bett, sonst schlagen wir hier im Badezimmer Wurzeln."

Zita begann zu zappeln.

„Ich hab aber noch die schönen Sachen an, schau nur die Hose kann verknittern …"

„Ich helf' dir beim Ausziehen, das ist nach der Botanik meine Lieblingsbeschäftigung."

„NACH der Botanik. Jetzt bin ich aber beleidigt!"

„Meine Liebe, ich muss wohl noch einmal langatmig erklären, was die meisten Frauen ohnehin wissen: in unserem Alter kann man botanisieren und vieles andere mehr – eigentlich alles - öfter als Lieben."

Zita ließ sich erbost auf das Bett fallen.

„Ach und ich muss dir erklären, was die meisten Männer natürlich nicht wissen, Lieben kann man immer! Mütter lieben ihre Kinder und ihre Liebhaber, manchmal sogar ihre Männer … aua!"

Albert hatte sie mit einer raschen Bewegung auf den Bauch gedreht und bearbeitete ihr Hinterteil mit leichten Klapsen.

„So, und das war noch für die Liebhaber! Ich meinte die körperliche Liebe, die ja nun mit zunehmendem Alter …"

Zita richtete sich ein wenig auf, um ihm tief in die Augen blicken zu können.

Ihre Hände waren flink und zielstrebig und wurden dann sehr zärtlich.

„Na, das wollen wir doch mal sehen …"

17. Kapitel

Christof, 28. 08. 2006, Favoriten 10. Bezirk, Wien

„Christof Reitmeier, geboren am 29. April 1985 in Paderborn, Bundesrepublik Deutschland, hat die abschließenden Prüfungen in Mathematik – bestanden." Mann, dachte Christof, das wurde aber auch Zeit, dass der alte Esel da mal vor die Tür kam und eben mal seinen öden Spruch abließ.
Er erhob sich langsam, in dem bescheuerten Anzug kam er sich sowieso vor wie in einer verrosteten Ritterrüstung. Nur cool jetzt. Keine Freudensprünge. War ihm auch echt nicht danach, war echt zum absacken, was er die letzten Tage und Wochen gelernt hatte, war Zeit, dass er jetzt mal abhängen konnte. Mindestens, na ja, ne Zeit eben. Er sah sich vorsichtig um. Niemand sah zu ihm her. Peinlich, der senile Trottel.
Hatte einfach von seiner Geburtsurkunde abgeschrieben. Als ob's die BRD noch gäbe, Mann.
Nach dem üblichen nervtötenden Shake hands und den dämlichen Quasseleien von wegen weiterer Lebensweg machte er mal Meter in die Cafeteria gegenüber.
Proppenvoll, alles Leute wie er, die es nicht auf Anhieb geschafft hatten und über die Ferien noch mal lernen mussten und es heute noch mal versucht hatten. Freudige und niedergeschlagene Gesichter. Manche etwas rötlich verfärbt, die ergaben sich grade dem Suff. Löblich, was war auch sonst zu tun in so einer blöden Situation, wenn du deinen Alten sagen musst, dass du ihnen noch länger auf der Tasche hockst?

Nicht so Christof. Er würde seinen Alten den Wisch unter die Nase halten und verkünden, dass er zu inskribieren gedenke. Wie ihm das der nette Herr Nachhilfelehrer geraten hatte. Germanistik, ja, Sir.

Was willst du denn damit?" Die Frage seines Alten hatte er schon kommen sehen, also war er gewappnet.
„Später ins Lehramt, Pa, das ist eine sichere Sache in Österreich, da bleibt man sein Leben lang."
„Pah, kann man heute wohl nirgends mehr sicher sein."
Aber Daddy war es zufrieden. Nachdem sein Söhnchen zweimal in Mathe versagt hatte und dann auch noch prompt das Abitur, also in Österreich die so eigenartig genannte Matura, versaute, hatte er sich die Hoffnung auf ein BWL Studium abgeschminkt. Wäre auch zu schön gewesen: „Darf ich Ihnen den Juniorchef, meinen Sohn, Herrn Doktor Christof Reitmeier, Betriebswirt, vorstellen?" War wohl nichts mit Nachfolger. Mal sehen, man war ja noch jung und solche Gedanken in weiter Ferne.

Christof überlegte in der Zwischenzeit, was er mit dem noch sehr jungen Abend weiter beginnen sollte. Alle seine Leidensgenossen würden jetzt entweder feiern oder saufen, was letztlich auf das Gleich rauskam. Auf alle Fälle waren die mal ziemlich sicher auf einem Haufen. Nur ER nicht.
Irgendwie hatten sie ihn nie so recht reingelassen. Klar, er war erst vor zwei Jahren aus Paderborn gekommen. Älter, anders. Bisschen arrogant, auch vielleicht die Spur zu unscheinbar. Was sollte er schon machen, sein Alter baute hier gerade eine Firma auf – Personalleasing – ihr Wohnhaus war auch der Firmensitz, da konnte er nicht in dem verknautschen Zeugs seiner Mitschüler antanzen. Er selbst fand sich voll in Ordnung, aber in der Schule nannten sie ihn manchmal sogar Grufti.

Mädchen – zum Vergessen. Nicht weil's da in der Schule nicht ein paar Supermuschis gegeben hätte, aber die fuhren nicht auf ihn ab, das war's. Er hätte sich nicht wirklich als schüchtern bezeichnet, aber, Mann, bei der Sprache, die die hatten, kam er sich vor wie ein bescheuerter Ausländer – und so hatten sie ihn dann auch schon mal öfter genannt, die Wahnsinnigen. Er hatte also keine wirklichen Freunde, keine Freundin, keine >Beziehung<. Dafür guten Sex, wenn er wollte. Schnellen Sex, unkompliziert.

Er dachte daran, sich heute etwas in dieser Art zu gönnen. Zur Feier des Tages. Vorher wollte er aber noch seinen Nachhilfelehrer anrufen.
„Hallo?!
„Hi, Herr Lehrer!"
„Hallo Christof, hab schon gewartet auf deinen Anruf. Erinnerst dich spät!"
„Alles klar so weit."
„Hab ich nicht anders erwartet. Und – feierst schon fest?"
„Äh – kommt erst. Wollt ich grade mal los."
„Was wirst du machen?"
„Na ja, ich kenn´da so ne Kneipe - oder eigentlich mehr eine Bar – da geht ziemlich was ab …"
„Mit wem bist du denn unterwegs?"
„Och … treff ich erst dort, die Leute, ja, das is dort so."
„Soll ich mitkommen?"
„Och …, Mensch Mann, … iiija, doch, jadoch, Mann, gehen wa da zusammn hin."
Sie verabredeten sich für zehn Uhr abends vor der Bar.
„Schaut ein bissl windig aus."
„Heißt …?"
„Hmm, schlüpfrig vielleicht? Eben durch den Wind, na ja, schau dir die Leut' an. Du hörst das nicht, aber ich erkenn' das natürlich auch an der Sprache. Die ist hier besonders … tief halt."

„Nee, da kenn' ich mich nicht aus, aber ehh wurscht, ha, ich pass mich an und lustig iss' hier allemal."
„Ok, mal sehen. Übrigens – unsere gemeinsame Arbeit ist ja jetzt fertig, du hast mich bezahlt …"
„Pa hat das …"
„Ja, ok, aber jedenfalls ist das abgeschlossen und deshalb sagst du jetzt auch DU zu mir, ich bin der Karl Herbert."
Christof nickte gelassen. Er hatte zu Hause aus Pa's >Hausmittel-Bar< schon ein wenig vorgeglüht, wie man das hier nannte, ihn hätte auch ein Heiratsantrag seines Nachhilfelehrers nicht erschüttert.
„Geht klar. Aber geht das auch kürzer? Wie wärs mit Herbie?"
Seufzen, „Meinetwegen – für heute Abend zumindest ist es in Ordnung. So, jetzt aber rein mit uns."
Voller Schuppen, an der Bar waren schon die Plätze in der zweiten Reihe rar. Christof drängte sich durch, bestellte zwei Bier, sprach ein Mädchen an, das direkt an der Theke saß und winkte den Lehrer zu sich.
„Guter Platz, Musik kommt hier auch nicht so toll rüber, da kann man noch sprechen. Wenn wir das wollen. Das ist übrigens Sascha, die ist immer hier - und hält mir ein Plätzchen frei – stimmts?"
Das Mädchen nickte. Lange schwarze Haare, schmales Gesicht mit unruhigen Augen, klapperdürre Figur. Sah verdächtig nach Drogen aus. Herbies Blick wanderte zu ihren Armen. Eine dünne Jacke verhinderte die Sicht in die Ellenbeuge. Sagte sowieso nicht viel. In seiner Hauptschule hatte er schon Einstichstellen an den inneren Fußknöcheln gesehen. Die größten Nieten in Bio kannten sich da plötzlich aus und wussten um den Verlauf der Venen.
Sascha also. Zwischen Fünfzehn und Dreißig, alles möglich bei dem Licht und der Aufmachung. Sie fixierte Christof.
„Kommst gleich mit?"
„Nnee, jetzt noch nicht."
Sie wandte sich sofort an Herbie.
„Du?"
„Was?"
„Ob d' mitkommst, aussi, hinten. Dunkel und ung'stört. Net teuer."
Herbie schien zu überlegen, nickte dann langsam. Sie hopste sofort vom Hocker, bahnte sich eilig einen Weg, vertraute darauf, dass er ihr nachkam. Dazu musste er ziemlich rücksichtslos vorgehen. Einige feixten, wenn sie sahen, WEM er nach wollte. Sie schien hier sehr bekannt zu sein. Er zum Glück nicht. Bei den Mistkübeln im Hof war es tatsächlich dunkel. Sie zog sofort ihren Rock nach oben. Darunter nichts.
„Preser hast?"
„Nein."
„Kost' extra an Fünfer mehr, da, schau, an Roten kriegst."

"Nein, danke."

"Spinnst? Ohne geht gar nix. Jetzt tu weiter. Einen Zwanzger, wenn d' dich beeilst."

Herbie zog einen Schein aus der Tasche, einen Zehner, überlegte und holte noch einen hervor.

"Da, aber wir tun nix. Nur reden, weil ... ich möchte wissen, warum du das machen musst."

"Scheiße, bist ein Kieberer?"

"Nein, wieso denn Polizei? Sonst auch nix, net einmal Jugendamt."

Bingo, hatte er richtig vermutet, noch keine Achtzehn, sonst wäre sie jetzt nicht so zusammengezuckt.

Mit einer flinken Bewegung riss sie ihm das Geld aus der Faust.

"Ah so, ein Spanner oder noch was Schlimmeres, also sag was es sein soll, mach ma halt."

"Warum?"

"Warum, warum ...", äffte sie ihn nach, schrille Stimme, ziemlich hysterisch. "Weil ich halt so geil bin, ich steh' drauf, checkst du das?"

"Nein, erklär' s mir!"

Sie legte den Kopf schief, sah ihn von unten an und schien sich zu entspannen.

"Möch'st hören wie ich komm und wie's mir taugt, ha? Telefonsex life oder so was?"

"Nein, auch nicht. Ich möchte dir helfen ..."

"Ha, Hilfe, schon wieder so ein Depp!"

Kurz vor dem Ausflippen, das merkte er, wusste aber nicht, was er jetzt mir ihr anfangen sollte.

"Mir reicht das jetzt, ich geh', mehr Zeit hast nicht zahlt."

Karl Herbert ging auf die Toilette – sie hatte ihn ja doch ganz ordentlich aufgeheizt mit ihrem hochgezogenen Rock und ihren Reden - und dann suchte er seinen Platz an der Bar.

Sein Bier war noch da, Christof war weg.

War der jetzt mit Sascha draußen? Hinten nach und ..., und was dann, was wollte er denn? Denen konnte doch niemand helfen, diesen Kindern. Christof, der würde es sich schon richten, wenn er aus dem Alter raus war, aus dem er eh schon sein müsste, wenn er ein bisschen mehr Erziehung zur Selbstverantwortung genossen hätte. Aber die Kleine und noch ein paar Hundert mit ihrem Schicksal, ihrer Familiengeschichte, ihrem Milieu, die waren eh verloren.

Verloren geboren sozusagen. Er würde trotzdem gleich morgen die Jugendwohlfahrt informieren. Mit denen stand er sich's gut, er war schließlich ein aufmerksamer Lehrer.

Dann zurück zu Christof. Wo blieb der Bengel denn ab? Mehr als dreißig Minuten würde sie ihm auch nicht gewähren. Oder zahlte er mehr?

Punkt Mitternacht ging er noch mal zu den Mülltonnen. Christof dazwischen geklemmt in einem erbarmungswürdigen Zustand. Alles blutig, geschwollen, lädiert, was an Haut zu sehen war.
„Mensch, Bub, was machst denn du da?"
„Kann da nich raus …ohhh, Mann …"
„Wart', ich rück die Tonne ein bissl … was war denn, was hast denn getan?"
„Nichts Mann, hab die Sascha gesucht, weil sie nicht mehr gekommen ist und du auch nicht, Mann, hilf mir, ich komm da nich hoch von alleine …"
Karl Herbert wusste nicht so recht, wo er anpacken sollte oder konnte, ohne den anderen nicht noch mehr zu verletzen. Schließlich schafften sie es, dass der Junge wenigstens saß. An die dreckige Tonne gelehnt wie ein Haufen Müll.
„Ich hol jetzt die Polizei."
„Bloß nich, Mann. Dann bist du morgen tot. Laß uns abhauen, gleich von hier weg, dann fallen wir nich mehr auf."
Der Lehrer überlegte. Konnte schon stimmen, was der Kleine da sagte. Schlechte Gegend, hatte er gleich gewusst.
„Komm, dann bring' ich dich jetzt nach Hause."
„Nnn, vorher waschen – aber nich hier."
„Gut, dann bei mir."
Reinigung plus Schmerzensäußerungen plus alle möglichen Überlegungen und Schilderungen nahmen noch mal fast zwei Stunden in Anspruch.
Danach wusste Karl Herbert, dass Christof diese Bar und Sascha öfter besuchte, eigentlich ziemlich regelmäßig. Die Kleine war heroinsüchtig und brauchte natürlich Geld. Christof war naiv genug zu glauben, sie mache das auf eigene Rechnung. Herbie glaubte das nicht. Die hatte ziemlich sicher ihrem Zuhälter Bescheid gesagt und war für diese Nacht in eine andere Bar ausgewichen. Der Zuhälter dürfte nach dem neugierigen Perversling gesucht haben und fand Christof, der ihm gerade recht gekommen sein dürfte.

Christof wiederum wusste jetzt, dass diese Gegend unter Wiens Insidern schon mal als schlecht galt und er sich dort besser nicht mehr blicken ließ.
Der Lehrer hatte ihn auch gehörig aufgebaut, wie er das den ganzen Sommer über auch hin und wieder, aber nie so direkt, getan hatte.
„Du hast das doch gar nicht nötig. Du suchst dir jetzt mal ein nettes Mädchen und dann hast du Sex und auch noch ein bisschen mehr. Auf der Uni ist einfach ein anderes Volk als im Gym, da findest du Leute, mit denen du sogar echt REDEN kannst. Nimm Germanistik, hör auf mich. Das ist deine Stärke."

Dann ab nach Hause. Karl Herbert setzte ihn vor seiner Haustür in ein Taxi. Nachdem er sich vergewissert hatte, dass der Fahrer ein Wiener war, gab er ihm einen Fünfer und trug ihm auf, den Jungen verlässlich bis zur Haustüre zu begleiten, damit ihm nichts mehr zustoße.

„Sie schauen ganz danach aus, dass in Ihrer Obhut niemandem mehr was passieren kann."

Der dicke Fahrer schnaufte mächtig und grinste schief.

„Schon wahr, aber ... speibt mir der jetzan eh net eina in Wagn, weil das müsst ich sonst alles in Rechnung stelln ..."

„Sicher nicht, hat ja nix trunken, nur g'schlägert."

Der Fahrer drehte sich mühsam ein wenig in seinem Sitz, um Christof besser betrachten zu können.

„So ein G'schmachterl was der is, der sollt' sich wirklich net anlegen mit wem, der was dicker is wie ein Laterndl."

Über diesen >Witz< lachte er noch, als sie schon fast bei Christof zu Hause waren.

Der war zwar müde und im wahrsten wie im übertragenen Sinne zerschlagen, musste aber über so Vieles nachdenken, dass er eigentlich hellwach war.

Der Landwieser, das war ein echter Kumpel, hatte er gar nicht vermutet während der Nachhilfestunden. Was ihm der jetzt noch alles gesagt hatte. Eine echte Beziehung brauche er endlich. Er, der immer schon der Meinung war, dass er dafür völlig ungeeignet sei. Als eingefleischter Individualist kannst du keine intensiven Beziehungen aufbauen hatte er sich immer schon gesagt, selbst wenn du attraktiv bist. Was er aber nicht so wirklich war.

Dafür aber gewitzt und auch frech genug, so dass er in Paderborn auch stets genug Tussis an der Hand hatte. Nur nichts Ernstes eben.

Herbie meinte, das sei auch eine Portion Feigheit, wenn man sich nicht einlassen könne auf einen anderen Menschen. So hatte er das noch nie gesehen, aber es mochte schon was Wahres dran sein. Bisher war es ihm vorwiegend auf >Trophäen< angekommen, die Jagd, das Besitzen und das Beruhigen seiner überschießenden Testosterone.

Letztlich hatte er Herbie sogar seine geheimsten Träume erzählt, dass er sich immer als erfolgreicher Schriftsteller sah. Literarisch vielleicht nicht perfekt, aber kommerziell mit bestens recherchierten Thrillern, auf die die breite Masse abfuhr und die Muschis ihm reihenweise zu Füssen liegen würden.

„Träume sind eine Art des Suchens.", hatte der Lehrer ziemlich kryptisch gesagt. Mann, er wollte eben ein richtiger Mann sein, männlich, mit unbegrenzter Libido und unerschöpflicher Potenz.

Das mit der Uni war dann wieder ein super Tipp vom Lehrer. Ganz andere Mädels – und vor allem VIELE.

18. Kapitel

Klaudia, 30. 10. 2006, Mariahilf 1. Bezirk, Wien

Orangerot gefärbte Haare wie Pumukl, kurz und widerborstig abstehend ganz ohne Gel, sehr dicke, schwellende Lippen, dabei der Mund an sich aber nicht groß, gut geformt.
Christof war begeistert von seiner Kunst der Beschreibung. Sein Lieblingsdozent müsste das lesen, was er gerade so in Gedanken formulierte. Machte er jetzt oft. Dies hier war ein besonders interessantes Studienobjekt. Also weiter. Ein Mund zum ständig hingucken und nicht mehr vergessen können. – Oder war das zu persönlich? Die Augen mandelförmig gebogen, sehr groß, mit dicken Lidern. Die Gesichtsform wie aus einem ägyptischen Relief. Allerdings in weißen Alabaster gemeißelt, so weiß war ihr Gesicht. Alles in allem hinreißend - ein multitalentiertes Wort übrigens, viele Bedeutungen, interessant. Der Eindruck einer geheimnisvollen Persönlichkeit wurde noch verstärkt durch die Tatsache, dass sie doch tatsächlich wenig sprach.
Eine neue Erfahrung für den Beobachter, den die ständig plappernden Gören seines Jahrganges, also der Studienanfänger – er war ja schon wieder der Älteste - sowieso anödeten.

Sie waren in der Kantine der Uni, jede Menge Leute jetzt am Anfang des Semesters. Sein Studienobjekt wirkte sehr ernst und abwesend. Das kannte er schon.
Er sah sie nicht zum ersten Mal.
Christof war sich zunächst nicht einmal sicher, ob sie nicht Dozentin sein könnte. Für eine Studentin wirkte sie schon fast ein bisschen alt. Oder nur mitgenommen. Stress oder so. Jedenfalls war sie auch anders gekleidet. Letzter Modetrend, wenn er das richtig beurteilte, aber nicht die Billigvariante wie die anderen.
Reiches Töchterchen, ewig studierend? Er war neugierig, auch wenn ihn der dazu gehörende Körper nicht besonders anmachte. Kein Busen, Mann, da hatten ja die Zwölfjährigen mehr. Außer Sascha, aber das war was anderes gewesen. Armes Luder.
Diese hier ansonsten überall zuviel. Bauch, Po und Oberschenkel nach allen Seiten gewölbt. Die Reithosenfigur aus uralten Matrosenfilmen. Hatte er noch nie gehabt, vielleicht war das ja auch reizvoll.
Je mehr er sie beobachtete, desto fester wurde sein Entschluss, da mal auf jeden Fall genauer nachzuforschen. Erfahrung war wichtig in seinem Alter, und wenn er einmal seine Wunderstorys thrillermäßig schreiben wollte, brauchte er interessante Charaktere.

Konnte auch hilfreich sein, falls sie wirklich Dozentin war: „Ach, Hallöchen auch, wie geht's dir, Frau Doktor? Tolle Nacht letztens, könn'n wa das mal wiederholen? Ach übrigens, ich hätt' da nu so ein klein bisschen was zum Drüberschauen, du weißt ja, unser oller Professor, der is ja nich wie du ..." Seine rasende, alles niederwalzende Fantasie wollte schon wieder mit ihm durchgehen, er konzentrierte sich schwer, um sie einzufangen und kurz mal eben wegzusperren.

Sein erster Eindruck, als er sie ansprach war, dass sie nicht mit ihm reden wollte, der zweite, dass sie total eingeraucht sein musste. Das war's, Mann, die war doch jedes Mal zugedröhnt bis obenhin! Deshalb die Verzögerungen. „Hi, ich bin Christof. Ich hab dich mal mit dem Fielding quatschen gesehen. Was hältst du davon, wie der vorträgt?"
„Ja...", sie sah ihm ins Gesicht, er in ihre Augen. Ein Wahnsinn. Sah so der Wahnsinn aus?
Irgendwie hatte er wohl immer noch das Bild einer Ägypterin in sich gehabt, war sicher gewesen, in sehr dunkle Augen zu blicken, und dann das, was sich ihm hier bot, das traf ihn wie die Keule Odins – oder Thors Hammer ? – egal. Wahnsinn, dein Antlitz lauert vor mir.
Sie hatte milchige Augen, mit ein wenig hellblau und rosa, gab's das? Das war doch das, was im Film immer Blindheit bedeutete, oder? Diese hier waren nicht blind, jedenfalls nicht so wie im Film, wo sie irgendwo hin sahen, meistens nach oben.
Das Mädchen sah IHN an, ganz sicher. Ziemlich geradeaus, weil sie annähernd seine Größe hatte. Bisschen langsam und irgendwie starr, so wie ihre Bewegungen auch, aber das hatte er ja schon geahnt, dass sie bekifft war. Diese Augen. Ein irrer Kontrast zu den schwarzen Wimpern und den dicken schwarzen Brauen, die sich weit darüber spannten, fast von Schläfe zu Schläfe. Doch ägyptisch.
„Was sagst du zu dem ... zu seinen Darstellungen, meine ich, ... der ist irgendwie ganz gut drauf, mein ich ... jedenfalls, ich hab noch nicht viel gehört, ... also ..."
Christof versuchte die Leere immer weiter zu füllen, die seinen nicht vollendeten Ansätzen von ihrer Seite her folgte.
Mann, die lässt mich glatt verhungern hier vor ihr wie Aschenputtel im Wald – oder Schneewittchen oder die sieben Zwerge oder - verdammt. Ich sollte sie an der Hand nehmen und gleich niedernageln, bekiffte Alte ...
„Ja, ja, der ist gut ... glaub ich, ... neu, seit dem Semester erst, Gastdozent."
He, sie hat was gesagt, sie lebt! Mann, Muschimäuschen, du wirst bald merken wie gut ich bin, absolut abgefahren auf dich, du nuttige Ägypterin.
Bei ihrer langen, fast zusammenhängenden Rede hatte er gehört, wie tief und

warm ihre Stimme war, mit einer weichen Aussprache, sehr verheißungsvoll. Die WAR sexy, Mann.
Christof bemühte sich, das Gespräch weiter anzukurbeln. Seinen Eindruck, sie sei komplett hinüber, musste er nochmals korrigieren. Sie WIRKTE so, und zwar wahrscheinlich deshalb, weil sie meistens wirklich stoned war, das würde er sich nicht nehmen lassen, das hatte er auch schon beobachtet, noch in der Schulzeit, wenn seine Mitschüler immer ferngesteuert in die Schule kamen, auch wenn sie gerade völlig sauber waren.
Im Gespräch wurde deutlich, dass sie voll orientiert war, kannte eine Menge Leute, kannte den Unibetrieb total gut, das war bald klar.
„Kennst das alles schon ewig, was?"
„Na ... so alt bin ich nicht, aber ... ich studier hier nur ... ab und zu, also ... ich hab so meine Auszeiten ..."
Glaub ich dir aufs Wort. Könnten wir uns jetzt auch nehmen – mal kurz am Lokus oder so. „Was genau?"
„Ähh ... ich arbeite."
„Und was studierst du?"
„Nach was sieht's aus hier im germanistischen Institut? Genau. - Germanistik."
„Braucht man da so lange? Ich hab nämlich grad inskribiert ..."
„... kommt drauf an. - Ich war ... im Ausland."
„Wo denn?"
„Ägypten."
Bingo! Hatte er doch ... gespürt, oder?
„Kommst du da her, äh ... dort geboren?"
Sie sah ihn an, musste wohl erst langsam einsickern. Dann schüttelte sie den Kopf.
„Hütteldorf."
„Ach herrje, wo is das denn?"
„Im vierzehnten Wiener Gemeindebezirk, du Piefke."
„Nur kein Neid, ja? Paderborn is nich ganz so groß, konnt' ich ma leichter merken, wo was war."
„Mhm, ..., aber großen Macker raushängen lassen ..."
„Einfach so, oder studiert, oder was?"
„Mit meinem Freund, arabisch auch studiert, ein bissl ..."
„Und ...?"
„Nichts, bin zurückgekommen ... erst mal Geld verdienen ..."
„Du arbeitest nebenbei? Allerhand, Cool!"
„Hmm ... na ja."
„Dann is klar, dass du nicht alle Prüfungen sofort machen kannst und alles. Wo arbeitest du?"
„Ähhhm ... in der Erwachsenenbildung ..."
„Ohh, was machst du da?"

„Was möchtest du denn noch alles wissen? Schuhgröße ... Brustumfang ...?
„Ja, wenn du schon fragst. Körbchengröße ...?"
„Gar nicht nötig ... was soll denn da ins Körbchen? Und wenn, dann ... Doppelnull."
„Gibt's nicht – und außerdem kommt es doch auf die Konsistenz an, auf die Beschaffenheit, die volle Härte unter der Weichheit."
„Ich unterrichte. Deutsch ... Schlaumeier ... Und Arabisch im Grundlehrgang."
„He, cool! Ich ... ich möchte da gern noch mehr drüber erfahren, aber ich hab jetzt gleich eine Vorlesung."
„Hat schon angefangen."
„Ja, Scheiße, he, cool, dass du das weißt, können wir sonst noch einmal ...?"
„Mhm, ich bin sowieso momentan viel hier, wir sehen uns ..."
Sie standen beide auf. Christof hatte seinen Rucksack an sein Stuhlbein gelehnt und wollte ihn gerade aufnehmen, als das Mädchen ihn schon mit ihrem Fuß weg geschubst hatte.
„Heh"   „Ohh" Und beide gleichzeitig: „Mann, entschuldige!" Lachen auf beiden Seiten. Und Verwirrung auf Christofs. Hatte sie doch absichtlich gemacht, konnte sie doch gar nicht übersehen haben.
„Ich seh nicht so gut ... ich kann das nicht sehen."
„Ja, ach so ... entschuldige noch mal, ich wollte dir keinen Stolperstein ..."
Jetzt war sein Lachen unsicher, mehr eine Verlegenheitsreaktion. Das spürte sie auch.
„Ich bin dran gewöhnt, aber du natürlich nicht ... Ich bin Albino, wenn du verstehst ...?"
Nein, Scheiße, verstand er nicht, das waren doch die Kaninchen und die Mäuse, oder, die mit dem weißen Fell und den roten ... den ROTEN AUGEN.
„Ja, macht ja nix!"
Jetzt lachte sie tatsächlich, ganz frei, auch nicht mehr so verschlafen.

Und Christof war ganz auf sie abgefahren.
„He, scheiß' auf die Vorlesung, ist eh nicht der Fielding, gehen wir was trinken!"
Er ließ ihr nicht wirklich Zeit für eine Erwiderung, eigentlich rechnete er auch nicht damit.
Er ließ den Mädchen selten Zeit für eigene Entscheidungen, er betrachtete das als seine Domäne.
„Wie heißt du überhaupt?"
„Klaudia. Mit K, um mich von der breiten Masse abzuheben. Das war dem Herrn Papà scheint's wichtig, ... damals wussten sie noch nicht, was alles mich von allen anderen Menschen unterscheidet."
„Ach, nu' komm, so dramatisch musste das auch wieder nich machen."
„Aber unbedingt muss ich das, ich werde doch Dramatikerin."

Sie gingen in das Trendcafe, das Christof gleich nach der Inskription als seines gefunden hatte. Ein Student braucht so was. Wichtiger als die ersten Prüfungen. Sie saßen stundenlang. Nicht, dass man ihr Gespräch als lebhaft bezeichnen konnte, aber interessant auf jeden Fall. Christof erfuhr eine Menge. So nach und nach. Dazu musste er sich anstrengen und die richtigen Fragen finden. Das war das, was seine Mutter immer „alles aus der Nase ziehen" nannte. Er verstand sich auch ganz gut darauf, nicht zu sagen, was er nicht wollte. Klaudia ließ sich dagegen leicht in die Enge treiben. Vielleicht war es auch anders und sie war einfach faul in ihren Äußerungen, aber arglos, wenn sie etwas von sich preisgeben sollte. Dabei war nicht alles schmeichelhaft, was sie von sich sagte. Sie war ganz und gar nicht die höhere Tochter. Einzelkind und Scheidungswaise, bezeichnete sie sich lakonisch. Aber gebildet. Mutter Lehrerin. Daher ihre gewählte Ausdrucksweise. Vielleicht, dachte Christof sich mittlerweile, ist es auch nur das Trauma ihrer Kindheit, das sie so starr macht, die Angst vor der Rüge, der Zurechtweisung, die sie sicher erfahren hatte, wenn sie unbedacht einfach was daherplapperte, was keine Zustimmung fand.
Sie lernte einen Araber kennen, Nouri, als sie siebzehn war. „Wir waren ... auf einander fixiert."
Er fünfundzwanzig, war gerade dabei, sein Studium in Österreich zu beenden. Germanistik, was sonst. Aus gutem Haus, was sonst. Sie schaffte noch grad die Matura, dann war ihr alles gleichgültig, nur Nouri zählte noch, und der wollte, da er seinen Magister in der Tasche hatte, nach Hause, um dort seine Doktorarbeit zu schreiben. Und Klaudia mit, keine Frage. Er wollte heiraten, sie auch. Die Mutter konnte das nicht gutheißen, zumal wenn sie nach Ägypten gingen. Also keine Zustimmung, was damals noch nötig war, denn sie würde erst mit neunzehn Jahren mündig sein.
„Nouri war verrückt nach meinen weißen Haaren und weil halt alles weiß ist an mir. Ich war eine Sensation bei ihm zu Hause."
Mann, alles weiß ... ob sie sich alle Körperhaare gefärbt hat? Haare knallorange, die Wimpern und Augenbrauen schwarz wie Russ, ihre Pussy vielleicht rosa(!?).
„Und wie kommt es, ich meine, was genau heißt Albino ... bei Menschen?"
„Ja ... wie bei Tieren ... genetisch defekt eben." Schon wieder lakonisch, sich selbst gegenüber schien sie ganz schön sarkastisch zu sein.
Zu Hause würde er gleich mal im Internet unter Albino und Gendefekte nachsehen und nächstes Mal konnte er mit ihr fachsimpeln, wenn sie wollte.
„Und außer der Farbe?"
„Die Farbe ... ja ... kann man ja ... korrigieren. Es sind die Augen, die haben am meisten abgekriegt."
„Wie ist das zu verstehen?"
„Ich bin zu 75% sehbehindert."
„Du hast keine Brille."

„Doch. Selten auf. Kontaktlinsen gehen auch. Außer wenn's sehr hell ist."
„Dann ist das doch kein Problem."
„Nnnneiiin ... na ja, oben und unten und seitlich kann ich nicht sehen ..."
„Phhh!"
„Jaaa"
„Heh, ich bin ganz verstört, lass uns was essen!"
„Hier nicht, das ist teuer hier."
„Cool, du denkst praktisch."
„Ich studier' hier ja schon ziemlich lange."
„Wo gehen wir hin?"
„Ich kann zu Hause Pasta machen."
Herz, frohlocke! „Cool, he, - du lädst mich ein?"
„Jaaa ... wenn du maagst."
„Klar, danke, du, ich finds toll!"
Na, na, jetzt überschlag dich nicht, schön cool bleiben, das mögen sie am Liebsten. Kein Kondom dabei, Scheiße, aber die ist versiert, die hat alles. Auch ein paar Spielsachen vielleicht, Mann, ich kann jetzt schon kaum noch gehen.
Bei sich zu Hause schien Klaudia ordentlich aufzuwachen. Sie kochte, richtig umsichtig wirtschaftete sie in der Küche, da war Christof wesentlich fahriger. Klaudia war froh, wenn sie in ihrem kleinen Reich war.
Hier lag alles an seinem Platz. Sie wusste, dass das Nudelsieb rechts oben auf der Konsole lag, sie brauchte es nur zu nehmen, ohne den Kopf zu drehen. Die Knoblauchpresse aus der Lade rechts vorne. Die wichtigen Dinge – Spaghetti alio olio war das Einser Menü auf ihrer Speisekarte – immer vorne. Sie kannte die Küchenladen auswendig, wenn sie etwas hätte suchen müssen wäre sie gezwungen gewesen sich zu bücken und geradeaus hinein zu sehen. Bei Laden sehr schwierig, das wusste sie. In der Arbeit überaus mühsam, wenn die exzentrischen Trainerkollegen wieder mal alles umräumten und sie dann damit alleine ließen.
Das kannte sie ja: erst waren sie alle total voller Mitgefühl und natürlich voller Neugierde und Sensationslust, später nervte sie das, wenn sie ein wenig Rücksicht nehmen sollten.
In der Schule, bevor sie ihre Farben drastisch veränderte, war es besonders schlimm. Nach außen, zu den mitleidigen Lehrern hin, waren die lieben Mitschüler hilfsbereit und überaus verständnisvoll, hinterrücks aber stellten sie ihr am Liebsten etwas vor die Füße, weil das so lustig war, wenn sie wieder auf der Nase lag.
Natürlich wurde sie oft Dracula genannt, die Jüngeren verwendeten besonders gerne >Zombie<, klar.
Früher hatte sie das alles verletzt, heute war das viel zu weit weg, sie selbst viel zu intensiv in ihrer eigenen Welt, in ihren Wahrnehmungen. Während ihrer Schulzeit hatte sie sich >weg gebeamt<; ganz in ihre Vorstellungswelt

eingekapselt. Sie erinnerte sich noch gut an einen Platz in einer zauberhaften Unterwasserwelt, auch im Inneren eines dicken Baumes lebte sie glücklich und zufrieden, bis sie wieder jemand störte.

Ihre Mutter hatte sie zu oft und reichlich grob aus ihren „fantastischen Spinnereien, wenn das wer merkt, kommst in die Nervenheilanstalt" herausgeholt, so dass sie schließlich zu Hilfsmitteln griff. Mary Jane wurde ihre beste Freundin.
„Du wirkst immer abwesend.", hatte ihre Mutter häufig konstatiert, als sie noch zu Hause wohnte, vor Nouri.
„Das kommt vom Gras." Oh, rausgerutscht. Eine Begleiterscheinung, diese Unachtsamkeit auf Unwichtiges. War eh egal, aber trotzdem.
„Mein Heuschnupfen. Hat wieder wer Gras geschnitten."
„Geh', Blödsinn."
Einmal hatte die Mutter sie sogar zu einem „Wunderheiler" gebracht, der sollte sich mit ihrem Heuschnupfen und ihrem Defekt auseinandersetzen. Aber das war ziemlich schief gelaufen, aus Sicht ihrer Mutter.
„Der arbeitet an der NAWI, ist Botanik Professor, weißt, und der kann dir viel sagen, der macht so genannte Signaturenlehre. Der schaut dich an und weiß, welcher Pflanze du entsprichst und was das alles zu bedeuten hat und wie dir welche Pflanzen helfen können."

„Deine Mutter spinnt grad so viel wie du.", war der trockene Kommentar ihres Vaters bei einem ihrer seltenen Treffen, das sie vorverlegen mussten, um am nächsten Tag den Termin bei dem >Verrückten< einhalten zu können.
Sie mochte ihren Herrn Papà, wie sie ihn gerne respektvoll nannte. Er war auch wirklich eine Respektsperson. Buschige Augenbrauen und stechender Blick über einem gewaltigen Schnauzer, damit erst gar kein Zweifel an der Seelenverwandtschaft mit Friedrich Nietzsche aufkommen konnte, damit die Verbrecher sich auch gehörig fürchteten vor der Peitsche, die da noch kommen musste.
Er war ein Kriminaler, ein genialer – das war sein Originalton. Und so war er nämlich in Wirklichkeit. Lustig, verspielt und ziemlich tolerant. Vor allem, was das Töchterchen anging. Bei ihm fühlte sie sich angenommen, so wie sie war.
„Ich weiß gar nicht, was sie wieder will. Ich bin halt so und aus."
„Eh klar, aber wer weiß, das mit den Pflanzen is vielleicht gar net so dumm. Wenigstens sind's net so g'fährlich wie die chemischen Substanzen."
Eindringlicher Blick, der jungen Klaudia war ganz mulmig geworden – er konnte doch gar nichts wissen, oder?
„Die Pflanzen haben schon auch ihre Wirkungen, aber die sind net so arg, wenn man's mit Hirn verwendet. Also nur ab und zu und net zu viel. – Alsdann,

schaust dann halt an, den Studierten, vielleicht sieht er was, was sonst noch niemand entdeckt hat an dir."

Ihr hatte der Typ dann tatsächlich sehr gut gefallen und auch, was er zu sagen wusste.
„Meine junge Dame", hatte er in einem abschließenden Gespräch gesagt, „in dir ist so viel Lebensfreude! Du solltest ein wenig achten darauf, welche Farben du verwendest, die haben großen Einfluss auf dich."
War ja klar, dachte sie heute, wo ich doch selber so gut wie keine hab'.
Diese Geschichte mit den Farben hatte er ihr dann sogar aufgeschrieben, den Zettel hatte sie noch in ihrem Tagebuch von damals.
Orange: Hitzig, widersprüchlich, exzentrisch.
Gelb ist die Seele
Rot ist das Durchsetzungsvermögen
Gelb und Rot = Orange, das ist ein Widerspruch in sich
Orange, hatte er ihr damals erklärt, stellt alles in Frage, bedeutet innere Unruhe und Wanderschaft, aber auch höchste Verzückung und völlig neue Erfahrungen im Hier und Jetzt.

Ach ja, Klaudia fasste in ihre orange Haarfülle und betrachtete Christof, vielleicht war es das, was sie so durcheinander brachte, immer im Clinch mit sich selbst.
Und weil sie die allergrößten Schwierigkeiten hatte, um zur Ruhe zu kommen, brauchte sie die liebe Mary Jane.

„Magst auch eine?", fragte sie, während sie fachkundig wuzzelte.
Christof betrachtete sie fasziniert. Er wollte sich heute gewiss nicht komplett zudröhnen. „Mir reichen ein paar Züge von dir." Doppeldeutiger ging's nicht, ha, er war so was von genial!
Allerdings gab er bald auf. Wenn er von jedem Joint, den sie sich machte, mitgenascht hätte, wäre er bald unter den Tisch gekippt.
Nicht so die Lady.

Sie machte alles irgendwie maßlos. Sie hatte eine riesige Portion Pasta verdrückt, kiffte was das Zeug hielt und vögelte wie verrückt.

19. Kapitel

Hiro, 13. 11. 2006, onkologische Ambulanz, AKH Wien

Vor zwölf Tagen war er das letzte Mal hier gewesen, jetzt holte er sich nur noch seine Überweisung für die Station. Heute war sein Aufnahmetag, morgen, wenn alles passte, die Operation.
Er musterte die Wartenden vor ihm. Keine bekannten Gesichter. Besser so, heute hatte er wenig Lust für eine Auseinandersetzung und zudem schon wieder gänzlich neue Erfahrungen und Einsichten.

Am zweiten November hatte er auch hier gesessen.
Die alte Frau im Wartezimmer erzählte ihrer ebenfalls wartenden Nachbarin von dem >B'sonderen< im Waldviertel, der >die Gabe< habe.
„Sie können sich net vorstellen, was der alles kann. Der hat elektrische und magnetische Kräfte, der kann seinen >OD< überall hinlenken, in die Ferne, so weit er will."
„Jessas, net dass der sich versündigt! Was sagt denn da der Pfarrer?"
„Ich weiß 's net, aber der Jesus selber hat ja auch geheilt und seine Jünger auch. Ich glaub', da ist schon unser Herrgott mit ihm, wenn er so viel Gutes tut. Wo es halt möglich ist im Kleinen, sozusagen. Weil große Wunder wird er net schaffen, die sind ja unserem Herrn vorbehalten …"
Hiro hörte sich das an und fragte sich, ob das womöglich der gute Mann sein konnte, der sein Haus auf die Entfernung hin ausgezeichnet vermessen oder wohl richtiger gesagt >gemutet< hatte.
„ …, da fällt mir nämlich grad ein, der hat ja eine ganz arme Frau, da hat er selber nix machen können. Das muss schlimm sein, mein Lieber, wennst grad in der eigenen Familie …"
Jetzt wollte er das genauer wissen, was es mit diesen Gerüchten auf sich hatte. Sein Hirn schaltete in diesen speziellen Modus, der Reportern wohl zu Eigen ist. >Recherche< wird dabei angeklickt und dann kommt ein Menü mit vielen Unterpunkten, die abgearbeitet werden.
Er war ein guter Journalist, das wusste er. Ob es jetzt auch noch so war? Sein Hirn noch mitspielen würde? Seine Beiträge waren oftmals unbesehen gekauft worden, als er noch für die großen Magazine, auch die internationalen, gearbeitet hatte. Seine Recherchen waren manchmal sensationell, das kam an; auch beim Fernsehen.
Bis zu seinem gelb gefärbten Zusammenbruch. Als er noch nicht genau absehen konnte, dass seine Welt bereits wesentlich früher mit dem totalen Verfall begonnen hatte; als er noch nicht wissen konnte, dass dies alles erst der Beginn war. Der Anfang vom Ende, klassisch ausgedrückt. Die Endzeit seiner persönlichen Zeitrechnung und seiner Welt überhaupt. Erst die Krankheit

seiner Frau, seine eigene Krankheit, dann Ernas Tod, dann auch noch der Unfall seiner Tochter, und nun bald auch sein langsames Ende.
„Das spielt keine Rolle.", sagte er nüchtern.
Die beiden Frauen zuckten merklich zusammen. Damit hatten sie jetzt nicht gerechnet. Der Herr hatte sich so dezent verhalten, als gehöre er hier zum Mobiliar, nicht denkbar, dass der sich einmischen würde.
Ungläubiges Mustern seiner Person. Unauffällig, seriös, das Gesicht ein wenig ausgezehrt, traurige Augen. Das passte doch gar nicht zu dieser abrupten Aussage! Was sollte keine Rolle spielen? Dass der begnadete Mensch, von dem sie gerade gesprochen hatten, seiner eigenen Frau nicht helfen konnte? Das war ja wohl –
„… direkt unmenschlich!", sagte die alte Frau jetzt aus ihren Überlegungen heraus in das schmale Gesicht des Mannes, der sie ruhig und aufmerksam ansah.
Ihre Gesprächspartnerin sah einigermaßen entsetzt von einem zum anderen.

„Mister Fielding, bitte!" Assistenzarzt Doktor Maurer stand in der Tür zum Behandlungsraum.
Hiro lächelte den beiden Wartenden beinahe entschuldigend zu. Weil er jetzt drankam? Oder weil sie den beginnenden Disput nicht würden fortsetzen können? Nur er wusste, dass es ihm Leid tat, jetzt keine Erklärung liefern zu können.
„Mister Fielding, wir können Ihnen noch dieses Jahr einen Termin machen, es wird sich alles gut ausgehen und Sie können zu Weihnachten bereits wieder zu Hause sein."
Hiro seufzte unmerklich auf. Hatte er ja nicht mehr. Kein Zuhause, nein, Sir. Es stand bereits zum Verkauf, aber seine Vorgaben waren schwirig für den Makler.
„Ja, …, also …, gut, dann machen wir das so."
„Ihre Tochter …?"
Hier wussten anscheinend alle sehr gut Bescheid über seine Angelegenheiten.
„Wird zur Kurzzeitpflege in einem Altenheim aufgenommen, wir haben das schon organisiert." Auf den erstaunten Blick des Arztes hin fühlte er sich zu einer weiteren Erklärung gedrängt. „Sie wird nicht allein sein. Da gibt es einen jungen Mann …"
Jetzt lächelte der Mediziner verstehend und wirkte dabei irgendwie erleichtert.
„Ach so, na, das ist eine gute Nachricht, dann wird sie bald viel Lebensmut entwickeln, nicht wahr?"
Sieht nicht danach aus, dachte Hiro beim Hinausgehen. Nein, so Leid es ihm tat, Karl Herbert schien keinen großen Nachhall in ihr auszulösen. So mit seinen Gedanken beschäftigt hätte er beinahe vergessen, die beiden Damen zu grüßen.

Sie sahen ihn böse an. Früher wäre mir das nicht passiert, sagte sich Hiro ironisch und dachte an seinen Freund Jake.

Jetzt blieben ihm noch zwölf Tage. Die galt es zu nützen. Der gute Karl Herbert hatte diese Altenheim Lösung vorgeschlagen und dann tatsächlich bis zur Anmeldung vorangetrieben. Sissy hatte zugestimmt. Sie wollte, dass er sich endlich operieren ließ. Aber trotzdem schien sie ihm sehr unglücklich.
Der Hinterstätter, das war doch wieder so ein Wink des Schicksals, oder, dass ihn die beiden Damen daran erinnert hatten?!
Er musste unbedingt wissen, was er mit Sissy sonst noch machen konnte, wie es weitergehen sollte, wo sie doch kaum Fortschritte geschweige denn eine Wiederherstellung in irgendeinem Aspekt zeigte.

Anruf, Termin, Fahrt. Hiro fühlte sich in seine Zeit als rasender Reporter zurück versetzt. Er konnte also noch schnell sein. Er fuhr früh am Morgen los, nachdem er Sissy versorgt hatte. Karl Herbert war informiert und würde gleich nach der Schule vorbeikommen. Er hatte nicht allzu weit zu fahren. Alles in Favoriten, Wiens zehntem Gemeindebezirk. Das hatte auch der Lehrer so geregelt, als Sissys Entlassung bevorstand. Eine Pension, die geeignete Zimmer und wirklich hervorragende Verkehrsanbindungen hatte.
Eigentlich hatte er nicht damit gerechnet, in Wien ein Auto zu brauchen. Jetzt hatte er einen Kleinwagen gemietet und versuchte sich so rasch als möglich an die Rechtsfahrweise zu gewöhnen.
Es ging gut, er kam zügig voran, er war entspannt, als er Wien hinter sich gelassen hatte.
Jetzt hatte er Zeit, über Vieles nachzudenken.
Nicht alles war nach seinen Wünschen gelaufen, seit sie London verlassen hatten. Vor allem hatte er sich Nelly zur Unterhaltung und Pflege Sissys gewünscht. Sie wäre ideal gewesen, erfrischend für Tochter und Vater. Aber sie konnte nicht weg, sagte sie.
In Wien hatte er sich am meisten versprochen von dem Physiotherapeuten Kreutzer, doch der war bereits Anfang September nach Innsbruck gegangen. Seine Nachfolgerin war sicher freundlich und fachlich versiert, aber nicht annähernd so engagiert wie ihr Vorgänger. Der hatte einfach mit mehr Verständnis und Geduld agiert, hatte leise beobachtet und dann entsprechende Maßnahmen gesetzt. Sissy hatte mit ihm Fortschritte gemacht und ab seinem Fortgang im September teilweise sogar Rückschritte. Das sei normal, sagte man in der Polyklinik; er glaubte es nicht.
Leo Kreutzer hatte ihm seine Handynummer gegeben, manchmal telefonierten sie und der Therapeut erkundigte sich dann immer ganz genau nach den Einzelheiten der Trainings in der Klinik und zu Hause. Auch was sonst so lief und

wie das so sei mit dem Sprachlehrer wollte er wissen. Er war sogar einmal bei Sissy in der Pension gewesen, als er in Wien zu tun hatte.
Es täte ihm Leid, hatte er ihr bei dieser Gelegenheit erklärt, dass er das, was er mit ihr begonnen hatte, nicht weiterführen konnte, aber er hatte nun mal inskribiert und das sei sein weiterer Lebensweg. Weil er sich aber so besonders mit ihrem Fall auseinandergesetzt habe und in die Fachliteratur hineingelesen und so weiter würde er wirklich gerne auch künftig dran bleiben und über jeden neuen Schritt informiert werden wollen, wenn das ginge, bitteschön.
Hiro war froh und dankbar auch dafür. Sissy ebenfalls, das konnte man sehen.
„Mister Fielding, Sie sollten mit Ihren Kräften wohl ein wenig besser haushalten, meinen Sie nicht? Ihre Tochter braucht Sie, aber nicht für jeden kleinsten Handgriff. Denken Sie auch an sich, sonst hat sie bald gar nichts mehr von Ihnen."
Außer dem Therapeuten sagte das niemand so direkt, aber die meisten dachten ähnlich, das wusste Hiro. Nun, darum war es auch bald soweit.
Er war oft ausgelaugt, das stimmte schon, aber das war seine innere Unruhe, nicht etwa körperliche oder gar geistige Überanstrengung.
Seine nervöse Erschöpfbarkeit brachte ihn auf die Suche nach geistigem Ausgleich und er begann sich an der Uni mit Gastvorlesungen zu beschäftigen. Das brachte Geld und Abwechslung.
Er wusste ja, er hatte einen nervösen Grundcharakter und seine Vorlesungen halfen ihm, sein unruhiges Wesen zu zähmen. Er konnte Vieles vermitteln, was interessierten Studenten ein Bild des Berichterstattens bot. Er ließ viele seiner eigenen Erfahrungen einfließen und sparte nie damit, die Grundvoraussetzungen hervorzuheben.
„Ein Mensch, der die Welt über Vorkommnisse und Ereignisse informieren will, muss die Objektivität lieben, der Welt aufgeschlossen und mit einer gewissen Leichtigkeit entgegen sehen. - Manchmal besteht auch die Gefahr, sich zu verzetteln. Allzu langatmige Erklärungen, die ein wenig abschweifen, werden nicht gerne angenommen.", setzte er dann gerne zwinkernd hinzu, wenn er merkte, dass seine Hörer nicht mehr ganz bei der Sache waren, weil er die wichtigsten Punkte seines Vortrages zum wiederholten Male gesagt hatte.
In seinen besten Arbeiten war Hiro stets davon überzeugt gewesen, dass gegnerische Interessen miteinander vereint werden sollten und sich dahingehende Bemühungen immer lohnen; auch für den Journalisten, der darauf hin arbeitet.
Erna hatte ihn natürlich am besten verstanden, sie hatte, wenn er davon erzählte, beifällig genickt und gemeint:
„Als Waage im Sternzeichen bist du dafür zuständig, dass Polaritäten letzten Endes zu einem harmonischen Ausgleich kommen."
Jetzt jedoch suchte er die Balance. Besonders seit seiner eigenen Krankheit war ihm klar geworden, dass er sie brauchte und keineswegs hatte. Welche Ironie!

Das, was er in seiner Arbeit so scheinbar mühelos beherrschte wollte ihm in seinem eigenen Leben nicht gelingen.

Ach, in seiner momentanen Situation war es doch wohl normal, etwas aus dem Ruder zu laufen. Er wusste um seine Stärken, die er zumindest gehabt hatte und vielleicht auch wieder erlangen konnte, FALLS, ja, falls er diesen Kelch, der ihm gerade aufgehalst wurde, an sich vorüberziehen lassen konnte.

Der arbeitende Fielding jedenfalls war intellektuell sehr leistungsfähig, mit hohem Durchhaltevermögen auch bei andauernden, konzentrierten Tätigkeiten. Er kam mit wenig Schlaf aus. Seiner Meinung nach alles wichtige Voraussetzungen in der Welt des Journalismus, vor allem in der des Reporters.

Nun wollte er den Hinterstätter in zweierlei Funktionen besuchen: Der liebende Vater, der für sich und sein Kind alle Möglichkeiten eines Heilungsprozesses in Augenschein nimmt und der Berichterstatter, der alle Aspekte dieser Person und ihrer Vorgangsweisen durchleuchtet.

Als er in Schlossberg eintraf war er körperlich und geistig doch sehr angespannt, er bewegte sich unablässig irgendwie, spannte die Muskeln an, bis seine Arme am Lenkrad zu kleben schienen. Zeit, dass er endlich aussteigen konnte, dachte er sich.

Der Hinterstätter begrüßte ihn sehr freundlich und führte ihn in das kleine Holzhäuschen, anscheinend sein >Behandlungsraum<.

„Führen Sie alle ihre Besucher hier herein?" war also die erste Frage, die der Journalist seiner Zunft entsprechend stellen musste.

„Wenn sie Rat und Hilfe bei mir suchen ja, wenn sie als Gäste kommen, nein."

„Hat das einen besonderen Grund?"

„Ja, einen energetischen. Ich bin nicht so unhöflich, dass ich meine Besucher nicht in mein Haus lassen möchte, aber es ist ein gewisser Schutz nötig. Sehen Sie, es kommen viele Mensch, die sind mit negativen Schwingungen beladen wie ein LKW ... ein, ein, wie ein Schwer – trans – porter, Sie verstehen?"

„Ich verstehe Sie sehr gut, danke für Ihre exakte Aussprache. Ich habe mich hier schon sehr gut an die Spielarten der Dialekte gewöhnt."

Der Hinterstätter schmunzelte. „Das ist hier auch nötig. Die Leut' tun sich schwer. Hier heroben oft einfach nur mit dem Reden; und in einer andern Sprache geht's schon gleich gar nicht. Setzten Sie sich, Herr Fielding, und nehmen Sie gleich ordentlich Quellwasser, damit wieder eine andere Energie frei wird. Also, das Haus drüben – mein Wohnhaus – soll frei bleiben von den Energien, die zu mir getragen werden, sonst hätt' ich zu viel zu tun mit Reinigen. Dieses kleine Häuserl hab ich auf einen b'sonderen Platz stellen wollen, also hab ich einen gesucht und hier gefunden. Es ist eine Steinplatte darunter, wie sie oft vorkommt in unserer Gegend, die allein schon ist ein Kraftfeld. Wissenschaftlich wird das so erklärt, dass das positiv anregende Mikrowellen-

strahlungen sind. Früher hat man heilige Orte dazu gesagt und möglichst einen Kultplatz darauf errichtet, heutzutage stehen da Kirchen oder Kapellen. Meistens kommt an solchen Plätzen auch noch Wasser aus dem Boden, das sind dann die artesischen Brunnen und das was sie da im Glasl haben ist so ein Quellwasser. Wenn es selber so aus der Erde austritt ist es immer rechts drehend und deshalb besonders hochwertig. In einer Glasflasche ist es monatelang haltbar. Ach, aber da geht schon wieder meine Begeisterung mit mir durch über die wunderbaren Geschenke, die wir doch tagtäglich aus der Natur erhalten und leider so wenig zu schätzen wissen.
– Aber jetzt sollten wir uns ganz auf Sie konzentrieren, das war ja Ihr Wunsch, gell?"
„Ja, oder eigentlich wegen meiner Tochter. Und überhaupt."
Der Hinterstätter hatte Papiere vor sich liegen, die Hiro als seine Aufzeichnungen aus London erkannte.
„Ja so eine traurige Geschichte! So viele Menschen, die da haben leiden müssen in dem Haus. Da hätte man NIE bauen dürfen. Nicht einmal ein Baum tät da richtig wachsen können. Nur gewisse Pflanzen und Tiere kommen zurecht mit solchen Strahlungen. Ameisen, Katzen, manche Doldengewächse – Anis, wenn Ihnen das was sagen kann vielleicht, eigentlich noch mehr der Schierling. Aber auf alle Fälle schlimm für Menschen. Besonders dort, wo sie sich oft aufhalten und ruhig bleiben, eben im Bett oder am Schreibtisch."
„Es steht schon zum Verkauf. Der Makler hat Anweisung, die gemessenen Störfelder auch zu nennen und er DARF nicht an eine Familie verkaufen, die darin WOHNEN will. Es soll irgendein Betrieb hinein, wo niemand schläft oder auch nur ständig am gleichen Platz bleibt."
„Brav, genau richtig, das ist sehr verantwortungsbewusst, was Sie da machen. – Es waren auch … Besucher … im Haus, die hab ich damals schon gleich weg gebeten, die werden aber möglicherweise wiederkommen, … andere zwar wahrscheinlich, aber die Schwingungen, die da sind, werden wieder etwas anziehen, was …, na ja, in der Schwebe ist, … nicht dort, nicht da."
Hiro blinzelte, als könnte er eine Fata Morgana zum Verschwinden bringen damit. Wollte ihm der Förster einen Geist unterjubeln?
„In unserem Haus hat es meines Wissens nie … gespukt."
„So würd ich das nie nennen, da glauben die Leut immer, man müsst was mit herkömmlichen Sinnen hören oder sehen. Das ist aber sehr selten. Wie auch immer, das betrifft Sie jetzt auch gar nicht mehr und wir wollen es damit belassen, weil Sie aktuell andere Hilfen brauchen, nehm' ich an?"
Hiro zog sofort seine Brieftasche und nahm das Foto von Sissy heraus.
„Sehen Sie, meine Tochter! Sie hatte ja den schweren Reitunfall. Könnten Sie mir etwas sagen, wie das weitergehen soll mit ihr oder was wir noch tun können oder – der Arzt in England meinte, sie würde das erste Jahr gar nicht überleben – aber das stimmt doch nicht …?!"

Der Hinterstätter schenkte ihm wieder Wasser nach.

„Da, trinken Sie! Jetzt schnaufen S' ganz fest durch! Laaangsam atmen, lang ausatmen, so …, nicht mehr zappeln. Füße auf den Boden, Hände ruhig vor mir auf den Tisch, sooo ist es gut."

Kurz noch fixierten seine hellen blauen Augen Hiros dunkelbraune, verzweifelte, schienen ihm Bewegungslosigkeit und Ruhe zu diktieren; dann nahm er das Foto behutsam in seine großen, klobig breiten Hände.

Lange schaute er; Hiro kamen diese Minuten wie Stunden vor. Die Augen seines Gegenübers schlossen sich, der Mund verzog sich, es sah beinahe schmerzlich aus. Als er zu sprechen begann konnte Hiro nicht erkennen, ob die Augen weiter geschlossen oder auf das Bild gesenkt waren. Die Stimme war ein wenig monotoner als zuvor, der Vater hätte keine Gefühlsregung daraus deuten können.

„So ein schönes Kind. Sie will hinaus … hinaus mit der Stimme. Sie will sich äußern dürfen … und sie will Anerkennung. Und doch ist sie still. Und das ist auch ihre Prüfung. Die Stille, alles noch einmal lernen. Sie glaubt nicht, dass sie schön ist, jetzt hat sie sich's gerichtet, dass es stimmt, was SIE glaubt.

Sie braucht Mut und Zustimmung und … eine Veränderung. Weg – weg – aus dem Einzugsgebiet."

Zum Schluss war die Stimme lauter geworden, eindringlicher. Hinterstätter hob seinen Kopf, die Augen wirkten in die Ferne gerichtet, obwohl er sie auf sein Gegenüber hielt.

„Wie meinen Sie das?" Wieder konnte Hiro sich nicht ruhig halten. Er versuchte es wieder mit der Atemübung, während der Förster ein wenig mit dem Kopf wackelte, eine Bewegung der Ungewissheit.

„Sie soll wo anders hin, ganz bestimmt. Aktuell taugt 's ihr nicht."

„Sie muss nächste Woche ins Altenheim, weil ich operiert werde und sie so gut wie nichts alleine kann."

Wieder wackelte der Kopf, dann senkte sich der Blick auf das Foto, die rechte Hand verharrte darüber, machte ein paar Drehungen aus dem Handgelenk und verhielt. Hinterstätter begann zu murmeln, die Hand bewegte sich jeweils nach einem solchen gemurmelten Satz oder was auch immer das war. Das ging eine ganze Weile so; Hiro war jetzt sehr ruhig, sogar entspannt. Einschläfernd, kam es ihm sogar in den Sinn, war das Machwerk des Försters; und sah reichlich nach Hokuspokus aus.

„Das schaut für Sie wie ein Zauberkunststückl aus, aber Sie kennen vielleicht die Arbeit mit dem Pendel, die manche Leute machen oder die Wünschelrute. Bei mir ist es die Hand, die das übernimmt; sie ist mein Werkzeug und gibt mir die Antworten, die ja sowieso da sind, die wir aber eben oft nicht sehen können. Meine Hand macht sie sichtbar."

Er hat mich sofort durchschaut, dachte Hiro in das aufmerksam lächelnde Gesicht hinein.

„Freilich, das geht fast einem Jeden so."

??? Dann brauche ich also nichts zu sagen, SIEHT er, was ich denke – in Englisch?, waren Hiros Gedankenfetzen, die er vor Aufregung selbst kaum wahrnahm.

„Ich kann nicht Gedanken lesen, ich sehe nur Ihre Schwingungen, ich nehme Ihre Stimmungen auf; ganz einfach."

Ja, logo, dachte Hiro etwas zynisch, kann doch jeder.

„Eigentlich kann das Jeder."

Verdammt, das ist ein ungeheuerliches Spiel!

„Niemals aber sollten Menschen solche Empfindungen falsch oder gar spielerisch gebrauchen, das ist klar. Es ist eine große Verantwortung. Drum tun die meisten so, als täten sie nichts spüren und nichts wissen. Das ist viel einfacher."

„Ich bin ... ein wenig ... durcheinander."

„Das ist auch ganz normal, Herr Fielding. Viel auf einmal. Die Antworten möcht' ich Ihnen trotzdem sagen: Es KANN viel besser werden, der Tod ist weit weg, aber – noch einmal, ganz klar und deutlich – es MUSS etwas verändert werden."

„Was denn aber?"

„Das weiß ich nicht. Aber SIE werden es wissen, wenn es soweit ist. Lernen Sie selbst, auf Signale zu hören. Lassen Sie zu, dass die Schwingungen aus Begegnungen und Begebenheiten Ihnen bewusst werden, dann werden Sie auch wissen was zu tun ist, wenn es soweit ist."

„Ich ... habe Angst. Ich ... werde das nicht können, ich habe diese Operation, bin ja gar nicht da ..."

„Hm, einiges wird sich vorher noch lösen, scheint mir. Narkose, muss ich zugeben, ist nicht optimal. – Wir machen das so, wir bleiben in Kontakt. Ich gebe Ihnen meine Nummer, Sie rufen an, wenn Sie nicht weiter wissen. Aber zuerst versuchen Sie es selbst, versprochen?"

Hiro nickte. Er hatte in diesen zwei Stunden gleich mehrere Lektionen gelernt.

„Oh ja, ich habe Sie gut verstanden und ich verspreche, ein gelehriger Schüler zu sein. – Wie kann ich mich erkenntlich zeigen – man sagt, Sie nähmen kein Geld für Ihre Hilfe?"

Der Hinterstätter schaute auf einmal wieder sehr ernst, krauste die Stirn. „SIE werden mir noch helfen, das spür' ich." Dann lachte er auf, als wolle er eine ungute Empfindung weit weg schieben.

„Die schöne Sissy, gell, die wird einmal singen für mich!?"

Hiro hatte Tränen in den Augen, als er ging.

Die Fahrt hatte er nicht mitbekommen. Keine Ahnung, wer da gefahren war oder was da gewesen sein könnte während der Fahrt. Erst als er wieder in der Pension war und in das Zimmer seiner Tochter trat schien er aufzuwachen.
„Hallo, mein Schatz, wie geht's? Der Karl schon weg?"
„Nischda."
„Der war gar nicht hier?"
Kopfschütteln.
„Mensch, Sissy, dann hattest du ja gar nichts zu Essen und …"
Sissys linkes Auge blitzte auf, das rechte vermutlich auch, aber das war mit dem immer noch hängenden Lid nicht zu erkennen.
Sie deutete auf die Reste eines Apfels, eines Brotes und ein zusammengeknülltes Käsepapiers und Hiro staunte nicht schlecht. Hatte sie das selbst geholt? Nach und nach erfuhr er, dass seine Tochter sich selbst mobilisiert hatte. Robbend, kriechend, mühsam. So genau konnte und wollte sie das anscheinend nicht sagen oder zeigen. Aber es hatte funktioniert.
Spät am Abend läutete Hiros Handy. Karl Herbert war dran. Er hatte einen Unfall gehabt. Jemand war ihm an der Kreuzung hinten aufgefahren und er hatte ein Schleudertrauma erlitten. Krankenhaus, Halskrause, Untersuchungen bis jetzt. Erst jetzt hatten sie ihn an sein Handy gelassen. So sorry.
„Ich bitte Sie, da kann man ja nichts machen. Aber wie ist es für Sie?"
„Heute Nacht noch hier, ich hänge an einem Monitor, zur Sicherheit, haben sie mir gesagt. Dann nach Hause, aber da bin ich auch keine große Hilfe, weil mit der Halskrause ist man voll behindert. Na ja, zum Glück ist ja die Lösung mit dem Altenheim aufgegangen, da bin ich echt froh."
„Ja, gute Besserung von uns Beiden und wir hören uns bald, ok?"
Na, so was! Und Sissy wirkte gelöst und guter Dinge, statt sich Sorgen zu machen.
„Was machen wir jetzt, mein Mäuschen?"
Sissy legte den Kopf noch etwas mehr zur Seite als er sich ohnehin noch immer in Schräglage befand und schloss die Augen.
„Klar gehen wir gleich zu Bett, aber wie kannst du schlafen wenn wir gar nicht wissen, was wir jetzt machen sollen ohne Karl Herbert."
Sissy versuchte mit der linken Hand ihr Handy zu greifen. Sie wollte es immer in Reichweite haben, obwohl sie eigentlich nur für ihren Vater und den Lehrer einigermaßen verständlich sprach. Und für Leo, aber da musste sie gar nichts sagen, der las irgendwie an ihrem Körper ab, was sie sagen wollte. Über das Telefon aber schlecht möglich, deshalb war ihr Vater das Sprachrohr.
Was wollte sie nun von ihm? Sie legte das Handy vor sich hin und tippte mit einem spitzen Finger vorsichtig die Drei ein. Aha, Nellys Kurzwahl. Kam gleich nach Dad und Karl.
„Nelly anrufen? Jetzt? Es ist halb nach Zehn, mein Liebling."

Sissy hob mühsam ihre Schultern. Die linke machte brav mit, die rechte weniger.
„Egal? Na ... wenn du meinst."

„Ach, gut dass Ihr anruft, ich hab hier Zoff mit dem Doofmann und die Decke fällt mir auf den Kopf. Bisschen Abwechslung tut gut. Was gibt's Neues bei Euch?"
„Wir hatten doch alles organisiert soweit wegen einem baldigen Operationstermin für mich, damit Sissy in das Pflegeheim kommen kann und so. Jetzt habe ich den Termin schon nächste Woche und das klappt eigentlich auch mit dem Institut, aber der Lehrer hatte einen Unfall und fällt aus und Sissy hat dann gar niemanden, der die Verbindung hält. Auch zu mir und alles."
„Arsch, was muss der jetzt einen Unfall bauen."
„Hat er nicht, es ist nicht seine Schuld gewesen."
„Klar doch seine Schuld, wenn er sich abschießen lässt."
„Ach, Nelly!"
„Ja, Mister Fielding, - bin schlecht drauf zur Zeit - kann ich Sissy sprechen?"
Hiro reichte den Hörer weiter und ging ins Badezimmer. Auflegen konnte Sissy alleine. Keine Ahnung, wie sie das machten, aber die Beiden schafften eine anhaltende Kommunikation, die sogar schon seine Telefonrechnung in die Höhe getrieben hatte. Mal sehen, wie es heute laufen würde, da Sissy offensichtlich zu Höchstform auflief.
„Ehhhmm, ehhhmmm!"
Aha, Sissy wollte etwas, das hörte er sofort. Gut, dass er seine Dusche so kurz gehalten hatte.
„Was brauchst du?"
Sissy hielt ihm das Handy hin, Display nach oben, damit er sehen sollte, dass Nelly noch dran war. Er begriff sofort.
„Nelly, ist noch was?"
„Klar, - ich komme dann mal und bleibe!"
„Nelly, ..., habt ihr das jetzt ausgeknobelt oder was?"
„Sissy braucht mich und hier läuft sowieso alles aus'm Ruder und ich ..."
„Was ist mit deiner Arbeit? Du kannst unmöglich unseretwegen alles hinschmeißen. Das Studium!?"
Hiro machte sich Vorwürfe, dass er sie damals überhaupt gefragt hatte und Sissy jetzt anscheinend auch. Nelly neigte zu solchen Aktionen, die jeder vernünftige Mensch nach spätestens fünf Minuten Erwägung wieder verwarf. Nicht so die süße Nelly, die zog durch, was ihr in den Kopf kam. Ohne Rücksicht auf Verluste, die zweifellos immer kamen. Und obwohl sie das schon mehr als – ein Dutzend Mal? – erlebt hatte, würde sie es immer wieder tun. Helfersyndrom, hauptsächlich, typisch für Menschen wie sie, hatte er mal gelesen.

„Studium auf Eis, Arbeit weg, hat mir das Abziehbild von einem miesen Versager hier beschert. Kommt zu mir ins Labor und macht auf Macker, weil er grad voll auf Speed ist, der Wahnsinnige. Da war's dann aus, war nicht das erste Mal. Na ja, war auch eine echt öde Maloche, so gesehen auch nicht schlecht. Und ich wollt' ja sowieso zu Sissy, war fast schon ausgemacht, oder?"
Nelly würde also noch in der gleichen Woche nach Wien kommen.
Hiro grübelte, wartete auf Zeichen, schalt sich einen Trottel; mal weil er auf solche esoterischen Spinnereien überhaupt hereinfiel und dann wieder, weil er scheinbar nicht in der Lage war, die einfachsten feinstofflichen Schwingungen zu spüren geschweige denn zu deuten.
Ich muss trotzdem den Hinterstätter fragen, sagte er sich so lange vor, bis er sich traute.
„Meine Tochter ist so gut drauf, das ist eine solch spürbare Veränderung - kommt das von Ihnen?"
„Ach, das kann alles Mögliche sein. Vielleicht fühlt sie sich einfach - freier."
„Freier?"
„Steigerung von frei."
„Danke, verstanden. – Wovon frei?"
„Mmm - Es gibt immer mal Energieräuber. Menschen, die Energie abzapfen, wo sie können. Unbewusst natürlich, jedenfalls meistens, aber mit dem Erfolg, dass der Energiegeber selber weniger hat und antriebslos und schwach wird."
„Oh mein Gott, nehme ICH ihr Energie weg, um zu überleben? Dracula himself - ad personam?"
„Unwahrscheinlich, da sie sonst schon ihr Leben lang wenig Energie zur Verfügung gehabt hätte. Wer ist sonst noch regelmäßig bei ihr?"
„Eigentlich nur … Herr Landwieser. Aber der ist ausgerechnet an dem Tag ausgefallen, als ich bei Ihnen war und wir ihn besonders gebraucht hätten."
„Ein guter Anfang."
„Wie bitte? Ich habe Sie jetzt nicht verstanden."
„Doch, doch. Das kurzzeitige Verlassensein fördert die Selbsthilfe und dann brauchen Sie das nur noch zulassen, dann helfen Sie ihr am meisten."

Nelly war am Samstag mit einem billigen Last Minute Städteflug angereist, wie sie gleich ganz stolz berichtete.
Ach, dachte Hiro wieder einmal ganz ergriffen, sie war immer schon so bescheiden gewesen und sparsam darauf bedacht, niemandem mehr als die allergünstigsten Ausgaben zuzumuten.
Und sie erzählte und erzählte und Sissy schaffte es stundenlang, ihre Aufmerksamkeit auf das Zuhören zu konzentrieren, obwohl sie von Tinnitus geplagt wurde und plötzlich einschießenden Kopfschmerzen.
Flöckchen war mitgekommen, unter den zweifelnd kritischen Blicken des Portiers/Besitzers – aber was soll's, noch ein bestens zahlender Dauergast –

selbstbewusst durch die Eingangshalle stolziert und belegte nun ungefähr ein Drittel von Sissys Zimmer.

Wie meistens war er auch jetzt der Mittelpunkt in Nellys mitreißenden Geschichtchen.

„Flöckchen, dieses zarte Wesen - in der Seele, mein ich – so sensibel, nein, der darf nicht an Bord, der muss wie ein alter Seesack in den Transportraum, stell dir das vor! Alleine schon eine geeignete Transportkiste finden, Mann, die Zoogeschäfte sind heiß gelaufen, die mussten alle nachforschen, wo sie eine solche am schnellsten ordern konnten. Und dann noch zum Tierarzt, obwohl, die Impfungen hat er ja sowieso immer alle. Pass hat er auch schon zeitlebens, aber trotzdem, nicht wahr, muss ja alles seine Ordnung haben und ich wollte mal nachfragen, ob er nicht vielleicht was extra braucht für dieses Land … so nahe am Balkan und so. Er hat mir dann zu einer Betäubung während des Fluges geraten, für Flöckchen, nicht für mich, ha, Scherz. Aber für mich wäre das bedeutend leichter gewesen. Ich wiege ungefähr das Gleiche wie Flöckchen, aber für Menschen gibt es mehr auf Lager. Jedenfalls hatte der Tierarzt nicht genug Stoff, der musste erst mal mehr besorgen und dann meinte er noch, er käme nicht zum Flughafen und ich müsste meinen Kleinen schon zu ihm bringen und dann in die Kiste und dann irgendwie zum Flughafen und so – aber ich hab ihn dann doch überredet, damit Flöckchen nicht noch mehr von dem Zeug brauchte. Zu dritt haben wir ihn dann in die Kiste gehoben, da haben alle ganz schön gestaunt vom Flughafen Personal, eine solch schöne Fracht haben die auch nicht alle Tage und das hab ich denen auch deutlich gesagt, damit mir da keine Rügen kämen von unserem Schatz hier. Sie waren aber alle lieb und er hat geschnarcht wie ein Bär. Während der Warterei habe ich dem Personal noch ein paar haarsträubende Geschichten erzählt, das müsstest du gehört haben …"

Hiro hatte dann mit den Mädels einen seiner schönsten Sonntage verbracht, wie ihm schien. Ja, denn am Ende wird vermutlich beinahe jeder Mensch bescheiden. Dieser abgedroschene Spruch: > Lebe jeden Tag, als ob es dein letzter sei. < bekam plötzlich die Bedeutung, die ihm tatsächlich zusteht, die zu erfassen man aber genau an dem Punkt angelangt sein muss, an dem er jetzt war.

Nun wartete er hier auf seine Operation.

20. Kapitel

Albert, 05. 12. 2006, Großegg, Waldviertel, Niederösterreich

„Jetzt ist das schon so lange her, fast ein Jahr, dass die was gebracht haben über ihn in der Zeitung, und trotzdem vergessen das die Leute nicht. Glauben wirklich alles, es ist zum aus der Haut fahren!"
Zita beobachtete ihren aufgebrachten Lebensgefährten, als sei ihr eben ein Patient mit einer komplizierten Kopfwunde gebracht worden.
„Sprichst wohl vom Hinterstätter, nur über den kannst dich so aufregen. Sag schon, was war denn am Krampuslauf, das dich auf die Palme klettern bringt?"
Albert musste fast schon wieder lachen, wenn er sie so reden hörte. Sie bemühte sich ja so sehr, versuchte sich immer mal wieder an Redewendungen, verwechselte aber auch gelegentlich.
„Ja, ja, solche Redensarten kommen aus Oberpullendorf."
Seine Liebste stutzte, versuchte einzuordnen und lachte dann ein wenig unsicher.
„Heute hast du einen schlechten Tag, der Krampus soll dich holen. Muss er vergessen haben.", sagte sie und hatte die Nase ganz kraus gezogen, was ein ziemlich starker Ausdruck ihrer Missbilligung war.
„Der hat hoffentlich was mit dem Hinterstätter zu tun, soll ihn gleich behalten in seinem Feuerchen."
„Na, du bist wirklich ungnädig. Also, wer ist dir auf die Leber gehüpft?"
„Welche Laus ist dir über die Leber gelaufen heißt das, du reindeutsches Wunderkind. Ja, musst dir vorstellen, da kommt doch der Hartmannseder und erzählt, der vom Schlossberg hätte einen Krebskranken geheilt und – das ist der Gipfel! – seine gelähmte Tochter gleich dazu. In einem Aufwaschen, sozusagen. Wenn das keine Frechheit ist!
Das ist die Inflation der Wissenschaften. Auch der Grenzwissenschaften, denen ich ja ihre Berechtigung nicht absprechen will. Dieses Glauben an Zauber und Wunder, das hält die Leute doch auf der untersten Stufe ihrer geistigen Entwicklung fest. Da keimt Interesse auf, weil die chemische Medizin halt nicht alles kann und dann erstickt das ganze in der geheimnisvollen Kirtagsmetaphysik. Im geistigen Nirwana eines Hinterstätters ist Dauer-Weihnachten, so was blendet freilich enorm.
Die armen Leute, die wirklich kranken, die machen sich doch Hoffnungen. Gehen vielleicht gar nicht zum Arzt, weil sie meinen das kann eh der Wunderheiler, der furchtbare, der. So ein Scharlatan. Und wenn sie ihm dann endlich auf seine verworrenen Schliche kommen ist es zu spät, dann wollen sie von den sanften Methoden wahrer Alternativmedizin gar nichts mehr wissen. Und unser Gesundheitssystem explodiert."
„Jetzt wirst du politisch."

„Nein, jedenfalls nicht im herkömmlichen Sinn. Aber andererseits, jeder der sich um die Menschen sorgt ist irgendwie politisch – oder eigentlich sollte Politik so sein – die Sorge um den Menschen. Den einzelnen und alle. Ach, gelobt sei Karl Marx, er hat es ja so gut gemeint!"
„Heute ist dir aber wirklich der Krampus begegnet. Wenn ich der Pfarrer wär' würde ich meinen du hättest dich gerade eben fast versündigt."
„Aha, und du hast heut' bestimmt gleich drei Mal deine Hausaufgaben gemacht. So deutsch – katholisch, wie du dich gibst. Kannst auch gleich mit der Beichte anfangen. Kommst mir grade recht heute, das will ich eh schon seit über zwanzig Jahren wissen, woher du kommst, kleine Teufelin."
Zita sah ihn jetzt betroffen an, Sie hatte nicht gedacht, dass diese Geschichte noch einmal ein Thema werden könnte zwischen ihnen.
„Du kennst mich so lange und in- und auswendig, warum willst du wissen, was vorher war und woher – zum Teufel! – ich komme?"
„Weil das dazu gehört! Zum gegenseitigen Vertrauen, wenn man miteinander lebt, so treu und innig, wie wir das tun. Da habe ich auch ein Recht auf dein UNEINGESCHRÄNKTES Vertrauen!"
Albert war ziemlich laut geworden, was sonst nicht seine Art war. Zita kam ganz nah zu ihm hin und schnupperte.
„Der Krampus muss im Glühweinkessel gewesen sein."
„Genau. Und auf der Suche nach ihm haben wir den Kessel natürlich leeren müssen."
Zita nickte weise. Wenn sie geschickt war würde er auf ein anderes Thema abschweifen.
„Und dieses wunderbare Glühfeuer lässt meine Zunge flüssiger sprechen und meine Hemmungen unter den Tisch gleiten, um mit deinen schönen Worten zu sprechen. Drum sprich mit mir und vertraue mir an, was du so lange verschwiegen."
Albert hatte den Hinterstätter jetzt tatsächlich vergessen. Aber nicht SIE.
„Erzähl!"
„Geh' schau, das …"
„Erzähl jetzt, alles, ganz von vorn!"
Wie immer wenn es ihrem Liebsten einmal mit etwas wirklich ernst war kam sie seinem Wunsch auch diesmal nach.
„Ich bin in Slowenien geboren, das habe ich aber lange Zeit nicht gewusst, wie das Land geheißen hat – oder vielmehr heute heißt. Muss so um 1930 gewesen sein. Wir waren, nehme ich an, ganz arme, einigermaßen sesshafte Zigeuner, mein Vater und die meisten anderen Männer unserer Sippe waren Kesselflicker. Ich bin also nicht in Oberpullendorf geboren und auch nicht als Maria Schwarz."
Albert lächelte. Er hatte etwas in dieser Art vermutet und sich immer gewünscht, dass sie es einmal aussprache als Beweis ihres Vertrauens und ihrer

Liebe. Und damit sie mit sich selbst ins Reine käme. Sie hatte immer noch diesen leichten Akzent, Artikel setzte sie manchmal falsch; das ist nun mal bezeichnend, auch wenn heute die Fälle sogar von Deutsch sprechenden nicht mehr richtig gesetzt werden, die Artikel saugt man mit der Muttermilch ein, und die konnte nun mal nicht österreichisch gewesen sein. Er glaubte ihr sofort, dass sie alles daran gesetzt hatte, sich bestens einzufügen und anzupassen. Ihr ganzes Wesen schien ja darauf gerichtet, ihre Umwelt milde zu stimmen, als hänge ihr Überleben davon ab.
Ihre Eigenheit, bei allen möglichen und auch unmöglichen Gelegenheiten das Adjektiv „lieb" zu benützen war ebenso signifikant. Er mochte diese liebenswerte >Marotte< von Anfang an ganz besonders, auch weil es ihm ihr Wesen gleich um Vieles verständlicher machte. Es war halt so bezeichnend für sie und ihre Menschenliebe.

Das sagte er ihr jetzt auch. Und wie er das so sagte, so verstehend, verzeihend, was immer auch jemals war oder noch kommen sollte, erzählte sie ihm ihre Geschichte.
Oder jedenfalls kleine Teilbereiche daraus.
Keinesfalls wollte sie ihm die Art und Weise verraten, wie sie nach Österreich gekommen war.
Das würde für immer ihr Geheimnis bleiben, zu schlimm und unverständlich für alle Menschen, denen sie nach ihrer Kindheit begegnet war.

„Und dann, nach diesem komischen Schwein von Bacher, dem schweinischen Onkel Franzi und dem Schweinheiligen Dorner, was war dann in Liebesdingen? Von 1951 bis 1985, als das Kind Vicki auch schon vierunddreißig war?"
„Da war nicht viel, mein Lieber. Die übergroße Liebe zu diesem Kind, die Arbeit, die richtig Karriere wurde mit all den Prüfungen, die ich machen durfte und den Kurstiteln und den Berufsbezeichnungen, die sich änderten, bis ich 1985 endlich in Pension ging, laut meinen Papieren immerhin vierundsechzig Jahre alt.
Das Kind sollte nie damit belastet sein, dass ich womöglich Männerbekanntschaften hätte.
Es war schon komisch, dass es keinen Vater hatte, aber irgendwelche, vielleicht auch noch wechselnde Onkeln, das war unmöglich, viel zu belastend für die Kleine. Und ich hielt es so, wie ich es gelernt habe vor langer Zeit. Sexualität ist ein Geheimnis, eine Sünde, die jeder begeht und keiner zugibt. In der Religion und der Staatsform, die mein Kind kennt. In diesem Sozialgefüge, in das es warm und wohlig eingebettet ist."
Und das mir fremd bleibt, irgendwie, mein Leben lang, dachte sie ganz flüchtig, aber das, nein, das würde sie nicht laut aussprechen, das war zuviel der Offenbarung.

Zita schaute zur Seite, horchte in sich hinein, wusste, dass es immer noch die erste Zita gab. Die verborgene, die sie auch diesem lieben Mann nicht würde erklären können. Die FÜHLENDE Zita, die Dinge WUSSTE. Und andere Dinge des alltäglichen österreichischen Lebens nicht annehmen konnte. Sie holte tief Luft, atmete entspannt aus und entließ die kleine widerborstige Zita.

„Ja, ich hatte ab und zu was mit Männern, weil ich nicht allein sein wollte. Weil ich mich geschmeichelt fühlte. Weil es so einfach war. Der Herr Oberarzt mit der frisch gebackenen Operationsschwester. Und ja, ich wurde dann halt schneller Stationsschwester. Konnte die Karriereleiter schneller hoch, weil er ihn bei mir hoch bekam. Und zu Hause nicht, weil er nicht konnte oder durfte, was weiß ich. Skrupellos, berechnend, hemmungslos wie ich bin wollte ich nur nichts Festes, nichts, was mich von meinem Kind fern hielt. Aber im Nachtdienst und bei den vielen Ausbildungslehrgängen, wenn ich Vicky gut aufgehoben bei der Gabi wusste, warum nicht?"

Zita musterte ihr seriöses, distinguiertes Gegenüber. War der liebe alte Herr Professor jetzt schockiert? Aber er hatte ihr einmal während seiner Uni – Zeit erzählt, er fordere seine Studenten auf, nur dann zu fragen, wenn sie auch wirklich bereit für die Antwort wären. Hoffentlich konnte er sich noch daran erinnern.
„Schlimm war es, als sie so langsam flügge wurde und mir bewusst war, dass ich bald allein sein würde. Da hatte ich dann eine ernstere Affäre, vielleicht war ich sogar verliebt, bis er beruflich nach München ziehen musste und unbedingt wollte, dass ich mitkäme. Was ich nicht konnte, mein Kind musste in Wien bleiben, das Burgtheater war noch nicht erobert und meine eigene Karriere auch noch nicht beendet." Sie lächelte, wie sie es oft tat. Mit leicht geneigtem Kopf, um Verständnis bittenden Augen, die von ihrem schelmischen Gesichtsausdruck ein wenig Lügen gestraft wurden.

„Und so musste meine Liebesgeschichte warten, bis ich fünfundfünfzig Jahre alt war, reif und gesetzt, aber immer noch neugierig, ja gierig auf das Leben. Und Vicky mich nicht mehr so dringend brauchte. Sie war dabei, erwachsen zu werden. Aber es fiel ihr sehr schwer und ich glaube, das tut es immer noch.
Deshalb können wir auch nicht heiraten, weil, auch wenn sie das niemals zugeben würde, ich weiß, dass das der Vicky nicht recht wäre. Es war schon schlimm genug, dass sie sich noch hat daran gewöhnen müssen, dass ihre alte Mutter einen Freund hat."
Albert nahm sie in die Arme, ganz zart und behutsam, so gerührt und erschüttert war er. Nichts wirklich Neues oder Weltbewegendes hatte er erfahren, und doch – die Art und Weise dieser Erzählung hatte ihn zutiefst berührt.

„Mein süßes Löwenzähnchen, hab mir schon gedacht, dass da auch ganz bittere Seiten waren an deinem Leben."
„Eigentlich, glaub ich, war ich vom Schicksal besonders begünstigt. Glaubst du denn, dass noch irgendjemand aus meiner Sippe lebt? Ich glaube es nicht." Fast hätte sie gesagt: Ich fühle, dass es nicht so ist. Aber das war nicht Alberts Sichtweise, das würde er nicht so gut verstehen können. Also lassen.
„Ich habe den Krieg da unten nicht so verfolgt wie du, mein Lieber, aber die Minderheiten, die sind doch immer die ersten, die geschlachtet werden, oder?"
„Hahm. Das ist das falsche Wort. Vertrieben, ja, ziemlich sicher, getötet, ja, leider auch manchmal …"
„Man schlachtet TIERE", sagte Zita jetzt ungewöhnlich scharf, „und man behandelte uns wie Tiere, DAS weiß ich noch."

„Es ist gut, Zita, Liebling, es ist gut. Ich verstehe dich. Komm, wir schauen uns jetzt einen alten schnulzigen Film im Fernsehen an und du trinkst einen Eierlikör und bist in Sicherheit und alles ist gut. Und ich liebe dich sehr." Zita nickte und seufzte ein wenig dabei. Ach, wie Recht der liebe alte Esel doch wieder gehabt hatte. Es war gut und sehr befreiend gewesen, das endlich zu sagen, was sie gedrückt hatte all die Jahre.

21. Kapitel

Der Hinterstätter, 06. 01. 2007, Schlossberg im Waldviertel

„Schön dass ihr kommen habt können, Ihr Beiden." Der Hinterstätter begrüßte sie wie zwei alte Freunde.

Das war schon eigenartig, was zwei Monate im Leben eines Menschen alles ausmachen und verändern können.
Auf dem Weg hierher hatten Hiro und Maria noch einmal diese letzten Wochen besprochen und nahezu noch einmal durchlebt. Sehr intensiv, berührend und einmalig.

Die Operation war gut verlaufen.
Als Ernas Mann hatte Hiro gleich eine besondere Stellung bei den Altgedienten auf der Onko, dafür hatte Maria natürlich sofort gesorgt.
Sie waren beide ein wenig befangen gewesen, als sie sich am Tag von Hiros Aufnahme endlich persönlich gegenüber standen.
>Gezeichnet<, war Marias erster Eindruck, gezeichnet von Trauer und Sorge. Auch vom eigenen Tod? Das verhindere Gott, allein schon wegen dem armen Sissy Mädchen!
Walküre mit Engelsblick – die klassische Florence Nightingale, waren Hiros erste Gedanken.
„Ich hab die Erna ja eigentlich nur kurz kennen gelernt, sie war ein paar Jahre älter als ich und das ist für eine Schwesternschülerin ein himmelweiter Unterschied. Aber wir haben uns auf Anhieb gut verstanden und durch die vielen Briefe, die wir uns die ganzen Jahre hindurch geschrieben haben ist sie mir sehr vertraut geworden. In Briefen schreibt man schon manches, was man so von Angesicht zu Angesicht nicht unbedingt aussprechen würde. Das war für mich dann in manchen Jahren auch ganz wichtig. Nur wie wir da so jung und unbeschwert waren als frisch gebackene Schwestern, da haben wir uns das alles gar net vorstellen können, dass das einmal anders sein könnt'."
Sie lachte, als sei sie plötzlich mitten in dieser Zeit.
„Das war schon verrückt damals."
Er lag bereits in seinem Krankenhausbett, sie machte gerade die üblichen Aufnahmerituale, maß den Blutdruck, hatte eine Menge Formulare mit dabei und er hatte das Gefühl, sie wolle ihn mit ihrer Geschichte ein wenig ablenken und aufheitern, ganz so wie Nelly das bei Sissy versuchte.
Sie zögerte, sah Hiro prüfend an, ob er überhaupt alles verstehen konnte, was sie da in ihrem nicht gerade Burgtheater fähigem Österreichisch so daher redete. Und ob es ihn ein bisschen interessierte oder vielleicht sogar zum Lachen bringen konnte?

Er wünschte sich beinahe, sie möge möglichst ewig weitersprechen, oh, er wollte ihr zumindest stundenlang so zuhören.

„Noch verrückter als heute?"

„Oh ja, ganz anders, heute müssen sich die jungen Leute ja gar nicht mehr auflehnen, es wird so gut wie alles toleriert, heute wissen sie doch eigentlich nur nicht mehr, was sie noch tun sollen. Aber damals mussten wir noch schön aufbegehren, das war ja das Tolle daran, dass wir die Welt verändern wollten. Gegen alles wettern und natürlich das Establishment stürzen.

Einerseits waren die Vorgaben im Spital, in der Schule und im Internat total streng, wir waren die kleinen Gören, an denen alle anderen Schwestern ständig herum mäkeln konnten, ganz strenge Gesetze herrschten da. Und andererseits waren wir auch einfach schrecklich. Und erfinderisch! Was wir alles angestellt haben, um diesen strengen Reglements zu entkommen, besonders im Schwesternheim, nachts ... und dann die Chefitäten, also die waren ja auch nicht ohne, unsere Stationsschwester, die hat es faustdick hinter den Ohren gehabt."

Jetzt lebte sie richtig in der Geschichte, brauchte seine Ermunterung gar nicht.

„Als ich auf die Station kam, war sie bestimmt schon fünfzig oder so, obwohl sie wirklich nicht alt ausgesehen hat. Eigentlich hab ich sie total bewundert, weil sie alles das hatte, was ich auch wollte. Rabenschwarze Haare, echt, weil damals war das Färben noch nicht so üblich und das hätte man auch sofort erkannt – aber sie hatte das wirklich, und diese Augen – in den Romanen steht dann immer, sie funkelten wie glühende Kohlen, ... oder so."

Sie warf ihm wieder so einen fragenden Blick zu, bei dem Hiro einerseits ganz kribbelig wurde und er sich andererseits zu fragen begann, ob sie wirklich so selbstsicher und stark in allen Lebenslagen war, wie sie gerne vorgab. Er nickte ihr lächelnd und wie er hoffte auffordernd zu, was heißen sollte ja weiter, ich verstehe dich gut ...

„Eine tolle Frau, und das Beste war, die hat sich jeden zum Liebhaber geschnappt, den sie wollte. Weißt du noch - in swinging London war das ja sicher noch viel häufiger damals, freie Liebe und so ... und das, obwohl SIE ja nicht mehr jung war.

Na jedenfalls, als ich auf die Station kam, hat sie grad eine heiße Sache angefangen mit dem jüngsten Assistenzarzt, der hätt' ihr Sohn sein können. Ihre Tochter, die schöne Vicky, war glaub' ich sogar schon am Raimundtheater, jedenfalls eine total verzwickte Situation, irgendwie wusste jeder Bescheid, aber natürlich sagte keiner was, offiziell, mein ich. Sie war ja ganz schön mächtig in ihrer Position und angeblich hatte sie früher auch was mit dem Chef, also da waren wir alle vorsichtig. Und es wollte ihr auch sicher niemand schaden oder so, es war nur so spannend, und aufregend, und natürlich romantisch."

Maria hatte jetzt ganz rote Backen, er konnte sie sich gut vorstellen als Teeny, wie sie sich aufregte über die faszinierende Liebschaft ihrer Chefin.

Es war ihr anscheinend auch gar nicht aufgefallen, dass sie ihn so freundschaftlich geduzt hatte und noch viel weniger, dass er, falls er noch einen Rest Hirn beisammen hatte, genau wissen musste, von wem sie da sprach, schließlich hatte sie Erna selbst die Telefonnummer besagter >Chefin< gegeben.

„Das Beste war ja, dass so gut wie alle Schwestern ein bisschen verliebt waren in ihn und so, also halt so eine Schwärmerei, weil er wirklich gut aussah ... ohh ...", sie wand sich tatsächlich auf ihrem Stuhl neben seinem Bett, als hätte ihr kleines Herz damals entsetzliche Schmerzen gelitten, „ich glaub', ich hab sie unheimlich beneidet."

Hiro beneidete gerade den Mann, der so viel Leidenschaft hatte wecken können. Und er beneidete Maria um ihre geradezu unglaubliche Intensität, mit der sie die bestimmt lange vergessene Geschichte noch einmal durchlebte. Betonung, Körpersprache, Wortwahl - sie hätte eine herausragende Schauspielerin abgegeben – oder auch nicht, denn sie war vollkommen authentisch, ja, das war einfach sie.

Maria sah auf die Uhr, fand langsam in ihre Rolle zurück, in der nun sie die Chefin war und normalerweise absolut keine Aufnahmegespräche mehr machte. Aber bei Hiro war alles anders, das war allen klar; sogar dem Chef, der früher hier als kleiner Assistenzarzt …

Maria fand sich mit ihm in mehrerer Hinsicht verbunden, sie war durch ihre Vermittlungen einfach schon total in seiner Geschichte drinnen und würde ihn umsorgen und hätscheln wie einen nahen Anverwandten. Oder doch eher ein wenig anders, weil wenn sie genauer überlegte musste sie sich wohl eingestehen, dass er ihr auch als Mann gefiel.

So war das, da brauchte sie also nicht weit zu suchen, wenn sie ein absolutes Prachtexemplar finden wollte. Nicht eben ein Bär von einem Mann, hager und ausgezehrt, wie er gegenwärtig war. Auch nicht bildschön mit seinen eingefallenen Wangen und seinem schütteren Haar. Aber gütig und tolerant, wenn er von seinen Mädels Erna, Sissy, Nelly und Nicole sprach, herzerfrischend, wenn er seine Arbeitskollegen imitierte, beinahe liebevoll, wenn er einfach nur mit ihr sprach. Hatte sie sich nicht gesehnt nach einem Partner, der vor allem eine seltene, altertümliche Eigenschaft hatte, die heute nie mehr ausgesprochen wurde, wenn es um >Soft Skills< ging: Herzensgüte.

Derjenige könnte Hiro sein, da war sie sich bald sicher.

Nach seiner Operation und Entlassung brauchte er einen Platz, von wo aus er die Chemo machen konnte. Maria schlug ihm spontan vor, zu ihr zu ziehen in den ersten Wochen, bis er eine Wohnung für sich und die Mädels gefunden habe.

„Die Pension ist nicht das richtige, solange Sissy noch in Innsbruck ist."

Darüber hatten sie sich auf ihrer Neujahrsfahrt auch ausführlichst unterhalten, wie sich Sissys Leben schon wieder, aber diesmal sehr positiv, verändert hatte. Nelly war eben Nelly. Nach zwei Tagen Altenheim hatte die Gute ihre

Freundin geschnappt und war mit ihr in die Pension zurückgekehrt. Nach einem Anruf auf der Onko hatten die Beiden ihn dann sogar besucht, als er nicht mehr auf der Intensivstation liegen musste.

„Sorry, Mister Fielding, aber medizinisch habe ich Ihnen ja ein ganz kleines Bisschen voraus, und da kann ich das nicht dulden, dass Sissy mit den Hundertjährigen zusammen gefüttert wird und die Pfleger den gleichen Babyton drauf haben wie bei den Senilen, wenn sie Sissy duschen oder … sonst was. Außerdem kann sie wunderbar nach draußen, wenn sie warm eingepackt ist."

Sissy bekräftigte alle Äußerungen der jungen Frau mit wackeligem Nicken und zustimmenden Brummlauten.

Als es ihm in der letzten Novemberwoche schon einigermaßen gut ging und über seine Entlassung nachgedacht wurde eröffneten ihm seine beiden Mädels, dass sie nach Innsbruck reisen würden. Der besorgte Vater wäre beinahe aus dem Bett gefallen.

„Das geht wunderbar mit der Bahn, die sind sehr zuvorkommend", grinste Nelly, „sehr nette Burschen, die sagen immer >a little bit<, auch wenn sie ganz passabel Englisch sprechen und niemand hier kommt überhaupt auf die Idee, dass ich ja auch gefälligst Deutsch lernen könnte; nein Sir, das ist ein anpassungsfähiges Volk hier. Gefällt mir."

„Nelly, hast du etwa schon …?"

„Sir, nein Sir, noch keinen Freund, Sir – leider. Aber", noch breiteres Grinsen, „wir werden daran arbeiten. In Innsbruck."

„Sissy …?"

„Therabeud. Allesch gemachd. Sschubber,"

„Sehen Sie, der Leo hat schon alles geregelt, Sissy kommt in ein Rehabilitationszentrum, ein richtiges. In Salzburg, auf einem Berg – ach so", Sissy hatte den Kopf geschüttelt, „am FUSSE eines Berges, egal, alles veranlasst, aber erst etwa im März, bis dahin kann sie – natürlich mit mir – in Innsbruck bleiben. Leo wird sich um die Therapie kümmern und ich mich um die Beiden. Also ich bin die Haushälterin, Köchin – Sissy, ich seh genau, wie du dir den Bauch hältst, das ist gemein, ich HAB schon mal gekocht, ok?"

„Nelly, Luft holen! – Gut. Aber wo werdet ihr denn wohnen und wie willst du das alles organisieren und wie kann das finanziell abgegolten werden?"

„Günstig, Mister Fielding, Sie kennen doch Ihre Nelly, nicht wahr? Das ist nämlich so, das ist ein totaler Glücksfall, weil der Leo sich eine Wohnung gemietet hat, die er mit einer kleinen WG, also genau genommen noch zwei anderen Studenten, bewohnen wollte. Die Säcke haben hingeschmissen und er steht jetzt alleine da mit viel zu viel Miete an den Eiern … äh … und so."

„Und da wollt ihr Beiden einfach so einziehen."

„Ja, wollen wir, wir sind schon große Mädchen, wissen Sie?"

„Najaa", Hiro wollte jetzt nicht zu deutlich machen, was er meinte, dass Sissy immerhin kaum die Möglichkeiten eines Wickelkindes hatte, aber das wollte Nelly nicht gelten lassen.

„Sissy hat in den paar Tagen jetzt schon Fortschritte gemacht, man muss sie nur ordentlich aufscheuchen, das ist alles. Bisschen träge war sie ja schon immer.", sagte sie mit theatralischem Augenklappern, um Sissy auch verlässlich auf den Scherz aufmerksam zu machen.

„Schdifd.", verlangte Sissy.

Nelly reichte ihr sofort einen Kugelschreiber und einen kleinen Block, das schien sie schon bereitgehalten zu haben.

ICH BIN NICHT BLÖD, NUR BEHINDERT. MACH DIR KEINE SORGEN, DAD

ICH LIEBE DICH

Der Vater beobachtete gespannt, was seine Kleine da in ziemlich riesigen Lettern hin malte, zittrig, kaum zu entziffern, dann nahm er den Block und schaute eine halbe Ewigkeit darauf hinunter.

„Mädchen!" Hiros Herz schien Wellen zu schlagen, die starke Gischt musste ihm sogar bis zum Gesicht gereicht haben, denn als er wieder einigermaßen klar denken konnte waren seine Wangen klatschnass.

So hatten sich die beiden Mädels also auf den Weg gemacht, noch bevor Hiro aus der Klinik entlassen wurde.

Hiro war von Marias Angebot begeistert, weil ihn diese scheinbar so starke Frau jeden Tag aufs Neue faszinierte. Natürlich zögerte er, wusste nicht, ob das gut gehen würde, er ihr nicht zu viel zumuten würde und so.

Er genierte sich auch, weil er bei ihr viel lieber ganz Mann und nicht Patient sein wollte.

Die Chemo war überraschend leicht, nach den ersten Tagen Übelkeit steckte er es gut weg. Bestrahlungen waren keine vorgesehen. Trotzdem: der Seitenausgang war sehr schlimm, er empfand ihn vor allem wegen Maria als äußerst peinlich.

Sie zeigte ihm die Wohnung, kleiner als in seiner Vorstellung. Sie bot ihm ihr Schlafzimmer an, weil sie, wie sie sagte, sowieso so gut wie nie hier schlafe. Es war ein französisches Bett darin, angenehm breit, sah sehr gemütlich aus. Ein großer Schrank, „den könnten wir uns doch teilen, oder?", sie hatte schon an alles gedacht und ihre Lösungen parat. Sie wollte im Wohnzimmer schlafen, was sie eigentlich meistens tue, weil sie durch die Nachdienste sowieso ein gestörtes Schlafverhalten habe und meistens irgendwo mit einem Buch in der Hand einnicke. In Hiros Vorstellung wurde das sofort anders, er würde sie in seine Arme schließen, wenn sie nach Hause kam, ihr eine Mahlzeit auf den

Tisch stellen und dann mit ihr im französischen Bett so lange kuscheln, bis sie an ihn gedrückt einschlafen konnte.

Ach, zum Teufel, Wunschträume, Wahnvorstellungen, er war ein vom Tode Gezeichneter, „Mann" wahrscheinlich nur noch ansatzweise - aus, vorbei. Er war entstellt und ekelerregend noch dazu.

„Aah, ja … ähhmmm, wegen …, also im Badzimmer, kann ich da alles, was ich da so brauche, … wird genug Platz sein, du weißt ja …?"

„Sag einmal, hast du immer noch diese komischen Vorurteile wegen dem Seitenausgang?"

Maria sah ihn an, offen, freundlich, verstehend. Zu viel für ihn, er war dem nicht gewachsen, musste beiseite sehen, ihrem Blick ausweichen. Sich räuspern, den Knoten im Hals entfernen, die aufsteigenden Tränen wegblinzeln.

„Ja, natürlich, also … es sind keine Vorurteile, sondern Tatsachen ..."

„Ach geh, das ist ja nicht schlimm, wenn du wieder bei Kräften bist, wird rückoperiert und das war`s dann, alles normal und Routine."

„Du siehst das so leicht. Ich finde den Ausgang an dieser Stelle abstoßend."

„Wie die meisten Menschen bist du so erzogen, alles abstoßend zu finden, was mit Ausscheidung zu tun hat. Das hat eine gewisse Sinnhaftigkeit, wegen der Hygiene und so.

In einem Fall wie deinem ist das nicht gegeben. Da musst du dich einfach davon verabschieden. Es ist wie die Windel bei kleinen Kindern. Sehr nützlich und nicht störend, weil es ja zeitlich begrenzt ist. Oder sieh es wie eine neue Frisur – jetzt ist der Modetrend gerade so, später wieder anders."

Sie betrachtete ihn mit einem verschmitzten Lächeln.

„Ich wette, du hattest einen Mittelscheitel in den 70er Jahren!"

„Gewonnen! Ähh, wegen Frisur – mir werden die Haare ausfallen?!?"

„Vielleicht, obwohl deine Chemo so leicht ist, muss gar nicht sein. Aber du könntest dir vorsichtshalber eine ganz kurze Stehfrisur schneiden lassen, dann fällt das gar nicht auf. – Und sieht sehr jugendlich aus, kann ich dir sagen."

Hiro nickte und lächelte. Er fühlte sich wohl. Wollte vehement zurück ins Leben.

Mit dieser unglaublich agilen Frau. Er streckte die Hand aus. Kaum mehr als eine kleine Geste. Und doch, Maria verstand nicht nur das kleine offensichtliche Wörtchen seiner Körpersprache, für sie war es wie ein ganzer Roman. Sie setzte sich ganz nah zu ihm und nahm ihn in die Arme. Drückte ihn an ihre vollen Brüste, umschloss seinen Körper ungeheuer tröstlich. Gut, angenehm. Er brummte genießerisch, ließ seine Hände ihren Rücken streicheln, sich hinauf tasten zu ihrem Nacken, sanft den Haaransatz massieren, bis ihr Ausatmen wie schnurren klang. Sehr anregend. Sie rieb ihre Wange an seinem Bart. Er dachte einigermaßen bestürzt daran, dass er sich gestern das letzte Mal rasiert hatte. Es schien ihr aber nichts auszumachen, ihre Laute wurden heftiger, beinahe schon ein Stöhnen. Ah, er wollte ihren Mund erobern. Trotzdem noch ein Zögern.

Nach so langer Zeit. Ein anderer Mund als Ernas. Oh Gott, wann hatte es jemals einen anderen gegeben? Äonen musste das her sein. Nicht mehr erinnerlich. Aber jetzt gab es dieses Angebot. Er wollte es ergreifen.
Ihr erster Kuss WAR schüchtern. Auf beiden Seiten. Er wusste noch nicht, dass es auch Marias erster Kuss nach über sechs Jahren war. Ein fremder Mund nach siebzehn Jahren. Nicht ganz einfach. Aber aufregend. Erregend. Sie saßen eine gute halbe Stunde ganz eng umschlungen, ohne ein Wort, einander auskostend, entdeckend, in ihre Gedanken versunken, mehr noch in die Empfindungen, die sie schon gar nicht mehr zu haben geglaubt hatten.
Diese Prachtfrau war tatsächlich ein wenig außer Atem, als sie sich von ihm löste. Nach zwei schnellen, kräftigen Atemzügen war sie wieder „Schwester Maria, die Tüchtige", der Ton ironisch, vielleicht sogar schnippisch.
„Na, wenn das alle Untermieter soo machen ..."
„Und alle Vermieterinnen ..." er konnte ihr noch lange das Wasser reichen, wenn sie ihn anpflaumen wollte, sogar in Deutsch war er noch schlagfertig genug.
Sie stand auf, reichte ihm die Hand, um ihn ebenfalls zum Aufstehen zu bewegen,
„...dann wäre die Welt auf alle Fälle liebevoller."
Jetzt hatte sie ihr Gleichgewicht wieder gefunden, drückte ihm noch einen heißen, innigen Kuss auf seine Bartstoppeln.
„Komm, ich bring dich zurück ins Spital, noch bist du nicht entlassen, mein Lieber. Aber morgen oder übermorgen, wenn es soweit ist, weißt du, wo du erwartet wirst", und leiser, fast unsicher: „wenn du willst".
Er drückte ihre Hand; fester als beabsichtigt, weil sie ein bisschen zurückzuckte, aber er wollte ihr klar machen, dass es das Liebste war, was er wollte. Wortlos. Verstand sie.
Vorsichtshalber ein letzter Kuss. Sie waren schon im Treppenhaus. Trotzdem fiel der Kuss wieder etwas länger aus.
„Jessas, wenn das meine Nachbarn sehen, die denken an Sodom und Gomorrha im Hause Huemer.", gespielte Entrüstung in der Stimme.
Hiro sah sie von der Seite an.
„Hey, du bist ... witzig?"
„Danke, mein Herr Sohn nennt das kindisch."

Weihnachten wollten sie in Innsbruck feiern. Sie fuhren zu dritt im Euronight >Wiener Walzer<; Matteo würde weiter nach Luzern reisen, er musste nur noch in Zürich in den InterRail umsteigen.
Hiro bemühte sich redlich um Matteo, es fehlte ihm jedoch jeder Zugang und Matteo verwehrte sich ihm komplett. Der Junge war entsetzt gewesen, als er plötzlich vor der Tatsache stand, dass ein Mann in das traute Heim seiner Mutter und IHM zog.

Ablehnung war daraufhin angesagt, Meuterei ein Hilfsausdruck für seine unterschwelligen Beleidigungen.
Zumindest Hiro war froh, den Knaben erst einmal ein paar Tage nicht mehr zu sehen. Maria hatte sehr gemischte Gefühle und natürlich auch wieder Anfälle von schlechtem Gewissen. Aber es würde ja nicht für lange sein, dass Matteo sie mit Hiro teilen musste. Sobald die Mädels wieder in Wien waren mussten die Fieldings samt >Gouvernante< eine eigene Wohnung haben und ihr Kind hatte seine Mutter wieder ganz für sich alleine.

Hiro genoss Innsbruck mit jeder Faser seines Seins. Seine Mädchen waren eine Wucht, Leo wirkte Wunder an Sissy und Mariaa war für ihn wie das Elixier des Lebens. Er fühlte sich gut, obwohl er die erste Staffel Chemotherapie gerade erst hinter sich gebracht hatte.

Er liebte Maria, so kurz er sie auch erst kannte. Er wollte sich nichts vormachen, deshalb vermutete er, er liebe wohl vor allem ihr LEBEN, doch was machte das schon, sie genossen diese Zeit wie ein großes Geschenk.

An Maria mochte er vor allem zartes Rosa, die Farbe aller harmonieliebenden Genießer, sie hasste es, sagte es aber nicht, denn er hatte sich so sehr gefreut, als er ihr eine rosa Bluse gekauft hatte.
„Die steht dir super, Maria", sagte Nelly und strahlte, was das Zeug hielt.
Maria war sich nicht sicher, ob sie mehr von der Bluse oder doch eher über ihre Deutschkenntnisse begeistert war, aber sie hatte diese junge Frau schon beinahe so sehr ins Herz geschlossen wie Sissys Vater das seit jeher getan hatte.
Leo hielt sich zurück wie immer. Er wolle die Familienidylle nicht stören, sagte er und war sehr häufig alleine in seinem Zimmer.
„Wir stören ihn vielleicht, weil wir hier in seine Wohnung einbrechen wie ein Gewitter ..."
Nelly schüttelte sofort energisch den Kopf. Sie verstand bereits sehr viel Deutsch, auch wenn sie mit dem Reden noch nicht so gut vorankam.
„Learnsch a lod.", sagte Sissy. Sie sprach jetzt wieder sehr viel Englisch, weil Nelly hier war und sie das hörte. Mit Karl Herbert hatte sie ausschließlich Deutsch gesprochen. Er hatte gemeint, sie käme ansonsten komplett durcheinander und hatte damit auch sicher Recht gehabt. Jetzt, eineinhalb Monate später, schien das kein Problem mehr zu sein.
Hiro hatte mit Leo darüber gesprochen und der hatte ihn gefragt, wie das denn in ihrer Kindheit gewesen war mit den zwei Sprachen. Nie ein Problem, soweit er wisse, sagte ihm Hiro, sie habe von Klein an beide Sprachen gesprochen und wunderbar unterscheiden können, wann und bei wem sie welche Sprache gebrauchte. Gut, meinte Leo, denn sie würde jetzt auf die eingespeicherten Daten ihrer Kindheit zurückgreifen.

Als Vater wusste Hiro nicht so recht, was er von diesem jungen Mann halten sollte, der seiner Tochter offenbar gut tat; als Journalist und auch als Patient bewunderte er ihn rückhaltlos. 100 % Wissen und 100 % Intuition, was konnte man mehr erwarten von einem Helfer als 200% Einsatz?
War das aber wirklich nur professionelles Interesse und menschliches Mitgefühl oder war da noch etwas anderes im Spiel wie zum Beispiel erwartete Wiedergutmachung im Sinne von reichlich Geldregen oder gar Hirngespinste wie eine reiche Erbschaft und dergleichen?
Der besorgte Vater suchte das Gespräch mit dem Therapeuten und Studenten, der suchte jedoch möglichst das Weite, was niemand wirklich verstehen konnte.
Alles in allem aber trotzdem eine gelungene Reise und Hiro war nun überaus guter Hoffnung, dass sein Mädchen wieder auf die Beine kommen würde.

Auf der Rückreise wollten sie sich mit dem Hinterstätter in Salzburg treffen.
Der gute Mann hatte sich über Weihnachten hier mit seinen Freunden getroffen und seine Frau besucht, die leider im Krankenhaus lag, erklärte der Förster, als sie dieses Treffen verabredeten.
Sie trafen sich im Bräustübl. Maria in ihrer direkten Art fragte ganz unbedarft, was seine Frau denn habe, dass sie hier in Salzburg liege.
„Die Salzburger Landeskliniken sind ja, soweit ich weiß, ein Schwerpunkt vor allem für Herzpatienten."
„Sie liegt in der Christian Doppler Klinik, das ist das Neurologische Zentrum in Salzburg."
„Ach so, hatte sie etwas an den Bandscheiben?"
Der Hinterstätter fixierte sie jetzt auf seine aufmerksame Art. Ob er sie wohl konfrontieren konnte mit der Wahrheit? Freilich, sie war Krankenschwester auf einer Station, die auch für viele Menschen die letzte war.
„Sie ist Apallikerin."
Heftiges Einatmen war die Reaktion. Jetzt also wusste sie, was Sache war. Jemand, der im Koma lag, nicht wach zu bekommen. Trotzdem funktionierende Vitalfunktionen.
„Ach, ... das tut mir Leid. Das ist sicher sehr schlimm für Sie. Kann ..., kann man etwas tun, in dieser Situation oder ...?"
„Nein, nichts. Keine Hoffnungen. Jetzt schon lang nimmer. Sie liegt da seit fünf Jahren."
Hiro hatte ja durch die beiden wartenden Patientinnen schon eine kleine Vorwarnung erhalten, trotzdem war er sehr verstört.
„Und Sie, mit Ihren Methoden ... auch nichts?"
Der Hinterstätter war richtig grau im Gesicht, als er antwortete.
„Ich kann nicht heilen, und", jetzt wurde seine Verzweiflung sichtbar, „ich kann nicht einmal helfen".

Maria mochte ihn sofort in die Arme nehmen, zerfloss vor Mitgefühl, wollte helfen.
„Können wir irgendetwas tun?"
Der Hinterstätter schüttelte den Kopf. Das war eine sehr resignierte Geste.
„Ich hab hier meine Freunde, das hilft."

Als sie sich verabschiedeten hatten sie neue Verabredungen getroffen. Maria würde morgen sehr früh nach Wien abfahren, weil nachmittags ihr Dienst begann. Hiro wollte sich die Festspielstadt ansehen und sich dann noch einmal mit dem Hinterstätter treffen. Der Förster lud sie dann auch noch für den Dreikönigstag zu sich ins Waldviertel ein.

Für Hiro war der Aufenthalt in Salzburg zunächst ein wenig anstrengend, weil er sich gerne viele Sehenswürdigkeiten angesehen hätte und doch letztlich einsehen musste, dass er eine solche Marathontouristik nicht bewältigen konnte. Erschöpft kam er in Hinterstätters kleiner Pension im Stadtteil Riedenburg an.
„Komm, wenn's Recht is sagen wir jetzt einmal DU. Dann gemma was essen und dann reden wir bis in die Nacht hinein und bis uns die Augen zufallen."
So hatten sie es auch gehalten. Gut, aber leicht gegessen und der Hinterstätter hatte Hiro ein Bier und danach ein Achterl Rotwein empfohlen, beides von ihm ausgewählt.
„Das mit der Maria, das tut dir gut, gell?"
„Ja, das ist ... ein Wunder."
„Oh, dafür sind normalerweise meine Freunde zuständig. Klingt komisch, aber mein bester und ältester Freund ist ein Pfarrer und mein jüngster ist ein Pater."

„Meine Freunde habe ich in England gelassen. Jetzt habe ich wieder nur Mädels um mich."
„Weißt', ich weiß ja nicht welche Personen dafür in Frage kommen, aber ich weiß, dass du dir erst einmal über das Zusammenspiel der Gegensätze klar werden musst. Sieht mir ganz danach aus, dass Maria so etwas wie deine linke Seite – also jetzt von den Gehirnhälften ausgehend – also mental deine linke Seite darstellt. Die ganz praktische, weißt du?
Drei ist die Zahl des sinnvollen Zusammenhangs. Für dich, in deiner starken charakterlichen Ausprägung, ist das besonders wichtig."
Hiro hörte zu und fragte sich, ob es an seinem Bier und dem Gläschen Wein liegen könnte oder an den drei Bieren und den drei Gläsern Wein, die der Hinterstätter konsumiert hatte, dass er die letzten Sätze nicht verstanden hatte.
Schließlich wagte er es, den Hinterstätter nach seiner Frau zu fragen.
Als guter Reporter wusste er genau, wie Fragen zu stellen sind, kannte den Gesichtsausdruck, der die Menschen zum Reden bringt. Und wie immer, wenn er fragte, war er absolut ehrlich und aufrichtig interessiert.

„Sie war so schön, verstehst du, so besonders. So groß und aufrecht, nach der haben sich damals immer alle umgedreht, auch die Mädeln. Echte rote Haare, nicht so wie heute, wo sich fast jede Frau so einfärbt, nein, damals war das ganz selten und wir Männer haben halt schon immer gesagt, dass das rassig ist, feurig, weißt schon, leidenschaftlich halt. Ich hab sie gesehen, sie hat den Dorfkirtag besucht in Mühlbach, wo ich damals war. Ich musste sie haben, verstehst du, ich hab damals nie lang gefackelt, bin richtig dran gegangen. Sie war so – lieb, so weich – in jeder Hinsicht. Naja, sie war dann bald schwanger, damals hat man da noch nicht so große Möglichkeiten gehabt oder gekannt halt, und sie war von Anfang an mehr für mich als die sonst so üblichen Abenteuer. Da hab ich mich auch mehr gehen lassen. Ich war auch gar nicht bös, wie sie mir`s gesagt hat. Sie hat geweint, als wär das die größte Überraschung, da hab ich sie das erste Mal so schimpfen und jammern und lamentieren gehört, aber ich habs nicht tragisch genommen. Ich hab mich dann natürlich gleich mit dem Erwin besprochen, für den wars auch klar, dass es mich diesmal voll erwischt hat, er hat dann auch gleich gesagt, so, jetzt is es endlich aus mit deine Weibergschichten, sobald a Kind da is, wird man sesshaft, da musst dich sogar du dran halten.

Wir haben dann natürlich bei mir daheim geheiratet und da hat sich das dann auch rasch so ergeben, dass ich die Stelle von der Forstbehörde in unserem Bezirk bekommen hab. Da haben die Meinen schon auch dafür gesorgt. Und so simma wieder zu mir heim kommen und wenn sie manchmal recht spinnert war, dann ham wir halt alle gesagt, das kommt vom Heimweh, des wird sich ändern, wenn's Kind da is. Damals war das auch, dass sie Rosa genannt werden wollte, das war ganz unüblich. In Mühlbach, bei ihr daheim, hätt sie jeder ausgelacht damit. Sie war die Rosi, wie alle andern Mädeln, die eigentlich auf Rosina getauft worden sind. Aber auf einmal musste sie die Rosa sein. Sehr vornehm. Und immer war die Rede von ihrem schönen Heimatort, der viel fortschrittlicher war als wir hier heroben. Und vom Pfarrer, unserem Freund. Der würde der Taufpate werden von ihrem Kind.
Freilich war das nicht so leicht für sie, beim ersten Kind überhaupt, ohne die eigene Mutter zurecht zu kommen. Ich als junger Kerl hab auch nicht gewusst, wie ich sie unterstützen sollt.
Sie hat mich schon während der Schwangerschaft immer weg geschoben, weil ich davon eh nix verstehen tät. Mit dem Roman hat sie dann ein wahnsinniges Aufhebens gemacht, sie war halt so besorgt, da is, glaub ich, für die Freude keine Zeit geblieben. Ich hab mir gedacht, sie is a gute Mutter, sie sorgt sich halt, aber es is mir arg auf die Nerven gegangen. Drum war ich wieder viel im Wirtshaus, na und da waren halt auch die Mädeln, und ich war ein fescher Mann, es war net anders als in Mühlbach, nur dass ich jetzt viel vorsichtiger war, weil ein Verheirateter darf sich nimmer mit die Mädeln blicken lassen, und

brüsten darf er sich schon gar nicht. Die Rosa hats trotzdem hin und wieder erfahren, gesagt hat sie aber selten was, ich glaub sie war froh, wenn ich nicht zu ihr gekommen bin. Sie hat jetzt den Roman, hat sie gesagt, da hat sie für „so was" keine Zeit mehr. Und Kind sollen wir auch keins mehr haben, weil der Roman ist schon anstrengend genug. Das war er auch. Den hab ich meistens weinen und jammern gehört, so wenig, wie ich auch daheim war. Er war immer kränklich und ist auch so wenig gewachsen und so dürr gewesen, ich hab mich oft gefragt, wie das möglich ist bei zwei so Kalibern, wie die Rosa und ich das waren. Zusammen haben wir bald sicher an die 200 Kilo zusammen gebracht. Nach dem Roman ist die Rosa immer stärker geworden. Wie das halt meistens so ist bei den Frauen, aber sie war immer noch sehr schön und ich hab auch gesehen, wie die Männer die Augen gar nicht weg gebracht haben von ihrer Oberweite. Ich wollt natürlich nicht das Schicksal der Verheirateten teilen, die immer fetter werden, wenn sie ihre Frau nicht mehr so dran lässt. Fit wollt ich mich schon halten. Man darf ja kräftig sein, aber da muss alles fest bleiben, die Muskeln und so, gell? Freilich hab ich gut und viel gegessen, aber ich hab auch gut und viel ... zu tun gehabt, verstehst? Ohne schlechtes Gewissen, eigentlich, weil mich die Rosa ja nicht mehr so wollen hat. ICH hätt sie jeden Tag gewollt, so wie sie beinander war, die hat mich oft ganz narrisch gemacht, und dann hat sie wieder den Buben vorgeschoben ...
Jedenfalls is es immer schlimmer geworden, ihr Gejammererts und der Bub war einfach ein Verzagter, das sag ich dir. Ich hab mich ja auch viel zu wenig ausgekannt und hab mir gedacht, des is doch eine Weibersach, es is ja auch noch meine Mutter da gewesen, die hätt die Rosa ja auch fragen können, aber das wollt sie auch nicht. Sie hat sich immer mehr abgesondert, eingeigelt. Das hab ich auch lang gar nicht gesehen, wie sie sich von allen abgekapselt hat. Und wie sie immer mehr ihre Stacheln ausgefahren hat gegen alle, die es ihr nur gut gemeint haben.
Wie der Roman in die vierte Klasse gekommen is hat uns der Erwin wieder einmal besucht, da is die Rosa ein bissl aufgetaut, weil sie ihn nach ihrer Heimat hat ausfragen können. Er hat uns aber erzählt, dass er im nächsten Schuljahr in Salzburg als Professor anfangen wird. Im Borromäum, das is so ein Gymnasium, wo sie sich schon die Pfarrer heranzüchten.
Wie wir zwei dann allein im Wirtshaus gesessen sind, hat mich der Erwin gefragt, ob es nicht gut wär für den Roman, wenn er von der Rosa ein bissl weg kommen tät.
So schmächtig wie er is, hatte er's auch nicht leicht unter den Bauernlackln hier, das hat der Erwin am besten gewusst, dem is auch immer so gegangen, dem Gschmachterl.
Er als Professor könnt es sicher so einrichten, dass sie den Buben in Salzburg noch aufnehmen täten in einer der ersten Klassen für den nächsten Herbst. Wir haben uns das so ausgemacht und die Rosa hat schließlich zugestimmt, weil sie

den Erwin immer bewundert hat, überhaupt jetzt, wo er Professor werden würde und überhaupt. Vielleicht war sie auch ein wenig erleichtert, einmal die große Sorge um ihr Sorgenkind abgeben zu können. Da hat sie sicher noch nicht daran gedacht, dass das für die nächsten acht Jahre so bleiben würde. Nicht einmal in den Ferien war er viel zu Hause, da gab es Ferienlager von der Jungschar und den Pfadfindern oder was weiß ich und dann haben ihn Freunde eingeladen und der Erwin is ein paar Mal mit ihm nach Italien gefahren, weil wir nie irgendwohin gefahren sind, weil die Rosa das Autofahren nicht vertragen hat. Ist ihr immer schlecht geworden. Zugfahren hätt ihr besser getan, aber das wollt sie auch nicht, weil das ist von uns aus recht umständlich und mit dem Gepäck und so. Deshalb hat sie den Roman auch nie in Salzburg besucht. Wär auch schwer gewesen und nicht wirklich nötig, weil sich der Erwin wirklich gewaltig um ihn angenommen hat.

Am Anfang, wie der Bub weg war, das war schon komisch, da is alles besser geworden, da is die Rosa noch einmal aufgelebt, sie hat sogar gemeint, ob wir nicht noch ein Mäderl haben könnten, aber da hab ich dann erst recht narrisch aufgepasst weil das wollt ich ihr nicht mehr antun. Und mir auch nicht. Es is dann zwischen uns auch besser geworden, drum hab ich im Ort gar nichts mehr angefangen mit die Mädln, jünger bin ich auch nicht geworden, da wird's dann auch schwerer mit dem Aufreißen. Aber in Salzburg wars was anderes, ich bin ja dann schon öfter nach Salzburg gefahren, hab extra ein privates Auto dafür angeschafft, das hätt ich sonst gar nicht gebraucht, aber es war für mich auch gut, wenn ich ein bissl raus kommen bin von unserem Ort, und mit dem Erwin sich unterhalten war für mich immer eine Offenbarung, weil er halt doch einen viel weiteren Horizont hat als meine Spezln daheim. Saufen hat er halt nimmer so dürfen, weil seine Zuckerkrankheit immer schlimmer geworden is. Hat er zwar schon als ganz Junger gehabt, hat er aber nie sehr ernst genommen. Mit der Zeit hats ihm mehr Probleme gemacht, glaub ich. Jedenfalls war das auch für die Rosa eine Beruhigung, dass ich dem Roman ordentlich was zum Essen gebracht hab und frische Wäsche und alles und ich hab auch immer liebe Briefe für sie mit nach Hause genommen. Ja, der Briefwechsel zwischen Mutter und Sohn war enorm, manchmal denke ich, das hat die Rosa halbwegs aufrecht gehalten, das wöchentliche Briefschreiben, damit der Bub über alles informiert war.

Und damit sie alle Ermahnungen und vorsorglichen Warnungen loswerden konnte.

Zu dieser Zeit war sie schon sehr religiös, den Kirchgang am Abend hat sie lange Zeit nie versäumt. Das hat mich dann so gewundert, wie ich drauf gekommen bin, dass sie immer irgendwo eine Schnapsflasche versteckt gehalten hat. Wie das zusammen passt mit der Gottesfurcht. Zuerst hab ich gedacht, naja, der Erwin und seine Kollegen sind ja auch nicht ganz abgeneigt, aber wie ich dann gemerkt hab, dass es schon oft sehr weit fehlt, dass sie schon mittags

torkelt, weil sie nicht darauf gefasst war, dass ich heim komm, da wars mir nicht mehr wurscht, da hab ich dann auch mit dem Erwin darüber gesprochen.
Da war der Roman schon in der Maturaklasse, wir wollten ihm natürlich nichts sagen und ihm heile Welt vorspielen wie immer, damit er sich in Ruhe auf seine schwere Aufgabe hat vorbereiten können. Das Lernen is ihm ja nie leicht gefallen, er hat schon sehr kämpfen müssen, aber das kämpfen is ihm noch schwerer gefallen; also ohne Erwin hätt er das nie schaffen können, aber er war ein sehr folgsamer und fleißiger Bub, er wollt es uns allen so recht wie möglich machen. Darum haben wir natürlich auch nix gesagt, dass es der Mama gar nicht gut geht. Unser Doktor im Ort hat recht gern selber ein bissl zu viel getrunken, der hat gemeint, ich soll mich halt mehr um sie kümmern. Er hat da noch meine wilderen Jahre im Kopf gehabt ...
Jedenfalls is das eine Zeitlang so gegangen, bis sie einmal wirklich zu viel erwischt hat und da hab ich sie bewusstlos auf den Stufen gefunden und die Rettung is dann gekommen und die haben sie gleich ins Krankenhaus gebracht und das war ein Riesenauflauf, von wegen sie is eine schwere Alkoholikerin und die Blutwerte ganz schlecht und so und sie braucht eine Entziehungskur und das wollt sie natürlich überhaupt nicht und hat alles abgestritten und hat da drin richtig gewütet und da haben sie sie dann in die Nervenklinik gebracht. Der Roman war da schon im Priesterseminar in Salzburg und wir haben ihm wieder nix gesagt. Später haben wir nur gesagt, sie hat einmal länger ins Spital müssen wegen so einer Frauengeschichte, da hat er dann nicht nachgefragt. Wie sie dann wieder daheim war, war sie böse, nur mehr Vorwürfe hat sie da gehabt für alle und jeden. Die Haare hat sie sich ausgerissen, das hab ich auch erst mitbekommen, als sie richtig kahle Flecken hatte, blutige.
Ich war zu der Zeit schon öfter in Salzburg gewesen, aber nicht zum Vergnügen und auch nicht beim Roman, sondern mit dem Erwin bei einem Pater von den Franziskanern oder eigentlich den Kapuzinern, die sind so was wie eine Unterabteilung, der war früher schon öfter mit uns im Bräustübl und hat mir dort schon ein paar Mal gesagt, dass ich doch bitte einmal auf mein Inneres hören soll. Freilich, hab ich dann immer gesagt, das schreit grad nach noch einer Maß, und was sonst noch, das sag ich dir lieber gar nicht, du Pater, sonst fallst mir vor Schamesröte unter den Tisch. Da wollen wir uns aber lieber hin saufen, also Prost und so ... ich hab ihn halt nicht ernst genommen, jedenfalls ab einem gewissen Alkoholspiegel nicht mehr. Sonst war er mir aber sehr sympathisch, ein bissl zu asketisch natürlich, aber gscheit und noch was, was ich aber nicht ausdrücken hab können.
Heute weiß ich's und damals hat mich in der schwersten Zeit der Erwin drauf gebracht und das erste Treffen vereinbart, wo wir uns im Kloster verabredet haben.

Der Pater Bernhard ist mit mir über „seinen" Berg gegangen, und er hat mich viel gefragt. Gar nicht über die Rosa, auch nicht über das, was ich dir alles erzählt hab und was ich ihm wahrscheinlich auch gesagt hätt, hätt er mich gefragt. Hat er aber nicht.

„Was sagst du zu unseren Bäumen hier oben? Jahrhundertealte Riesen, gell? Und das mitten in einer großen Stadt wie Salzburg, mit dem ganzen Verkehr und so, da können wir schon froh sein, dass wir hier so eine grüne Lunge haben, oder? Schau zum Beispiel den da, das ist mein Liebling ..."

Ich war in meine eigenen trüben Gedanken versunken und hab nicht besonders aufgepasst, nur grad den Kopf gehoben und den Baum gesehen, den armen.

„Der is hinüber." Ist mir so rausgerutscht, hab ich kein bisschen drüber nachgedacht.

„Wie meinst denn das? Schau doch, der riesige Stamm, diese Kraft ..."

„In Wirklichkeit ist er schwarz, vom Tod gezeichnet, die Kraft ist die letzte, die er hat.

Ein letztes Mal hat er Zapfen hervor gebracht, er will sich noch vermehren, so viel als möglich, schau ganz hinauf, siehst sie? Und von da oben an beginnt der Tod, nie wieder kriegt er seinen Saft da rauf, verstehst? Nimm Abschied, wenn er dein Freund ist."

Da hat mich der Pater Bernhard lang angeschaut und dann hat er gelächelt, ein langsames Lächeln, weißt, zögernd, als ob er nicht recht gewusst hat, ob das jetzt gut is.

„So hab ich dich noch nie reden hören, aber ich hab immer schon geglaubt, dass das in dir is, was auch in mir is. Es is eh in jedem Menschen, aber kaum einer lasst es heraus, du auch nicht so recht, wahrscheinlich nur im Wald. Jetzt is' an der Zeit, dass du es ganz und gar lebst."

So hat das angefangen. Bei jedem meiner Besuche hat er mir mehr klar gemacht. Warum das immer schon so war bei mir, dass ich mit Bestimmtheit sagen konnte, was krank und alt und todgeweiht war in meinem Wald. Aber ich war halt ein guter Förster, oder? S is nichts B'sonderes daran, wenn einer seine Arbeit gut macht.

Zuerst hab ich mich gewehrt, mit Händen und Füßen, wirklich, einmal hab ich dem Bernhard sogar eins auf die Zähne gegeben, aber er hat gelacht, schief und geschwollen, hat mir der freche Kerl ins Gesicht gelacht; einen rechten Schwinger hat er mir verpasst, der auch nicht von schlechten Eltern war, weil der Bernhard hat nämlich meine Statur, nur dünner, weil er jünger is, und dann hat er gesagt: „Jetzt hast du`s geschluckt und jetzt bist natürlich ganz bös auf mich, weil jetzt kannst nimmer aus und langsam wird dir klar, dass das eine schwere Prüfung is, für dich noch viel mehr wie für mich, weil ich hab von meinem Herrn ganz klare Anweisungen, die du, fürcht ich, nicht so ganz dein eigen nennst."

Er hat mit allem Recht gehabt. Und ich hab gehadert mit meinem Schicksal. Und mit der Rosa, die immer unleidlicher geworden is, und der ich trotz allem nicht hab helfen können – bis heute nicht."

Nun nahmen Maria und Hiro Hinterstätters Einladung zum Dreikönigstag wahr, wurden so überaus freundlich in das große Haus gebeten und fühlten sich dort auch gleich sehr wohl.
„Das ist ein wunderbares Haus. Und so ordentlich beisammen."
„Ach, Maria, - ich hoff' ich darf dich duzen, auch wenn ich es dir antrag, ich alter Trottel – weißt, das hab' ich ja einmal für eine junge, wachsende Familie gebaut. Aber nach zehn Jahren war der Bub weg und g'wachsen sind nur unsere Bäuche. Meine Frau hat immer alles sehr reinlich gehalten, und wie sie nimmer da war haben sich die Frauen vom Ort angetragen, die Reinigung und auch ein bissl den Garten zu übernehmen. Das hab ich net ausgeschlagen; dafür sag ich allen ganz genau, wo die Betten in ihrem Haus hin gehören und was sie alles nicht gut brauchen können. Neonröhren zum Beispiel und Induktionsherde und so was. Neuerdings haben sich die Dorfleut', fürcht' ich, angewöhnt, erst einmal zu mir zu kommen wenn sie krank sind; aber ich sag ihnen immer, dass ich nicht heilen kann."
„Aber du kannst so wunderbar sagen, was einem gut tun wird. Kannst du mir nicht auch sagen, was ich so an Naturmedizin nehmen soll, um endlich von der riesigen Menge Chemie weg zu kommen?"
Der Hinterstätter wiegte wieder einmal seinen Kopf.
„Geh doch lieber zum Herrn Professor, der mit seiner Signaturenlehre, der ist da viel besser wie ich, der kann dir sagen, welche Heilpflanzen zu dir passen. Ich wiederum will dir dann gerne sagen, ob sie dir auch helfen werden."

22. Kapitel

Christof, 02. 03. 2007, Favoriten 10. Bezirk, Wien

„Wahrscheinlich ist es gar nicht der Alte, sondern seine Tussi, die das verhindert. Die ist nämlich Krankenschwester und wahrscheinlich bildet die sich ein, dass SIE mit ihr Sprachübungen machen kann. Oder sie fährt ab auf den Therapeuten. Der sieht aus wie Brad Pit mit Rambokörper, da stehn die älteren Ladies sowieso drauf. Eigentlich ist er sogar zu jung für die Sissy, aber versuchen wird er es halt trotzdem einmal wollen bei ihr. Und für alles das ist sie mir zu schade, verstehst?"
Karl Herbert war sauer, stocksauer. Der >besorgte< Vater habe ihn ganz schön abgefertigt.
Bisher, wenn er ab und zu probehalber angerufen hatte, waren klare Aussagen gekommen. Sie sei in Innsbruck sehr glücklich und es gebe tolle Fortschritte, sie werde Mitte März nach Grossgmain in das Rehabzentrum kommen und so weiter. Letzte Woche dann hatte er berichtet, sie sei eine gute Woche in Wien in ihrer alten Pension, weil Semesterferien der Uni seien, der Herr Therapeut sei auch hier und alles bestens, danke der Nachfrage. Sonst nichts. Keine Einladung, keine Aufforderung, nichts. Also hatte er nachgefragt, vielleicht war der Alte doch schon ein bisschen hinüber.
„Nein danke, das wird sich zeitlich nicht ausgehen, wir haben schon so viel eingeplant, wissen Sie.", war doch tatsächlich die unglaubliche Antwort gewesen.
Nun saß er im Café vis à vis der besagten Pension, wo er vormals gut genug war, beinahe jeden Tag nach der Schule zu kommen und ihr bei jedem Handgriff behilflich zu sein.
Er war gleich mittags nach dem Unterricht hier her gefahren, konnte selbst nicht genau sagen weshalb, aber irgendwie wollte er sich ein Bild machen.
Dann hatte er eben Christof angerufen, er solle kommen, damit er als Cafébesucher alleine nicht so auffiele.
Natürlich war Christof rasch zur Stelle, Ehrensache. Die Story klang interessant. Er würde jetzt ja doch Journalist werden, viel aufregender als Lehrer.
„Na, von den Journalisten hab ich erst mal die Schnauze voll. Der war vielleicht KALTSCHNÄUZIG gestern!"
„Hey, ich packs nicht, du bist echt verliebt!"
„Ach, weiß nicht. Besorgt auf alle Fälle. Und sehr ärgerlich, vor allem auf die Tussi von Krankenschwester, wie gesagt. Ich möchte ja zu gern wissen, wer jetzt bei ihr ist."
Christof überlegte, während er in seinem kleinen Schwarzen rührte.
„Ich geh' hinüber und klopfe an die Tür und erzähl irgendwas. Gasmann wird in solchen Fällen meistens genommen. Haben die Gas? Egal. Geschichte. Muss

jeder gute Reporter können. Ich geh natürlich hinein und schau mal, was da so los ist."

„Hammer, Mann. Traust dich das echt?"

„Klar, Mann. Und mit meinem Slang, wenn ich den nochn büschen mehr raushängn lasse, glauben mir die sofort, dass ich aus der Versicherungsbrangsche komme. Gib mal dein Sakko."

„Okay, diese Finanzleute sind ja immer businesslike. Was willst du mit der Serviette?"

„Stecktuch, meen lieber, hab ich von Pa gelernt, muss immer ins Sakko, ..., nur Zipfelchen sieht gerade eben een büschen raus, Passt, oder?"

„Sieht ja steil aus! Brille könntest du noch nehmen, macht dich älter."

„Seh' ich aber nüscht mit, macht ooch nüscht, nehm ich sie vornehm mal auf und ab und auf und ab ..., Ablenkungstaktik, meen Werter, nochn büschn die Brust raus und den Knackarsch und die werden so was von feucht wegen mir!"

„Jetzt hau aber ab, hast wieder Sex and the city geschaut, ha?"

So, das lief ja gut, bald würde Karl Herbert wissen, was dort drüben Sache war und ob der Therapeut wirklich ein ernst zu nehmender Gegner war oder der schrumplige Alte oder die dralle Tussi, die die kompetent strenge Krankenschwester vermutlich auch in der Nacht raushängen ließ.

Das hatte er doch nicht verdient in seiner selbstlosen Anteilnahme, dass sie ihn jetzt so abschoben.

Christof also nicht fade, hinein in die Pension, fragte nach der Zimmernummer der kranken jungen Dame, er habe nämlich einen Termin, er sei der neue Sprachlehrer.

„Ah so, is der andere Lehrer nimmer da?"

„Nein, der konnte ja selbst nicht ausreichend DEUTSCH. Das ist es wichtig zu lernen, richtige Aussprache, nicht österreichische Nuschelei." Dozierte Christof und versuchte sich gleich einmal mit Brille ab und Brille auf.

Der Portier sah ihn mit einem Abflug von Verzweiflung an. An ihm wollte dieser Herr aber hoffentlich nicht mit seinem Unterricht beginnen. Der hatte auch Erbarmen und begab sich würdevoll zum Aufzug, um in den ersten Stock zu entschwinden.

Zimmer 111, wie schön. Drinnen reichlich Geräusche. Also würde er wohl genug zu sehen und zu berichten haben. Jedes Gesicht gut einprägen, oberstes Reportergesetz.

„Ja, bitte!"

„Eiinen wunderschönen guten Tach wünsch ich!"

Christof war schon drinnen, bevor der junge Bursche auch nur den Mund zuklappen konnte. Pickelgesicht, nanu, was wollte der denn hier?

„Ich hoffe ich störe nicht. Meine Damen", Christof legte tatsächlich eine leichte, formvollendete Verbeugung hin, als er zwei Mädels entdeckt hatte. Eine im Rollstuhl, eine quer über einen breiten Couchsessel gefläzt, „ich habe Ihnen sehr wichtige Unterlagen zu zeigen. Nehmen Sie sich etwas Zeit, wir müssen über ihr zukünftiges Leben sprechen."
Der Student klopfte sich gedanklich auf die Schulter. Er war ja soo was von genial. Sollte ihm mal einer nachmachen. Er fühlte sich wie Leonardo di Caprio in >Catch mi if you can<, einfach großartig!
Die Blonde mit den unmodernen Löckchen sah ihn interessiert an und sprach dann einfach Englisch mit ihm. Falsches Zimmer oder falscher Film? Aber die andere sah eindeutig behindert aus. Schrecklich. Wo hatte Herbie denn da hingeguckt?
„Gestatten", noch mal kleine zackige Verbeugung, „Christof Reitmeier mein Name, aus Berlin. Wir haben die weltweit beste Versicherung anzubieten ..."
Die beiden Frauen sahen sich an. „Was will er? Der kann doch hier nicht einfach von Tür zu Tür, oder?"
Christof war verdammt schlecht in Mathe gewesen, aber sprachlich konnte ihm niemand so rasch das Wasser reichen. Er verstand ausgezeichnet und hörte auch, dass sich vermutlich zwei Nativ Speaker unterhielten. Trotzdem tat er erst mal so, als hätte er absolut keinen Plan. So würde er Zeit gewinnen und konnte in Ruhe die Situation checken.
„Na, junger Mann, und wie ist das so mit dir? Auch schon mal was von einer Lebensversicherung gehört? Altersvorsorge?"
„Willst mich verarschen, oder?"
„Nee, mit nichten will ick det. Komm, setzen wir uns, bis die Damen mit mir sprechen wollen. "
Pickelface war gut drauf und gesprächig. Die Damen waren tatsächlich Engländerinnen und die eine die Tochter vom Freund seiner Mutter und die andere deren Aufpasserin. Und diese wiederum habe auch einen Aufpasser, dessentwegen er eigentlich hier sei, weil er ihm Fleisch und Knochen bringen sollte.
„??? Hee??" Bevor sich Christof so richtig zu fürchten begann sah er sich den schwarzen Läufer, der zwischen Bett und Balkon lag und auf den der Junge zeigte, genauer an.
„Flöckchen!" lockte der Knabe und aus diesem einen Wort konnte man plötzlich wunderbar entnehmen, dass er dem Teddybärenalter noch kaum entflohen war. Christof dachte, eine solch zart schmelzende Stimme könne er wahrscheinlich nicht mal entwickeln, wenn er „süßeste kleine Muschi" rufen dürfte.
Muschi-Flöckchen stand auf und wuchs und wuchs dabei zu ungeahnter Größe empor. – Okay, es war wohl an der Zeit für seinen Abflug.
Allerdings hatte er nicht mit Nelly gerechnet. Die verwickelte ihn jetzt, nachdem der Hund ihn einer ausführlichen Geruchskontrolle unterzogen hatte, in ein aufregendes deutsch-englisch geführtes Gespräch, in dem es um eine

Hundeversicherung ging, die sie hier in Österreich abschließen müsse, wenn sie mit dem Hund längerfristig und nicht nur zu Urlaubszwecken im Lande bleiben wollte. Christof zog alle Register seines Einfallsreichtums, improvisierte, flunkerte, versuchte zu erraten, hatte aber eigentlich ja keine Ahnung. Schien aber nicht weiter aufzufallen. Mittlerweile hatten Matteo und er ein wenig rote Köpfe, da Nelly fleißig Baileys ausschenkte und dazu ein schwarzes Bier.
„Very irish", versuchte Matteo zu erklären. Der Junge wurde immer sympathischer, Nelly mit jedem Gläschen interessanter. Dann läutete sein Telefon.
„Hallo, Klaudia!"
„Hi, was machst du so an diesem angebrochenen Morgen?"
„Hm, ich sitze eigentlich in einem Cafè und warte auf den Abend. Der wird demnächst hereinbrechen, es ist nämlich ... hey, schon achtzehn Uhr vorbei."
„Ja, eben. Zeit aufzustehen und mal langsam in die Gänge zu kommen. Bei Robert läuft heute was, kommst du?"
„Ach, was weiß ich denn welcher Robert! Wirf was über – aber nicht zu viel – und komm ins Café Biedermeier in der Adolf Herzog Straße. Gegenüber ist eine Pension, ziemlich großer hässlicher Kasten, nicht zu übersehen."
So, nachdem das gebongt war musste er hier 'ne Fliege machen.
„Leute, ich bin dann mal weg. Versicherungsabschluss ein andermal, hab die richtigen Papiere nicht mit."
„Ich bin auch weg.", sagte der Pickeljüngling und nahm doch tatsächlich die Pfote des Monsters.
Sie gingen dann gemeinsam weg, die zwei jungen Männer. Auf der Straße entschied Matteo, dass er auch noch gut in das Cafè mitgehen konnte auf ein richtiges Bier und nicht das Spül- und Brechmittel, das Nelly ausschenkte.
„Z'haus is sowieso Scheiße, seit der Alte da is."
Karl Herbert war nirgends mehr zu sehen. An sein Handy ging er auch nicht. Sauer oder eine Muschi abgeschleppt, waren Christofs Vermutungen. Na dann wollte er mal den Jungen genauer untersuchen, vielleicht wusste der ja etwas. Er unterhielt sich sehr gut mit dem Milch- und Stachelgesicht, der war zumindest nicht auf den Kopf gefallen.
Der Kleine machte auch kein Hehl daraus, dass ihm Sissy sehr Leid tat und dass er Nelly ungeheuer witzig und interessant fand und noch viel interessanter einen >Zauberer< im Waldviertel, der einen nur anschauen brauchte und alles wusste und der für Sissy ganz wichtig war.
„Mir hat er auch schon geholfen wegen meiner Haut. Und außerdem hat der einfach gesehen, dass ich hin und wieder, na ja, was rauche und so, wie halt alle."
Nur der Vater von Sissy, der sei ein Arsch, weil er sich an seine Mutter ranmache.
„Könnte ja auch mal umgekehrt sein, meinst du nich?"

Oh Mann, das hätte er nicht sagen sollen, da wurde der Junge aber richtig sauer und verteidigte seine Mami in den höchsten Tönen. Christof – ein Journalist muss auch psychologisch was drauf haben – schwenkte sofort auf unverfänglichere Themen. Bei der Musik trafen sie sich, waren sich einig, dass der gute alte Raegge das beste war, was im letzten Jahrhundert passierte und ließen sich über die schlechte Wiener Hip Hop Szene aus.

Dann kamen die Zwei auch noch dahinter, dass sie beide arme Ausländerschweine waren. Kurz vor dem Tränenpunkt kam Klaudia.

„Puhh, ihr seid jetzt schon abgefüllt. Hallo Kleiner, bist auch mit von der Partie?"

„Läuft was, was ich noch net weiß?"

„Studentenparty, nix für kleine Jungs."

„Ok, ich bin dabei. Hey, da geht Nelly mit Flöckchen! Bin gleich wieder da."

„Spinnst du, den Winzling auf ne' Party einzuladen? Jugendgericht, sag' ich nur."

„Blödsinn. Soll er doch mit. Mehr Leute, mehr Spaß,"

Matteo kam bald darauf wieder herein.

„Nelly bringt nur rasch Flöckchen nach oben, dann kommt sie noch einen Sprung zu uns. Weil die Sissy nämlich grad ihre Therapiestunde hat mit dem Leo, da soll sie nicht stören."

„Ach, Therapie nennt man das jetzt?"

„Hör auf, die ist wirklich ganz mies dran. Der Leo hilft ihr wirklich. Und - wie gesagt - der Hinterstätter sicher auch."

Das wollte vor allem Christof jetzt doch genauer wissen und so erzählte Matteo, was er von dem Waldviertler wusste und auch ein bisschen, was er noch alles vermutete und es hörte sich alles ziemlich abgehoben mystisch und ganz leicht nach Harry Potter an.

Dazwischen kam Nelly, setzte sich dazu, stellte sich vor, bestellte einen Wodka Martini und hörte zu, als verstünde sie jedes Wort.

Schließlich beschlossen Sie, alle gemeinsam auf Roberts Party zu gehen.

„Sieht doch fabelhaft aus", stellte Klaudia jetzt fest, die auch schon reichlich vorgetankt hatte, zeigte der Reihe nach auf Nelly, sich selbst, Christof und dann Matteo: „Großmutter, Mutter, Vater und Kind, in dumpfer Stube beisammen sind – frei nach Schiller, mein lieber Herr Student - das wird so was wie eine Familienfete, echt heiß."

„Hm …" musste der Jüngste noch einwerfen, „soll ja auch Omasex geben. Schauen wir mal. Ich sollt' erst einmal noch nach Hause, Bescheid sagen, dass ich bei einem Freund penn' und so den üblichen Scheiß halt, aber ich möchte mir auch noch was holen."

„Mindestens 'ne Zehnerpackung Kondome, was Kleiner?" zog ihn Klaudia auf, „aber ich fahr dich heim, dann fahren wir alle gleich weiter zum Robert."

„Kannst du noch fahren?"

„Klar, mein Auto kennt mich nicht anders."

War also alles bestens. Was die drei Älteren nicht wussten stellte sich erst später heraus, nämlich dass der Kleine ständig alles Mögliche ausprobierte, was sein Bewusstsein erweitern könnte.
Diesmal hatte er alle Baldriankapseln seiner Mutter für diese Party mitgenommen. Die nahm sie, wenn sie von einem besonders belastenden Nachtdienst kam und keine Ruhe fand, Sohnemann entwendete sie, weil er von der potenzsteigernden Wirkung dieses Krautes gehört hatte. Er hatte auch gerade welche genommen, wollte vor allem aber damit angeben.

Christof freute sich auf die Party. Er freute sich auch, dass Klaudia ihn angerufen hatte. Sie war häufig äußerst kompliziert und schwierig und sein Verhältnis zu ihr war mehr als das vom ersten Tag an. Es war ihm noch gut in Erinnerung. Die Pasta, die Kifferei, die Vögelei.
Er hatte dann auch gleich bei ihr übernachtet und war sehr zufrieden mit sich, als er sich auf den Weg zur Uni machte. Klaudia blieb noch liegen. Sie war träge. Und sie kiffte wie verrückt, das hatte er ja jetzt echt life erlebt. Dafür war sie auch wirklich sagenhaft im Bett.
Kein Wunder, wenn gleich ihr Erster ein Araber gewesen war. Er hatte da so Sachen gehört. Bei Gelegenheit wollte er sie danach fragen.
Er hatte sich auch überlegt, dass es sicher nicht schlecht wäre, sie ein bisschen auf Speed zu setzen. Amphetamine, das wusste er, ohne dass er sie selbst zu nehmen brauchte, würden sie über sich hinauswachsen lassen. Kurzzeitig ihr zugekifftes, löchriges Hirn wieder auf Trab bringen.
Also wollte er mal sehen, wo demnächst eine größere Fete lief. Tatsächlich gingen sie dann auf eine, wo es alles gab und er sie abfüllen konnte mit allem, was er wollte.
In den nächsten Tagen meldete sie sich nicht. Fast befürchtete er schon, er hätte übertrieben und sie könnte irgendwie weggetreten geblieben sein oder so etwas, aber dann traf er sie auf dem Unigelände. Sie sah ihn nicht einmal an, bis er sie am Arm zu fassen bekam. Dann wollte sie nicht mit ihm sprechen. Letztlich schaffte er es, in ihre Wohnung mit zu kommen. Dort warf sie theatralisch einen Aschenbecher nach ihm. Schließlich brüllte sie ihn nieder, er sei eine niederträchtige Sau, weil er sich daran begeile, sie zu erniedrigen mit Sex und Drogen oder besser umgekehrt. Eine Freundin hätte ihr erzählt, was los gewesen sei auf der Fete. Sie hätte am übernächsten Tag Unterricht geben müssen und hätte kaum stehen können, geschweige denn denken.
Christof gefiel ihr Zornesausbruch, den hätte er ihr gar nicht zugetraut. Nur im Bett zeigte sie ähnlich viel Temperament. Dort landeten sie auch an diesem Tag, weil er hoch und heilig und ungemein charmant versprach, so etwas nie wieder zu versuchen.

Seither hatten sie ein loses Verhältnis, das von seiner Seite aus auch hätte etwas fester sein können.
Heute jedenfalls schien sie super drauf zu sein und er war euphorisch gestimmt.
Vor dem grauen Wohnblock, in dem Matteo verschwunden war, unterhielten sie sich leise. Nelly war ausgestiegen, um unter einem Laternenpfahl eine Zigarette zu drehen und genüsslich zu rauchen. Der unverkennbar süße Duft wehte bis in Klaudias Auto.
Christof hatte im Laufe des Abends erst herausgefunden, dass die zwei jungen Damen nicht irgendwelche Engländerinnen waren, sondern zu SEINEM Engländer, seinem Idol Fielding gehörten. Und dass deshalb Karl Herbert mit seiner Vermutung, hinter allem stecke das Weib, also völlig richtig lag.

„Dieser Mann ist fantastisch, sag ich dir. Er soll ja sehr krank sein und sogar ständig Chemo Therapien bekommen, aber wenn der von seiner Arbeit spricht, dann merkst du davon nichts mehr. Ich werde bestimmt Journalist, sag ich dir. Mich fasziniert das Schreiben. Leute, die Wörter und Buchstaben in die richtige Ordnung oder Unordnung bringen können, vermögen die Welt zu erobern!
Hiro Fielding ist einer der Größten und es ist verdammt beschissen, dass die ihn jetzt so kaputt machen. Dabei hätte er die richtigen Ansätze, was Klein-Pickel-Träger so hören ließ. Das mit dem Zauberer von Wald-Oz muss genauer untersucht werden, journalistisch. Höchst interessant. Könnte jede Zeitungsauflage steigern. Die Masse Mensch wird ja immer noch verdorben und fehlinformiert von den selbstgefälligen Schulwissenschaften, die über ihren Tellerrand nicht drübersehen und die lästige Konkurrenz natürlich unbedingt madig machen wollen.
Das Ätzendste ist die Schulmedizin. Will sich keiner sein Geschäft versauen, also schön krank halten alle, bis sie eben dran kaputt gehen. Die Alte vom Matteo weiß das sicher auch. Was die wohl sagt, wenn ihr Schatz schon mal ein bisschen kaputt geht?"
„Hey, was hast du vor? Kannst doch das Bürscherl nicht verantwortlich machen. Willst jetzt den abfüllen?"
„Ich doch nicht. Aber hast ja gehört wie er gesagt hat, er experimentiere mit allem möglichen. Das wird er heute auch vorfinden und einwerfen, da brauche ich nichst dazu tun. Bisschen Schadenfreude is ja wohl noch erlaubt."
„Von dem Zeug wie es Nelly grade hat geht er aber doch nicht kaputt."
„Ha, aber die Richtung, wir geben ihm die Richtung vor, verstehst du?"

Nelly war wieder eingestiegen und dann kam auch Matteo. Etwas atemlos, hatte sich davonschwindeln müssen, war nicht so einfach gewesen.
Okay, jetzt aber rein ins richtige Leben, Leute.

Die Fete sah zunächst nach Flop aus. Junges Gemüse kurz nach dem Windeltausch. Erst nach einer öden Stunde mühsamer Sabberei kam mit ein paar älteren Studenten ein wenig Drive rein.

„Jetzt sollte aber mal was abgehen, Mann.", sagte Christof zu einer etwas berauschten Klaudia.

„Dir geht jedenfalls nicht grad einer ab, soweit ich sehe, is dir noch zu fad, musst mehr saufen. Oder was willst?"

„Harten Sex und harte Drogen ... letztendlich. Drogen sind die neuen Augen der Welt. Richtig was Hartes wird's auf diesem Kindergartenfest hier ja gar nicht geben, aber Sex, den können wir unserem Pickelboy schön hart verklickern, oder? Oder können wir ihm dann erzählen, wir hätten einen Film in der Hölle gedreht."

Klaudia versuchte zu überlegen und kam langsam auch in Fahrt.

„Schau, die da, Sa ... Sabrina glaub ich, die sieht aus wie Dreizehn, das passt doch, die ... wär doch was."

„Für den Rentnerverein vielleicht. Du spinnst ja, ein Kinderstar aus Stummfilmen für Blinde, nein, der braucht jetzt mal eine richtig ordinäre Einschulung. Die Nelly ist so hinüber, da kann er drüber, ha, Wortwitz, genial mal wieder!

Los, wir bringen Nelly in eines der Schlafzimmer und drehen die Glühbirnen raus! Ganz schön voll. Mit allem. Es ist, als sehe man einen unfertig ausgefüllten Totenschein."

„Ich will aber zusehen!"

„Geile Fotze!"

„Ordinärer Sack!"

„Und weil du ihn so süß ordinär findest, wirst du dich gleich dran hängen, wenn du den Beiden zusiehst. Und was sagst du, wenn ich dann auch lieber über sie drüber steig?"

„Schnapp ich mir den Kleinen!"

„Wenn er klein ist, kannst du ihn nicht brauchen."

„DA wird er schon ordentlich was haben, sonst bau ich ihn halt noch auf."

„Du redest nur und traust dich dann eh nicht."

„Mal sehen, wer sich zuerst traut, mein Kleiner."

Nelly kam brav mit, lief wie ferngesteuert an Christofs Hand, bis er sie mit einem kleinen Stups ins Bett beförderte.

Dann knipste er die Nachttischlampe an. Das bisschen Licht würde wohl reichen.

Klaudia holte Matteo ins Zimmer.

„Besoffen wie die Feuerwehr bei der Jahreshauptversammlung, der kriegt doch bestenfalls noch seine Augendeckel hoch!"

„Ach wo, bisschen gekifft und ein paar Gspritzte zu schnell reingezogen."

„Wer, wo .....was is?"

„Erster Rausch und erste Muschi, Mann, wirst schon sehen wie toll!"
„Hast ein shushi bestellt?!"
Christof lehnte an der Wand und bog sich vor Lachen, während sich Klaudia mit dem Baby abmühte, damit er einigermaßen gerade stehen blieb. Und so was wollte sie vögeln!
Das Bett mit Nelly hatte er noch gar nicht gesehen. Oder doch, dann wahrscheinlich gleich zwei oder drei davon.
„Komm, setz dich da her!" Klaudia bugsierte ihn neben die reglose Frau im Bett, die sich noch kein bisschen bewegt hatte, seit sie sie dort hin verfrachtet hatten.
„Wwwwaa...?????" Rülpsen.
„Schwein! Arschloch, du, ... Mann, lach nicht so bescheuert wie ein Pferd auf Lachgas, bring mir lieber einen Kübel, bevor er uns alle zukotzt!"
Bis Christof einen solchen gefunden und vor den noch muntereren Partygästen verteidigt hatte - He, cool, jetzt sauf ma aus dem Kübel ... - und unauffällig ins Schlafzimmer manövriert hatte, war Nelly Hemd und Hose los und Matteo stier- und stieläugig interessiert, was Klaudia ihm da noch alles bieten würde. Sie benützte eine Mischung aus Babysprache, Matrosenflüchen und Sex-Hotline-Geflüster, um ihn gehörig vorzubereiten.
Christof stellte den Eimer vorsichtig ab und drückte sich wieder in den Schatten an der Wand.
Er wollte das Baby ja nicht verunsichern.
Klaudia machte sich daran, Matteo von seinem T-Shirt zu befreien und ihm die Vorteile einer ausgezogenen Hose samt Boxershorts zu erklären, weil dann sein gutes Stück nirgends mehr eingeengt wäre.
Was doch so ein bisschen Speed gleich ausmachte, Klaudia war flink mit der Sprache wie eine Fernsehansagerin, nur etwas weniger vornehm. Endlich ließ sie mal alles raus, was sie sonst hinter wenigen allzu schönen Worten verbarg.
Christof spürte Mary Janes Wirkung, mehr hatte er nicht intus; er wusste, es würde noch ein bisschen intensiver werden und auch ausreichend lange für den Rest der Party anhalten, mehr brauchte er nicht.
Er wollte keine Löcher im Hirn und keinen Hammer für sein Herz; ihm reichte die intensive Sinneserfahrung.
Das Schauspiel, das Klaudia da auf dem Bett für ihn abzog, turnte ihn an, aber es machte ihn nicht rasend. Er fühlte sich super, ein wenig über den Dingen stehend. So weit wie Klaudia oder gar Nelly würde er sich niemals in den Sumpf begeben.
Den Kleinen sollte es ordentlich erwischen, das war er seiner Mutter, dieser Medizinhure, schuldig. Tja, Kleiner, das ist eben Sippenhaft.
Die beiden Protagonisten waren mittlerweile endgültig nackt bis auf die Socken.

Matteo grapschte fortwährend nach Klaudia, die nackte Nelly war so regungslos, dass er sie vermutlich für ein Bild hielt.

Klaudia sah selbst schon ziemlich ramponiert aus, Christof bemerkte jetzt erst, dass sie sich eine eiserne Ration Eristoff mitgenommen hatte und immer wieder mal zu der Flasche auf dem Nachttischchen griff. Aber sie wusste noch einigermaßen, was sie wollte. Matteos Hände von ihren bedeckten Brüsten zu Nellys nackten, Nellys Schenkel noch ein wenig öffnen, Matteos Hand führen. Schnelles Atmen, jetzt hatte er`s geschnallt, vermutlich.

Endlich machte er seine Erkundungstour. Brave Klaudia, Belohnungsschluck, triumphierender Blick zur Wand, an der Christof klebte. Den letzten Tropfen leckte sie sich gekonnt von den Lippen, sie war schon ein geiles Luder, selbst im Vollrausch noch berechnend. Christof winkte sie mit einem winzigen Handzeichen zu sich heran; klar, hatte sie darauf gewartet, kam sie sofort heran, ganz femme fatale aus irgend einem abgefuckten alten Film, vielleicht auch Porno. Hart und fest presste er ihre winzigen Brüste, bis sie stöhnte. Auf dem Bett drüben ging Matteo viel zaghafter vor. Christof öffnete Klaudias Hose und schob sie ihr zusammen mit dem String über die Hüften – du liebe Zeit, wer trägt noch String - , dann drehte er sie um. Sie standen jetzt beide an der Wand entlang, beide mit dem Rücken zur Tür und mit den Augen beim Bett, wo sich Matteo gerade bemühte, mit seinen Knien zwischen Nellys Beine zu kommen. Christof massierte genussvoll abwechselnd Klaudias pralle Hinterbacken und ihre Brüste, immer mit beiden Händen, versteht sich. Klaudia stöhnte. Er packte noch viel fester zu, beugte sich mit seinem Gesicht ganz zu ihrem Ohr und hauchte ihr hinein, sie solle sofort komplett die Schnauze halten und den Bubi nicht verschrecken, sonst würde sie gar nichts kriegen und er müsste sofort zum Bett hin und sich um die unbefriedigte Nelly kümmern.

Was er sowieso würde tun müssen, überlegte Christof, so lahm wie sich Burschi gerade anstellte.

Alle weiteren Überlegungen wurden unterbrochen, als ein Höllenlärm entstand.

Irgendwie und ohne dass sie es bemerkt hätten war die Tür aufgegangen und alle Partygäste, die noch einigermaßen stehen und eventuell sogar sehen konnten, sahen sich die Vorführung der beiden Pärchen an. Da war's aber dann gleich nichts mehr mit großer Vorführung.

Klaudia und Christof im Halbdunkel an der Wand brauchten nur ihre Kleidung hoch zu ziehen und zu richten; für Matteo war die Überraschung schon schlimmer.

In seinen Reaktionen stark verzögert, musste er erst einmal aufnehmen, was da geschah. Viel Gejohle und anfeuernde Zurufe von der Türe her. Das war ihm aber gar nicht recht.

Wackelig und unbeholfen stand er vom Bett auf und trat prompt in den Kübel, der am Fußende stand.

Er war verdutzt. Die Wand hielt ihn auf, als er mit dem Eimer am Bein zu stürzen drohte. Tja, anscheinend wusste er noch nicht, was Jeder im Vollrausch schon mal erlebt hat. Wände sind doch immer wieder eine Überraschung für ein Gesicht. Türen ebenso. Manchmal auch Fußböden. Wenn du aber so in etwa auf zwei Beinen weggehen kannst, hattest du keinen Unfall und lebst vermutlich.
Ich möchte morgen nicht sein Kopf sein, dachte Christof in das allgemeine Chaos hinein. In dieser Birne wird es zugehen wie in einer Bahnhofshalle.
„Schau, der Bubi steht immer noch im Kübel und schaut aus, als tät er gleich losheulen.", die schaulustigen Türgäste amüsierten sich gut, wie es schien. Vollends in brüllend lachende Raserei gerieten sie, als Matteo einen lichten Moment für einen Geistesblitz nützte, um aus dieser Situation samt Eimer heraus zu kommen und noch das Beste daraus zu machen, also ganz in seinem Sinne etwas rauszuholen.
„Wann kommt denn jetzt das Shushi?"

Später fanden Sie noch einen von Matteos Sorte im Badezimmer.
„Den lassen wir aber als Trinkgeld da, für die Putzfrau morgen".

23. Kapitel

Hiro, 03. 03. 2007 , Großegg, Waldviertel, Niederösterreich

Er war sehr freundlich gewesen, als Hiro ihn um einen Termin gebeten hatte. Bei seiner Ankunft war der Kaffeetisch im Wohnzimmer gedeckt, es war zwei Uhr nachmittags. Der Professor lud ihn ein, mit ihm eine Tasse Kaffee zu trinken und vielleicht ein paar selbst gebackene Kekse zu essen. Sie hielten sich erst gar nicht mit Small Talk auf; er wurde nach seinen Wünschen und den Begebenheiten oder Krankheitsbildern befragt und gab Auskunft über sich und seine Tochter. Seine Frau und die geologischen Störfelder ließ er erst einmal weg.
Der alte Herr war sehr ruhig nach seinen Schilderungen.
„SIE sind das also. Wissen Sie, dass man von Ihnen sagt, der Hinterstätter hätte sie und Ihre Tochter geheilt?" Dann folgte eine genaue Schilderung dessen, was die Leute so tratschen. Das kannte der Journalist bereits von Karl Herbert; jedenfalls so ähnlich.
Und so lernte Hiro zunächst den alten Donnenberg mit ätzenden Bemerkungen über Hinterstätter kennen.
„Es ist nicht so. Menschen tratschen in jedem Fall. Auf dem Land vielleicht noch ein wenig mehr, aber darauf braucht man doch nichts zu geben."
Der Professor hatte sich auch rasch wieder beruhigt, wurde umgänglich und sachlich. Er lud ihn ein, mit ihm durch den weitläufigen Garten zu gehen, wo viele Beete mit keimenden, winzigen Kräutern, staudigen Pflanzen und noch wenigen, knospenden Blumen angelegt waren, die Hiro alle nicht kannte.
„Verzeihen Sie, wenn ich auch in meiner Eigenschaft als Journalist frage, wie Sie die Signaturenlehre auslegen und wie Sie vorgehen."
„Nun,", Hiro merkte schon nach dem ersten Wort, dass der Professor wahrscheinlich öfter darüber Auskunft geben musste und gut vorbereitet war, „die Signaturlehre löst sich immer mehr von der alleinigen Betrachtung der Form, soll allumfassender werden und ich möchte sie als interdisziplinäre Forschung bezeichnen. Ein Beispiel?"
Das war eine rhetorische Frage, Hiro lächelte lediglich ermunternd.
„Der Bambus. Ein Gras. Kann über fünfzig Meter hoch werden. Lässt sich essen, trinken und als beinahe ideales Baumaterial verwenden. Er wächst ähnlich wie der Ackerschachtelhalm – sehen Sie, hier, er ist noch winzig um diese Jahreszeit – und er sieht wie Bambus der menschlichen Wirbelsäule gleich. Das ist das äußere Bild.
Der Wirkstoff, der besonders interessant ist in der Behandlung von Knochen- und Gelenksproblemen, ist die in beiden Pflanzen hoch dosiert anzutreffende Kieselsäure.

Wir wissen mittlerweile aber, dass es auf das Miteinander, das exakt ausbalancierte Gleichgewicht verschiedenster Wirkstoffe ankommt, die wir möglicherweise noch gar nicht alle erkennen, geschweige denn extrahieren oder benennen können. Bambus wie Ackerschachtelhalm hatten als zu den ersten Pflanzengruppen dieser Erde gehörend Äonen lang Zeit, die für sie passendsten Stoffe zu entwickeln. Und wir dürfen sie uns nun zu Nutze machen.
Wir wissen, dass Menschen wie Tiere und Pflanzen auch Schutzmechanismen entwickelt haben. Bambus und Ackerschachtelhalm brauchen einen biegsamen und doch sehr stabilen Stamm, um den Unbilden jeglicher Witterung Stand zu halten. Für den Menschen gilt das genauso, im mechanischen wie auch im seelischen Bereich.
Die volkstümliche, immer und überall auf der Welt angewandte Signaturkunde, die sich bei uns in so genannten Hausmitteln niedergeschlagen hat, mündet genau hier in eine ernst zu nehmende Heilmittelerkenntnis, denn es kommt das Außen, also die Gestalt, ebenso in Betracht wie das Innere, in diesem Fall die Kieselsäure sowie die Schutzmechanismen."
Hiro war überwältigt von dieser einfach dargestellten Schilderung, die absolut logisch klang.

Albert Donnenbergs Ratschläge waren dann sehr viel weniger wissenschaftlich als erwartet.
Der Professor wollte nun doch noch viele Einzelheiten zu Hiros Geschichte hören, stellte Fragen, die irgendwie nicht immer zum logischen Ablauf der Erzählung gehörten, von denen Hiro aber annahm, sie kämen auf diese Weise zu relevanten Antworten zu ihm und seiner Natur.
Dann erzählte ihm der Alte allerhand über die Pflanze Baldrian und die Wirkung ihrer Wurzeln und er war sich nicht sicher, ob er das gut verstand.
„Sie meinen also, die Pflanze sei so überdreht und leicht erschöpft und nervös und unruhig und habe trotzdem einen Wirkstoff dagegen?"
„Ja genau, sie muss sich ja selber schützen. Das tut auch jeder Mensch. Aber die Pflanzen können mit ihren Wirkstoffen unsere eigenen Strategien unterstützen."
Hiro ging weiter, erkannte jetzt auch einige sehr junge Gemüsearten unter schützendem Dach und dachte nach.
„Diese Baldrianwurzel soll mich unterstützen, weil es auch meine Eigenschaften sind, die sie da aufgezählt haben ...?"
„So ist es, ich bewundere ihre Kombinationsgabe."
„Und das ist alles ..."
„Nun, sehen sie, valeriana officinalis und ihre Verwandten ..."
„Sagten sie valeriana?"
„Ja, verzeihen Sie, das ist der botanische, also der lateinische ..."

„Valerie! Das war der Name meiner Mutter und das ist auch der zweite Name unserer Sissy, Elisabeth Valerie."
Schweigen, gehen.
„Das wundert mich nicht."
„Gehört das auch zur Signaturenlehre?"
„ ... Nein, eigentlich nicht."
„ ... Dann schon eher in den Bereich des Franz Hinterstätter, nicht wahr?"
„Nein, das auf keinen Fall! Psychologie, ja. Vielleicht sogar ein wenig in den sehr zweifelhaften Bereich, den C.G. Jung erforschen wollte, es gibt da im Innviertel ein Zentrum für symbolische Studien, das sich mit Synchronizität, also bedeutsamen Zufällen beschäftigt, ... aber weit ab jeder Scharlatanerie ...!"
„Das ist auch bei Hinterstätter der Fall."
„Wie Sie wissen, bin ich da ganz anderer Meinung."
„Aber Sie wissen doch sicher auch, dass man Störfelder heute messen kann? Ganz wissenschaftlich beweisbar?"
Der Professor war jetzt wieder sichtlich verärgert, ja richtig in Fahrt. „Ich bin alt, aber keineswegs vertrottelt. Ich kenne auch neue wissenschaftliche Methoden und Erkenntnisse. Ich darf Sie doch bitten, mich nicht als alten Deppen hinzustellen!"
Er wiegelte Hiros Ansätze zu einer raschen Erwiderung mit einer ungeduldigen Handbewegung ab.
„Sie müssen schon damit rechnen, dass ich ein ernst zu nehmender Gegner bin."
„Aber bitte ...."
„Natürlich weiß ich, dass Sie mich als Gegner sehen, weil ich weiß, dass der Hinterstätter Sie überzeugt hat. Und dann ist klar, vor allem nachdem ich Sie jetzt kenne, dass Sie seine Sache zu Ihrer machen."
„Es geht doch nur darum, dass man ihn nicht behindern ..."
„Genau darum geht es, ihm das Handwerk zu legen – oh, eine Redensart, verzeihen Sie ..."
„Ich verstehe Ihre Ausdrucksweise sehr gut, ich habe mit meiner Frau und meiner Tochter auch gerne Deutsch gesprochen - oder vielmehr österreichisch."
„Man merkt das gut, ich möchte Ihnen wirklich meine Wertschätzung ausdrücken ..."
„Aber Sie zeigen sich nicht kompromissbereit."
„Nicht in dieser Sache, das ist nicht persönlich gegen Sie gerichtet, das wissen Sie ..."
„Ja, und ich danke Ihnen. Es zeugt von Ihrer Großherzigkeit, mich so eingehend zu beraten, obwohl Sie wissen, dass mich die Gegenseite schickt und ich mich dort gut aufgehoben fühle."

„Ein geschickter Schachzug, Sie zu mir zu schicken, möchte ich meinen, mein Lieber. Aber, wie gesagt, schauen Sie ruhig rechts und links, bevor Sie Ihren Weg gehen. Wäre nur schade, Sie ließen sich zu sehr - beeinflussen. -
Wir waren mit dem Baldrian noch nicht ganz fertig, unterschätzen Sie ihn nicht. Er wird Ihnen gerade in Ihrer jetzigen Situation besonders beistehen können, aber Vorsicht mit der Tinktur und der Menge. Nehmen Sie lieber Tabletten und nicht zu viele und nicht mehr regelmäßig, wenn Besserung eingetreten ist. Baldrian kann auch das zentrale Nervensystem angreifen und damit sogar Lähmungen verursachen."

Bei diesem Besuch lernte Hiro auch Zita kennen, von der Erna und Maria schon erzählt hatten.
Er war so fasziniert von dieser Frau wie von Hinterstätter und er bemerkte bald, dass es dem Professor ebenso erging mit ihr, obwohl die Beiden angeblich seit vielen Jahren zusammen waren.
Sie war ganz genau so, wie Erna und Maria sie kennen gelernt und später beschrieben hatten. Dreißig Jahre später, aber mit Sicherheit die gleiche Ausstrahlung. Kraft, Autorität, Geduld und Liebe, vor allem Liebe. Starke Worte, die ihm spontan einfielen, als er diese energiegeladene Frau beobachtete, die ruhig und zügig neben ihm schritt. Jawohl, schritt, man konnte beinahe schon von einem Gleiten sprechen, aber kraftvoller, also schreiten. Nicht gehen, das wäre für diese Frau ein einfach unzureichendes Verb.
Sie teilt bestimmt nicht alle Ansichten Donnenbergs. Sie verheimlicht ihrem Freund wahrscheinlich auch, dass sie eine Menge über Pflanzen weiß. Ihr Ansatz ist kein wissenschaftlicher, sie ist einfach eine gute Beobachterin und sehr praktisch.
„Sie kennen die Natur bestimmt ebenso gut wie Herr Donnenberg.", das war halb Frage, halb Feststellung.
„Ach woher denn, eine Stadtpflanze wie ich! Ich kann doch ein liebes Gänseblümchen nicht von einer wütenden Engelswurz unterscheiden."
„Immerhin kennen Sie ihre Namen und anscheinend auch ihre Eigenschaften."
Zögern, kurzes Innehalten, es scheint ihr selber gerade erst aufzufallen.
„Nein, nein, das ... hab ich halt so aufgeschnappt von dem lieben alten Esel ..."
„Und was ist das, wonach sie sich manchmal bücken?"
„Ja, weiß ich nicht so genau, kann ich später Tee draus machen."
„Einfach so?"
„Sagt der liebe Albert."
Hiro gab es auf, so würde er nicht weiter kommen. Er glaubte ihr aber nicht. Hinter der kleinen alten Dame steckte viel mehr. Tausend Geheimnisse, das hatte schon Erna gesagt.
Maria sagte solche Dinge nicht, das gab es ja auch gar nicht in ihrer Vorstellungswelt – oder besser gesagt in ihrer Darstellungswelt. Hiro hatte ja schon

länger den Verdacht, dass sie ständig eine Show abzog, auch sich selbst gegenüber.
Zita schien ganz ähnlich wie Maria manches nicht aussprechen zu wollen.
„Sie sagten Stadtpflanze, haben Sie denn schon immer in Wien gelebt?"
„Nein, aber fast."
Fehlanzeige, so war ihr nicht beizukommen.
„Ich habe es mir in letzter Zeit angewöhnt, Menschen um ihren Rat zu bitten. Ich möchte Sie nun auch fragen, ob Sie mir in meiner Situation, die Sie ja kennen, etwas empfehlen können. Ich meine, Ihrer Meinung nach ... kann ich etwas zu meiner Heilung beitragen?"
Zita sah immer noch auf den Boden, schien jeden ihrer Schritte achtsam zu setzen. Dann nickte sie, lebhaft, mindestens zehnmal hintereinander.
„Ich habe nicht so viel Worte wie der liebe Albert, aber ich zeige dir den Hollerbusch. - Schau, er ist wie Sommer und Winter, Tag und Nacht, wie leicht und schwer. Er hat weiße, luftige Blüten und schwere, schwarze Früchte.
Holler ist sehr heilkräftig, weil er die Gegensätze in sich vereint. Das, mein Lieber, ist das Prinzip der Heilung. Es ist die Einigung."

Auf der Rückfahrt konnte Hiro in Ruhe über das eben Erlebte nachdenken. Donnenberg riet ihm außer zu Baldriananwendungen zu Ähnlichem wie Hinterstätter, nämlich zur intensiven Auseinandersetzung mit seiner eigenen Struktur, die der Professor sehr rasch durchschaut zu haben schien.
„Sie müssen nach rechts und nach links schauen, um dann am besten auf dem Mittelweg voran zu kommen.
Ihren Grundtendenzen entsprechend setzen Sie sich immer auch für die gegensätzlichen Interessen der anderen Seiten ein, obwohl Sie sie letztlich auch bekämpfen, wenn sie nicht kompromissbereit sind."
Ja, das Gerede über den Hinterstätter, wenn ihn die Leute hoch jubelten genauso wie die üblen Nachreden, brachte ihn selbstverständlich auf die Palme.

Er würde nach seiner Genesung wissenschaftliche Beiträge liefern, das wusste Hiro jetzt genau und war fast schon sicher, das auch tatsächlich zu schaffen.
Das hatte er Maria gesagt, als sie vorsichtig an die Zukunft zu denken begannen. Ja, hatte sie erwidert, er habe eigentlich schon mit den ersten Recherchen begonnen, zum Beispiel solche Fälle wie Hinterstätter, wo er ja eh gerade mitten drin sei. Hiro war erstaunt, dass sie das so genau wusste.

24. Kapitel

Karl Herbert, 03. 03. 2007, Favoriten 10., Wien

Nelly war einigermaßen fertig gegen Mittag in die Pension geschlichen, hatte Sissy mit Leo sehr vergnügt angetroffen und ihre Gewissensbisse prompt vergessen.
Sissy zeigte sowieso Verständnis, soweit sie das konnte. Sie kannte Nellys gelegentliche Exzesse und die hatten sich bisher sehr im Rahmen gehalten.

Als Karl Herbert am Nachmittag seinen Besuch machte war Leo gerade gegangen. Vorher wäre der Lehrer auch nicht erschienen. Er hatte in Ruhe im Café abgewartet; wie es schien, musste er in nächster Zeit dort Stammgast werden. Die beiden jungen Frauen waren nicht allzu gesprächig, aber freundlich und auch interessiert, was er alles zu sagen hatte. Er habe nämlich über den Hinterstätter recherchiert und das sei ja ein Scharlatan erster Güte und so weiter.
Nelly versuchte trotz schwerem Kopf dem Deutsch zu folgen, konnte aber die Misstöne unmöglich heraushören, die Sissy sehr wohl wahrnahm. Nur konnte sie das nicht ausreichend ausdrücken. Später, wenn er endlich weg war, würde sie Nelly warnen und noch später ihren Vater, der ausgerechnet heute bei Professor Donnenberg in Großegg war.
Karl Herbert war aber ein ausdauernd hartnäckiger Gast. Sie konnte ihm seinen Abschied nicht nahe legen, Nelly hatte keine Ahnung und sonst gab es auch keine Möglichkeit.
Die Erlösung brachte erst ihr Vater, der gleich aus dem Waldviertel zu ihr fuhr, weil Maria sowieso Nachtdienst hatte, Matteo an einem Samstagabend unterwegs war und er mit den Mädels zu Abend essen wollte.
Zuvor erzählte er ausführlich von dem Professor und Karl Herbert lauschte interessiert. Dann versuchte der Lehrer noch einmal seinen Standpunkt zu dem Hinterstätter zu erläutern. Hier ließ ihm der Vater aber keine Chance. Sissy müsse jetzt etwas essen und er ebenfalls und er sei auch sehr müde und erschöpft und wolle, wenn's recht sei, heute bei seiner Tochter bleiben. Was kein Problem war, weil sie für die Mädels wieder das Doppelzimmer mit Nebenbett gemietet hatten.
„Nelly, gehst du bitte zum Portier und lässt dir für heute Nacht ein Einzelzimmer geben, dann hast du mit Flöckchen mehr Ruhe und ich auch, wenn du noch spät mit ihm unterwegs bist."
Nelly fühlte sich ein wenig ausgeschlossen, aber sie wusste auch, dass Mister Fielding diese enge Vertrautheit mit seiner Tochter sehr brauchte und monatelang hatte entbehren müssen, als sie in Innsbruck waren.

„Der wirft uns beide raus, sozusagen. Dann gehen wir zwei jetzt schön essen, ja?"

Essen! Nellys Magen zog sich ekstatisch zusammen. Kein Wunder, seit gestern Mittag hatte der nichts mehr Festes geliefert bekommen. Dafür jede Menge Säuren in flüssiger Form, weshalb sie bisher auch keinerlei Hungergefühl verspürt hatte.

„Ja, gerne.", strahlte sie den netten Lehrer an und bemühte sich um fehlerfreies Deutsch.

„Nur erst Portier, dann Hund und aus."

Das Hundemonster war ein Schock. Karl versuchte sich das nicht anmerken zu lassen, er konnte es ja vermutlich doch nicht ändern.

„Er heißt Flöckchen, aber du kannst auch Schneeflöckchen zu ihm sagen."

Witzig. Konnte sie haben. Mal sehen wie belesen sie war oder ob sie wenigstens die gängigen Filme und Fernsehserien ihrer Zeit gesehen hatte.

„Ich heiße Heidi, du kannst Adelheid zu mir sagen.", sagte er und beugte sich ein wenig zu dem Hund, viel war ja nicht nötig.

Nelly verstand sofort und zersprang fast vor Lachen.

Gibt's ja gar nicht, dachte Karl, Mann, die hat Temperament, die ist so heiß, dass mir gleich schlecht wird.

Er spürte genau, dass Nelly, nun, altmodisch ausgedrückt - für ihn schwärmte. Nett, wie sie da vor ihm stand, der blonde Wuschelkopf, nicht gerade modern, aber alles echt.

Auch sonst nicht elegant durchstylt, wie das für die Wienerinnen, für die Mütter seiner Schülerinnen und meisten sogar schon für die Zehnjährigen galt, sondern ausgeflippt wie zu Zeiten ihrer Geburt wahrscheinlich üblicher. Toller Körper aber, richtig schwellende Brüste, ziemlich viel Arsch, aber eine sehr schlanke Taille. Kräftige Schenkel. Gut, um über ihm zu turnen, ja, das konnte er sich gut vorstellen.

Mit einem guten Fläschchen Wein intus würde er echt stark drauf sein.

Eigentlich wollte er Sissy, aber klar, die war noch nicht so weit.

Dann eben erst einmal die hier, total durchgeknallt, musste auch bestimmt gut durchgewalkt werden, vielleicht war sie dann weniger zappelig. Anstrengende Tussi. Der Riesenhund war das Ätzendste an der Sache.

Im Restaurant war er nicht zugelassen, also durfte er SEIN Auto vollsabbern und seine grauenhaften Ausdünstungen für wahrscheinlich ewige Zeiten in die Polsterung einhecheln und möglicherweise Flöhe und anderes Getier von sich geben. Bei diesen Vorstellungen hatte ihn kurzzeitig jeglicher Appetit verlassen und er hätte sofort wieder umdrehen mögen, wenn dieses Weib sich nicht bei ihm eingehängt hätte, einer Klette gleich, richtig altmodisch noch dazu.

Das Essen war vorzüglich, der Wein erstklassig und Nelly nett, zweisprachig gesprächig und herrlich sexy. Er fand sich beneidet, das taten die Blicke der

Männer sehr deutlich kund. Genießerisch blickte er dem weiteren Verlauf des Abends entgegen.

Es war okay, sich erst die Freundin zu angeln. Später würde er eben erklären, er hätte bei Sissy keine Chance gesehen, aber immer nur sie im Auge gehabt und so weiter. Nelly würde ein bisschen Theater machen vielleicht, sie gab sich zumindest sehr verliebt. Erstaunlich, wie die ran ging. Sie kannten sich schließlich erst wenige Stunden.

Schließlich musste er zum Aufbruch drängen. Das Mädchen schien ihm auch ordentlich zugedröhnt. Es fehlte wohl nicht viel und sie würde den Hals der Weinflasche abbeißen statt nur nehmen um nachzuschenken.

Zuviel mochte er aber nicht, also lieber Abmarsch, bevor sie zu betrunken war, um ihre Gedanken noch auf wilden Sex zu ordnen.

„Komm wir bringen den Wuffi erst einmal zu dir in die Pension."

„Wen, was?"

„Deinen Hund, nach Hause."

„Ohh ... no. Nein."

„Was dann?"

„Der kommt immer mit."

„Darling, ich wollte dich noch zu mir einladen, weißt du..."

„NNNein. Was weiß ich nicht?"

„Himmel, du musst nicht alles beantworten, „Weißt du" ist wie Isn`t it, ok?"

„Ohh"

„Eben."

„Ja,--- wo gehen wir hin?"

„In deine Pension."

„Ich bin noch nicht müde."

„Aber dein Hund."

„Ich möchte noch was trinken."

„Hast du schon reichlich, aber kannst du gerne. Bei mir zu Hause."

„Dann wir fahren zu dir nach Hause."

„Nein, erst bringen wir den Hund zu dir."

"Sch ... Sch ... Schneeflöckchen is coming with us."

"No, he doesn´t."

Als sie bei der Pension eintrafen, war die Lage noch nicht geklärt. Schneeflöckchen jedenfalls stieg freiwillig aus, ging mal eine Runde zur Geruchskontrolle und –produktion, bis Nelly ihre Beine gefunden und einigermaßen gerade vor sich hingestellt hatte.

Wozu tu ich mir das an, ging es Karl durch den Kopf, für das bisschen Hopserei, ... na mal sehen, Nelly sah sich um, atmete die kalte Luft in tiefen Zügen ein. Na hoffentlich haut es sie jetzt nicht gleich um, bangte der liebe Lehrer.

Aber das war nicht der Fall, Nelly ging gesittet und nahezu aufrecht zur Eingangstür, pfiff ganz leise nach dem Hund – und wartete.
„Was ist jetzt?"
„Nichts."
„Wir wollen da hinein."
„Ja."
„Wir brauchen einen Schlüssel, Nelly."
„Ja."
„Und wer hat den?"
„Wer?"
Ich bring sie jetzt gleich um!!! --- „Du hast ihn sicher in der Tasche."
„Welche Tasche?"
„Bag!"
„Don`t have."
„Und wo hast du sie?" Oh ihr lieben Schulkinder, ich werde euch am Montagmorgen alle lieben, es gibt noch Ärgere als euch!
„Ich habe nie eine Tasche!"
„Wo trägst du die Schlüssel denn sonst?"
„In in in in ... meinen Hosen."
„Dann such sie!", gleich knall ich ihr eine, dass es donnert!
Nelly versuchte auch brav, an ihre Hosentaschen zu kommen, aber da war noch die Jacke.
Und es war sehr kompliziert, bis Karl zur Tat schritt und selbst zu suchen anfing.
Das war für Nelly aber echt komisch, sie fing zu kichern an und steigerte dabei ihre Lautstärke erheblich. Zu allem Überfluss fing der Hund auch noch zu knurren an, weil er sein Frauchen langsam bedroht sah.
„Du weckst hier alle auf, und stell deinen Hund ab!"
„Will ihihich gar nihihicht."
„Was?"
„Hahahiihi aufwecken und abstellen, oh, nicht hihihier, ich bihihin oh ha hi sososo..."
„Sei still, wir wollen nur den Schlüssel."
Karl schwankte zwischen totalem Ärger und angenehmer Erregung, die ihm seine Hände vermittelten, die über sehr anregende Haut und straffes Fleisch mit prallen Kurven glitten.
Endlich zog er ihr den Schlüssel aus der Tasche und konnte aufsperren. Kein Mensch zu sehen, eine brave Familienpension, vielleicht hatten sie auch nur solche Dauergäste wie die Fieldings.
Hoffentlich konnte sie im Zimmer die Klappe halten und im Bett nur leise quicken. Diese Vorstellung beflügelte ihn nun doch wieder in seinem Tun.

Er hatte sich die Vorgangsweise schon überlegt und es klappte ganz nach seinen Wünschen. Das schwarze Monster blieb im Vorzimmer, das davon völlig ausgefüllt wurde. Da kam niemand mehr dran vorbei. Klo also erst hinterher, wenn das Ungeheuer im Schlafzimmer nicht mehr stören würde.
Er durfte ihr jetzt also auch keine Zeit mehr lassen von wegen frisch machen im Bad und so ein Scheiß, einfach rangehen und rein in die Falle.
„Hey, komm her!", er raunte ihr ganz leise ins Ohr, sie sollte ja nicht auf die Idee kommen, etwas zu sagen, schon gar nicht laut, „Ich bin total geil auf dich, weißt du."
Fummel, fummel, während er vorsorglich seinen Mund nicht mehr von ihrem nahm.
Sie war auch sehr entgegenkommend, presste ihre Brüste richtig in seine Hände, drückte ihr Schambein gegen seine harte Erektion, lief alles bestens. Er zog sie gekonnt aus, schüttelte sich selbst gerade mal Hose und Unterhose von den Beinen und legte sich mit ihr zusammen auf das Bett, ohne seine Lippen von ihrem Mund und seine Zunge zwischen ihren Zähnen weg zu nehmen.
Reife Leistung. Die er gleich noch steigern würde. Oder jedenfalls wollte.
Kaum hatte ihr Rücken die Matratze berührt, war sie nicht mehr so richtig kooperativ.
Ihre Zunge leckte nicht mehr an seiner wie ein Kätzchen am Sahnetopf, ihre Hände lagen ruhig auf dem Betttuch und dann – Mann, Scheiße, nicht zu glauben, begann sie leise zu schnarchen. Karl sah sie sich näher an; kein Zweifel, die Alte schlief ganz einfach.
Wäre ja fast schon zum Lachen, wenn er nicht so viel Zeit und Können investiert hätte.
Wohin jetzt mit seiner geballten Ladung, fast schon abschussbereit? Aber da kann einem doch alles vergehen, wenn die einfach wegschläft. Wenn er sich einen Porno ansähe und sie dann vielleicht doch wecken könnte? Er sah sich nach dem Fernseher um, aber, nicht zu glauben, nicht mal das gabs hier. Er betrachtete wieder ihren Körper, aber so schlaff wie sie da lag, turnte ihn das auch nicht mehr an. Seufz. Nahm er halt seine Hose und machte sich davon.

Als er die Tür öffnete tänzelte der Köter herein – soweit das bei seinen Proportionen möglich war - , als hätte er nur darauf gewartet, sich neben das Bett zu legen, was er jetzt mit einem Ächzen und einem Plumpsen sofort machte.

Auf seinem Nachhauseweg war er abgekühlt, auch ärgerlich, aber nicht sehr. Sein eigentliches Ziel war schließlich Sissy. Die Gouvernante hatte sich nur eben so angeboten.
Sissy war ein ganz anderes Kaliber, das hatte er sofort erkannt. Und auch die Zusammenhänge; den überbesorgten Vater, die Familiensituation, die gute

wirtschaftliche Lage oder besser gesagt das Vermögen, das hinter einer solch alten englischen Familie stecken musste.

Es war ihm in ihrer so schlimmen gesundheitlichen Situation sicher möglich, ihr Vertrauen, ihr Herz und letztlich ihre Hand zu gewinnen. Welch Perspektiven! Opernsängerin! Prestigeträchtig klassische Musik! Direktorenposten, ich komme! High Society Wiens, ihr könnt schon mal mit mir rechnen!

Karl Herbert legte sich seine Strategie zurecht. Einen Zeitplan, allerdings mit etlichen Unbekannten, vor allem was Sissys Fortschritte betraf.

25. Kapitel

Vicky, 08. 04. 2007, Ostersonntag, Großegg, Waldviertel

„Schön ist es schon bei euch. Ich habe gar nicht bemerkt, dass die Natur bereits so weit ist in diesem Jahr."
Sie spazierte mit Donnenberg durch die hellgrün schimmernden Beetanlagen, während sich Zita um den Ostersonntagsbraten kümmerte.
„In Wien müsste die Vegetation bereits gut zwei Wochen weiter sein und du merkst nichts davon?!"
„Ich bin ziemlich beschäftigt, weißt du. Ist nicht so einfach mit einem Ein-Personen-Kabarett. Eigentlich hab' ich es fertig geschrieben und auch einstudiert, aber ich muss das ja auch vermarkten und – ich glaube, ich habe da nicht die richtigen Leute dafür. Kann mich auch viel zu wenig darum kümmern, weil ich für diese Saison ja noch wie eh und je verpflichtet bin. Dann ist es aber wirklich aus mit Theater, jedenfalls fürs Erste. Ich gehe sozusagen in Frühpension – oder in meinem Fall eher Karenz. So nennt man das doch, wenn man etwas anderes machen will und trotzdem den Fuß in der Tür lässt?
„Ja, allerdings ist es meistens etwas Familiäres oder Politisches. Könnte es bei dir ja auch mal werden."
„Aber hallo, willst du mir eine Familie unterjubeln oder eine Landtagsabgeordnete in deiner Familie? Beides ist bei mir nicht so gut aufgehoben, weißt du ja."
„Das hat deine Mutter auch von sich gesagt. Sie war in deinem Alter, als wir uns näher kennen lernten."
„Ach du meine Güte und jetzt glaubst du, bei mir müsse es auch so weit sein!"
„Habe ich dir eigentlich schon einmal etwas über Symbolik erzählt?"
„Mir scheint du lenkst ab."
„Nein, gar nicht, ich hab den roten Faden fest in der Hand. Also das ist so, dass man bei allem Lebenden vom Äußeren auf das Innere schließen kann, also auch auf die Charaktereigenschaften.
Dass dies bei Pflanzen genauso möglich ist wie bei Menschen und Tieren weiß man seit alters her. Dieses Wissen durch Beobachtung kommt aus der Antike, hier haben wir Aufzeichnungen des Hippokrates lange vor den großen Gelehrten des Mittelalters, die sich natürlich auch damit beschäftigt haben.
Ich drücke das jetzt einmal etwas spielerischer aus, um dir die wissenschaftlichen Termini zu ersparen und um religionstechnisch gesehen neutral zu bleiben: Die Welt ist eine Spielbühne kosmischer >Mächte<, auf der bestimmte Grundenergien auf den verschiedenen Materialisierungsebenen unterschiedliche Gestalt annehmen, trotzdem aber zusammen gehören. Dieses grundlegende Wissen ist in neuerer Zeit ziemlich verloren gegangen.

Das ist schade, denn daraus ergibt sich ein umfassendes Weltbild, das sich die Menschheit gerade erst wieder langsam und mühsam zurück erobert muss. Die Esoteriker nennen das die ganzheitliche Sichtweise. Die Naturheilkunde und andere alternative Heilmethoden leiten sich davon ab. Signale und Symbole aus der Natur vermitteln uns also das Wissen, welche Pflanze zu welchem Menschentypus gehört.

Ich weiß, dass du das alles schon weißt oder zumindest so ähnlich schon gehört hast, nicht zuletzt auch von mir. Aber ich möchte dir das ganz besonders in Erinnerung rufen. Wenn du mir noch weiter zuhören magst möchte ich dir nämlich gerne sagen, wie ich deine Mutter sehe und warum gerade so."

Vicky ging mit gesenktem Kopf neben ihm her und es war schwer zu erkennen, was sie sich dabei dachte.

„Ich höre dir sehr aufmerksam zu, mein Lieber. Bitte fahre fort!"

Ach, nicht einmal Zita dürfte wissen, wie sehr die Tochter ihr doch manchmal ähnlich war, dachte Albert gerührt.

„Ich teile deine Mutter dem Löwenzahn zu. Ihr Charakter ist ganz besonders typisch wie diese Pflanze, denn beide kennen nur ein Ziel: Überleben um jeden Preis.

Sie ist das strahlende Leben selbst und bei allen Widrigkeiten wird es ihr doch immer wieder gelingen, sich durchzusetzen.

Ihre enorme Lebenskraft ermöglicht ihr, sich um Vieles und Viele zu kümmern und Gutes zu tun.

Ihre tendenzielle Fruchtbarkeit hätte ihr viele Kinder beschert, aber sie holt sich in ihren Mitmenschen und Mitarbeiterinnen Kinderersatz.

Bei soviel direkter Power bleibt für die persönliche Entfaltung nur noch wenig Spielraum, also bleibt sie immer auf dem Boden der Tatsachen: direkt, bodenständig, praktisch, ehrlich.

Trotzdem ist sie nicht nur beliebt, in ihrem starken Selbstverständnis wirkt sie auf manche Menschen doppelt fremd."

Vicky hätte schreien mögen, so sehr fühlte sie sich betroffen von diesen Worten, da eines zutreffender als das andere war. Aber sie hatte noch nicht gehört, was Albert weiter äußern wollte, sonst wäre sie womöglich fort gelaufen, denn es ist schwer, sich einer plötzlichen Wahrheit zu stellen, die man zwar sein Leben lang schon kennt, aber nur ungern wahrnimmt.

„In manchen Bereichen und ganz geheim ist sie leicht verbittert, weil es ihr nicht gelungen ist, ihr einziges Kind ganz und gar glücklich zu machen.

Dieses geliebte Kind möchte ich dem Johanniskraut zuteilen, denn es ist schön, reich und klug. Es hat einen Sonnenplatz im Leben. Das ist heute ganz normal. Das war`s aber nicht immer. Vicky, oder besser gesagt die kleine Anna, war schon privilegiert; auf ihre Weise. Aber wie es auch heute ist bei denen, die so reich, schön und klug sind, sie haben selten ALLES. Das war bei Anna nicht anders. Kein Vater, keine Familienangehörigen, nur die Mutter; aber diese dafür im Überfluss. Nicht in der zeitlichen Quantität, natürlich, schließlich war die Mama berufstätig - und das sehr. Aber wenn sie bei der Tochter war, dann voll und ganz. Besitzergreifend, anspruchsvoll, perfektionistisch zu sich und auch zur Tochter. Das war anstrengend, aber auch Halt gebend, Werte vermittelnd. Ein Hafen, den die Kleine vertrauensvoll ansteuerte, wenn sie von Draußen, von der fremden Welt kam. Bald schon wurde dem Kind klar, dass das Fremde weniger außen als vielmehr drinnen, bei der Mutter, lag."

Albert hatte immer langsamer gesprochen, wartete auf eine Reaktion. Er kannte die Schauspielerin seit mehr als zwanzig Jahren. Sie hätte ihr Gesicht auch noch neutral gehalten, hätte der Regisseur sie mit bloßen Füssen über ein Stoppelfeld gejagt und dabei absolut ruhige Gesichtszüge verlangt. Nun führte sie selbst Regie und es war nur eine Frage der Zeit, wann sie ihren Akteuren >action< zurufen würde.

Sie begann zu sprechen, als fast schon er wieder weitersprechen wollte.

„Da war zunächst der Verdacht, später das Wissen - das Gemunkel der Freundinnen -, dass etwas nicht stimmte. Diese Mutter hatte mindestens ein Geheimnis, dunkel und rätselhaft wie ihr Aussehen. Noch später dann Aussprüche wie: Die kam doch damals sicher direkt aus Mauthausen ... Deportation aus Sibirien ... Haben die auch in Indien Gefangene gemacht ...? Kinder sind grausam. So genannte beste Freundinnen am allermeisten.

Tja, damals war man noch nicht so global, die Österreicher dachten selten weiter als bis Oberwart oder eben Oberpullendorf. Freilich, dort gab's auch solche, dunkel und fremd und verhasst, aber die blieben wenigstens dort, ganz unter sich.

Aber die Anna Viktoria mit ihrem fast schon aristokratischen Vornamen und einem Familiennamen, der gerade dabei war in Wien, wenn nicht gar in ganz Österreich Geschichte zu machen, also da war was Mysteriöses dran ... das wussten alle Mitschüler, die Freundinnen, deren Eltern noch viel mehr und langsam auch ich selbst.

Das wollte ich aber ganz und gar nicht, dieses verdammte Anders-Sein, ich wollte doch bitteschön einfach nur dazu gehören wie alle anderen auch. Normal sein. Verstehst du? Nicht reich, schön und klug. Nur normal!"

Tränen liefen ihre Wangen hinunter. Sie wischte sie nicht ab. Vielleicht bemerkte sie sie nicht. Möglicherweise war sie auch zu stolz dazu. Stolz und sehr aufrecht. Johanniskraut eben.

„Das ist auch normal für das Johanniskraut, liebe Vicky, es entfaltet sich erst in der zweiten Hälfte seines Lebens.

Die kleine Anna fragte ihre Mutter immer öfter nach Herkunft und Familie und hörte doch nur Ausflüchte, nichts Genaues jedenfalls, auch Widersprüchliches.

Es wurde zu einer fixen Idee; sie fühlte sich immer mehr hintergangen und betrogen statt behütet und geliebt, wie sie es auch hätte spüren und sehen

können, aber das war nicht so wichtig wie das andere, das sie aus der Gemeinschaft der Schule, Freunde und Kollegen stetig ausschloss.
Das rätselhafte Geheimnis.
Anna Viktoria war verbittert. Voller Vorwürfe und Ressentiments gegen ihre Mutter, die eigentlich nur für sie gelebt hatte, seit es sie gab. Aber etwas war falsch gelaufen."
Noch mehr Tränen, die flossen, aber irgendwie auch ungeweint blieben, denn Vicky verzog keine Miene und hatte ihre Stimme vollkommen unter Kontrolle.
Die aufrechte Disziplin des Johanniskrautes.
„Warum hat sie es nicht einfach gesagt? Um mich zu schonen? Verrückt hat es mich gemacht!"
„Ich schlage vor, wir gehen jetzt zu deiner Mutter und essen. Und wenn sich die Gelegenheit ergibt in diesen Tagen, dann sprichst du mal ganz ernsthaft mit ihr und sagst ihr, dass du jetzt alt genug bist und dein Recht einforderst, damit du deine Geschichte kennen lernst und die deiner Mutter.

Albert war sich seiner Sache nicht sehr sicher gewesen, aber Zita erkannte die Situation, wusste auch, dass er das angeleiert hatte, weil sie ihm ihre Geschichte auch endlich erzählt hatte und so erhielt Vicky eine Kurzform dessen, was er gehört hatte.
Er hatte sich diskret zurückziehen wollen, als die beiden Frauen ihr wichtiges Gespräch begannen, aber Vicky rief ihn zurück.
„Bitte bleib', du hast mir diesen wichtigen Impuls gegeben und du hast absolut Recht, dass es an der Zeit ist, wenn ich mich einmal mit mir selbst auseinandersetze, da gehört meine Geschichte dazu."
Zita nahm die Hand ihres Liebsten und begann mit ihrer Geschichte in Slowenien, erklärte die Kriegswirren und ließ aus, dass der eifrige Helfer ein Pfarrer war. Wie das halt so ist, verstehen sich Paare nicht immer und deshalb war sie nach Wien gegangen. Den privaten Unterricht, den schon Klein-Anna genossen hatte in Balletttanz, Musik und Gesang, den hatte sie aus dem Verkauf des Gasthauses finanziert. Auch später den Schauspielunterricht. Aber das mit dem Zigeunertum, das wäre zu viel gewesen, das hätte das kleine Mädchen überfordert.
„Schau, ich wollte deine Gefühle nicht verletzen. Du warst schon als sehr kleines Mädchen zurückhaltend. Ich habe dich geherzt und liebkost und du warst vorsichtig distanziert, ein wenig unnahbar. Ich habe dahinter eine gewisse Unsicherheit vermutet. Was, wenn ich dir nun sagte, dass du zu einem Menschentyp zweiter Wahl gehörst? Hättest du dann deinen Weg eingeschlagen oder wärst du verzweifelt an deinen Gefühlen der Minderwertigkeit? Erst im Schauspiel hast du tiefste Gefühle gezeigt, da konntest du sie leben. MIR hast du sie nie entgegen gebracht."

„Gefühle, ja, als Schauspieler stellen wir Gefühle dar. Wir sollten sie in diesen Augenblicken auch haben, ihrer fähig sein. Ja, da kann man sie zeigen. Aber sonst? Ich hatte wahrscheinlich immer so meine Probleme mit dem wirklichen Leben. Ich hab mich immer gescheut vor tiefen Empfindungen im WIRKLICHEN Leben. Obwohl ... ich sie auch gehabt haben muss, sonst hätte ich sie nicht spielen können. Aber trotzdem, bloß keine bedeutsamen Ereignisse, nichts herausragend Wichtiges, was mich hätte betreffen können, womöglich hätte es mich TREFFEN können. Ja, das hätte mich womöglich gezwungen, meine Gefühle echt und differenziert wahrzunehmen und mich ihrer Intensität zu stellen. Meine Gefühle zulassen, mir selbst gegenüber, na ja, das heißt doch, die Kontrolle über mich selbst ein Stück weit aufgeben. Das ist sehr schwer, ja ich glaube, das ist in unseren Breiten richtig verpönt. Einfach zu sein, wer oder was man ist, statt sich so zu geben, wie man glaubt zu sein, wie es das Image erfordert, wie die Leute es wollen. Ihr wisst selbst, was die Leute hier, besonders hier am Land, so alles erwarten.
Und damit bin ich wieder bei den Gefühlen, die, wenn ich sie einfach zulasse, mir viele Erfahrungen bescheren, die mich verwunden. Jawohl, fühlen heißt, verwundbar sein, und das ist eine sehr demütigende Erfahrung."
„Ja, aber es heißt auch offen sein für alle wunderbaren Erfahrungen, die da kommen können und viel wahrscheinlicher sind als alle Verwundungen. Ich glaube, du hast dich selber stark eingeschränkt aus Furcht, jemand könnte dich vorverurteilen oder hänseln wie damals deine Mitschüler. Nur, die Zeiten haben sich geändert und – das allerwichtigste – du selbst hast dich verändert, bist stark und ausgeglichen und kannst es mit allen und allem aufnehmen, was da kommt."
„Danke, Mama."
„Ich bin sehr froh, dass ihr das jetzt ausgesprochen habt. Ich sehe einfach, dass das Johanniskraut eine ganz besondere Bestimmung hat, wenn es in voller Blüte steht."

26. Kapitel

Sissy, 30. 04. 2007, Großgmain, Salzburger Land

Es hatte alles so großartig begonnen in Großgmain.
Das Personal war sehr nett, nicht nur professionell, nicht nur freundlich, sondern fröhlich – ansteckend fröhlich.

„Rechnung Penschion?"
„Klar, hab ich bezahlt. Hab noch daran gedacht es zu vermeiden. Hätte ich mir nur noch den Namen der Pension aufschreiben müssen, damit wir dort nicht mehr absteigen ..."
Sissy machte eine wegwerfende Geste. Mit der rechten Hand.
Sie hatte gewaltige Fortschritte gemacht. Es war noch nicht mal Mitte März, sie hatten eben das Zimmer im Rehabilitationszentrum bezogen und sie fühlte sich großartig.
Leo würde von Innsbruck aus nicht einmal ein Drittel des Weges zurücklegen müssen wie bisher nach Wien und er hatte versprochen, so oft wie möglich zu kommen.
Darüber war sie sehr glücklich. Nicht weil er ihr bester Trainer war, nicht weil er sie systematisch und gekonnt aufbaute, sondern weil sie ihn liebte. So liebte, wie sie noch nie jemanden geliebt hatte.
Während der schlimmen Monate fast kompletter Bewegungslosigkeit hatte sie eine tiefe Reise in ihr Innerstes gemacht, hatte erforscht, verworfen, erkundet, neu organisiert. Nichts war wie einst, New Orleans und sogar London schienen in unerreichbar weiter Ferne, zu unbedeutend auch, als dass sie sie jemals wieder betreten wollte. Nigel ein winziger Punkt in der Landschaft ihres Lebens, unwichtig.
Die Höhenzüge in dieser Landschaft waren ihr Vater, Nelly und die Musik, die sie auch jetzt täglich begleitete so wie beinahe schon ihr ganzes Leben lang. Der alles überragende Gipfel im neu entdeckten Sissy–Land war aber Leo.
Sie hatten darüber gesprochen, noch in Wien, als Nelly eine Nacht nicht in die Pension gekommen war. Da war er einfach bei ihr geblieben und hatte sie in den Arm genommen, als sie nicht schlafen konnte. Sie hatte ihm gesagt, dass er ihr viel bedeute. Er hatte genickt und sie gestreichelt.
„Wir müssen vorsichtig sein mit diesem Gefühl, denn das ergibt sich sehr häufig zwischen Patienten und Therapeuten. Das ist das unvoreingenommene Eingehen auf einander. Das ist schön, aber vergänglich, denn es ist ein Arbeitsverhältnis, und wenn die Arbeit getan ist, wird der Therapeut entlassen."
Sissy hatte den Kopf geschüttelt und war sehr traurig, weil sie annehmen musste, dass er ihre Gefühle nicht erwidere.

Er war dann aber mit ihr und Nelly nach Großmain gefahren und noch ein wenig geblieben und so ungeheuer lieb und süß in dieser Zeit gewesen! Nelly hatte später von sich aus damit angefangen, obwohl Sissy zu ihrer Freundin bisher nichts davon gesagt hatte.
„Der ist schwer in dich verliebt. Sieh mal zu, dass deine Hände wieder schön kräftig werden und richtig fest zupacken können. Ich würde ein solches Prachtexemplar nicht mehr ohne Halsband weiterziehen lassen, wenn ich du wäre."

Es war sehr schön am Fuße des riesigen Untersberges in dieser Zeit der erwachenden Natur. Nelly machte mit Sissy im Rollstuhl weite Wanderungen. Manchmal war die Wahl des Pfades nicht ganz passend für Sissys Gefährt, dann mussten sie sich beide anstrengen, um wieder aus zähem Morast zu kommen oder über feines Geröll. Oft stand die Patientin dann auf und schob ihren Rollstuhl selber. Ihr Gang wurde mit jedem Tag sicherer, das rechte Bein täglich kräftiger. Natürlich war sie abends dann oft erschöpft, aber sehr fröhlich und jeden Tag ein wenig frischer.
Die zuständigen Therapeuten schonten sie auch nicht gerade, aber das machte ihr nichts aus, sie wollte ständig mehr, wollte sich nicht schonen, sondern endlich wieder ganz sie selbst und selbstbestimmt sein.
Das Wichtigste: Leo kam fast jedes Wochenende. Er scherzte mit seinen >Kollegen<, manche kannte er tatsächlich sehr gut von gemeinsam absolvierten Ausbildungsmodulen oder auch diversen Praktika. Er half auch mit, wo immer gerade jemand gebraucht wurde. Sissy hatte das bisher nicht erlebt, wie praktisch er überall zupacken konnte, ohne große Erklärungen, einfach weil er die Notwendigkeiten erkannte.

Auch dieses vergangene Wochenende war er hier gewesen und es war ihr bisher schönstes gewesen. Und das aufregendste auch. Sie war über Nacht bei ihm in seinem Pensionszimmer geblieben. Und hatte Nelly vernachlässigt. Deshalb fühlte sie sich jetzt auch so fürchterlich schuldig.

Leo war am Samstag gleich morgens früh um Acht angereist, hatte sie zum Frühstück begleitet und dann >entführt<, denn am Wochenende fanden keine Therapien statt und sie konnte den ganzen Tag unterwegs sein, wenn sie wollte. Nelly war mit von der Partie, fühlte sich aber irgendwie als Störfaktor. Für sie war das nicht mehr zu übersehen, dass die beiden schwer verliebt waren. Nach dem Mittagessen wollte sie deshalb „endlich mal alleine" ihre Kreise ziehen. Zum Abendessen brachte Leo Sissy ins Rehab-Zentrum zurück. Er blieb im Speisezimmer und half den Pflegern.

Sissy setzte sich an den Tisch, jetzt schon ganz ohne Rollstuhl und Hilfe. Das war ein Spektakel für sich, das er sich nicht entgehen lassen wollte, seit er es das erste Mal beobachtet hatte.
Die anderen Patienten saßen schon am Vierertisch, als sie langsam herankam, grüßte, den letzten Sessel herauszog und etwa einen halben Meter vor den Tisch stellte. In den so geschaffenen Zwischenraum schlüpfte sie jetzt, beinahe vorsichtig. Und als ein Beobachter schon hätte meinen können, sie setzte sich jetzt einfach nieder, wurde er eines Besseren – und Aufregenderen – belehrt. Denn Sissy griff nach hinten, schnappte sich links und rechts die Armlehnen des Sessels, als würde sie nach hinten sehen, und zog ihn zu sich, nein unter sich.
Damit nicht genug, spreizte sie dabei die Beine, als wolle sie ein Pferd besteigen. Erst als ihre Füße sich von außen um die Vorderbeine des Sessels geschlungen hatten fand auch ihr Gesäß endlich Platz. Mit einem energischen Ruck ihrer Füße manövrierte sie sich jetzt direkt bis zur Tischkante, bis ihr Oberkörper also keinen freien Platz mehr ließ und ihre Brüste weit über den Tisch ragten. Sie sah eingeklemmt aus, wie sie da auf dem breiten Sessel saß und die Armlehnen zusammen mit der Tischseite sie völlig umschlossen. Kein ungewohnter Anblick für Leo, der in Krankenhäusern und Seniorenheimen selbst oft genug dafür gesorgt hatte, dass die Patienten so bei Tisch saßen, damit sie nicht seitlich weg kippen konnten.
Aber Sissy machte das freiwillig und absolut gewohnheitsmäßig. So sicher und selbstverständlich wie alles, was sie tat. Sie saß aufrecht und trotzdem locker, wenn auch der Kopf immer noch leicht seitlich geneigt war. Leo stellte sie sich auf einem Pferd vor. Und dann stellte er sie sich nackt vor, so auf ihrem Sessel sitzend wie gerade eben. Vor ihm. Er schüttelte den Kopf. Das war nicht professionell. Er kannte ihren nackten Körper. Der Körper einer Patientin, weiter nichts, das war professionell. Punkt und basta. Sie würde ihn vergessen, sobald sie vollends wieder hergestellt war. Er zog hörbar die Luft ein; jetzt hob sie den Blick und sah ihn an. Aufmerksam.
Jetzt bloß nicht auch noch rot werden. Schnell bewegen. Einen zweiten Löffel für Frau Helminger, die den ihren schon wieder fallen gelassen hatte. Bewegung, um seine peinliche Verlegenheit und die Erektion unter seinem professionellen Mäntelchen zu vertuschen.

„Ich hab dich schon öfter beobachtet, es ist ein Schauspiel, das ich am Liebsten täglich sehen möchte."
Sissy lachte, ihre Augen blitzten, er konnte sehen, wie sich in ihrem Gehirn die Antwort formte, fast explosionsartig. Es hätte ihn nicht überrascht, hätte er jetzt eine Sprechblase in Form eines Atompilzes über ihrem Kopf gesehen. Aber gleich darauf war der magische Moment vorbei. Es war ihr wieder bewusst geworden, dass sie die Worte erst neu bilden musste, dass sie nicht aus ihrem

Mund sprudeln würden so wie aus ihren Gedanken oder – aus ihrem Herzen. Sie senkte rasch den Kopf, und als sie ihn wieder hob waren ihre Gesichtszüge ruhig, die eine Seite schlaff, die andere beherrscht, die Augen ein wenig starr. Sie blickte nicht Leo an, sondern die Wand, als sähe sie dort die Worte, die sie sprechen wollte, als könne sie sie erkennen und lesen.
Stockend, mit den üblichen Pausen dazwischen, die sie durch das Dehnen der Worte bereits ziemlich geschickt ausfüllte, erzählte sie ihre kleine Geschichte.
„Meine Mutter war sehr ordentlich und genau. Als ich noch sehr klein war, hat sie mich gelehrt, an jeden Tisch fest heran zu rücken, um nicht unachtsam etwas auf den Boden zu kleckern. Ich war also von klein auf daran gewöhnt. Und wollte das auch ganz gerne beibehalten, als ich nicht mehr so klein war und meine Beine mit den Tischbeinen, den Mittelkonsolen und was da unter einem Tisch alles so sein kann zu kollidieren begannen.
Je mehr sich meine Knie anstießen, desto mehr bewegten sich meine Beine wohl nach außen, jedenfalls glaube ich, dass ich schon jahrzehntelang so sitze und es fällt mir eigentlich nicht auf. Und sonst auch niemandem, glaube ich. Wenn ich mal fein ausgehe – ähh - ausgegangen bin - und womöglich noch ein enges Kleid oder einen kurzen Rock trug, machte ich es eh nicht, glaube ich."
Dabei sah sie recht unsicher aus, ganz so, als sei ihr selbst nicht klar, ob sie das wirklich glaube.
Gleichzeitig mussten sie beide lachen, als sie sich das vorstellten. Sissy im vornehmen Restaurant. Sie stellte sich ihr schwarzes Schlauchkleid für die Oper vor, das sie wirklich daran hinderte, die Beine anders als sehr gesittet Knie an Knie zu stellen, Leo hatte ihr in Gedanken ein verspieltes Trägerkleid angezogen, das in ihrer beliebten Sitzposition ihrem Begleiter einen roten Kopf und dem Kellner einen Schlaganfall bescheren würde.

Sie saßen in seinem kleinen Zimmer, sie auf dem Bett mit seitlich angezogenen Beinen, er auf dem einzigen Stuhl, der vor einem Brett stand, das zwischen Fernsehapparat und Minibar eingeklemmt war und einen Schreibtisch darstellen sollte.
Ihrer beider Stimmung war aufgeheizt. Sie wussten beide, warum er noch einen Trunk bei sich vorgeschlagen und sie nur allzu rasch und freudig zugesagt hatte.
Und doch stand ihr >Arbeitsverhältnis< immer noch zwischen ihnen wie eine graue Wand. Das ist doch albern, dachte Sissy.
„Mein Leben ist schuu kursch, ich möchte nicht mehr warten."
Er war sofort bei ihr, nahm sie in die Arme, leidenschaftlich diesmal, dann wollte er ihren Mund und blieb dort eine halbe wundervolle Ewigkeit.
Schließlich lagen sie erschöpft und glücklich neben einander und schliefen irgendwann ein.

Sie hob ihr linkes Bein und streckte es senkrecht in die Höhe. Dann betrachtete sie es sehr interessiert, wobei sie den Fuß im Sprunggelenk hurtig kreisen ließ. Sissy schien schon sehr wach und munter, trotz der etwas kurzen Nacht. Leo war wie immer fasziniert von der unbewussten Anmut und der Selbstverständlichkeit, mit der sie ihren Körper auf eher ungewöhnliche Art bewegte, soweit das wieder möglich war.

Obwohl er jetzt auch ihr Bein anstarrte, durchlebte er noch einmal wie im Zeitraffer die intensiven Momente der vergangenen Nacht und sah sie vor seinem geistigen Auge über ihm.

Ihre weit geöffneten Augen, die wippenden Brüste mit den harten, prallen, steilen Warzen, ihre Schenkel ...

„Was siehst du?"

„Ein Bein, und du?"

„Ein Bein und ... anmachen ... Mann."

„Wach macht da Mann?"

„Er ... knabbert ... an meinen ... Brustwarzen ... und spricht mit ... vollem Mund ..."

„Mhm, mmm"

„Leo, Leo ..."

„Ja, komm, sprich mit mir, sag mir alles, was du willst."

„Du ..."

„Mehr, Liebling, sag mir, was du möchtest!"

„Hör auf, jetzt nicht ... nicht ... nicht ...T, T, ... Therapeut sein."

„Dann zeig mir, was du möchtest, und ich sage die Worte für dich, damit du sie nachsprichst."

Sissy bemühte sich sofort, seinen Körper in voller Länge über sich zu ziehen.

„Hey, ich bin dir zu schwer, weißt du?"

„Nnnnh"

„Warte, dann brauchst du ein paar Polster unter deinem Kopf, denk an den Gehirndruck."

Sissy verzog das Gesicht, was nur auf der gesunden Seite deutlich zu sehen war. Sie wollte jetzt an seinen Körper denken und ihn spüren in seiner ganzen Kraft und Lebendigkeit, sollten doch ihre blöden Läsionen einbluten oder sonst was.

Leo stopfte ihr zwei Kissen unter Kopf und Schultern, dann machte er noch einen Knäuel aus der Decke und - oh, schob ihn unter ihre Gesäßbacken. Sie stöhnte auf nur bei dem Gedanken, was jetzt gleich kommen würde.

„Magst du das gerne?"

„Hmh"

„Dann sag es oder zeig es mir!"

Sie drängte sich noch weiter zu ihm, bot ihm ihren erhöhten Schoss voller Hingabe an, ihre Augen erwartungsvoll und riesengroß auf ihn gerichtet.

„Magst du das, wenn dein Po da oben liegt?"
Lächeln. „Po oben."
„Sehr schön, brave Schülerin. Und weiter? Was machen wir mit deiner Süßen da oben? Sollen wir sie streicheln?"
„Streicheln."
Er hatte sich vorgenommen, eine ganze Therapiestunde auf diese Weise abzuhalten, aber gleich nach den Wörtern streicheln, da und dort und außen und innen konnten sich Lehrer wie Schülerin nicht mehr auf die Sitzung konzentrieren, weil sie mit einer österreich-englischen Wiedervereinigung beschäftigt waren, die alle Sinne erforderte.

Dermaßen voll beschäftigt kam Sissy erst zum Mittagessen wieder ins Rehab-Zentrum. Nelly war nicht hier. Das gemeinsame Zimmer sah nicht so aus, als wäre die Freundin in der Nacht hier gewesen. Üblicherweise sah es mit Nelly deutlich benützter aus. Sissy versuchte leicht beunruhigt, sie am Handy zu erreichen. Mailbox, sonst nichts.

„Nelly, melde dich bitte mal kurz, wir möchten gerne wissen, wo du bist. Bis bald dann!" sagte ihr der besseren Verständlichkeit wegen Leo auf die Box.
„Komm, wir gehen spazieren."
„Wie … ohne den da?"
„Genau. Der dient nur deiner Bequemlichkeit. Damit ist es aus, meine Süße, von heute an musst du auf zwei Beinen gehen, wie das gesunde junge Frauen nun mal machen."
„Bin isch gesund?"
„Ja, beinahe. Und wenn du dich sehr anstrengst kannst du auch ganz korrekt sprechen, denn singen kannst du fehlerfrei, hab ich gehört."
Sissy ließ ein gequältes Stöhnen hören.
„Meine Stimme klingt anders – ich brauche einen Musiker!"
„Das werden wir arrangieren können. Sicher kann jemand vom Mozarteum einmal kommen und beurteilen, wo und mit wem und wie du zu üben beginnen kannst. Allerdings sollte dein Aufenthalt hier am zwölften Mai enden. Dann warst du über zwei Monate hier. Und am fünften Mai jährt sich der Unfall – der vermutlich sowieso keiner war – und die Gefahr, dass noch eine Blutung entstehen könnte wird damit so gering wie bei jedem anderen Menschen."
Sissy nickte. Das war ihr alles geläufig. Auch die Vermutung, dass eine Gehirnblutung VOR dem Sturz vom Pferd stattgefunden haben könnte war ihr bekannt. Und durch die Erkenntnisse Hinterstätters auch einigermaßen erklärlich. Trotzdem tat es ihr gut, diese Umstände noch einmal von Leo zu hören. Sie schmiegte sich noch enger in seine Arme in dem Wissen, dass er am späteren Nachmittag abreisen würde.

„Und dann Wien und wir sehen uns selten."
„Uni zu, Leo in Wien."
„Musst nicht arbeiten?"
„Kann Leo auch in Wien. Guter Leo, braver Leo, fleißiger Leo."
„Begehrter Leo."
„Hmm …, aber nicht jetzt, jetzt ist nämlich Trainingszeit; also hopp, hopp!"

Zum Abendessen um achtzehn Uhr waren sie wieder zurück und Leo verabschiedete sich. Nelly war noch immer nicht anwesend und Sissy, ohnehin im Trennungsschmerz, machte sich nun doch Sorgen, rief zum x-ten Mal am Handy an, sprach auch jeweils brav auf die Box und wartete. Als sie zu Bett ging legte sie ihr Telefon in Reichweite, konnte lange nicht einschlafen und warf sich den Rest der Nacht unruhig hin und her.

Als um halb sechs ihr Handy dann tatsächlich läutete war sie sofort hell wach und froh, dass sich Nelly nun doch zu einem Anruf hatte entschließen können. Aber es war nicht Nelly die anrief. Eine fremde Stimme. Weiblich.
„Wer spricht?"
„Sissy, Sissy Fielding. Hallo? Wer ist denn da?"
Sissy fühlte sich verwirrt. Es war ihr bei dem kurzen Blick auf das Display so vorgekommen, als hätte sie tatsächlich Nellys Nummer gesehen.
„Rathauswachstube, Brigitte Neuhauser mein Name. Sie haben diese Handynummer gestern und heute wiederholt angerufen, auch Nachrichten hinter lassen. Warum?"
„Weil ich wissen will was los ist. Jetzt sagen Sie mir bitte, weshalb das Handy bei Ihnen ist. Wo ist das, wer sind Sie?"
„Die Polizei. Wir haben dieses Handy bei einer Frau gefunden, die am Flussufer lag. Bewusstlos und schwer verletzt … hören Sie! Hören Sie noch?"
Sissy hatte aufgeschrieen, sie begann zu zittern und wusste nicht mehr, was sie machen sollte und was zu tun wäre und betätigte in ihrer Not den Schwesternruf.
Die Polizistin in der Leitung versuchte inzwischen die Verbindung zu halten, hörte aber wenig mehr als Rumoren und unartikulierte Laute wie aus menschlicher Kehle. Endlich nach längerem Rufen eine energische männliche Stimme. Präzise Fragen, klare Antworten. Nach zwei Minuten waren Polizistin und Pfleger im Bild. Die Polizei würde im Laufe des Vormittags zur Aufnahme eines Protokolls Beamte nach Großmain schicken, der Pfleger würde inzwischen die Patientin vorsichtig vorinformieren und vor allem beruhigen, damit sie in einigen Stunden vernehmungsfähig wäre.

Die Beamten waren nun gerade eben wieder gegangen und Sissy hing immer noch völlig fassungslos ihren schweren Gedanken nach. Nelly, so hatte man

recherchiert und ihr jetzt auch berichtet, war am Samstagabend in Salzburgs Innenstadt in der Vergnügungszone am Rudolfskai gesehen worden. Dort gab es irische Pubs, das war Nellys Geschmack, das wusste Sissy sehr gut. Der Türsteher eines dieser Nachtlokale erinnerte sich, sie noch gesehen zu haben, als er um vier Uhr morgens schloss. Auf der Straße, kaum noch gehfähig. Am Sonntagabend wollte er sie wieder gesehen haben. In Begleitung. Diesen männlichen Begleiter konnte er aber nicht beschreiben. Die nächste Aussage kam dann von einem Taxifahrer, der einen Notruf absetzte, weil er einen anscheinend verletzten, jedenfalls Blut überströmten Frauenkörper an der oberen Uferböschung gesehen hatte. Sonst konnte er niemanden in der Nähe ausmachen. Der Notruf kam um vier Uhr dreiunddreißig Minuten am Montagmorgen, 30. 04. 2007. Die Frau wurde um fünf Uhr fünf Minuten in das nächstgelegene Unfallkrankenhaus in Salzburg eingeliefert. Dort wurden ihre oberflächlichen Schnitt- und Schürfwunden versorgt und erste Blutwerte eingehoben. Die Frau war zu diesem Zeitpunkt noch nicht bei Bewusstsein. Die Laborbefunde ergaben eine hohe Konzentration von Opiumderivaten und Alkohol im Blut und die typischen Werte nach hohem Blutverlust. Da die Schnittverletzungen nicht besonders gravierend waren musste da noch eine andere, wahrscheinlich innere Verletzung sein, die man aber nicht fand. Dann besah man sich die Einstichstellen in den Ellenbeugen. Heroin gespritzt auf der einen Seite, Blut entnommen auf der anderen Seite. Das war der Stand der Dinge.
„Ist sie … ist sie auch … vergewaltigt worden?" fragte Sissy und überlegte sich, woher sie dazu noch die Kraft nahm und ob sie das überhaupt wissen wollte.
„Untersuchungsbefunde liegen noch nicht alle auf, nach erster Einschätzung hat sicher Geschlechtsverkehr stattgefunden, ob auf Grund von Verletzungen von einer Gewaltsituation ausgegangen werden muss kann noch nicht gesagt werden."

Sissy hatte dann noch einige allgemeine Angaben zur Person gemacht und anschließend voller Verzweiflung ihren Vater angerufen.
Hiro war mindestens genauso betroffen und schockiert wie seine Tochter. Er wollte den nächstbesten Zug nehmen und nach Grossgmain kommen, musste nur erst Rücksprache mit Maria halten, denn die Betreuung von Flöckchen sollte sichergestellt werden.
Kurze Zeit später rief er an, Matteo würde sich mit Freuden um den Hund kümmern, sei tief erschüttert und er solle ihr liebe Grüße von dem Jungen ausrichten. Ankunft Salzburg Hauptbahnhof um siebzehn Uhr und zehn Minuten. Etwa um achtzehn Uhr wäre er bei ihr, falls sie ihn noch einlassen würden.
„Ich werde darum bitten, Dad; ich brauche dich jetzt so sehr, ich glaube nämlich, dass ich gleich durchdrehe."

„Halt durch, mein Mädchen, Nelly musste das auch schaffen, als sie von deinem Unfall hörte."
Gegen Abend wollte sie auch Leo anrufen, aber noch konnte sie ihn in der Uni nicht stören.
So saß sie und dachte an Nelly und fühlte sich schrecklich allein und verzweifelt.

Nelly, meine Pimpinella, die gute Fee mit dem befreienden Geisteswitz.
Pimpinella, der Name einer griechischen Philosophin. Wenn auch nicht griechisch, so hatte Nellys praktischer Humor eindeutig philosophische Züge. Sie war schon in der Schule stets die, die aus jeder Situation noch was machen konnte, auch wenn sie noch so verworren war.
Die süße Nelly, der das Leben schon ab der Geburt bitter ankam, die darüber aber selbst nicht bitter wurde und wenn einmal dann nur soweit, dass sie über eine Situation trotzdem noch lachen konnte.
Nelly machte überall Eindruck. Auch diesem Umstand begegnete sie mit Ironie. Zuallererst belegte sie sich selbst immer mit spitzzüngigen Bemerkungen. Vergeistigt war sie, nicht im Materiellen verhaftet; ein spätes Blumenkind eben, wie Sissys Vater sie gerne nannte.
Ach, dachte Sissy liebevoll und schmerzlich, meine liebe, gute Fee. Sie ist ätherisch, symbolisiert in ihrer Erscheinung das Prinzip der drei Zustände: fest, flüssig und gasförmig. Die Dreigestalt also von Körper, Seele und Geist. Pimpinella strebt wohl immer in den gasförmigen, luftigen, geistigen Zustand, auch wenn sie sehr lustvoll körperlich sein kann.
Ihr Leben war besonders hier in diesem ruhigen kleinen Ort von Tag zu Tag unbeschwert, ihre Gedanken nicht mit materiellen Sorgen beschäftigt. Eventuelle Notwendigkeiten hatte sie ganz schnell erledigt, um sich wieder rasch dem einfach schönen Leben zu widmen.

Ja, sagte sich Sissy und wurde sofort zuversichtlicher, sie kann über das Leben lachen, das ihr doch meist so komisch erscheint, es fallen ihr immer neue, witzige, auch alberne Dinge ein, da wird sie auch über dieses >Missgeschick< bald wieder hinweg sein, das wohl wahrscheinlich ein Überfall wilder Kerle war.
Ach, Nelly kann auch aus den schlechten Erfahrungen des Lebens noch Ideen und Geschichten finden, die ihre eigene Lebensgeschichte überdauern werden.
Auch wenn Nelly jetzt nahe dran gewesen ist: ICH habe die Generalprobe im Sterben ja schon hinter mir und es ist nicht halb so schlimm, wie man meint.

27. Kapitel

Vicky, 16. 05. 2007, Schlossberg im Waldviertel

„Meine Tochter Vicky braucht Hilfe. Sie ist seit gestern bei mir, es war ja Muttertag, und da hab ich gesehen, dass es ihr nicht gut geht."
„Wie denn?"
„Ich weiß nicht …?"
„Wie haben Sie denn gesehen, dass es ihr nicht gut geht?"
Der Förster hatte ein Bild vor Augen, als er mit der besorgten Mutter sprach. Ein schönes Gesicht mit einem Strahlenkranz darum, der sich immer mehr verdunkelte und zu einem wolkenartigen Gebilde wurde. „Ohhh, ich habs gemerkt … irgendwie. Kann ich …, könnte ich sie zu Ihnen schicken?"
„Ja. Sie soll kurz vorher anrufen, damit ich nach Hause fahre, weil ich eigentlich im Wald bin und arbeite, gell! Und können Sie mir ein bissl mehr beschreiben?"
Er wollte diese aufmerksame und offenbar feinstofflich sehende Dame dazu veranlassen, ihm weitere Bilder zu senden. Und die kamen auch, aber reichlich unverständlich für ihn. Ein kleines schmutziges Mädchen in einem Wald, gehetzt und in schrecklichem Zustand. Gleich darauf ein anderes kleines Mädchen, sehr traurig, unter vielen Kindern, die es auslachten.
„Sie hat zu Ostern etwas aus ihrer Kindheit erfahren, nein, eigentlich von ihrer Herkunft, ach, sie werden selbst sehen …"
Ja, das tue ich gerade, liebe Dame, dachte sich der Hinterstätter, und das ist mir so noch nie untergekommen über das Telefon.
Er war mit seinen Arbeitern im Wald mit Aufforstungsarbeiten beschäftigt, einer wunderbaren Arbeit, die er sehr liebte. Wahrscheinlich deshalb war er angenehm ruhig und entspannt und das wiederum war die beste Voraussetzung für ein >Datentransfer<, wie er es gerade erlebte und in dieser Art und Weise noch nie zuvor gesehen hatte. Hier war eine besondere mediale Kraft am Werk.
Oha, Franzl, aufpassen, dass das noch in Ordnung ist. Da will doch nicht etwa eine negative Kraft …
„Sind Sie noch dran?"
„Ja, entschuldigen Sie, gnädige Frau, ich arbeite, wie gesagt."
„Dann möchte ich mich aber bei Ihnen entschuldigen, mein lieber Herr Hinterstätter."
Da ist aber doch nichts, was nicht hierher gehört. Ich glaub' gar, die schickt mir auch noch ein … Licht!?
„Sie heißen … nur damit ich dann die Dame erkenne …"
So ein Blödsinn, hätt' mir jetzt auch was G'scheiteres einfallen können.
„Maria Bacher. Meine Tochter heißt Vicky Bacher."
„ … die …, ist das nicht die Schauspielerin?"

Wusch! Eine ganze Lichterkette! Gleich schickt sie mir Blitz und Donner.
Freude, Stolz, Mutterglück … das ist es, danke.
„Ja, das ist sie, meine liebe Kleine. Bitte!"
„Ich hab' Sie gut verstanden. Auf allen Ebenen. Sie können mich gerne wieder anrufen." … und mir diese wunderbaren Erscheinungen senden.
„Ich merk' es dann eh, wenn es ihr besser geht. Vielen lieben Dank auf alle Fälle."

Der Hinterstätter war daraufhin ein wenig unaufmerksam in der Arbeit und seine Helfer schüttelten den Kopf. Hinter ihm, denn sie wollten ihn nicht kränken.
„'s wird ihn hart ankommen sein wieder gestern, das is immer so am Muttertag. A Mutter, die was sich net rührt und a Sohn, der was nie net da is, das is a Kreuz, das was er da tragt, unser guater Förster."
Gegen Abend läutete dann wieder das Handy und der Hinterstätter bemühte sich besonders, es schleunigst aus der Hose zu fischen,
„Grüß Gott, Bacher, ich soll mich bei Ihnen melden, wenn ich im Ort bin."
„Dann fahr' ich gleich los. Die Nummer sechzehn ist links neben der Hauptschule. Die Schule ist das größte Gebäude im Ort, das können Sie gar net verfehlen. Bitte um Geduld, ich werde ein paar Minuten länger brauchen als Sie, aber Sie können derweil schon Platz nehmen in dem Häuserl rechts vorne. Da beim Brunnen, können sie auch net übersehen."
„Danke, bis gleich."

Er kannte diese kultivierte Stimme aus dem Fernsehen. Letztes Jahr hatte sie sogar in einem Musical gesungen.
So, jetzt überkugel dich net, sie is ein Mensch wie jeder andere auch, net mehr, net weniger. Wär' ja noch schöner, wenn jetzt der Beruf was aussagen tät. Na ja, tut er auch, aber mich braucht das nicht zu interessieren, so schaut's aus.

Er war trotzdem ein wenig aufgeregt, richtig aufgekratzt, und machte sich prompt gleich Sorgen, dass er so nicht auf sie würde eingehen können. Hatte es ihn vielleicht doch wieder zu sehr mitgenommen gestern. Diese Reisen waren für einen alten Dackel wie ihn auch nicht so ohne Anstrengung wie früher. Und dann die Rosa, na ja, zu den Feiertagen kam es ihn schon immer besonders schlimm an.
Und wie er den Erwin besuchte hinterher war es ihm auch schwer geworden, weil er spürte, dass es dem Freund schlechter ging. 's zweite Bein wird dran glauben müssen, war es ihm durch den Kopf geschossen. Ach, da konnte man ja nicht ruhig bleiben, wenn einem die liebsten Menschen unter den Augen vergingen.

Begrüßung, hinsetzen, Quellwasser, Fragen.
Bei ihr war vom ersten Augenblick an alles anders.
Begrüßung draußen vor seinem Grundstück.
„Ich wollte nicht einfach so eindringen; dass Sie da noch nie Vandalenakte hatten, wenn sie dieses Häuschen einfach immer offen lassen?!"
Der Förster lachte auf.
„Die wenigen Burschen, denen ich das hier bei uns zutrauen möchte, die fürchten sich viel zu sehr, dass ich ihnen dann die Beulenpest an den Hals hexe oder zumindest ein paar Pickel mehr; nein, nein, da hab ich nix zu befürchten."
Er betrachtete sie, als sie folgsam Wasser trank. Ungeschminkt noch viel schöner. Die Falten, die durchaus vorhanden waren, traten weit weniger hervor ohne die Schmiere darüber, das Gesicht wirkte viel weicher. Ein angespannter Zug war um ihren schönen Mund. Der würde noch viel schöner sein, wenn er entspannt war.
Noch konnte er ihre Aura kaum wahrnehmen, ein verwaschenes Wabern rund um sie, mehr nicht.
„Erzählen Sie, wo es Ihnen weh tut!"
Sie sah ihn verwirrt an. Wieso kam er darauf, dass sie Schmerzen hatte?
Davon hatte sie ihrer Mutter nichts gesagt. Die hatte nur gemeint es wäre ganz gut, wenn sie sich einmal anschauen ließe von dem Mann, der Erdstrahlen spürte, vielleicht schlafe sie ja über einer Wasserader, weil sie nämlich nicht gut ausschaue in letzter Zeit.
Tatsächlich HATTE sie Schmerzen. Herzschmerzen, wie sie vermutete.

Und das berichtete sie ihm jetzt auch. Und wie er so dasaß und lauschte und nickte und ermunterte erzählte sie diesem fremden Mann ihre ganze bescheuerte Geschichte. Auch das, was sie erst so kurz wusste und wohl doch besser nicht gewusst hätte und alles, was sie sich dazu dachte und alles, was sie NICHT gehabt hatte in ihrem Leben. Ausgelassen und verhindert und abgelehnt und – verpasst. Endgültig.
„Nix is endgültig."
Er nahm ihre Hand, so wie er es bei allen Fragenden tat, fühlte sich hinein und spürte die immense Traurigkeit eines Lebens, das nicht gelebt, nur vorgespielt worden war.
Dann tat er etwas, was er auch noch niemals zuvor getan hatte. Er sagte ihr genau und schonungslos, was er sah und fühlte. Wie unendlich Leid sie ihm täte, weil er genau darum wisse, wie das sei mit den verwirkten Lebensgeschichten. Und so unglaublich das für ihn selber war, so wenig konnte er sich bremsen, als er von SEINEM Leben zu erzählen begann und von Rosas und allem Drumherum.
Es war Nacht geworden, sie hatte die Schuhe ausgezogen und die Füße auf die Bank gelegt, er hatte seinen Försterrock abgelegt und eine Schnapsflasche

hervor geholt. Das vertraute Du kam ihnen rasch über die Lippen, nachdem sie ihrer beider Lebenswege nun kannten und immer noch eingehender beleuchteten.

„Komm, jetzt gemma ins Haus, ich hab einen Bärenhunger und ich bin ein schlechter Gastgeber, weil du wahrscheinlich kurz vorm Verhungern bist."

„Wenn ich von meiner Mutter komme bin ich immer kurz vorm Platzen, weil sie mich so füttert."

„Wundert mich nicht, schaust ja aus wie ein abg'nagtes Suppenhuhn, ich tät dich auch aufpäppeln wollen."

„Das darf man nicht tun mit einer Schauspielerin, sonst ist es aus mit der Karriere."

„So ein Schmarrn aber auch."

Er brachte sie fortwährend zum Lachen, sie fühlte sich wunderbar und sie war tatsächlich angetan von diesem bärenartigen Mann, der so gar nichts gemeinsam hatte mit den Männern, die in Wien ihre Umgebung bevölkerten.

Der Hinterstätter seinerseits hörte nicht auf, sie zu beobachten. Nach all den >Beichten<, dem endlich mal aus sich herausgehen – und den drei Schnapserln – war ihr Mund weich und nicht nur schön, sondern hinreißend. Tja, er könnte sich hinreißen lassen … Aber das würde er nicht zulassen. Niemals wieder, hatte er sich vorgenommen.

Er würde ihr helfen, soweit er konnte. Das war seine Pflicht und sein besonderes Anliegen, seit er sie näher kannte.

Und sie wollte ihm helfen. Sie hatte seine Verzweiflung gut spüren können, als er von seiner Frau und der Tragödie ihres gemeinsamen Lebens berichtete. Sie würde ihn aufheitern. Ihm Leben vermitteln, wie er es vermutlich noch gar nie kennen gelernt hatte. Das hatte sie schon öfter gemacht, auch wenn es sehr, sehr lange her war. Aber das konnte sie. Sie war verständnisvoll und überhaupt nicht prätentiös. Ideal halt für einen in seiner Situation. Als Gegenleistung ein wenig Spaß, Anerkennung, Ablenkung.

Und das Wichtigste: die Unabhängigkeit musste unter allen Umständen erhalten bleiben. Keine Fragen, keine Ansprüche, keine Vorgaben. Das sollte wohl kein Problem sein in seiner Situation.

In diese ihre Überlegungen hinein begann er das Gästezimmer herzurichten.

„Was machst du jetzt?"

„Ich bereite dein Nachtlager. Fahren kann ich dich nimmer lassen."

Enttäuschung. Nach einem solchen Abend, einem dermaßen intensiven geistigen Sich–näher–kommen hatte sie mit einem Tat-sächlichen Annäherungsversuch seinerseits schon gerechnet und wäre auch wirklich Willens gewesen, sofort und mit fliegenden Fahnen zu kapitulieren.

Sie hatte nicht damit gerechnet, dass alle diese Spiele bei dem Hinterstätter nicht funktionieren konnten.
Und schon in dieser Nacht, in der sie mehr nachdachte als schlief, wurde ihr klar, dass auch sie nicht so funktionierte, wie sie sich das vor langer Zeit zurechtgelegt hatte.
Sie blieb auch am Dienstag und den halben Mittwoch. Vorstellung war erst am Abend. Und sie würde auch Morgen wiederkommen, denn es war Feiertag und der Franz hatte frei und sie bis zum Samstag keine Vorstellung.

Er brauchte ihr keine Fragen mehr zu stellen. Er brauchte sie nur anzusehen, anzugreifen oder auch nur an sie zu denken. Bei ihm war alles anders. Nichts wie bisher.
Kein Sex. Er hatte Prinzipien. Schwierig. Das war doch für alle Drei kein Leben. Was sollte das werden?

„Sie wünscht sich, dass sie endlich sterben darf. Schließlich wollte sie das vor sechs Jahren, oder? Was würde es denn jetzt für sie ausmachen, wenn du auch mal wieder an dein eigenes Leben dächtest?"
„Jetzt kann sie es nicht wünschen. Sie hängt fest. Zwischen allen Seilen. Das ist ganz schlecht. Ich kann nur immer wieder alles versuchen, sie zu erreichen und sie los zu lösen, aber aus irgendeinem Grund hilft alles nichts. Ich habe versagt und es tut mir so entsetzlich Leid."
„Dann lass mich dir beistehen, wie und wann immer du brauchst."
Er hatte ihre Hand genommen und die Innenfläche so innig geküsst, dass sich ihre feinen Nackenhärchen aufstellten und sie tief einatmete in Erwartung weiterer Zärtlichkeiten. Die aber nicht kamen.
„Du hilfst mir durchaus. Nur durch deine Anwesenheit. Nein, auch wenn du nicht da bist. Nur weil es dich gibt.
Du wärst eine heilkräftige Krankenschwester. Da ist … Durchlässigkeit, Hingabe und Liebe. Du hast das alles gut versteckt, aber es ist da. Ich möcht' das ausgraben und ans Licht bringen. Das brauchst du nämlich am meisten, das Licht. Du wirst hier mein Schutzgeist werden; mit deiner Liebe und Heiterkeit kannst du sicher jede noch so brenzlige Situation entschärfen, du hast ja auch starke Nerven, gell?
Jetzt brauchst nur noch das bissl Starrheit, deine vornehme Zurückhaltung und Vorsicht aufgeben und ganz aus dir herausgehen, dann wird dein Herzerl dir auch nie wieder wehtun.
Deine Enttäuschungen aus der Kindheit, die verarbeiten wir einfach gemeinsam, dann kannst du ganz so liebend und hingebungsvoll sein wie du's ja eigentlich im Herzen drin immer schon warst und das was du dir da so antrainiert hast, das trocken Starre und Sachliche, das ja schon manchmal direkt bitter wirkt, das kannst alles über Bord schmeißen.

Und weil du von mir alle Liebe dieser Welt bekommst, auch wenn es nur eine platonische ist, hilfst mir über meine eigenen Verspannungen drüber und meinen Weltschmerz, wenn's mich wieder einmal erwischt."

28. Kapitel

Christof, 19. 05. 2007, Mariahilf 6. Bezirk, Wien

Matteo war ziemlich aus dem Häuschen gewesen. Er hatte sich mit Klaudia und Christof auf dem Uni Gelände getroffen. Das machten sie eigentlich ziemlich oft, dass sie sich mit dem Jungen trafen. Exzesse wie bei ihrem ersten Abend des Kennenlernens hatte es seither tatsächlich nicht mehr gegeben. Bisschen kiffen war für Matteo und Klaudia durchaus weiterhin ein Stück Lebensqualität, aber die Betonung, auf die Christof immer mehr Wert legte, war >Bisschen<. Die Drei hatten eigentlich auch viel wichtigere und interessantere Aspekte des Lebens kennen gelernt und ungeheuer viel zu tun.
Begonnen hatte das alles mit dem Hinterstätter und Matteos unerschütterlichem Glauben an dessen Fähigkeiten. Nach Roberts Party hatte Klaudia den Jungen angerufen um zu hören, dass er zu Hause und mit seiner Gesundheit und so weiter keine Schwierigkeiten hatte, weil sie etwas wie ein schlechtes Gewissen verspürte. Matteo hatte aber ziemlich abgehoben geklungen, weil er nämlich gerade meditiere. Christof wollte das auch genauer wissen, weil er doch höchst wichtige Recherchen durchführte über diese mysteriöse Sache da im Waldviertel.
Und diese Recherchen nahmen bald nicht nur ihn ganz in Anspruch sondern eben auch Klaudia – solche Bücher sind schließlich voll im Trend, da kann ich als Autorin vielleicht leichter Fuß fassen – und Matteo sowieso.
„Die Sissy und die Nelly kommen nach Wien. Die Nelly, Mensch! Nicht zum Kleinkriegen, sag' ich. Der Hiro hat sich eine Wohnung gemietet, die ist voll der Hammer. Riesig. Mezzanin …"
„Mezza … was?"
„Mezzanin; du Vollkoffer, du piefkinesischer, das is, ja halt …"
„So was wie ein Zwischenstock. Typisch für die alten Häuser hier, die richtig großen. Mit Paternoster, wahrscheinlich?"
„Nein, aber so einem Aufzug mit Gitter und so, da kannst raus schauen beim Fahren und meistens bleibt er stecken und da gibt's Tricks, wie's wieder weiter geht und voll cool is das und natürlich gleich bei uns im sechsten Bezirk."
„Und die Nelly, is die wieder zusammengeflickt?"
„Nix genaues weiß ich net. Und drum fahr ich jetzt zum Hinterstätter. Weil der Flöckchen muss das auch wissen, ob sein Frauerl wieder wird. Ich mein', das is net cool, wennst einen Hund hast und dann bist krank und so oder du hast einen Flashback nach dem anderen und bleibst da irgendwo hängen und der Hund wird net versorgt, das geht net. Ich mach mir ehrlich auch Sorgen um die Nelly. Die Sissy hat das so gut gepackt, bestimmt auch wegen seiner Hilfe, jetzt braucht's die Nelly und das wird er auch hinbiegen und dann passt das wieder. Und neugierig bin ich eigentlich auch, also, ich muss dort auffi."

„Wie denn?"
„Ähh, keine Ahnung, muss erst im Net schauen, wird ja net so schwer sein. Schulautonome Tage haben wir auch bis nächste Woche. Wegen dem Feiertag am Donnerstag."
„Ha, genau, der is ja auch. Geh, Christof, dann fahr'n wir halt auch auffi. Nemma den Matteo mit."
„He …, ich nehm' euch mit, wenn überhaupt."
„Geht klar, gebongt."

Christof war sogar sehr neugierig. Er hatte wirklich zwei verschiedenste Sichtweisen, life vorgetragen von zwei sehr unterschiedlichen Seiten. Matteo war die eine, Karl Herbert die weitaus aggressivere, die er aber auch nicht ganz abtun konnte. Da waren wohl auch wahre Sachen daran. Obwohl er die Geschichte mit dem Sensations- und Auflagengeilen Journalismus Hiros wirklich nicht glauben mochte. Man würde ja sehen.

Matteo hatte den Hinterstätter angerufen und für den Mittwochabend einen Termin vereinbart. Früher ginge nicht, da habe er noch Besuch, hatte der Alte fröhlich erklärt. Mussten sie eben über Nacht bleiben. Zelt zu Dritt. Auch nicht schlecht. Schön kuschelig.

Begrüßung, hinsetzen zu Dritt auf der Bank, jetzt schon kuschelig; Quellwasser trinken, Anliegen vortragen.
„Ich hab einen Schal mitgebracht, den hat sie in der Pension gelassen und Hiro hat ihn zu uns gebracht. Der geht doch, oder?"
Der Hinterstätter nickte, hatte seine Augen nur noch auf diesem Stück Stoff und betrachtete es – es sah beinahe wie angewidert aus.
„Wo war sie denn, bevor sie nach Salzburg abgereist sind?"
„Na in der Pension halt."
„Immer? Nie ausgegangen oder weg gefahren?"
Ohje, doch, da war ja die Party gewesen. Matteo wurde unruhig. Dann der rettende Einfall.
„Ich ruf die Sissy an, die weiß das besser."
Während Matteo telefonierte wandte sich der Hinterstätter an seine weiteren zwei Besucher. Christof beobachtete ihn genau, als er mit Klaudia sprach. Der wusste was, soviel konnte man sehen. Er hatte gleich gestutzt, als er sie begrüßte.
Jetzt sprach er ruhig mit ihr über die Fahrt zu ihm, die Klaudia ganz alleine bewältigen musste, weil Christof doch tatsächlich noch keinen Führerschein hatte. Sie sprach entspannt und für ihre Verhältnisse erstaunlich flüssig und in ihrem besten Deutsch. Gerade begann sie von ihrem Studium zu erzählen und trug mächtig auf dabei.

„Die war mit einem Karl Herbert unterwegs, sagt Sissy, das war … so was wie ein Sprachlehrer für sie, wie sie noch nicht wieder so gut …"

„Karl Herbert!" Das war beinahe ein Schrei gewesen.

„Den kenne ich, das war auch mein Nachhilfelehrer, allerdings in Mathe."

„Echt? Erzähl!", ermunterten ihn Matteo und Klaudia, während der Hinterstätter seine Hand um den Schal gekrallt hielt und die Augen beinahe geschlossen darüber gesenkt hatte.

Christof erzählte rasch, was er wusste. Dass der Lehrer den Hinterstätter verteufelte sagte er besonders leise und mit Seitenblick, dass er einen gewissen Donnenberg … „Das ist mein Botaniker!" war der Einwurf Klaudias, … also einen Botanikprofessor sehr lobe und Sissy habe helfen wollen.

„Mir hat er auch schon mal ganz schön geholfen."

„Das is ja auch sein Job, wenn er Nachhilfe gibt."

„Nein, nein, was anderes, in einem Nachtclub …"

„Aha, hast mir ja noch gar net erzählt …"

„Vor deiner Zeit, alte Zicke."

„Bevor ihr euch jetzt in die Haar' kriegts …"

„Weißt du, wie der Karl Herbert noch heißt?", ließ sich jetzt auch der Hinterstätter wieder hören.

„Ja, klar, Landwieser. Wieso?"

„Hätt' sein können, dass es zwei gibt mit diesen Vornamen, aber es stimmt schon, er is es."

„Ist was, was stimmt?"

„Ich, also … er hat mich auch einmal um Rat gefragt."

„Nicht möglich! … Und dann tut er so, als ob das was ganz Schlimmes wär oder Unmögliches … oder …"

„Ich auf alle Fälle ein Scharlatan, gell?"

„Ja. Aber ich hab ihm das ja sowieso nicht geglaubt."

„Und was wollte er von Ihnen?"

„Das darf ich natürlich nicht sagen. Nur soviel darf ich vielleicht verraten: es ist um seine Gesundheit gegangen, er hätte unter Umständen lange Zeit in der Neuro Klinik verbringen müssen."

„Und warum is das jetzt überhaupt wichtig?", fragte Klaudia und Matteo nickte eifrig.

„Weil …, weil da etwas ganz und gar nicht passt! Mehr kann und darf ich net sagen."

Der Förster sah seine jungen Besucher der Reihe nach sehr eindringlich an. „Ihr scheint mir sehr wach zu sein, alle Drei. Passt gut auf euch auf, denn die Geister die ich rief …, ihr Germanisten kennt das ja …"

„Den Zauberlehrling kennt auch jeder Gymnasiast.", warf Matteo rasch noch ein.

„Gut, dann weißt du auch, worauf du achten musst. Es ist eine gewaltige Verantwortung, die man trägt, wenn man etwas weiß, was anderen noch nicht offenbart wurde. Nicht immer kann man dann offen damit heraus, leider. Dann braucht es auch viel Demut, um auf höhere Mächte zu vertrauen."
„Hach, das ist doch eine Ausrede für Untätigkeit. Typisch für die Religionen. Davon ist aber noch nie jemand heil geworden."
„Weil das auch nicht immer die Bestimmung und das Lernthema ist."
„Und jetzt soll'n wir die Nelly einer Gefahr ausg'setzt lassen und auf irgendeinen Heiligen hoffen oder ein Engerl bitten, damit ihr nix mehr passiert, oder was?", Matteo war jetzt ziemlich aufgebracht.
„Ich werd' mein Möglichstes tun, nur muss ich das nicht mit euch besprechen und nicht damit hausieren gehen, damit es auch was nützt, das müsst ihr einfach akzeptieren.
In der Zwischenzeit denkst du, Matteo, an die Gänseblümchen, und zwar in Dauerbehandlung, nicht hin und wieder wenn' s dir grad so einfällt.
Der Christof könnt' nebenbei locker eine Ausbildung im Neurolinguistischen Programmieren vertragen, denn das bissl Studium schaffst du mit Links und NLP wird dich direkt nach vorne schmeißen, wo du ja unbedingt hin willst.
Und die Klaudia, ja, meine Liebe, können wir das vor den Buben hier besprechen oder magst hinausgehen?"
„Egal. Geheimnisse hab ich, glaube ich, keine."
„Deine Augen sind, wie mir scheint, ein bissl schwach. Die kann man aber stärken. Ich kenn' da eine Frau, die kann dir sehr gute Übungen beibringen, die die Muskulatur stärken. Das hilft viel.
Die empfindliche Iris kann man auch stärken, aber da braucht's eine andere Energie. Da geb' ich dir eine Adresse für Reiki Behandlungen. Dort sagst, dass du von mir kommst, dann kostet dich das nix. Hinfahren musst halt selber. Und weniger rauchen. Von allem. Hab ich dem Matteo auch schon g'sagt. Ist schon ein Zeitl her, machst es aber immer noch, du Rotzlöffel."
„Aber nichts Chemisches mehr, ich schwör."
„Da ist der auch noch stolz drauf! – Aber ja, immerhin ein Anfang."
„Das mit dem NLP, wie haben Sie das denn nun gewusst?"
„Dass du da auch schon einmal dran gedacht hast und dass dich das brennend interessiert? Das ist nicht schwer, ich weiß es auch nicht, ich spür' es nur und seh' es irgendwie, das lernst du auch noch."

So, da hat er die Jungen noch gut ablenken können mit seinen kleinen Ratschlägen, die ihm selber fast wie Taschenspielertricks vorgekommen waren. DAS konnte jeder Scharlatan. Da musste man die Menschen nur ein ganz kleines Bisserl kennen. Aber jetzt wollte er sich dem wirklichen Problem stellen. Nelly und Karl Herbert.

„Der Hinterstätter hat das schon vorher gewusst mit Klaudias Augen. Das hast ihm schon mal vorab verklickert, du Arsch!"
„Naa, hab ich net. Was gehen denn mich die Augen von der Klaudia an? Ich mag Mädchen mit rosa Augen, das is alles.", versuchte der Kleine sich ganz charmant. Christof war aber ziemlich sauer und wurde in seinen Äußerungen reichlich ausfallend. Klaudia hörte interessiert zu, schließlich ging es um sie. Nach einigen Minuten starker Worte, vor allem was Christof betraf, hatte sie aber genug.
„So, Burschen, jetzt könnt ihr aufhören. Der Deal ist der: Ich leg' mich jetzt ins Zelt, genau in die Mitte. Wer nix mehr sagt, kann sich auf eine freie Seite neben mich legen und eine Hand auf eine Brust von mir. Mehr nicht."
„Hey, du spinnst ja, ich hab da ja wohl gewisse Rechte und was willst du denn den kleinen Wichser hier anmachen?"
„Du brauchst nicht so zu brüllen und du hast eine Strafe verdient, weil du den Hinterstätter verdächtigst; weil der gleich geschnallt hat was du bis heut net wirklich checkst mit meinen Augen. Der Matteo hat eine Belohnung verdient, weil er uns hierher gebracht hat; weil der Hinterstätter megasteil drauf is."
„Was soll das überhaupt heißen auf eine Brust von dir? Wo soll denn da gesucht werden, bei dem Brett, was du da vorne hast, bitte schön?"
„Das bisschen was da wegsteht ist wenigstens schön hart. Kann man bei dir nicht immer feststellen."
„Jetzt gebts eine Ruh', sonst leg ich mich in die Mitten.", sagte Matteo ernsthaft trocken und brachte sie bei dieser Vorstellung zum Lachen.
„Würd ich wohl bei dir noch mehr finden wie bei meinem ollen Vögelchen hier." brummte Christof noch, dann mussten sie ordentlich zusammenrücken und drücken und ein bisschen schubsen, bis sie in dem Zweimannzelt einigermaßen Platz gefunden hatten. Schließlich waren sie sehr schnell eingeschlafen und Klaudias Brüste komplett unberührt geblieben.

Feiertag, als sie etwas zerdrückt aufwachten. Sie wollten in einem Kaffeehaus gemütlich frühstücken und dann langsam nach Wien zurückfahren. Kaffee und Zeitung und ein freier Tag. Was gab es Herrlicheres, wenn man jung war? Die grenzenlose Unbeschwertheit genießen, die ein strahlender Maitag mit sich brachte.
„Hey, da ist ein Artikel über den Donnenberg in der Zeitung."
„War im Herbst auch mal einer, is klar, das interessiert die Leut'."
„Aber hier, hört euch das an, das ist ja echt bös' und ätzend und - also wirklich! Die machen ein Interview mit ihm und er erklärt, was er macht und so.
Und dann: Die Signaturenlehre esoterisch? Kommt drauf an, was man unter dem Wort versteht. Es wird hier unendlich viel Missbrauch und vor allem entsetzlich viel Geschäft gemacht. Es ist ein Modewort, mit dem sich viel Geld machen lässt. So will ich die Signaturenlehre und alles wirklich naturheilkund-

lich esoterische nicht verstanden wissen. Das Wort kommt aus dem Griechischen und heißt eigentlich innerlich oder nach innen gerichtet. Das wäre es eigentlich schon, so, in diesem Zusammenhang, wär esoterisch naturheikundlich schon in Ordnung. Bald aber war das Wort unter Eingeweihten ein Symbol für geheimes, inneres Wissen. Von da an bekam es für viele Menschen einen besonderen Reiz, den Reiz des Mysteriösen, Unbekannten. Wer sich damit befasste begab sich auf den Weg zu großer Meisterschaft - worin auch immer. Im Supermarkt der Metaphysik kann man sich ja bedienen, heute mehr denn je, und sich aussuchen, welchen scheinbar spirituellen Weg man gehen möchte; Hauptsache gewinnträchtig.
Wie soll nun ein wirklich ernsthaft Suchender, ein hilfeheischender Kranker womöglich, die Spreu vom Weizen trennen in dieser Fülle von Verdrehungen und pseudowissenschaftlichen Arbeiten?
Besonders schlimm treiben es die Geistheiler, die Rutengeher und Pendler mit und ohne Pendel, die etwas >muten<, also in Wahrheit bestenfalls vermuten. Auf dem Lande finden sie besonders viele willige Opfer, hier hat sich der Glaube an die >Gaben< und >Wunder< bis in die heutige Zeit am Besten gehalten. Im Waldviertel treibt hier ein angesehenes Mitglied einer dörflichen Gemeinschaft schon über viele Jahre sein Unwesen mit dem Erfolg, dass Menschen viel zu spät erst einen Arzt oder wirklich Heilkundigen aufsuchen. - Pahh, ich pack's net, das ist echt bitterbös'. Und das geht ja noch weiter und alles in Richtung Hinterstätter, eine einzige Anklageschrift!"
Die Drei waren empört und besprachen während der gesamten Rückfahrt ihr weiteres Vorgehen.
„Ich werde den Donnenberg aufsuchen und ihn zur Rede stellen und zur Sau machen und Genugtuung fordern, jawoll, und wir werden uns im Fernsehen ein Rededuell liefern und ich werde den Hinterstätter rehabilitieren und … überhaupt."
„Schlechter Schluss.", merkte Klaudia an, „Gerade das Ende im Satz muss einschlagen, da musst du draufhauen, das ist das, was sich die Leute merken."
„Gut, ja, also zum satztechnischen Orgasmus: ich werde den Donnenberg verbalerweise aufschlitzen, bis seine Argumente Gedärmen gleich sich über seine Genitalien ergießen, ich werde seine gehirnverdrehten Gedankengänge vierteilen und den bereits gierig hechelnden Journalistenkrähen zum Fraße vorwerfen, bis von seinem hassgetränkten Akademikerspeichel nur noch der letzte Schaumtropfen über die in schlussendlicher Agonie wüst zerfetzten Zeitungsseiten sprüht!"
„Mir wird schlecht!" wagte Matteo von der Rückbank eine schüchterne Anmerkung.
„Ha, Frevler, kotz' mir bloß nicht ins Genick, sonst ereilt dich auch noch ein Donnenbergschicksal, wie es grausamer nicht sein könnte!"

Klaudia wand sich hinter dem Lenkrad, hatte Tränen in den Augen vor Lachen und prustete, sie müsse dringend ein Wäldchen finden und anhalten, sonst mache sie sich endgültig in die Hose vor Angst.

In Wien wollte Klaudia Matteo eigentlich nur rasch aussteigen lassen, er bestand aber darauf, dass sie mit ihm kämen und mit Hiro sprächen, schließlich seien sie seine Zeugen und überhaupt.
Hiro war alleine in der Wohnung und packte seine letzten Habseligkeiten zusammen, um sie in die neue Wohnung zu transferieren. Flöckchen sah ihm aufmerksam zu.
„Der weiß schon, dass was im Busch ist.", stellte Matteo fest und seiner Stimme war das Bedauern anzuhören. Jeder wusste, dass er den Hund gewaltig in sein Herz geschlossen hatte. Weniger offensichtlich war seine stetig wachsende Zuneigung für den Journalisten gewesen, den er jetzt in sein Bedauern mit einschloss. Er hatte sich so sehr an ihn gewöhnt. Und an das Essen, das fast immer auf dem Tisch stand, wenn er von der Schule kam.
Zunächst zeigten sie ihm den Artikel in der Zeitung.
„Schlecht, ganz schlecht. Sieht überhaupt nicht nach dem alten Herren aus, ich weiß nicht, ich kann's mir nicht vorstellen."
Dann erklärte Christof was er vorhatte, allerdings bediente er sich dabei einer gänzlich anderen Ausdrucksweise.
„Dieser Mann ist viel zu gut für diese Welt. Seine Gutgläubigkeit, Kompromissbereitschaft und Langmut könnten ihn die Achtung seiner Mitmenschen kosten. Nun gehen seine Gegenspieler doch tatsächlich dazu über, seinen Ruf öffentlich in den Schmutz zu ziehen und die Arbeit zu sabotieren, mit der er hoffte, noch vielen Hoffnungslosen wieder Mut zu geben.
Der Bogen ist einfach überspannt. Jetzt ist es an der Zeit, seine Widersacher mit ihren eigenen Waffen zu bekämpfen; und das werde ich, das werde ich ganz sicher!"
Hiro überlegte gerade, wie er den jugendlich überschäumenden Elan seines Studenten in weniger drastische Bahnen lenken könnte, als ihn Matteo mit der nächsten Hiobsbotschaft konfrontierte.
„Da ist noch die Geschichte mit dem Lehrer, die weiß auch der Christof am Besten, weil er nämlich Nachhilfe hatte bei ihm und dann waren sie sogar mal zusammen in … äh, also, los, erzähl' lieber du."
Der Student fackelte nicht lange und sagte einigermaßen präzise, was sie beim Hinterstätter herausgefunden und besprochen hatten.
Hiro wurde bei diesen Schilderungen blass und sah plötzlich wieder ganz verhärmt aus.
„Das heißt, Karl Herbert Landwieser kennt Herrn Hinterstätter schon sehr lange und müsste ihm eigentlich ganz besonders dankbar sein?"

„Ja, müsst' er. Ohne den Alten wär er vielleicht irgendwo in einem Narrenhaus, - bist du deppert – ich krieg ein mulmiges G'fühl!"
Klaudia dachte an die Schauerlichkeiten, die sie von Matteo über Nellys Zustand gehört hatte. Was, wenn der Lehrer etwas damit zu tun hatte?
„Geh', Klaudia, das is doch net zum Fürchten, es geht ja nur drum, dass er auch so blöd daherredt übern Hinterstätter, oder Hiro? Weil statt dankbar ist der Arsch irgendwie ..., irgendwie aufsässig. Kann das sein, Hiro?"
Der Ältere dachte eine Weile nach, dann nickte er langsam.
„Dankbarkeit ist ein Gefühl, das bei Menschen leicht in Hass umschlägt.
Das heißt, dass in einer solchen Situation leicht Hass aufkommt, weil der Mensch in seiner Dankbarkeit letzten Endes das Eingeständnis seiner eigenen Unzulänglichkeit erblickt. Da braucht es schon eine Portion Demut, um das zu ertragen. Das ist aber heute etwas, was die Menschen kaum noch dem Wort nach und schon gar nicht in seiner Bedeutung kennen.
Der Hinterstätter ist für den Landwieser gleichsam ein Symbol des Versagens. Die gegenwärtigen Anschuldigungen und Gehässigkeiten bieten ihm die besten Gelegenheiten, sich dieses Symbols zu entledigen."
Christof hatte sehr aufmerksam zugehört. Ach, wie professionell! Wortwahl, Syntax, alles. So musste das sein, so würde er, Christof, schon sehr bald werden.

„Das heißt, jemand wie er schafft sich alles vom Hals, was ihn zu Dankbarkeit veranlassen könnte?"
Wieder Nachdenken.
„Nein, ich glaube so würde ich das nicht ausdrücken. Dankbarkeit ist ein Auslöser für ein solches Verhalten, es gibt aber sicher noch andere Motive. Das Grundproblem ist ja die eigene Versagensangst, eben die Unzulänglichkeit; wenn also eine andere Situation des Unvermögens entsteht, wird das gleiche Verhaltensmuster aktiviert, um sich ein Symbol auszulöschen."
„Mann, das ist echt krass, he, da krieg ich auch irgendwie Gänsehaut."
„Sag' ich doch! Was is jetzt, wenn der wirklich so arg spinnt und so was?"
„Das ist wie Bierflasche anzünden und Zigarettenschachtel saufen, schräg drauf und beschissen umsonst."

Ja, sagte eine liebenswürdige ältere Frauenstimme, sie könnten auf alle Fälle kommen, er sei sicher hier. Falls er sich viel Arbeit vorgenommen habe würde es halt vielleicht nicht zu lange dauern dürfen, aber bis jetzt habe er noch immer alle Besucher empfangen und deshalb traue sie sich das zu sagen in seiner Abwesenheit.
Toll, die hatte nicht mal gefragt in welcher Angelegenheit.
Dann waren sie endlich in dem winzigen Nest an der Grenze und sahen ihn schon von weitem. Er war nicht zu übersehen. Dazu hatte jeder seinen Kommentar zu liefern.

„Mann, Rübezahl in weißer Ausfertigung."
„Den muss man mal gesehen haben. Mann wie ein Gebirge. Sieht absolut stoned aus. Ha, Wortwitz!"
„Sieht so aus, weil er es vielleicht ist, der hat hier jedes Kraut, kann sich alles reinziehn."
„Stark, ich zieh' bei dem ein."
„Stopp, aus, ihr lässt mich reden. Ihr habt Sprechverbot!"

Begrüßung. Bisschen umsehen? Ja, gerne. Vorsichtiges Herantasten.
Der Alte ganz harmlos, hatte keine Ahnung, was gleich auf ihn hereinbrechen würde.
„Eigentlich sind wir hier wegen dem Zeitungsartikel von gestern."
„Ach, hören Sie, ich hab davon gehört, meine … Tochter hat mir den vorgelesen, aber das ist nicht von mir, ich …"
„Das brauchen Sie jetzt gar nicht leugnen, wir wissen doch …"
„Gar nichts. Gar nichts können Sie wissen. Solche Untergriffe sind nicht von mir. Natürlich möchte ich, dass der Hinterstätter aufhört mit seiner Geomantie und diesen pseudowissenschaftlichen Aussagen, aber das versuche ich doch nicht auf solch platte Art und Weise! Da hat wohl der Journalist oder der Redakteur ein wenig daneben gegriffen."
„Ha, schon wieder Anschuldigungen!"
„Von wegen! Freitagnachmittag ist, hm, also schwer, dass wir jetzt noch jemanden erreichen, aber am Montag können Sie das nachprüfen, das muss Ihnen der sagen, der hier war. Ich weiß jetzt seinen Namen nicht, aber im Haus hab ich ihn sicher wo aufgeschrieben."
„Aha, und Sie sind sich keiner Schuld bewusst und wollen lediglich, dass alle rein wissenschaftlich arbeiten, die sich mit Alternativmedizin oder dem Gesundheitsbereich beschäftigen!?"
Christof erregte sich immer mehr, während er seine Gedanken vor dem Professor ausbreitete:
„Dieser Käse, dass alles auf Ursache und Wirkung beruht! Dieses kausale Denken gaukelt uns doch nur vor, wir hätten die totale Kontrolle über unsere Umwelt, wir hätten unser Schicksal selber in der Hand. Hören Sie sich nur an, was da so läuft auf den Trendseminaren. SEHR schmeichelhafte Vorstellung, ich brauche ja nur zu wollen, und zack – hab ich schon das perfekte Leben. Und deshalb halten wir so krampfhaft fest am kausalen Denken, weil es uns ein Gefühl der Macht gibt, es ist die Freiheit, nur durch unsere Handlungen Verknüpfungen zu erzielen. Das sind die Konsequenzen, die wir abschätzen und akzeptieren können.
Ich behaupte, wir sollten uns davon verabschieden und akzeptieren, dass es eben auch anderes gibt, worauf wir KEINEN Einfluss nehmen.

Es gibt die so genannten bedeutsamen Zufälle, die von C.G. Jung studiert wurden.
Dinge, die uns widerfahren, über die wir keine Macht ausüben können und die eine sehr nachhaltige Wirkung auf uns haben.
In anderen Kulturen, die noch nicht komplett vermischt wurden, im asiatischen Raum etwa und manchmal noch bei einigen Indianerstämmen, ist es nur ganz natürlich, vor wichtigen Lebensentscheidungen eine „Höhere Instanz" zu befragen. Den Schamanen, den Dorfältesten, die weise Frau, die Sterne ... Ja, das erfordert Zeit und Sorgfalt und ...äh ...Demut. Es ist aber auch eine Erfahrung des Eingebundenseins - in etwas viel Größeres, an das man glaubt. Das ist bei uns im Westen oder in den Industrienationen auch verloren gegangen.
Das kausale Denken, IHR ganzes wissenschaftliches Getue, werter Professor, ist demnach eine Tyrannei der Industrievölker, die die Vorstellung nicht zulässt, dass unsere eigenen Erfahrungen und Handlungen elementar mit denen anderer Menschen verknüpft sind. Und deshalb sage ich, wir sollten dieses westliche Modell der scheinbaren Objektivität aufgeben und uns ein Miteinander in Sachen Spiritualität erlauben!"

Der Professor wirkte wie immer entspannt und ganz ruhig, konzentriert und höflich.
„Das ist ein starkes Plädoyer."
„Ja, und ich bin noch nicht ganz fertig. Es geht mir ja darum, Ihnen vor Augen zu führen, dass wir im Grunde alle auf derselben Seite stehen. Hinterstätter, Fielding, seine Tochter, Matteo, Klaudia, Sissy, Nelly, Leo, ich und ... und eben Sie, Herr Donnenberg."
„Na da bin ich aber sehr gespannt, wie Sie diese verschiedenen Personen, die ich im Übrigen, fürchte ich, gar nicht alle kenne, alle in Ihren Bogen einspannen wollen!"
„Sehen Sie, Professor, es geht, wie ich schon sagte, um spirituelle Erfahrungen. Diese gelten, das brauche ich IHNEN ja nicht zu sagen, empirisch rational als Fiktion. Es gibt keine „Gründe" für manche Phänomene. Früher, vor der großen Glaubenskrise unserer Zeit, war das kein Problem, weil es eine klare übergeordnete Instanz gab, die für die meisten religiösen Überzeugungen verwendet werden konnte. Und für Erklärungen.
Und, was viele rational denkende Menschen gerne außer Acht lassen: auch wer alles erklärt hat noch nichts verändert.
Es gibt sie ja noch, die ganz ganz alten Gepflogenheiten, die Symbole, die tief verwurzelten religiösen Instinkte. Nur ihre eigentlichen Ursprünge und Bedeutungen sind vielfach in Vergessenheit geraten. Und genau deshalb gibt es die vielen bedeutungsschweren Zufälle, die Jung Synchronizität nennt, damit uns die Zusammenhänge wieder bewusst werden."

„Junge, Junge, ich bin beeindruckt. Sie haben sich WIRKLICH mit der Materie beschäftigt. Sie haben noch Großes vor sich."

„Danke, Herr Professor, aber ich will nicht vor Ihnen brillieren, falsche Fakultät, ich will Sie ÜBERZEUGEN. Denken Sie einfach nur nach über das, was ich gerade gesagt habe. In ruhigen Minuten, in Zeiten der Muße und, wenn Sie diese Anregung erlauben wollen, mit Ihrer Frau.
Meine Empfehlung, Herr Professor."
Christof drehte sich um, Kehrtwendung auch für seine beiden Begleiter, und ging sehr schnell davon.
Auch noch ein Gespür für den effektvollen Abgang. Und, kaum zu glauben, dieses gute Benehmen – in einem Alter, wo sie außer „Hi" doch kaum noch was zwischen den Zähnen hervor brachten! Nicht schlecht, der Junge.

Der Professor wandte sich nicht sogleich dem eben debattierten Problem zu, sondern blieb gedanklich erst einmal bei dem jungen Mann, der ihn sehr überrascht hatte.
Hatte ihm nicht jemand unlängst erzählt, das sei ein ganz mieser Bursche, der Jugendliche mit Drogen versorgte und zu sexuellen Handlungen anstiftete, um sich selbst daran zu erregen und so weiter in diesem Sinne? Wer hatte ihm das denn zugetragen ... ach, da machte sich wieder einmal das Alter bemerkbar. Warum passierte Zita das nicht? Oder fiel es ihr nicht auf? Er musste mal mit ihr darüber sprechen. Und über dieses eigenartige Gedankenmodell.
Er sollte sich auch wieder einmal C.G. Jung vornehmen, das war ja - Jahrhunderte her, dass er da mal hineingelesen hatte. Mehr Hörensagen als sonst was. Dabei hatte er das durchaus auch für sich annehmen können, was Jung sich da so gedacht hatte. Wie wissenschaftlich er dabei vorgegangen war, das wusste er nicht mehr. Das galt es natürlich zu prüfen.
Albert seufzte, tja, wenn er den Händel schon begonnen hatte musste er sich jetzt auch hinein knien; er wollte dem jungen Spund ja wohl nicht nachstehen.

Die Drei im Auto waren bester Laune. Der Alte war ganz passabel und eigentlich genau betrachtet voll nett.
Christof war zu Höchstform aufgelaufen, da waren sie sich auch zu dritt darüber einig. Klaudias Bewunderung tat besonders gut, sie sparte nicht mit ihrem ehrlichen Lob über die hervorragenden Recherchen und den flüssigen Vortrag. Matteo sah vor allem den praktischen Teil. Es war alles gesagt und der Professor war jetzt wohl gewarnt, falls doch er hinter dem Artikel steckte.
Wiederum wollten sie Matteo eigentlich nur rasch nach Hause bringen und wie schon gestern wurden sie nach oben in die Wohnung eingeladen. Diesmal von einer herzlichen Mutter, die gekocht hatte und das Essen bis jetzt, doch schon recht spät in der Nacht, warm gehalten hatte.

„Anschließend könntet Ihr in die neue Wohnung fahren und dabei noch die letzten Sachen hinbringen. Dort übernachten, der Einfachheit halber, und morgen vielleicht ein bisschen mithelfen, wenn noch was zu tun ist.
 - Und dann als Mitglieder des Begrüßungskomitees Spalier stehen und feiern, dass die Mädels wieder da sind."
„Dafür", mischte sich auch Hiro ein, „gibt es wunderbare Verpflegung von der Dame des Hauses hier und zehn Euro von mir pro Nase und Stunde getaner Arbeit."
„Gebongt, Mann. Meine Eltern kennen mich sowieso nur noch vom Telefon, wenn ich anrufe und sage, dass ich über Nacht nicht komme. Wenn ich tatsächlich mal aufkreuze wird meine Mutter mich für den Gasmann halten."
Klaudia und Christof waren schwer begeistert von dieser Wohnung. Heute nur noch die letzten Montagen von Lampen und einem Computer, dann noch die Namensschilder und fertig.
„Eigentlich könnten wir ein Haus für so viele Bewohner kaufen.", sagte Hiro halb scherzhaft, als er sich alle Namensschilder an der Wohnungstür anschaute. „Der Vermieter wird uns sowieso bald hinauswerfen. Fielding, McDougal, vorsichtshalber auch Huemer-Rizzardi, wahrscheinlich bald Reitmeier und Jung – Schneeflöckchen, wie heißt du im Nachnamen?"

Dann war es soweit und sie holten die beiden Mädels vom Bahnhof ab. Für Matteo, der Sissy etwas mehr in Erinnerung hatte als Christof, war es fast unglaublich, dass diese junge Frau die gleiche sein sollte wie Anfang März, als er sie zuletzt gesehen hatte. Sie schritt selbstbewusst über den Bahnsteig. Jemand, der nicht Bescheid wusste, hätte die Schritte für entspannt langsames Gehen gehalten statt konzentrierter Arbeit, die sie noch waren.
Nelly sah – zumindest auf den ersten Blick – genauso aus wie immer. Die Begrüßung zwischen ihr und Flöckchen, der zu Hause auf sie gewartet hatte, wollte kaum ein Ende nehmen und hätte der Hund die körperlichen Voraussetzungen gehabt wären ihm wohl ebenso viele Tränen über die schwarzen Wangen gekullert wie über Nellys sommersprossige.
„Willkommen daheim, alte Glucke. Was bin ich froh, dass wir wieder hier gemeinsam auf der Hühnerstange sitzen.", sagte sie zu Sissy, als sie wieder sprechen konnte und Flöckchen zu japsen aufgehört hatte.

29. Kapitel

Albert, 20. 06. 2007, Großegg, Waldviertel, Niederösterreich

Matteo und Maria hatten sich beim Frühstück über die Geschichte zwischen Hinterstätter und Donnenberg unterhalten.
„Kannst du nicht mal mit Zita darüber sprechen?"
„Ich weiß nicht Recht ob das gut ist, wenn sie da hineingezogen wird. Anscheinend ist ihre Tochter jetzt ziemlich viel beim Hinterstätter, also sitzt sie sozusagen eh schon zwischen den Stühlen."
„Warum ist er bloß ein Gegner dessen, was Hinterstätter macht?"
„Keine Ahnung, aber ich könnt' die Vicky fragen. Ich kenn' sie ja ganz gut und sie ist vielleicht nicht so in der Zwickmühle wie die Zita."

Vicky war sofort im Bilde und verstand, was Maria ihr da sagen wollte. „Ich weiß nicht, ob WIR da irgendetwas tun können, … aber ich finde das auch ganz schlimm. Weißt du, ich glaub, am ehesten hätte Pater Bernhard eine Erklärung dafür. Ich telefoniere einmal mit ihm und frage dann den Franz und den Pater, ob sie sich nicht darüber austauschen wollen, um zu weiteren Erkenntnissen zu gelangen."

„Schau", begann Pater Bernhard, als die zwei Männer sich dann in Salzburg trafen, „wir müssen nichts beweisen. Nicht einmal ich. Gott beweist sich selbst. Religion lebt von selbst. Und das, was mit uns oder durch uns geschieht, lebt auch von selbst. In uns. In jedem von uns, nur unterschiedlich stark.
Wir alle stecken in Geschichten, ein bisschen jeder für sich, viel mehr aber noch alle gemeinsam, in einer großen, niemals endenden Geschichte. Und genau hier haben wir Erfahrungen, bedeutsame Verbindungen, die die objektive Wirklichkeit mit der subjektiven Wahrnehmung in Einklang bringen. Verstehst du? Vernunft und Glaube schließen einander nicht aus. Fragst du ein Rädchen in deiner Uhr, warum es sich dreht? Nein, weil es dir das nicht sagen könnte, selbst wenn du seine Sprache verstehen könntest."
Verschmitztes Lächeln. „Was mich nicht verwundern tät. Aber es weiß es nicht, und deshalb fragst du nicht.
Wer sich also ereifert an dem was du tust sollte erst einmal seine grundsätzliche Einstellung zum Leben in seiner Komplexität hinterfragen. Das ist es, was mich so wundert bei Donnenberg, der ist doch überhaupt nicht engstirnig!"
„Weiß du was, ich glaub er hat eine Leiche im Keller."
„Wie meinst du das?"
„Da ist etwas in seinem Leben, das will er nicht aufdecken."
„Und du meinst er hat Angst, dass du das tust?"
„Wär möglich."

„Tust du doch nicht ungefragt."
„Vielleicht weiß er das nicht – oder er hat Angst, dass er mich fragen können möchte? Möchten könnte."
„Das ist ... eine äußerst interessante Überlegung."
„Ja, aber mehr nicht, ich will ihm ja nicht unrecht tun ..."
„Das musst du mir nicht sagen, Franz."
„Naa, eh, weiß ich, ... weißt, ich bin auch verwirrt, ich mein', das ganze Gerede, ich möchte am Liebsten den Hut drauf hauen und nix mehr wissen ..."
„Und niemandem mehr helfen?"
„Najaaaa ... meine Ruh' möchte ich halt – auch einmal haben dürfen."
„Es geht ja gar nicht um dich. Die Leute, zumindest hier in deinem Umkreis – und auch ein bissl in meinem – ändern ihre Einstellung zum Leben durch uns und, falls du diesen Gedanken akzeptieren kannst, damit auch zu Gott. Das hilft ihnen, und vielleicht hilft es auch der ganzen großen Geschichte ein wenig in die richtige Richtung."
Hinterstätter musste den Pater Bernhard genau anschauen, um zu sehen, dass er es ernst meinte.
„Du bist der größte unverbesserliche Optimist, der mir je untergekommen ist!"
„Dann hast du es nicht sehr oft mit gläubigen Menschen zu tun."
„Das kann man halt so verschieden auslegen, wenn ich nur an die Rosa denk' ..."
„Eine gute Idee, wenn du erlaubst, geh ich ein Stückerl alleine, dann kann ich besser an sie denken."
„Ah so nennt ihr jetzt das Beten?"
„Nein, aber so verstehst du 's besser."
„Ja, dann mach ich das jetzt auch, is ja wurscht, wie wir's nennen."

Der Pater lächelte still. Er liebte den Hinterstätter sehr, und er hatte selten einen gläubigeren Menschen getroffen. Da spielten die Gewohnheiten und Rituale der Religion keine Rolle mehr.

Dem Professor Donnenberg gegenüber, dem er gleich darauf seine Aufwartung machte, versuchte er eine vorsichtige Formulierung, ein Friedensangebot. Nach den üblichen Begrüßungsformeln waren auch diese beiden Männer zwischen den Beeten unterwegs. Die weitaus entspannendste Variante des Disputs, wie Albert zu Zita sagte.
Der Pater begann ohne große Einleitung. Er hatte sich lediglich als Franz Hinterstätters Beichtvater und Freund vorgestellt.
„In der Annahme des abgelehnten Schattens besteht der erste Schritt zur Individuation und, beängstigender noch ..."
„Was wollen Sie mir damit sagen?"

„Das finden Sie bitte selbst heraus. Ich habe nur eine Tatsache festgestellt. Eine philosophische, wenn Sie so wollen ...
Gehen Sie doch einfach einmal zu ihm. Reden Sie mit ihm. Fragen Sie. Und – nehmen Sie am Besten Frau Bacher mit."
„Hochwürden, ich meine, Pater, bitte, wie soll ich das verstehen, meinen Sie, er kann uns bekehren, damit wir nicht mehr in Sünde leben? Darauf wollen Sie doch hinaus, oder?"
„Nein, darauf wollen SIE hinaus, mein lieber Herr Professor."

Donnenberg war betroffen. Schweigend ging er dahin und ging auch weiter, als sich der Pater verabschiedet und zum Dorf zurück gewendet hatte. Da gab es wieder eine schöne Nuss zu knacken. Meinten sie, er fürchte ein Gespräch, selbst wenn der Hinterstätter Zitas Geschichte erspürte ... was dachte er da, was kam ihm in den Sinn? Wie lange hatte er schon nicht mehr an die leidige Geschichte gedacht? War ja auch Blödsinn, dass sie ihm gerade jetzt einfiel. Meinten Sie etwa, er oder Zita hätten eine Leiche im Keller, die nur der geniale Hinterstätter würde erfühlen können? Er lachte etwas bitter auf. Ha, die Schwingungen der Leiche, da lachen ja die Hühner!

„Was meinst du, sollen wir uns mal vom Hinterstätter beraten lassen?"
„Mein lieber Albert, was genau führst du da im Schilde, was ich vielleicht wissen sollte?"
„Es ist so, dass ich langsam glaube, dass irgendjemand uns irgendwie gegeneinander ausspielen will und dem will ich schon auf den Grund gehen."
„Da hast du absolut Recht und da will ich dich gerne begleiten. Weißt du eigentlich, dass die Vicky jetzt öfter bei ihm ist?"
„Bei wem – beim Hinterstätter? Das gibt's ja wohl nicht, oder?"
„Doch, ich glaub' schon. Aber bitte sei ihr nicht bös!" Du hast sie ja eigentlich drauf gebracht, dass sie etwas in ihrem Leben ändern soll."
„Ja, unbedingt. Aber doch nicht sooo, nicht mit DEM!"
„Das weiß man halt vorher nie, wenn man auf einmal das Signal setzt, dann kommt das so daher ..."
„Wieso ist sie denn überhaupt zu dem hin, ha?"
„Neugierde vielleicht, weil sie sich nach Ostern einmal eine Zeit schlecht gefühlt hat."
„Das ist immer so, wenn man sich nach langer Zeit einmal mit sich selber auseinander setzt."
„Das hast du ihr aber nicht gesagt damals."
„Ist auch wahrlich nicht meine Aufgabe."
„Vielleicht hat das der Hinterstätter als seine Aufgabe gesehen. Er setzt sich schon sehr ein für die Gesundheit der Leute."

„Ha, weil ich das etwa nicht tu, oder was? Was glaubt er denn, dass grad er die Leute beraten kann? Doktor brauchen wir eh keinen mehr?"

„Das glaub ich nicht. Es gibt halt so viele verschiedene Ansätze. Und was mir am besten gefällt ist das, wenn die Leute sich für ihre Gesundheit selbst verantwortlich fühlen und nach Antworten suchen, die sie auch verstehen können."

„Die bekommen sie bei mir ja auch."

„Natürlich. Dein Gebiet und das vom Hinterstätter, die schließen einander ja nicht aus. Aber der Ansatz ist in beiden Fällen die Hilfe zur Selbsthilfe durch Verständnis und Annehmen der eigenen Person, was im herkömmlichen Gesundheitssystem ja – leider noch nicht - so ist."

„Hmm, muss ich dir Recht geben – will ich natürlich auch - ,weil normalerweise in diesem System jeder alles geschenkt haben will ... und die Verantwortung sofort auf den Arzt abschiebt, der natürlich in Wahrheit nichts ausrichten kann, wenn sein Patient die Genesung nicht selber aktiv vorantreibt, weil er das Grundmuster erkannt hat. Ach, Zita, eigentlich wäre das alles so einfach."

„Nicht wäre, mein lieber Mann, IST es, weil schau, es ist doch nicht schlimm sondern eigentlich absolut wünschenswert, wenn verschiedene Charaktere in einer Sache Partei ergreifen und miteinander zu einem Ziel – also zum Beispiel der Genesung – kommen.

Beispiel: Du nimmst für meine Wirbelsäule auch nicht nur den Ackerschachtelhalm, du holst auch den Bambus mit dazu, damit sie ihre Wirkstoffe gemeinsam für mich einsetzen."

„Gut, dann also auf zum Hinterstätter und dort werden wir vielleicht auch klären können, wer uns gar so gegen einander aufwiegeln will."

30. Kapitel

Der Pfarrer, 31. 08. 2007, Asyl der barmherzigen Schwestern, Salzburg

Der Hinterstätter saß auf der einen Seite des Bettes, der Pater auf der anderen. Sie hielten Erwins Hände fest in den ihren.
„Sorgfältig hat er darauf geachtet, dass keine Fotos aus seiner Kinder- und Jugendzeit irgendwo liegen, sonst wäre wohl einigen aufgefallen, dass Ähnlichkeiten da sind. Na was soll's, zum Glück kein Diabetes vererbt."
„Ja, hast Recht. Die Gesundheit ist wichtig und da drüben in der Wärme scheint es ihm gut zu gehen. Er hat ja direkt stärker ausgesehen beim Begräbnis."
Wieder waren die beiden Freunde in Gedanken.

„Als der Donnenberg mir schon recht blöd gekommen ist hab ich den Erwin auch einmal besucht, da hat er gesagt:
„Ist schon eigenartig, dem Vieh gesteht man angeborenes Wissen zu. Da ist das ganz normaler Instinkt. Sag, ist`s vielleicht der Neid, weil du dich traust ...?"
Auch der Pater hatte so seine Erinnerungen.
„Er sprach mit mir, als klar war, dass die Durchblutungsstörung durch die Diabetes mellitus auch im zweiten Bein so stark fortschreitet, dass auch dieses wie schon das erste abgenommen werden muss.
Ich hab ihm gesagt: „Erwin, ich bin so froh, dass du dich jetzt endlich, endlich dazu entschlossen hast! Wenn der gute Franz jetzt auch einsichtig ist und das Richtige tut ..."
„Meinst du, dann kann sie endlich Abschied nehmen?", hat er mich gefragt.
„Ja, dann wird unser Herr sie liebevoll empfangen, weil sie endlich bereit ist."
Er hat mir dann seinen Brief an dich zu lesen gegeben."

Lieber Franz, mein Freund, der du für mich sein wirst bis an mein Ende!
Seit ich weiß, dass sie mir auch noch das zweite Bein abnehmen müssen, nehme ich mir diese größte aller meiner Beichten vor. Es ist die größte, weil du sie mir abnehmen musst und anders als meine Beichtväter wirst du mir keine Absolution erteilen, weil ich dich so viele Jahre so sehr betrogen habe. Ich glaube, das war uns am Anfang gar nicht klar, der Rosa und mir.
Wir haben ja alle drei gesündigt, also was war schon dabei, dass du ein Stückerl mehr Verantwortung übernommen hast als ich. Und seit er zehn war, hab ich genauso viel übernommen. Unsere Schuld war vor allem, dass wir dir nicht von Anfang an gesagt haben, wie es ist. Du warst so stolz damals als junger Hammel, der alles flach gelegt hat, was nicht bei DREI auf den Bäumen war, kannst du dich noch an deine Sprüche erinnern? Du hast das einfach als dein gutes Recht betrachtet, aber mir hättest du keine Schwäche zugestanden. Und schon gar nicht der Rosa. Wie konnte sie sich mit einem so schwindsüchtigen

Bürschchen wie mir abgeben, wo doch der starke Deckhengst auf sie abgefahren ist?
Ja, der Roman, ich bin mir vom Aussehen her ziemlich sicher, ist mein Sohn. Jedenfalls kann er es sein, genauso wie deiner. Weil wir beide, du und ich, in den gleichen Monaten was hatten mit der Rosa. Ich habe ihr zugehört und sie verstanden, weißt du, und da sind wir halt auch schwach geworden, auch weil sie sich nie sicher war bei dir, wie ernst du es meinst mit ihr, hat sie sich immer wieder bei mir ausgeweint. Und sie hat auch Halt gesucht und eben Verständnis.
Weißt du, sie hat sich ein bisschen vor dir gefürchtet. Damals schon und auch später. Am meisten, als du mit deinen besonderen Fähigkeiten angekommen bist. Ja, sie hat es mit bekommen, vielleicht viel früher als du, dass du was weißt, was anderen verborgen ist.
Einmal hat sie mir geschrieben, der Teufel säße dir im Leib, sie gehe täglich in die Kirche, denn das gehe nicht mit rechten Dingen zu. Ich hab sie immer wieder beruhigt, aber mit der Zeit wurde auch das schwieriger. Sie hatte diese Vorstellung, deine Gabe sei zum Fürchten. Und ich glaube, sie fürchtet dich noch immer.
Wenn du auch mir nicht vergeben magst, bitte, komm mit ihr ins Reine! Ich bete seit damals für uns vier, die wir untrennbar verbunden sind, und hoffe, dass nun bald wenigstens einer von uns Gott gegenübertreten darf.
Dein liebender Freund Erwin

„Dann schrieb ich auch noch einige Zeilen dazu, klebte das Kuvert zu und eine Marke darauf und schickte den Brief mit zahlreichen Gebeten versehen endlich dahin, wo er schon längst hätte sein müssen.

„Ich bete fortwährend, er möge mich zu sich rufen. Es wäre die größte Gnade, wenn dies während der Operation geschehen könnte." sagte mir der Erwin noch mehrmals, bevor sie ihn holten zu dieser schwersten aller seiner Operationen.
„Ja, mein Lieber", hab ich ihm noch munter gesagt ganz zum Schluss, „klammheimlich möchst dich davonmachen, ha? So wird's nicht sein können. Aber vertrau nur, ER wird's dir schon recht machen. Und das ist mir ganz ernst jetzt: Du hast es IHM ja auch recht gemacht!"

Der Hinterstätter nickte schwer. Dann erzählte er seinen Teil.
„Der Herr Professor hat die Operation wieder gut überstanden." hat die kleine, eifrige Schwester gesagt. ZU eifrig. Da war was im Busch. „Und ... Sie können schon kurz hinein, Sie können ihn gerne sehen, es ist nur ... er ist noch nicht ansprechbar. Und ..."

Komm, Mädel, hab ich gedacht, sag was du weißt und nicht, was deine Anweisungen sind.

Die Schwester war dann auch gar nicht mehr eifrig, sie hätte sich jetzt gerne schnell verzogen, das konnte ich gut sehen, aber ich hab sie nicht so leicht los gelassen mit meinem Blick. Die arme Kleine. Sie sollte doch möglichst ruhig sein und allen sagen, das würd' gleich wieder, was aber, wie sie glaubte und sonst wohl auch alle auf der Station, ein Blödsinn war.

„Und ...", hat sie es noch einmal probiert mit ihrem süß-professionellen Lächeln, als sie mir mit ausgestreckter Hand den Weg gewiesen hat, „Gehen sie ruhig."

Ich hab mir stattdessen ihre Hand geschnappt – durchaus ruhig – und sie hat sie mir auch gelassen. Da lag die kleine Hand zwischen meinen klobigen Fingern, wie ein Vögelchen in seinem warmen Nest. Als ich sie gleich wieder freigab war das fast schade. Sie schüttelte den Kopf. Überarbeitet, das musste sie sein, das muss sie sich wohl gedacht haben.

Ich wusste jetzt, was ich hatte wissen wollen. Und doch lieber nicht gewusst hätte.

Ach, das war doch nicht meine Rache, oder? Du weißt, dass ich mich das sofort gefragt hab. Hab ich mir da etwa doch etwas gewünscht? Kann das sein? Sag, kann das sein?"

„Aber Franz", sagte der Pater, „deine Geschichte ist nicht ganz so spektakulär wie du glaubst. Du bist viel zu arglos, niemals könntest du einen solchen Wunsch absenden."

Der Hinterstätter schaute den Pater an und sah, dass es dem ganz ernst war mit seiner Aussage. Da musste er wohl darüber nachdenken. Aber sofort kam ihm der Fortgang der Geschichte in den Kopf und er versank in Schweigen, denn diesen Teil kannte der Pater eigentlich sogar besser als er selbst.

Am Schluss von Erwins Brief waren die Zeilen Bernhards angefügt.

Guter Freund,
das wird jetzt noch einmal sehr schmerzlich für dich. Ich bin in meinen Gedanken und Gebeten ganz bei dir und ich werde alle deine Gedanken und Entscheidungen und auch Taten gut heißen, weil du gut BIST. Lasse deinen Zorn zu und auch deine Trauer.

Doch vergesse nicht, du hast nichts und niemanden verloren durch diese Beichte, sondern einen aufrichtigen Freund gewonnen und eine Seele für Gott, unseren Herrn, wenn sie endlich zu ihm kommen kann.
Bernhard, fr"

Vicky war da gewesen wie immer in letzter Zeit; im Hintergrund wie immer, seit sie ab der Sommerpause am Theater bei ihm war; so geduldig wie nie zuvor in ihrem ganzen Leben.

Schließlich rief sie in Salzburg an, im Borromäum, weil sie den Namen des Pflegeheims nicht kannte, aber man gab ihr sofort die Nummer des Asyls, in dem Erwin schon so lange lebte, wenn er nicht gerade im Krankenhaus war. Die Schwestern dort sagten ihr, er sei bereits operiert, aber noch nicht ansprechbar.
Vicky fragte nach Pater Bernhard, ob den jemand kenne. Ja, durchaus, ein guter Hirte und bester Freund des Herrn Professors, der oft hier sei, seit der Herr Förster so selten komme. Ja, sie könne gerne die Nummer des Klosters haben. Es war dann noch eine lange Prozedur, bis sie wirklich Pater Bernhard in der Leitung hatte. Sie war sich nicht sicher, ob er sich an sie würde erinnern können und wie sie ihre eigene Rolle womöglich beschreiben sollte, aber der Mönch nahm ihr schnell alle Scheu. Er wisse worum es gehe und freue sich, wieder einmal persönlich mit ihr zu sprechen, er kenne sie ja nur von ihrem kurzen Telefongespräch damals und aus lieben Erzählungen.

„Pater, ich weiß mir nicht zu helfen. Er war nicht ansprechbar, nachdem er diesen Brief gelesen hatte, ja nicht einmal auffindbar, nachdem er ihn auf den Tisch legte, aufstand, seine Jacke holte und das Haus verließ.
Er lag so ganz offen da, da hab ich ihn auch gelesen. Ich hab mir schon gedacht, dass er jetzt erst einmal mit sich ins Reine kommen muss, aber es ist jetzt die dritte Nacht. Ich mache mir große Sorgen."
„Es liegt jetzt alles bei ihm, liebe Vicky ...", er sagte das so weich und so ganz selbstverständlich, die Tränen schossen ihr in die Augen, sie wollte sich nur noch fallen lassen, einsinken in diese Stimme, die alles zu verstehen schien.
„ ... ganz allein bei ihm, und er ist sich dessen sehr bewusst.
Er braucht nur ein wenig mehr Zeit und Muße, das ist alles. Vertrauen sie ihm – er verdient es."

Diese letzten, ruhigen, bescheidenen Worte, ohne Pathos und Betonung vorgetragen, gaben ihrer Beherrschung den Rest. Sie sank in sich zusammen, weinte still vor sich hin, konnte nichts mehr sagen. Auch ihr Gesprächspartner war still. Natürlich war es Vicky, die sich bald bemüßigt fühlte, den Faden wieder aufzunehmen, jedenfalls wollte sie es versuchen.
„Pater, sind sie noch ..."
„Freilich, aber sie müssen nicht ..."
Ich kann ihn doch nicht ewig hier in der Leitung hängen lassen, das ist ja peinlich.
„Danke für alles ..."
„GOTT ist gütig, liebe Vicky, wenn Sie Hilfe brauchen, ist ER zuständig, aber ich bin sein Handlanger, soll ich zu Ihnen kommen?"
„Nein, das ... ja, ich meine ... das ist zu viel verlangt ... wenn Sie meinen, er kommt schon klar ..."

„Es geht jetzt gar nicht um ihn, sondern um Sie, brauchen SIE jemanden?"
Sie hoffte, er höre ihr haltloses, aber immer noch lautloses Weinen nicht. Seine Worte waren so ... machten ihr ihre Einsamkeit bewusst, auch ihre Hilflosigkeit, die sie sich nie eingestehen wollte. Immer noch hielt sie den Hörer an ihr Ohr gepresst, ganz verkrampft die Finger drum herum und rang mit ihrer Stimme, die einfach ihren Kehlkopf nicht passieren wollte.
Sie wollte sich gerade aufraffen, wenigstens ein paar Worte - auf einmal war da eine Wärme, eine Schwingung und ein Strahlen.
Dinge, mehr Empfindungen eigentlich, die sie mittlerweile gut kannte, die ihr aber noch nie SO bewusst gewesen waren wie jetzt. Sie brauchte nicht den Kopf zu heben um zu wissen, dass er wieder da war. Sanft nahm er ihr den Hörer aus der Hand, lauschte, hörte nichts.
„ ... Bernhard?"
„Gott grüße dich, Franz, und – er sei mit dir."
Schweres Atemholen „Das is er, Bernhard, er is es."
„Gut. Ich bin nur ein kleiner Diener, aber falls ich ..."
„Bernhard, würdest du mich begleiten, wenn ich zur Rosa fahr'?"
„Freilich, musst nur sagen, wo wir uns treffen. Am besten morgen."
„Ja, morgen."
Sie verabredeten, wie sie sich am nächsten Tag, jeder aus einer anderen Richtung kommend, finden würden und wünschten sich noch eine gute Nacht.

Vicky hatte keine Ahnung, wie sie sich verhalten sollte. Sie fühlte sich so schwach, hockte immer noch ganz armselig da und sah auf ihre Hände, als würde sie sie zum ersten Mal sehen.
Franz kam ganz nah zu ihr, verströmte wieder diese pochende Wärme und nahm sie sanft am Arm.
„Komm, steh auf, gehst mit mir eine Runde ..."
Oh, sie kannte seine Runden, die waren mal in einer halben Stunde, mal in zehn Stunden erledigt, je nachdem, was ihm auf seinen Wegen so unterkam. Klar definierbare Begebenheiten wie ein verletztes Wild, weniger greifbare wie die Spur eines kranken Tieres, der er dann stundenlang folgte oder auch die für Sissy schwer nachvollziehbaren inneren Beweggründe, seine >Schwingungen< eben, die ihn auf seinen Runden verharren ließen.
Nun denn, es sollte ihr egal sein, sie würde ihm bereitwillig überall hin folgen nach diesen katastrophalen Tagen und Nächten, in denen ihr wiederum noch klarer geworden war, was dieser komplexe, schwierige, individualistische, herbe und so wunderbare, geistvolle, alles lösende Mann ihr bedeutete.
Also nickte sie nur und lehnte sich bestätigend gegen ihn. Natürlich brach sie jetzt erst recht in Tränen aus, dumme Kuh, aber das war ja typisch, wenn sie in seiner Nähe war. Sie ließ sich gehen, fallen, alle ihre mühsam errichteten Mauern brachte er mit einem einzigen Blick zum Einsturz. Ganze Sturzbäche

produzierte sie, wurde geschüttelt von hektischen Schluchzern, die sich jetzt alle befreien wollten, nachdem sie sie vorhin mit aller Gewalt zurückgehalten hatte. Oh, wie peinlich! Franz sagte gar nichts, nahm ihre Jacke von der Garderobe und sie an die Hand, dann führte er sie auf seinem vertrauten Weg in den Wald. Es war schon sehr dunkel.
Das Mondlicht überströmte ihr Gesicht wie vorhin die Tränen, durchscheinend und ganz zart sah sie aus, so wunderschön wie aus Porzellan.

Du bist so wunderbar, so fein und so betörend und könntest in Wien immer noch ein ganz großer Star sein ... ich weiß einfach nicht, was du mit mir altem Trottel willst, dachte er ergriffen und voller Dankbarkeit.
Mit dir schlafen und aufwachen und LEBEN und glücklich sein bis an mein Lebensende, schien sie ihm in inbrünstiger Stummheit zuzuschreien.
„Hm...mhm.."
„Ich hab nix gesagt."
„Doch, doch, aber sehr leise."
Hab ich was laut gesagt oder blufft er?, fragte sich Vicky kurz, aber es war nicht wichtig.
„Ich komm morgen mit, wenn es dir Recht ist. Nur in die Stadt, damit ich da bin ... nachher."

Der Besuch bei Rosa war wie immer hart für Franz. Jedes Mal aufs Neue war es schlimm, sie so zu sehen. Sie lag da so wie sie gerade gelagert worden war. Mehrmals am Tag wurde sie gewendet.
Gewaschen einmal am Tag. Basale Stimulation und Bewegung meistens täglich. Ernährung durch Sonde wie seit sechseinhalb Jahren.
Spontanatmung und Herzschlag waren da wie immer, wurden aber nicht mehr durch ständiges Monitoring überwacht. Die Gehirnströme wurden planmäßig gemessen, zeigten aber das gleiche Bild wie bei der ersten Messung nach der Reanimation. Wenige Alphawellen, aber vorhanden. Ihre schönen roten Haare, mit ganz wenigen Silberfäden durchzogen, wuchsen ständig, hatten nichts eingebüßt an Fülle und Stärke. Genauso wie ihre Finger- und Zehennägel. Ihre Gesichtszüge waren ruhig, so ruhig hatte er sie kaum einmal gesehen solange sie wach gewesen war.
Er hatte sie ja kaum jemals schlafen sehen.
Pater Bernhard sprach zuerst mit ihr, betete, spendete ihr ein letztes Mal das Sakrament, das sie begleiten sollte. Dann ließ er den Hinterstätter allein mit seiner Frau.

Franz atmete schwer ein und lange wieder aus, ganz bewusst jetzt. Ja, er war sich bewusst.
So Vieles, was er falsch gemacht, so Vieles, was er ihr angetan hatte.

Wie sonst auch immer setzte er sich schwer auf ihr Bett, dicht neben sie.
Auch die anderen Male hatte er mit ihr gesprochen, ganz leise. Immer hatte er sie um Vergebung angefleht, weil er nur sein eigenes Seelenheil im Kopf hatte. Egoist, der er immer gewesen war und immer sein würde. Dabei war es ganz was anderes, was sie brauchte, wonach es sie verlangte, worauf sie jetzt schon so lange wartete. Und ein Anrecht hatte, davon war er überzeugt.
Er nahm ihre Hand, die leblose, kühle Hand. Mangelnde Durchblutung, klar. Sie hatte kräftige Hände gehabt, jetzt waren sie fast zart und hatten dünne Finger mit einer wächsern durchsichtigen Haut, unter der jede Ader erkennbar war.
„Rosa, ich weiß es jetzt. Es wär gut gewesen, wenn ich es früher gewusst hätt. Für uns alle drei, vielleicht auch für den Roman, ich weiß es nicht. Mein Gott, ich glaub' fast, unbewusst hab' ich ihn abgelehnt. Er ist mir immer so fremd gewesen. Aber das sind wahrscheinlich Ausreden. Tatsache ist, ich war kein guter Vater. Und ein miserabler Ehemann. Aber das weißt du ja. Was du jetzt wissen musst, Rosa, das is, dass ich dir alles verzeih'.
Wirklich tragisch find' ich's aus heutiger Sicht sowieso nicht. Ihr habt euch nicht mehr zuschulden kommen lassen als ich, also was soll's. Du musst es nur wissen, gell, Rosa, aber so is es. Es ist vergeben, der Erwin wird seinen Frieden finden und du auch, gell, Rosa, du auch, ha? Ha, Rosa??"
Fast hätte er jetzt gebrüllt, seine Verzweiflung hinausgeschrieen.
Mein Gott, verlass mich nicht! Warum spür ich denn nichts, keine Schwingung, kein gar nix?!
Mit allem, was sonst auf ihn einbrauste, wenn er nur Jemandes Hand nahm, gerade bei ihr, wo es am Wichtigsten gewesen wäre, da war nichts. Das war viel, viel erschreckender als alles, was er sonst so fühlte, was sich übertrug an Wissen, Gefühl und Leiden einer Person. Er konnte diese Leere richtig vor sich sehen. Schwärze. Leere. Endlose Weite. War das der Ort, wo sie sich aufhielt, seine Rosa?
„Ich versteh`s nicht, ich versteh`s nicht." flüsterte er immer und immer wieder, einem Mantra gleich. Bettelnd um seine Gabe, die er auch oft genug schon verwünscht hatte.
Irgendwann legte ihm die Nachtschwester die Hand auf die Schulter, ganz leicht nur, aber er zuckte gewaltig zusammen, so dass die Schwester auch zusammenzuckte. Er sah so verhärmt und so verwirrt aus, dass es sie schmerzte, obwohl sie das hier oft genug erlebte.
„Herr Hinterstätter, soll ich Ihnen was zu trinken bringen?"
„Ja also ... ja, ja, sehr gut, ja, bitte!"
Na fein, hat er sich wieder gefangen, dachte die Nachtschwester.
So, hab ich noch Aufschub, dachte Franz.
„Jetzt, Rosa, noch einmal, und, bei allen guten Geistern, IRGENDWER wird `s dir doch übermitteln, in deine schwarze Welt hinein, du kannst jetzt ruhig

heimgehen. Es ist alles, alles in Ordnung. Jeder von uns, Rosa, hat seinen Frieden!"
>Reise<, schoss es ihm durch den Kopf.
Er sprach so konzentriert und eindringlich, dass ihm der Schweiß ausbrach, obwohl er genau wusste, dass das nicht nötig war. Es war seine Verzweiflung, das wusste er auch, die ihn so handeln ließ.
Dann war die Schwester mit dem Tee bei ihm und er trank dankbar.

„So, jetzt geh ich, danke noch einmal, ich hoff' es wird eine ruhige Nacht für Sie."
„Danke, Ihnen auch, Herr Hinterstätter!"
Klar ist es ruhig bei uns, dachte die Nachtschwester, hier kann keiner was sagen, keiner schreien, höchstens sterben, dann wird's noch ruhiger.

Am übernächsten Tag starb Rosa.
Es war nicht überraschend für den Hinterstätter, als der Anruf kam.
Diesmal waren die Zeichen ganz von selbst gekommen. Er hatte an sie gedacht, wie fast in jeder Stunde, seit er sie das letzte Mal im Krankenhaus zurück gelassen hatte. Und dann war die Helligkeit gekommen, er wusste zunächst gar nicht woher. Flutlichtanlage. IN seinem Wald!?

„Bernhard, ich muss dir was sagen ..."
„Ich weiß."
„Warst du auch noch ..."
„Nein, ich hab's gesehen, das Licht."
„Du auch ...?"
„Ja freilich, und da sag mir noch einer, es wär zum Fürchten!"
„Nein, nein, das is es nicht – wenn man gehen kann – und darf ..."
„Lass gut sein, Franz."
„Es tut trotzdem weh."
„Freilich, Franz, geh hin und trauere. Für dich. Sie, das weißt Du eh, braucht das nicht mehr."

Der Bub muss verständigt werden. Und der Erwin, der ja selber grad die Operation vor sich hat. Mit diesen Gedanken wollte sich der Hinterstätter ganz bewusst im Hier und Jetzt halten, ganz bewusst alle wichtigen organisatorischen Schritte bedenkend, fernab jeglicher Grübelei.
Der Roman kommt nach Haus'. Wie werde ich, wie kann ich ihm gegenübertreten? Viele Gedanken, die sich immer wieder einschleichen wollten. Und doch fühlte er sich - befreit. Frei von Schuld?

Der Roman besuchte zuerst einmal seinen Paten und Mentor, der auf die Operation vorbereitet wurde. Dann kam er in sein Vaterhaus, das er ja doch kaum kannte, übernachtete und ging zum Begräbnis seiner Mutter, wo er keine Worte fand.

Pater Bernard hielt die Grabrede und war eine große Stütze für den Franz, der so schrecklich durcheinander war, obwohl er sich seit vielen Jahren auf diesen Tag hatte vorbereiten können.
„So viele Menschen, ich hab gar nicht gewusst, dass unsere Verwandtschaft so groß is."
„Ja, und alle kommen sie und wollen reden und essen."
„Ja, wie Weihnachten oder eine Tauf'... oder eine Hochzeit!?"
„Genau. Was schaust mich so an?"
„Meinst es wär an der Zeit, dass ich sie frag?"
„Ja, bald, aber dann lasst euch bitte noch Zeit, damit die Leute kein blödes Gerede haben."
„Wer gibt schon was auf die Leut'!"
„Alle, du auch, weißt eh wie es is bei Euch. Und die meisten Leut', die da sind, verehren dich und schauen zu dir auf, weil du fast allen schon einmal geholfen hast. Du bist eine öffentliche Person, da wirst du ganz genau beobachtet, wie du ja auch weißt ..."
„Ja und überhaupt von meinen lieben Feinden, die mir eh immer was nachsagen wollen ..."
„Eben."

Eine Woche später telefonierten die beiden Männer schon wieder und es war fast genauso wie beim letzten Gespräch.
„Bernhard, ich muss es dir gleich sagen, der Erwin ..."
„Ich weiß."
„Ach ... herrje ... schon wieder ..."
„Nicht was du denkst, mein Guter. Ich war während der Operation bei ihm, also draußen im Warteraum halt ... er ist mit den letzten Sakramenten versehen ..., sie haben mich geholt, weißt du, das war alles so abgemacht. Aber dass es so ausgeht, das hat er sich bei Gott nicht gewünscht."
„Bernhard, ich, ich mein, ich hab doch nicht ...?"
„Nein, Franz, so groß ist deine Macht nicht. Und im Übrigen glaub ich nicht, dass du ihm das gewünscht hast."
„Nein, aber ... man nennt das verfluchen, weißt schon, im ersten Moment, ich war ziemlich ..."
„Mach dir da jetzt nix draus."

Und heute war sein Geburtstag und sie waren wieder zusammengekommen und hatten sich erzählt, was jeder schon wusste und was doch gut tat immer wieder auszusprechen und nachzudenken und aufzuarbeiten.

Der Erwin nahm jetzt nahezu Rosas Platz ein, denn auch zu ihm kamen Bernhard und Franzl, setzten sich zu ihm, sprachen mit ihm, beteten, hielten seine Hand; und auch er konnte alles das nicht erwidern. Seine Augen waren geöffnet, er schluckte, wenn man etwas in seinen Mund schob, er schloss die Augen, wenn es dunkel war oder auch tagsüber, wenn er einschlief. Doch sein Geist blieb gefangen in den dunklen Gängen der Narkose, die für ihn nun Endgültigkeit angenommen hatte. Er würde nicht mehr erwachen, bis der Tod ihn endlich holen wollte.

31. Kapitel

Der Hinterstätter, 26. 09. 2007, Schlossberg im Waldviertel

Da standen sie jetzt in seinem Waldhäuschen. Dicht beieinander, fast ein wenig unsicher.
Hänsel und Gretel, schoss es Hinterstätter durch den Kopf.
Dann begrüßte er sie artig mit Handschlag, wie er das schon unzählige Male mit Hilfe suchenden Menschen getan hatte.
Wie immer war er bemüht, völlig unvoreingenommen zu bleiben und das äußere Erscheinungsbild wenig auf sich wirken zu lassen. Das gelang ihm aber diesmal schwer.
Dieser große stattliche Herr mit den schönen Farben um sich war eine Augenweide, aber die zarte Frau neben ihm hatte nicht nur eine immense, flirrende Aura, sie war auch noch wunderschön, natürlich, sie war ja Vickys Mutter. Er durfte das jetzt nur überhaupt nicht gelten lassen.
„Was kann ich für Sie tun?" Seine Standardformel.
„Das würden wir gerne herausfinden!" Der Ton war ein wenig feindselig, natürlich.
„Dazu muss ich wissen, welches Anliegen Sie haben."
„Das werden doch Sie mir sagen können!"
„Keinesfalls, ich bin kein ... Wahrsager."
„Sie können also keine Dinge vorhersagen? Oder sehen?"
„Ich brauche zunächst eine klare Fragestellung."
„Und ich eine Antwort auf meine erste Frage!"
„Ich kann für Sie Dinge sagen oder sehen, wenn ich Ihr Anliegen kenne und eine klare Fragestellung habe."
„Nun gut, ich ... ich vergesse in letzter Zeit ... recht viel, langsam mache ich mir Sorgen ..."
„Dann setzen Sie sich hier her zu mir und legen Sie ihre Hand auf den Tisch."
„Welche?"
„Welche wollen Sie mir denn reichen?"
Donnenberg legte seine Rechte hin, mit dem Handrücken nach oben, etwas zusammen gekrümmt.
Hinterstätter legte seine darüber und fragte sich, welches Farbenbild ihre Auren jetzt wohl bieten mochten. Zita jedenfalls beobachtete sie mit großen Augen und sehr gespannt. Er musste aufpassen, dass sie ihm nicht wieder IHRE Bilder übermittelte. Er war auf der Hut.

Hinterstätter tat, was er immer tat in diesen Sitzungen. Er freute sich auch ehrlich, Donnenberg sagen zu können, dass er – zumindest in diesem Schnelltest –

nichts Beängstigendes sehen könne. Er versuchte einen kleinen Scherz.
„Das ist ja eine Gesundenuntersuchung, so was ist mir am Liebsten."
„Und das machen Sie unentgeltlich? Nur weil die Leute Sie testen wollen?"
„Och, das sind wenige, die meisten sind wirklich verzweifelt, es kommt eigentlich niemand aus Jux und Tollerei."
„Wir auch nicht, Herr Hinterstätter. Würden Sie das sehen, wenn es so wäre?"
„Wahrscheinlich, wenn ich danach fragen tät, aber ich weiß eh, dass immer auch ein bissl eine Neugierde da is, das macht mir kein Problem, das wird nix verfälschen."
„Sie sind sich Ihrer ... Ihrer Diagnosen aber nicht sicher?"
„Ich bin ein Mensch."
„Ach ...?"
„Ganz so wie Sie und noch ein paar Milliarden. In mancher Hinsicht spüre ich ein wenig mehr, aber das heißt nicht, dass ich nicht auch einmal was falsch interpretieren könnt`. Das ist genau das, was die meisten Mensch tun."
Zita schaltete sich ein, fragte leise nach: „Falsche Schlüsse ziehen aus dem, was sie spüren?"
„Ja, falls sie ihr Gespür überhaupt zulassen."
„Also ...", wollte nun Zita das Gespräch verkürzen, das ihr viel zu theoretisch wurde, „ich hab da noch ein Anliegen, ich hab nämlich einen schlimmen Rücken, wie man hier so sagt, wenn Sie so lieb wären ...?"
Sie tauschte den Sitzplatz mit Albert und legte ihre Hand ganz entspannt mit der Handfläche nach oben auf den Tisch.
Franz scheute sich fast davor, sie zu nehmen. Das passierte ihm selten, aber es war schon vorgekommen. Meist bei Menschen, die dem Tod sehr nahe waren. Er versuchte sich zu wappnen. Was wussten diese Menschen, noch dazu solche, die ihn auch noch testen wollten, denn davon, wie viel Kraft ihn das alles kostete? Wie viel Mut, sich immer wieder in alle diese fremden Leben hineinzuschwingen?
Er hatte sie kaum berührt, da traf es ihn auch schon. Wie ein Vulkanausbruch begann die Eruption ihrer Persönlichkeitsschichten.
Mein Gott, so sehr hast du sie verlassen?!
Er wollte ihr Leid, das jetzt auch ihn traf, herausschreien. Er wollte sich abwenden, sie loslassen, weglaufen.
Er schloss die Augen. Er musste sein Gesicht ruhig halten, seinen Körper in entspannter Haltung belassen. Die Tränen ungeweint zum Versiegen bringen.
Die Frage war falsch.
Gott, WOZU hast du sie so sehr verlassen? - Um ihr den rechten Weg zu zeigen. Und es war gut.
Und nachdem er in wenigen Sekunden ein langes Leben durchwandert hatte, öffnete er die Augen und sah sich Wirbel für Wirbel ihre Wirbelsäule an. Seine Position änderte er dabei nicht, auch die Frau blieb gelassen und aufrecht

sitzen. Ja, sie hatte gelernt, ihr Kreuz zu tragen. Der Rücken war gerade, nicht bereit, sich wegen Kleinigkeiten zu biegen oder zu verkrümmen.
„Die Halswirbel, die oberen Brustwirbel und auch noch zwei Lendenwirbel sind steif, da sind Ablagerungen."
Da er von ihrem Beruf als Krankenschwester wusste, sprach er sehr klar mit ihr, gab ihr Tipps zur Linderung in Form von Bewegungen, die sie alleine oder mit Alberts Unterstützung ausführen konnte.
„Ist das nicht riskant, ohne medizinische Diagnose oder Überwachung?" meldete sich Donnenberg.
„Das sind keine Zerr- und Zugmaßnahmen, wie sie die Chiropraktiker gerne anwenden, das sind normale Bewegungsabläufe, nur ein bisschen gezielter eingesetzt."
Zita nickte. Konnte sie gut verstehen und nachvollziehen.
Hinterstätter wandte sich voller Wärme an sie. Nur für SIE wollte er sprechen, nur IHR vermitteln, dass er sehen und verstehen konnte. Und IHR würde er helfen können, wenn sie es zuließe. „Noch leichter ist es, die alten Muster aufzulösen. Sie brauchen sie ja nicht mehr!"
Zita sah ihn fragend an.
Donnenberg war auf der Hut, das konnte man sehen. Seine Aura streckte sich, schien sich über Zita zu ergießen. Eine große Liebe.

Franz sprach noch leiser, den Professor bewusst ausklammernd.
„Die Demütigungen Ihrer ... Kindheit, die Jugend, die Sie nicht hatten ... Können Sie Frieden schließen mit denen, die Ihnen so Vieles angetan haben?"
Zita sah ihn verwundert an, dann zog sich ein leichter Schleier über ihre Augen. Sie blickte nach innen, weit zurück. Ihr Freund fixierte sie, er war bestürzt. Etwas traf auch ihn, das erkannte Hinterstätter, ohne genauer hin zu sehen. Zita würde gleich ihre Beherrschung verlieren, das kannte Hinterstätter gut, das passierte oft in seinem Häuschen. Zum Glück war Donnenberg da. Aber die Männer hatten beide nicht mit Zitas elementaren Ausbrüchen gerechnet. In einer einzigen raschen Bewegung, die ihre Wirbelsäule eigentlich gar nicht hätte erlauben dürfen, sprang sie auf, drehte sich zur Tür und war schon fast ganz draußen, bis die Zwei auch nur bemerkten, was sie wollte. Nämlich davonlaufen.
Donnenberg hinten nach.
„Warten Sie!"
„Sind Sie verrückt? Was haben Sie da angestellt? Lassen Sie mich ..."
„Nur einen Moment. Lassen Sie ihr die Zeit! Wenn sie jetzt loslässt, wenn sie jetzt Frieden schließt, braucht sie kein steifes Rückgrat mehr."
„Ach zum Teufel!"
„Ach .... wo, es liegt bei ihr, nirgends sonst, und jetzt kann sie alles weg werfen."

Donnenberg war zornig, er wollte dieses Geschwafel jetzt nicht hören. Er drehte sich um und versuchte sich sogleich zu orientieren - wo war sie denn so schnell hin?

Die drei Stufen bis zum Waldboden gaben ihm Gelegenheit, sich an die Dämmerung zu gewöhnen. Seine Ohren stellten sich auf die Geräusche des Waldes ein. Und dann hörte er das Geräusch, das nicht dazu passte. Schluchzen. Oh Gott, wann hatte er Zita jemals weinen gehört?

Er musste jetzt behutsam sein, wollte er nicht noch mehr kaputt machen, als der Waldtrottel bereits angestellt hatte. Er ging langsam auf sie zu, laut genug, dass sie ihn hören konnte, um sie nicht zu erschrecken. Und sie hielt ihm tatsächlich ihre Arme entgegen, wollte in den Arm genommen werden. Diese Gesten waren Teil ihrer sexuellen Gepflogenheiten. Sie hatte ihm einmal gesagt, sie genieße die Sicherheit seiner Umarmung, sie brauche besonders nach ihrer Vereinigung die Gewissheit, dass er mit seiner Größe und Stärke ihr Beschützer sei. Er hatte gelacht, war sie doch eine wirklich wehrhafte, manchmal geradezu bissige kleine Frau und er zwar ein großer Mann, der sich allenfalls mit Worten verteidigen würde, aber sich nicht einmal gegen sie wehren konnte. Sie beharrte, das sei ein weiblicher Instinkt, so alt wie die Welt, und er fragte sich, ob sie wohl schon einmal von den Archetypen C.G. Jungs gehört habe.

Jetzt also suchte sie seine Stärke und er wollte ihr alles geben, was er zu bieten hatte.

Geduld, vor allem Geduld. Er wusste, sie würde jetzt reden, endlich erzählen, wer sie wirklich war. Obwohl es für ihn schon lange nicht mehr wichtig war. Sie war, was sie war. Seine Zita.

Bis dass der Tod uns scheidet.

„Magst du ...", sie wurde noch von Schluchzern unterbrochen und geschüttelt, die aber jetzt durchaus befreiend klangen, „glaubst du, dass du mir zuhören magst?"

Albert nickte, was sie nicht sehen, aber an ihrem Kopf spüren konnte, weil er sein Kinn an ihrem Scheitel bewegte, ohne sie auch nur ein bisschen frei zu geben.

„Also ..."

Zita beschreibt ihren Sinti Clan, wie sie ihn wenig mehr als elf Jahre lang erlebt hat. Die Sicht eines Kindes, und doch abgeklärt, wie Kinder nur sein können, wenn sie täglich um ihr Leben kämpfen.

Nach wenigen Worten schon ist sie wieder bei ihrer Familie, in ihrer Hütte. Alles ist wie es ist, selbstverständlich, alltäglich und doch so vielfältig und geheimnisvoll.

Die Großmutter, die von allen verehrt wird, die Befehle und Segen austeilt und auch mit Schlägen nicht spart. Die Mutter, die sich unter die Alte, den Vater und seine Brüder duckt. Wortlos. Ein Kind nach dem anderen gebiert, wie es erwartet wird. Der Vater, der seine älteste Tochter genau betrachtet, seit sie zehn ist. Jede Veränderung genau registriert.

Da hilft es auch nicht, dass die Mutter ihr alte Lumpen anzieht, um die Figur, die langsam fraulich wird, zu verstecken. Der Vater sieht es. Die Mutter sagt nichts. Als Zita ihre erste Blutung hat, sieht auch die Großmutter sie prüfend an. Dann erteilt sie ihr den Segen, der sie beschützen wird. Und weiht sie in die weiblichen Geheimnisse ein. Von der Großmutter kommen die Anweisungen, wie sie sich nun, als Frau, verhalten muss. Vom Vater kommen die Befehle. Es gilt jetzt, Geld zu verdienen.

Noch einmal durchlebt Zita alle Demütigungen, denen sie ausgesetzt war. Auch die Rituale der Familie, durchwoben von Mystik und Naturverständnis, Sexualität und Lebenswillen. Elementare Bedürfnisse, die befriedigt sein wollten.

Albert hielt sie immer noch ganz fest. Er hatte große Mühe, seine Tränen zu unterdrücken, hätte sie wohl auch fließen lassen, hätte er nicht befürchtet, Zita damit aus ihrer Trance zu reißen. Schmerzhaft oder nicht, jetzt war sie dort, wahrscheinlich das erste Mal seit all den Jahren. Jetzt war es Zeit, dieses Kapitel wirklich zu schließen.

Zita war zu Hause, roch, spürte, empfand. Am schlimmsten war die Verwirrung. Was passierte da alles? Mit ihr, ihrem Körper, all diesen Männern? Welche Geheimnisse lauerten hinter all dem Schmerz? Warum sah ihre Großmutter alles so ruhig an, auch wenn sich die Mutter im Geburtsschmerz wand, wenn Zita zerschunden und zermürbt von den Freiern aus dem Wald kam?

Der Vater nahm das Geld und es war gut, wenn er nicht schimpfte. Ein nettes Wort kannte Zita nicht von ihm. Mit ihren Brüdern ging der Vater manchmal in den Wald, um die dünnen Holzprügel zu holen, mit denen sie Feuer machten. Auch die Brüder waren froh, wenn er sie nicht schimpfte und bemühten sich, die Arbeit alleine zu verrichten. Die Mutter zitterte unter den Schlägen des Vaters und Zita fragte sich, wofür sie gut waren. Die Mutter war in ihren Augen so hilflos wie eines ihrer Babys, was sollte sie schon angestellt haben? Sie, Zita, müsste Schläge bekommen, denn sie hatte sich widersetzt. Hatte nicht, wie von ihm befohlen und von der Großmutter genau instruiert, dem Soldaten Geld und das abgenommen, was er unbedingt in ihr versenken wollte, sondern war, nachdem ihm seine Geldtasche aus der Jacke gerutscht war, schnellstens damit abgehauen. Erleichterung zuerst, er würde ihr nicht wie bei früheren Gelegenheiten wehtun können, weil sie für ihn viel zu flink war und sich im Wald sogar im Dunkeln gut zurecht fand. Später, als sie sich in eine Bodensenke auf den warmen weichen Waldboden kuschelte, kam die Erkenntnis: Er würde wieder kommen. Vorerst sah und hörte sie aber nichts mehr von ihm. Die Rituale, die die Großmutter zelebrierte, waren mit Gerüchen verbunden.

Zita erlebte sie äußerst intensiv. Nie würde sie die Pflanzen und Kräuter vergessen, die für diese Düfte sorgten. Welch unbeschwerte Stunden, wenn die Frauen die Mädchen des Clans mitnahmen in die Wälder, um Pflanzen zu holen. Sollte sie ihre Kindheit beschreiben, hier war sie. Unter den dicken Blattdächern, auf den wunderbaren Waldwiesen. Später sollten auch diese Plätze für sie garstig werden, denn sie musste ihre Freier zu den lauschigsten Stellen bringen, damit sie ihr Geld heraus rückten.
Und dann kam der Soldat zurück, dessen Brieftasche sie unter ihrem Lieblingsbaum vergraben hatte. Er kam wie ein Gewitter, unerwartet und mit geballter Kraft. Der Vater schlug sie vor seinen Augen, bis sie auf den Knien zu ihrem Versteck rutschte und um Vergebung flehte. Der Mann hatte seine Brieftasche und natürlich sein ganzes Geld wieder, was hätte Zita auch damit tun sollen, und seinen Spaß noch obendrein, das konnte man sehen. Seine Augen huschten durch alle Anwesenden, aber kein Mädchen war in Zitas Alter, die Mutter schon wieder schwanger. Allen war klar, was er suchte; Zita in ihrem aufgelösten Zustand erschien ihm wohl gerade wenig begehrenswert, vor allem auch sehr ungewaschen.
Trotzdem schien er mit dem Vater zu verhandeln, der Vater konnte wohl seine Sprache verstehen. Vielleicht auch die Großmutter, aber bei ihr wusste man nie, was sie dachte, sah oder hörte. Zwei Geldscheine wechselten aus der Brieftasche zu ihrem Vater. Zita dachte noch, dass er von ihr hätte alle haben können, hätte er nur ein einziges Mal ein liebes Wort an sie gerichtet. Dann kam eine klobige Pranke zu ihr, schloss sich um ihren Nacken und drückte sie vorwärts, weg von ihrem Heim. Nun denn, jetzt also in den Wald wie üblich, dachte Zita.

Dieses Mal aber war alles anders. Nach einem raschen, groben Deckungsakt im Stehen musste sie den Soldaten auf einem langen Fußmarsch begleiten. Und dann begann Österreich.

Zita war erschöpft. Albert spürte ihr Zittern. Aus. Behutsam zurückführen. Soviel wusste er von Trancezuständen, dass es jetzt auf Ruhe ankam. Die hatte er. Und Liebe. Unendliche Liebe. Nach all den Jahren war es ihm in diesen Minuten erst wieder zu Bewusstsein gekommen, wie umfassend und bedingungslos seine Liebe zu dieser Frau war.

Als sie aus dem Wald kamen erwartete der Förster sie mit einem Schnaps und lud sie zu sich in sein Haus.
„Es ist schon richtig Herbst. Da ist es besser drinnen vor dem Kachelofen, der is grad ein bissl warm von der Früh'."
Ein Friedensangebot, das war allen Dreien klar.
Im Wohnzimmer setzte sich Vicky zu ihnen. Sie hatte sich zunächst sehr davor gescheut, als sie hörte, wer sich da angemeldet hatte. Der Hinterstätter bestand

aber darauf, dass es keine Ausflüchte, Halbwahrheiten, Geheimnisse mehr geben dürfe.

Jetzt schien es ihr plötzlich ganz normal, dass sie sich alle trafen und zusammensetzten.

„Ich möcht' gern wissen, wer uns das eigentlich einbrockt. Das kommt doch net von uns, dass wir uns so angiften, oder?"

„Da sprechen Sie eigentlich genau das aus, was wir auch schon besprochen haben und weshalb wir auch hier sind. WER spielt uns aus?"

„Ich hab da einen Verdacht. Wenn da etwas dran ist, dann betrifft das gar nicht mehr nur unsere depperten Querelen, dann ist das womöglich viel schlimmer und lebensgefährlich. Ich erklär' Ihnen das, wenn sie erlauben."

Die vier Menschen saßen lange, tranken noch einige Schnapserl und viel Wasser dazu und gingen dann schließlich zu Bett, weil Vicky darauf bestand, die Beiden im Gästezimmer unterzubringen.

„Du, Franz, ich hab heute kein Unterkommen. Das Gästezimmer ist besetzt und die Couch im Wohnzimmer zu kurz."

„Ach, jetzt glaub ich fast du hast das alles so eingefädelt, damit du in mein Bett darfst."

„Klar, Verschwörung. Sonst krieg ich dich nie mehr herum."

Sie war bereits im Pyjama zu ihm ins Zimmer gekommen. Jetzt zog er die Decke ein wenig hoch, um ihr Platz zu machen in seinem Bett.

„Ich kann auch auf die andere Seite, da hätte ich ein Bett ganz für mich alleine."

„Vicky, sag, magst du einen alten, schwierigen Eigenbrötler heiraten?" Sie blitzte ihn strahlend an, lustig und verführerisch und eigentlich kein bisschen überrascht.

„Nein!"

„Vicky..."

Mit einer so klaren Absage hatte er wirklich nicht gerechnet. Mit gar keiner, genau genommen.

Wieder dieses Blitzen voller Übermut in ihren Augen, dann wurde ihr Gesicht plötzlich sehr viel weicher, die Augen so glänzend, fast, ja, da waren Tränen in ihren Augen.

„Nein, ich will einen wunderbaren, geistvollen, alles in mir lösenden Mann heiraten."

Wieder so ein Blitzen „Der grad nicht ganz so geistvoll dreinschaut."

„Vicky.."

„Immer noch nicht wirklich geistvoll. Darf die Braut den Bräutigam jetzt küssen?"

Nicken. Verstehen. Und ein Kuss, in dem er sich verlieren wollte, bis Vicky nach Luft schnappte.

„Na, für einen alten Eigenbrötler ..."
„Kann ich's noch ganz gut, oder?"
„Wirst schon wieder eitel? Hast heimlich geübt?"
„Vicky, glaubst du mir, wenn ich dir sag, dass du NICHT eifersüchtig sein brauchst?"
„Hmhm, Kunststück, wenn ich dich so anschau, da müsstest du schon auf einer einsamen Insel mit zwanzig Frauen der einzige Mann ... Au au!" Franz hatte beide Hände um ihren Hals gelegt, obwohl beinahe eine gereicht hätte, und zog sie wieder ganz zu sich heran, um den nächsten langen Kuss zu starten.

32. Kapitel

Matteo, 19. 11. 2007, Favoriten 10., Wien

Vor einem Monat war das alles ins Rollen gekommen. Niemand hatte die Folgen absehen können.

„Matteo liegt in der Neuro Polyklinik, Verdacht auf Epilepsie, von der Disco aus eingeliefert. Hiro hat es mir eben gesagt."
„Ach du Scheiße!" Klaudia überlegte, ging im Kopf ihren Vorlesungsplan durch.
„Hast du mittags Zeit? Dann könnten wir den Hinterstätter anrufen und mal hören, was er dazu sagt."
Christof rief dann auch wirklich an, als sie Mittagspause hatten und schilderte dem Förster kurz, was er wusste.
„Ich ruf dich zurück."
Als dann zehn Minuten später der Anruf kam, klang der Hinterstätter entspannt und sorglos. Nein, keine größeren Probleme zu erwarten. Schöne Grüße an seine Mutter, sie sollten ihn besuchen kommen, wenn der Bub entlassen wurde.

„Keine Probleme? Ein epileptischer Anfall wird vermutet und sie haben tatsächlich einen Fokus beim EEG festgestellt, also einen Unruheherd, und der gute Mann sagt, es gäbe keine Probleme?"
„Jetzt reg dich net so auf, Mama, ich darf morgen raus, alle Untersuchungen sind g'macht, ich fühl mich eh ganz in Ordnung und zu ihm fahren is sowieso immer gut. Da lernt man was."
„Aber das, was du in der Schul' lernst wär' jetzt wichtiger, grad in der Siebten."

„Die Vicky hat einen Kuchen gemacht, den müssen Sie unbedingt kosten, Sie wartet schon, oben im Haus.", erklärte der Hinterstätter und zwinkerte ein bisschen.
Aha, wollte er mit ihrem Jungen alleine sprechen. Auch gut, schließlich konnte sie ihm vertrauen und es war vielleicht tatsächlich besser, wenn sie so von Mann zu Mann sprachen.

„Gänseblümchen" war das Erste, was der Hinterstätter – schon wieder! - sagte, nachdem er Matteo angeschaut hatte. Diese Musterung hatte kaum länger gedauert als das gegenseitige Abtasten bei einer Begrüßung, das war Matteo ja schon geläufig. Nur ist eine Begrüßung meist ausgefüllt mit irgendwelchen Allgemeinplätzen wie „Na wie geht es dir denn immer so?". Bei dem Hinterstätter passierte das schweigend und konzentriert.

Jetzt also dieses Wort, schon wieder die kleine Blume, die Matteo auch ab und zu wie geraten verwendete, aber wahrscheinlich war doch noch ein ganz anderer Sinn dahinter.
Spannend.
„Setzt dich und leg doch bitte deine Hand hier her zu mir."
Matteo hatte noch immer nichts gesagt außer Grüß Gott, das wollte er auch möglichst beibehalten. Was sollte er auch sagen. Er würde besser nichts von seinen aktuellen Geheimnissen verraten.
Sah alles komisch aus hier, aber auch das kannte er ja schon. Der Alte fuhr mit einem Pendel auf einem mit wenigen einfachen Strichen skizzierten menschlichen Körper umher, wie es ihm schien. Dann fixierte er wieder seinen Körper, seine Hand auf Matteos. Langsam, wie fließend und vom Scheitel bis zur Sohle tastete er ihn mit seinen Blicken ab. Nach einigen Minuten, die sich für Matteo unangenehm in die Länge zogen wie in der Schule, sah er ihm wieder ins Gesicht. Jedes Auge kam einzeln zur Betrachtung. Dann stand der Alte auf und stellte sich hinter Matteos Stuhl. Seine Finger legten sich sachte links und rechts auf den Schädel, Mittel- und Zeigefinger jeweils auf der Schläfe. Langsam bewegten sich die Hände jetzt, bis alle Knochenareale sanft betastet waren. Da war kein Druck, der Junge war sich nicht einmal sicher, ob er sich die Berührungen nicht nur einbildete. Irgendetwas spürte er aber, etwas Ruhiges oder auch Beruhigendes, denn er fühlte sich jetzt super, kein bisschen Anspannung mehr.
„Also wie gesagt, Gänseblümchen sind das einzige was du brauchen kannst. Wegen der Pickel sowieso und weil sie dir helfen, dich ein bisserl mehr auf die eigenen Füße zu stellen, gell? Zubereitungen aus der Apotheke oder saubere von der Wiese. Dauerhaft und regelmäßig anwenden, nicht bloß ein bissl ab und zu. Da ruft ihr am Besten noch den Donnenberg an, der sagt das sicher auch und noch viel genauer."
„Sie haben sich versöhnt, irgendwie, oder?"
„Ja, kann man so sagen. Aber wegen deiner Sache, schau, du hast die Schule und gute Freunde und eine liebe Mutter und auch schon ganz viel Ahnung von den Dingen, die man nicht so auf Anhieb sieht. In allen diesen Punkten kannst du versuchen noch besser zu werden.
Deine anderen Versuche kannst du bleiben lassen, deine Wahrnehmungen sind intensiv genug, du irritierst deine Sinne nur damit.
Alles andere, deine Organe und dein armes geschundenes Gehirn funktionieren einwandfrei."
„Echt? Und das Theater, was die in der Klinik g'macht haben?"
Gleichzeitig mit seiner Frage dachte Matteo, dass es ihm eigentlich eh wurscht war.
„Freilich haut das den stärksten Kerl vom Stockerl, wenn man alles das macht, was du g'macht hast. Noch dazu alles auf einmal. Heute sagt man Auslöser

dazu. Freilich sollst du das befolgen, wenn die sagen, du sollst Auslöser vermeiden. Ich sag ja auch, lass den Schmarren, brauchst du gar nicht, echt. Und", jetzt konnte er sich das Schmunzeln, das schon ein wenig hörbar auf seiner Zunge lag, seit er zu sprechen begonnen hatte, nicht länger verkneifen, „ ... simma uns ehrlich, die wissen nicht einmal die Hälfte von dem, was alles deine Sinne in Anspruch genommen haben könnte bis zum Zerreißen oder eben bis so ein Gewittersturm in deinem Schädel nicht mehr zu vermeiden war. Komm', jetzt gemma Kuchen essen."

Die Frauen hatten sich beinahe während der gesamten >Sitzung< über den Lehrer unterhalten, der so eigenartig gegen den Hochstätter agierte und irgendetwas mit Nelly zu tun hatte.
„Das Ärgste ist ja, dass meine Mutter sofort wusste von wem die Rede war, weil sie nämlich den Interview Termin mit der Zeitung ausgemacht hat und zwar mit einem Herrn Landwieser. Das hat sie genau aufgeschrieben. Gekommen ist dann ein anderer und der hat auch den Artikel geschrieben, ein Herr Breitner. Wie wir uns dann bei dem gemeldet haben – also angerufen hat da meine Mutter – hat er gemeint das stimme schon, auf das Thema hätte ihn dieser Hauptschullehrer aus Wien aufmerksam gemacht. Der habe ihm erzählt, dass ein Mädchen aus seiner Klasse ganz böse erkrankt sei, weil die Eltern nur dem Hinterstätter geglaubt hätten und nicht zum Arzt gegangen wären und daraufhin sei dieser Bericht entstanden."
Vicky war ganz schön wütend, das konnte man sehen.
„Und was hat das mit der Nelly zu tun?", wollte Matteo wissen, denn um sie ging es ihm in erster Linie.
Der Hinterstätter wiegte seinen bulligen Kopf in bewährter Manier.
„Schwer zu sagen ... so konkret ... da sind diese Schwingungen ... eben."
„Und was soll oder kann man da tun?"
„Vorsichtig sein, Matteo. Nachprüfen, was da wirklich läuft, wenn das ginge, aber da haben wir ja keine Möglichkeiten ..."
„Man müsst' ...", setzte der Junge an, ließ es dann aber, weil sein Plan sich erst zu formieren begann, das musste er genauer durchdenken und sich alles genau zurechtlegen, dann würde er es dem Hinterstätter sagen ... oder besser nicht, wahrscheinlich ...

„Aber wie ist das jetzt mit den Befunden ...?" Maria ließ den Satz offen. Die Erwachsenen hatten sich nun doch diesem aktuellen Thema zugewandt.
„Die werden beim nächsten EEG schon ganz anders sein. Ich hab das auch lang nicht gewusst, aber bei Kindern und Jugendlichen kommen solche >Anfälle< eher häufig vor und >verwachsen< sich dann."
„Lass es gut sein, Mama, ich hab's dir ja g'sagt, alles voll ok."

Auf der Fahrt nach Wien war Matteo sehr ruhig und auch die Mutter hing ihren Gedanken nach.
Sie hätte Hiro so gerne wieder bei sich gehabt, aber der wollte natürlich bei Sissy bleiben. Nelly war sehr häufig nicht da, Leo konnte nur selten aus Innsbruck anreisen. Alle hatten so ungeheuer viel zu tun. Sie selbst ja auch, aber trotzdem. So hatten sie eben zu überlegen begonnen, ob sie nicht ihre Wohnung aufgeben sollte und mit Matteo zu Hiro ziehen. Noch wagte sie das aber ihrem Sohn nicht zu unterbreiten.
Dessen Planung war schon ziemlich weit fortgeschritten. Er würde sich nämlich Nachhilfestunden holen bei dem komischen Lehrer und dem mal ordentlich auf den Zahn fühlen.
Durch die Fehltage jetzt wegen dem Klinikaufenthalt brauchte er dringend Nachhilfe in ... Mal sehen, was der Lehrer anbot. Das würde er seiner Mom sagen, wenn er mit dem Landwieser gesprochen hatte. Vorher rief er noch bei Sissy an.
„Ich war bei dem Hinterstätter und der sagt, man muss vorsichtig sein. Ich glaub' er meint, dass Nelly in Gefahr ist."
„Ja, das macht mir auch große Sorgen. Ich weiß so oft nicht wo sie ist und sie ... verändert sich."
„Hast du mal was von Karl Herbert gehört?"
„ ... Nun, gelegentlich ruft er an, um sich nach mir zu erkundigen und so, warum?"
„Ach nur so. Ob er sich vielleicht mit Nelly trifft?"
„Das würde sie mir doch erzählen. Also ..., nein, glaub ich nicht."
„Ist ja auch egal. Was läuft sonst?"
„Ich singe fast pausenlos, den ganzen Tag. Es ist mühsam, aber doch, ja, es gibt schon Fortschritte. Wie geht es Klaudia und Christof?"
„Ahh, puhh, keine Ahnung. Die haben den Mega–Studenten–Stress, was weiß ich. Die Klaudia möchte im nächsten Semester abschließen, der Christof hat sich auch noch was mit so einem Kurs angefangen, wo er fast jeden Abend hingeht. NLP heißt das."
„He, toll, kenn ich, super Sache."
„Kann ja sein, aber zeitmäßig ist das nicht super. Hab ihn schon ewig nicht gesehen."
Mhm, dachte Sissy, als sie auflegte, mindesten zwei Wochen ist für so junges Gemüse eine Ewigkeit.
So jung war sie ja leider nicht mehr und in Wahrheit machte sie sich entsetzliche Sorgen wegen Nelly. Abgemagert, ausgezehrt, verwirrt. Sie vermutete, dass die Freundin inzwischen härtere Drogen nahm und war schrecklich im Ungewissen, was sie tun sollte.

Matteo begann gleich darauf mit seinem Nachhilfeunterricht, für den Maria natürlich großes Verständnis hatte. Mathe noch dazu. Da hatte sie gleich noch größeres Einsehen, das war für sie selbst immer schon ein spanisches Dorf gewesen. Favoriten war ganz gut zu erreichen mit dem Roller, den Hiro dem Jungen im Sommer gekauft hatte als Prämie für gute schulische Leistungen.
Jetzt also düste er zu Karl Herbert; an vier Nachmittagen die Woche, Crash Kurs zum Aufholen, was er versäumt hatte.
Matteo log, dass sich die Wände bogen. Mit allen Mitteln versuchte er, das Vertrauen des Lehrers zu gewinnen.
Seine Mutter sei an ihm nicht interessiert, er könne kommen und gehen wann es ihm passe, merke sowieso keiner – die Mitleidstour.
Ganz im Vertrauen, Herr Landwieser, Ihnen erzähl ich das, weil Sie ein toller Kerl sind, ich möchte mal auch harte Drogen probieren – die Verschwörungstour.
Geld spielt natürlich keine Rolle, mein Stiefvater ist in der Verlagsbranche ein ganz großes Tier – die Gewinntour.
Der Lehrer schien auf all das nicht anzuspringen. Mist. Er war eigentlich auch ein ziemlich netter Kerl, aber trotzdem, man musste den Dingen jetzt auf den Grund gehen.

Matteo ergriff die erste Gelegenheit, die sich bot, um ein wenig herum zu schnüffeln. Der Lehrer telefonierte häufig mit seiner Mutter am Festnetztelefon, das ganz altmodisch im Vorzimmer an der Wand hing. Matteo konnte vom Wohnzimmer aus in das Schlafzimmer, mehr Räume gab es nicht. Er hörte die Stimme im Flur deutlich, als er vorsichtig ins Schlafzimmer spähte. Aufgeräumt, da hatte man schnell einen Überblick. Nichts Verdächtiges. Er saß schon lange wieder brav vor seinem Heft, als Landwieser herein kam.
Die nächste Gelegenheit sich ausführlich umzusehen ergab sich bald darauf, als der Lehrer gleich nach seinem Eintreffen meinte, er müsse schnell noch mal in die Schule, weil er Hefte zur Korrektur vorbereitet, aber im Konferenzraum liegen gelassen habe. Matteo bekam seine Übungsblätter und war allein. Toll, darauf hatte er gewartet. Er begann mit dem Schreibtisch. Nichts Aufregendes. Also doch Schlafzimmer. Ein Schrank – Kleidung. Eine Kommode mit vier Schubladen – interessant und zeitaufwändig. Er war gerade bei den Unterhemden, fein säuberlich gestapelt, als der Lehrer hereinkrachte.
„Okay, ich habs mir doch schon gedacht, du Schleimer. Jetzt reden wir mal Klartext."
Scheiße, Mann, ich habs versaut!
Matteo hatte weiche Knie und zittrige Hände, als ihn der Lehrer auf seinen angestammten Stuhl für Nachhilfeschüler drückte und mit dem Verhör begann. Wer ihn geschickt habe und was genau er zu finden gehofft habe und wen er alles informiert habe.

Matteo stotterte herum, versuchte mit nichts sagenden Redewendungen durchzukommen oder zumindest Zeit zu schinden, um zu überlegen. Mit wackligen Knien ist das ganz schwer, mit einem wutverzerrt schwitzenden Gesicht im Abstand von sechs Zentimetern vor dem eigenen gleichsam unmöglich.

„Noch mal, Mann, wer zum Teufel hat dich abgefuckt blödes Idiotenschwein geschickt, ha?"

Geschickt, sickerte es durch Matteos gelähmte Gehirnnerven, warum meinte er, es hätte ihn jemand geschickt? Wer könnte ihn schicken? Nelly? Hatte er doch was mit Nelly zu tun. Versuch. Pokern. Bluffen.

„Eine … eine Nelly hat's meinem Freund erzählt, dass Sie harte Drogen haben. Ich hab ja gesagt, ich möchts probieren, aber Sie wollten mir ja nix geben und da hab ich gedacht …"

„Welche Nelly? Mann, sag schon."

„Keine Ahnung, kenn ich nicht."

So ging das weiter, Matteo blieb hart auf seiner Linie, er hätte nach Drogen gesucht. Stimmte ja auch, solche hätte er auch gerne gefunden als mögliche Beweismittel, dass der Lehrer die vielleicht Nelly verabreicht haben könnte damals in Salzburg. Sie hatte jedenfalls ausgesagt, sie habe bestimmt nichts selbst in ihre Venen injiziert und schon gar nicht etwas entnommen.

„Okay, das reicht jetzt, komm mit und halt bloß die Klappe, sonst werde ich echt ungemütlich."

Noch ungemütlicher geht gar nicht mehr, dachte Matteo. Mein Gott, der kann doch nicht so umspringen mit jedem Schüler, nur wenn der Mal ein bisserl neugierig ist.

Landwieser bugsierte ihn ins Badezimmer und drückte ihn auf den Badewannenrand.

„Da, nimm!"

„Nein! Was is das, he, was soll das!"

Der Lehrer hatte ihm Tabletten hingehalten, gleich fünf Stück.

„Du wolltest Drogen, jetzt kriegst du welche!"

„Was denn, was …?"

„Ein Opiumderivat, fast wie Heroin, nur leichter zu nehmen, jetzt mach schon. Kannst nicht erst groß reden und dann doch deinen Schwanz einziehen."

Mann, Matteo hatte einen Riesenbammel, sah aber auch keine andere Möglichkeit, sich aus der Sache halbwegs herauszumogeln. Jedenfalls wusste er jetzt, dass er auf der richtigen Spur war.

Gut denn, also los, schlucken, Wasser nach, schlucken, bis er alle unten hatte. Nur nicht dran denken, was jetzt in seinem Körper gleich los war.

Herr Hinterstätter, ich war das nicht, ehrlich, ich wollt' das nicht, aber ich hab's unter Zwang für die Nelly getan und für die Sissy – und auch für Hiro.

Weil eigentlich sind wir schon voll ... voll die große Familie geworden und das ist ein ... nämlich eigentlich ... ein tolles Gefühl. Mann, ich glaub, jetzt fangts an, ich ... kann meine Füße nicht mehr sehen ..., Mann wo sind die hin ... alles in der Sch ... Schwebe und ... mir is schlecht, das is ja so schwindlig ... das is ...
„Los, beweg deinen Arsch, ich trag dich nicht, blöder Sack ..."
Jemand zerrte ihn, schob ihn. Er musste die Füße heben, oft die Füße ... welche ... wo waren ... die Füße, heben, immer wieder. Düsenflieger dröhnen entsetzlich laut in seinen Ohren, alles wabert und das ist alles so dunkel und ...
Mann is mir schlecht. Zittern. Kalt.
Schnell wieder die Augen zumachen, war unmöglich, ohh, diese Übelkeit!

Der Bursche kotzte ihm hier alles voll, wenn er nicht aufpasste, aber er hatte ihn nicht auch noch irgendwo draußen deponieren können, das wäre aufgefallen. Heute kombinierten die rasch mit den Daten, die überall abrufbereit waren. Stellten womöglich Parallelen her zu Salzburger Fällen. Also musste er hier aufwachen.
Matteo kam nur sehr langsam wieder zu sich. Fühlte sich wie durch den Fleischwolf gedreht. Unheimlich schwach, müde. Und diese Übelkeit war fast unerträglich.
Der Mann hielt ihm eine Tablette hin. Und Wasser, WASSER.
Der Mann nahm ihm das Glas sofort wieder aus der Hand. Er hatte kaum trinken können, das meiste verschüttet. Tablette, ja, konnte nur besser werden. Wurde es auch tatsächlich.
Er sah sich um. Komischer Raum. Holz, Teppiche, ein paar Decken. Der Mann, er kannte ihn von irgendwo her, der beobachtete ihn genau. „Los, steh auf, wir gehen."
Er zog ihn auf, drehte ihn ein paar Mal, sodass er fast wieder hingefallen wäre, stützte ihn dann und schleifte ihn beinahe ... irgendwohin. Hinunter, oh, er schien pausenlos zu fallen, er torkelte, ihm war wieder so schlecht ... Dann war es besser, er war auf einem Stuhl in einem Raum.
„So, jetzt kannst du wieder was trinken, aber wenig."
Es dauerte dann noch eine gute Stunde, bis Matteo wirklich zu sich kam und realisierte, wo er war und bei wem.

Nachhilfe. Genau. Und dann ... und dann, Mann, traf es ihn wie ein Keulenschlag. Erwischt, er hatte ihn erwischt. Und dann die Tabletten und dann – Filmriss. Wieder ein Anfall? Als er den Anfall gehabt hatte war das auch so gewesen. Oder so ähnlich. Nur hatte er sich nicht so beschissen gefühlt wie jetzt.
„So, mein Lieber, jetzt erzähl mal, wo du überall gewesen bist. Du warst in der Nacht nicht zu Hause und heute nicht in der Schule. Also?"
„Was?!"

Das konnte doch wohl nicht sein! Vierundzwanzig Stunden Filmriss? Das war bei seinem Anfall doch auch nicht gewesen. Er konnte sich das nicht erklären, er musste nachdenken, aber in seinem Hirn war ein Loch und in seinem Mund Watte und in seinem Magen ein schwanzpeitschender Drache und in seinen Gedärmen ein Schwarm Bienen.

Er stand auf. Vorsichtig.
„Ich geh' jetzt nach Hause."
„Ja, dann bis morgen also!"
Als sei nichts gewesen. Der nette Nachhilfelehrer wie immer. Er selber musste spinnen. Das mit dem Fokus, mit dem Unruheherd, das war bestimmt doch schlimmer als gedacht.

Zu Hause fiel er ins Bett.
Abends kam seine Mutter nach Hause und mit ihr Hiro, weil sie überlegen wollten, ob die Polizei zu alarmieren sei und eine Vermisstenmeldung aufgegeben werden sollte.
Matteo hatte einige Stunden Zeit gehab, war eingedöst, aufgewacht, weg geschlafen, sofort wieder schweißgebadet aufgewacht. Und er hatte nachgedacht. Da waren Bruchstücke, an die er sich erinnern konnte. Er war vielleicht bescheuert, aber so sehr auch wieder nicht. Das mit den Tabletten hatte er nicht geträumt. Und in seinen Ellenbeugen waren Einstiche. Das hatte er nicht selbst gemacht. Er hasste Spritzen, er wäre wohl schon beim bloßen Anschauen umgekippt.
Er würde jetzt alles erzählen. Das war ihm zu heiß, das konnte er alleine nicht mehr bewältigen. Also hatte er sich schon ein bisschen vorbereitet auf die Unterredung und war auch gefasst auf die Vorwürfe, die da kommen würden. Die kamen aber nicht, jedenfalls nicht in diesen nächsten Stunden, denn die wurden so turbulent, dass für etwaige Lamentos seiner Mutter gar keine Zeit blieb.

Nach seinen ersten Schilderungen wollte Hiro bereits die Polizei verständigen. Matteo fürchtete aber, sie könnten ihm nicht glauben und ihn wegen Drogenkonsums am Wickel haben.
„Wir fragen Christof und Klaudia, die kennen sich da aus." Auf die fragend zweifelnden Blicke seiner Mutter präzisierte er.
„Die haben in Studentenkreisen ja auch schon mehr gehört als ich, wo ich von Drogen nix mitkrieg'.
Die beiden jungen Leute rückten auch sehr rasch an. Einsatzmäßig, wie Christof betonte. Von Klaudias Fahrweise noch leicht grün im Gesicht.

„Das ist ja voll der Hammer.", war er dann auch der Meinung wie Klaudia, die sich noch gut an ihr mulmiges Gefühl erinnern konnte, als sie vom Hinterstätter gekommen waren.
„Apropos, wir sollten ihn anrufen."
Nachdem sie auch seinen Rat eingeholt hatten – los jetzt, gleich zur Polizei, der hat gewaltig Dreck am Stecken! – begann die Maschinerie zu laufen.
Zuerst waren das schon noch eher Verhöre, dann kamen die Untersuchungen, dann die Gewissheit, dass in seinen Ellenbeugen tatsächlich wenig fachmännisch Nadeln in die Venen eingeführt worden waren. Beidseits.

Die Blutbefunde nahezu identisch mit denen, die bei Nelly gemacht worden waren. Viel zu wenig Blut und viel zu viele Opiate.
Matteo musste erst einmal wieder im Krankenhaus bleiben.
„Was macht der mit den jungen Leuten?"
„Ganz was perverses, vermutlich. Filmriss über vierundzwanzig Stunden, wofür braucht der das?"
Die Untersuchungen wurden noch genauer, peinlich genau, fand Matteo. Gleichzeitig war eine Hausdurchsuchung angeordnet worden und die Wohnung des Lehrers wurde auf den Kopf gestellt. Es wurde aber nichts gefunden. Nicht mal ein Staubkorn.
„Das is auch schon verdächtig.", sagte der Beamte mit der Glatze, der ständig bei dem >Opfer< Wache schieben musste.
„Erinnere dich genau zurück. Wo bist du aufgewacht, wie war das, warst du die ganze Zeit bei dem Landwieser in der Wohnung?", verlangte der andere, der mit der geilen Lederjacke, zu wissen.

Matteo ließ den Film noch einmal ablaufen, wieder und wieder, bis er einschlief. Dann schreckte er auf und wusste, was er gerade gesehen hatte und dass das ungeheuer wichtig war. Also besser das gesamte Krankenhaus herbeibrüllen, damit die Lederjacke hier schleunigst antanzte.
„Holz, da war viel Holz und Teppiche und Decken. Wir sind ... ich musste die Füße heben, nein runter ... oder ... nein heben, aber ich bin fast runtergefallen ..., also irgendwo oben, oder unten ..."
„Hör zu, konzentrier' dich: Bist du auch nach draußen gegangen?"
Matteo dachte nach und hörte nebenbei, wie die Glatze Anweisungen bekam – Keller, Dachboden, Hausmeister, zur Not Feuerwehr ...
„Also?"
„Ich weiß nicht, ich konnt' irgendwie nix sehen, alles so ..."
„Pass auf: War da Wind, hat dir da Wind ins Gesicht geblasen, war da ein Luftzug, das müsstest du gemerkt haben, sag schon, war da Wind?"
„Nein, da war nichts, nur rauf ... oder runter."
„Geräusche, konzentrier' dich auf Geräusche!"

Matteo schüttelte den Kopf, da war er sich ganz sicher, da war nur das Rauschen in seinen Ohren, das Dröhnen. Fehlanzeige.

Die Hausdurchsuchung war inzwischen auf das zur Wohnung gehörende Kellerabteil ausgedehnt worden und dann begaben sich die Beamten in den Dachboden des Hauses. Der Lehrer sagte, der Dachboden werde von den Mietparteien nicht benützt und er sei noch niemals da oben gewesen, das könnten sie sich und ihm ersparen.

„Gut, erspar'n wir Ihnen, bleibenS ruhig da, der Herr Penz leistet Ihnen Gesellschaft und wir schauen nur grad hinauf, der Ordnung halber.", sagte Herr Jung.
Karl Herbert unterhielt sich dann auch recht angeregt mit dem jungen Beamten. Wie man zur Polizei kommt, welche Aufnahmekriterien und welche Ausbildungen und welche Aufstiegschancen.

Klaudias Vater hatte sich den Hausmeister geschnappt und war mit seiner Truppe von der Spurensicherung Stufe für Stufe nach oben gestiegen. Schnauf. Konnte ein völlig weggetretenes Knäblein hier nach oben, selbständig? Oder hatte er ihn getragen? Lift vermutlich nicht benützt, damit kein Hausbewohner zusteigen und etwas bemerken konnte. Oder auch gar nix.
Der Hausmeister sagte nicht viel, verstand auch nicht viel, hatte aber alle Schlüssel. Wegen Feuerwehr und so, machma alles richtig, gute Mann. Der Dachboden war niedrig und praktisch leer bis auf einen Bretterverschlag in der rechten Ecke. Vorhangschloss, abgeschlossen. Aufsperren bitte. Der Hausmeister war überfordert. Der Mann mit dem weißen Overall nahm ihm den Bund aus der Hand. Ein Blick genügte, da war kein passender Schlüssel dabei. Zange. Der Hausmeister war jetzt schockiert.
Die wollten doch tatsächlich Gewalt anwenden. Durften die das? „Bitte, mussi Besitzer …"
„Ja, später."
Das Schloss sprang auf. Dumpfe Luft da drinnen und finster. Holz, Teppiche, Decken. Deckenberg in der Ecke. Ein Fuß, der den Berg ein wenig beiseite schieben wollte. War aber etwas Schweres darunter.
„Halt, da hamma wen drunter!" Rasche Handgriffe, Befehle. Decke weg, regloser Frauenkörper. Warm. Lebt, atmet. Notarzt, sofort.

Karl Herbert hörte das Martinshorn näher kommen. Gehetzter Ausdruck in seinen Augen. Herr Penz wurde aufmerksamer. Gerade gelernt. Psychologie. Ablenken. Sprechen. Aufstehen, Richtung Tür, Fluchtwege abschätzen und den wahrscheinlichsten sichern. Stoßgebet.

Hatten sie nicht gelernt, war aber jetzt gefragt. Sprechen, sprechen, beschäftigen. Poltern draußen. Stoßgebet geholfen, Gott sei Dank!
„Halt!" Jetzt fängt doch der Trottel glatt zu laufen an, wo doch schon alles zu spät ist ... wenn ich jetzt schießen muss, nein bitte ...!

Der alte Jung war sehr behände, wenn er wollte. Landwieser war in sicherem Griff, bevor der es so Recht merkte und Penz aus seiner Erstarrung fand.
„Ab jetzt, ich möchte' ihn gleich verhören, wenn wir im Kommando sind."

„Erst die Tabletten, dann weniger Blut, dann die Dosis, die muss nicht so riesig sein dadurch, ideal zum schnellen Absturz. Ich hab's ja lang genug bei mir g'macht, ich weiß das schon, wie das geht ohne bleibenden Schaden. Die haben mich ja alle Zwei so angefleht, die wollten das unbedingt, ich wollt' denen ja nur helfen."
So ging das dahin. Schwer zu knacken, der Knabe.
„Die ganz schlimme Sorte", stellte der Jung fest, „wenn die jemanden finden, der labil genug ist ...", und dachte dabei an seine Tochter.

Nelly war noch nicht vernehmungsfähig.
Sie sei in einem kritischen Zustand, sagten die Ärzte nach einer ersten >Bestandsaufnahme< mit Blutwerten und Untersuchung der Körperfunktionen. Sie dürfte in den letzten Tagen oder vielleicht sogar Wochen permanent unter hohen Dosen Heroin in Verbindung mit Alkohol und Morphiumtabletten gestanden sein, das würde man nicht lange überleben.
Die Tabletten, gab Landwieser sofort zu, seien harmlos, die bekäme er ständig verschrieben, weil er doch ein Dauerschmerzpatient sei. Neuralgien, im Kopf und in der Hand, da hätte auch eine Operation nichts genützt, aber die Tabletten seien gut. Müsse er leider ständig nehmen.
„Eine halbe nimmt den Schmerz, eine zur Dauermedikation, wenn du's schon gewöhnt bist, zwei machen dich groggy und die Fünf von dem Jungen hätten ihm schon den Rest geben können.", war aber die Einschätzung des Arztes. Auch zum Hinterstätter fuhren sie, denn der wisse etwas, sagten alle Beteiligten.
„Ja, dann muss ich jetzt etwas gegen ihn aussagen, oder? Also ... das ist jetzt bestimmt schon zehn Jahr' her. Ich, also, es hat mich noch kaum jemand gekannt, aber von meiner Nachbarin die Schwester hat ein Problem mit ihrem Sohn gehabt. Der war in Wien in der Pädagogischen Akademie und ganz arm, weil er so etwas wie Migräne gehabt hat und dann hat er Tabletten bekommen und von denen war er immer ganz weg und die gute Frau hat dem nicht getraut und gemeint, die bringen ihn noch um damit. Da hat sie ihn halt zu mir geschickt.

Und wie ich mir den so anschau merk ich, dass der wirklich komplett verseucht ist mit allen möglichen Substanzen, die net in unseren Körper gehören. Der Kerl dürfte etwas Ähnliches bei sich gemacht haben wie jetzt bei der Nelly und dem Jungen, jedenfalls hat er mir so nach und nach allerhand erzählt und dass er eh aufhören möcht' und ein guter Lehrer werden und so und wenn ich ihm net helfen könnt' dann müsst er ja auf Entzug in eine Anstalt und mit seinem Lebensweg sei es vorbei. Und angefangen hätt' das sowieso alles mit der Schmerztherapie und die Ärzte seien schuld aber da kann man ja nix machen, wenn die einem was sagen und verschreiben.
War einleuchtend.
Na ja, gemeinsam haben wir das hingekriegt. Er war eh stark, der Bursche, und diszipliniert, und so ist er clean geworden. Hab nicht kommen sehen, welche negativen Kräfte er entwickeln würde."
Die Polizei zog ab, der Hinterstätter war trotzdem am Boden zerstört.
Dass ihm das passiert war, das würde er sich nicht verzeihen!
„Die Nelly muss zu mir und wir müssen einen Entzug machen.", sagte er zu Vicky.

Nelly war inzwischen wach und sehr verstört als sie hörte, dass Karl Herbert verhaftet worden war, aus der Untersuchungshaft auch nicht entlassen werden würde und auf seinen Prozess warten musste.
Sie sagten ihr nicht, dass schon gemunkelt wurde, er würde in eine Anstalt für geistig abnorme Rechtsbrecher kommen, weil er so langsam seine psychotischen Züge zeige.
Sissy saß fortwährend an ihrem Bett, aber auch sie wurde nicht schlau aus dem, was Nelly stammelte.
„Ich liebe ihn, ich liebe ihn, er sagt mir immer genau, was ich tun muss, er ist so gut, so stark, ich liebe ihn, lasst ihn zu mir …"
Erst am vierten Tag in der Klinik war sie einigermaßen vernehmungsfähig. Sissy durfte dabei bleiben um zu übersetzen, wenn nötig. Es war aber nicht anders als bisher, nur etwas klarer.
Heute nun saßen sie alle zusammen. Alle außer Nelly.
„Sie liebt den Karl und sie haben sich sehr oft gesehen, sie hat das aber verheimlicht, weil er gesagt hat, sie soll die Sissy nicht beunruhigen. Totale Hörigkeit, sagen die Ärzte. Er hat sie in mehrfachste Abhängigkeiten getrieben. Bewusst und systematisch, sagt die Polizei.", erklärte Klaudia, die von ihrem Vater die Insider Informationen hatte, die sie natürlich nicht weitergeben durfte.
„Aber warum, warum, warum?"

Sissy war so verzweifelt, sie tat allen am meisten Leid, weil sie sich entsetzliche Vorwürfe machte. Nelly hatte ihr so sehr geholfen und sie glaubte nun versagt zu haben, weil sie ihre Freundin nicht gerettet hatte vor diesem Wahnsinnigen.

„Er tickt nicht richtig, wir haben das schon vermutet wegen der Anschuldigungen gegen Hinterstätter. Aber du hättest nichts tun können, Nelly hat dich ausgeschlossen, das ist so bei Abhängigkeiten.", sagte Klaudia.
„Sie wird von all dem los kommen und wieder ganz die Alte, wirst schon sehen.", tröstete sie ihr Vater.

33. Kapitel

Leo, 22. 12. 2007, Mariahilf 6. Bezirk, Wien

Endlich war Leo wieder in Wien. Einige Wochen, in denen Sissy wieder etwas aufleben würde. Hiro seufzte. Seinem Mädchen war wohl kaum etwas erspart geblieben. Und doch, dieser junge Mann war der große Lichtstrahl in ihrem Leben.
Leonhard Kreutzer mit dem gesunden Charakter.
Er ist wie ineinander verschachtelte Blätter, wie eine Zwiebel, die ihre Entwicklungsstadien damit symbolisiert. Er macht unzählige Erfahrungen, kann sich aber aus dem Bauch heraus orientieren und trotz der Vielschichtigkeit der Welt zurechtfinden. Wenn die Reize gar zu viele werden blockt er ab, denn Überforderungen kann er eher schlecht verkraften.
Das, hatte Sissy gesagt, sei besonders clever, dass er genau wisse, wie er seine kleinen Schwächen ausgleichen könne.

„Weißt du, Dad, seine Gefühle sind so vielfältig. Er hat ein solch luftiges und heiteres Wesen. Er lässt, wenn er sich ihrer sicher ist, seinen Gefühlen freien Lauf und ist offen und ohne Vorurteile.
Dabei orientiert er sich aus dem eigenen Licht seines inneren Lebens heraus, aus dem Fluss seiner Empfindungen.
Mit frischem Mut erholt er sich selbst von Traurigkeit oder Krankheit und kann das auch bei anderen erreichen.", hatte Sissy im Sommer ihren Leo in höchsten Tönen gelobt.
Das kann er jetzt hoffentlich auch für dich tun, meine Kleine, dachte Hiro. Sie wollte ihre ganze Kraft nur für die Freundin einsetzen und das zehrte an ihr.

Sissy hatte Nelly täglich im Krankenhaus besucht, hatte ihre Hand gehalten, wenn sie sich unter Schmerzen wand und war da gewesen, wenn ihre Fantasie sie zu begraben drohte. Schließlich hatte sie ihr Malutensilien gebracht.
„Du hast auch früher deine Seele gemalt. Tu es jetzt."
Und Nelly malte.
„Dad, die Bilder sind so schrecklich! Ich kann sie nicht ansehen, ohne verrückt zu werden."
Hiro sprach mit dem Hinterstätter darüber.
„Sie soll sie auch nicht ansehen. Es ist nicht ihre Welt."
„Lieber Franz, sag es mir, wird Nelly wieder …?"
„Nein, nein, … es ist uns nicht gestattet in die Zukunft zu sehen, das hat einen guten Grund!"
Nach diesem Gespräch mit Hiro war der Hinterstätter aber sehr traurig.

„Dad, sieh' mal, heute ist das Bild ganz anders und sie hat es mir geschenkt. Sie hat gesagt, sie habe es extra für mich gemacht."
Die Farben, der Ausdruck, das war die alte Nelly, das wusste auch der Vater.
„Sehr gut, das lässt uns hoffen, was?" Sissy fand sofort den richtigen Platz für das Bild im Wohnzimmer und sie betrachteten es noch oft an diesem gemütlichen Abend.

Am nächsten Morgen wurde Nelly tot aufgefunden. Sie hatte sich alles gespritzt, was es am Bahnhof zu kaufen gegeben hatte.
Aufruhr in der Klinik, weil eine Patientin entwichen war, Aufruhr in Sissys Herz, denn sie hatte verstanden.
Da hing es jetzt, Nellys Abschiedsgeschenk, und sah so süß und lieblich aus.
Pimpinella, die gute Fee, hatte ihre Gabe hinterlassen.
Pimpinella, die Luftige, die in dieser erdigen Welt keinen Platz hatte finden können.
Sissy musste wieder an ihre eigene Generalprobe im Sterben denken.

„Ich habe sie wie eine Schwester geliebt.", bekannte sie, als ihr Lieblingstherapeut endlich die Arme um sie schloß und sie ihm die erdrückende Traurigkeit ihrer Welt erklären wollte.
„Es gibt keinen Grund, es jetzt nicht mehr zu tun.", gab Leo ihr zu bedenken.

Später, als Sissy alle ihre Gefühle in Weinen, Schreien und auch Lachen ausgedrückt hatte, sprachen sie in Ruhe und noch sehr viel eingehender über das Wesen der Liebe.
Leo zeigte auch hier überraschende Einsichten.
„WEN wir lieben ist nicht nur wegen der besonderen Umstände, unter denen das Kennen lernen stattfand ein bedeutsamer Zufall, sondern auch wegen der inneren Bedeutung, die wir in unseren Geschichten erkennen.
Wir wollen eigentlich immer die Einheit anstreben, doch wir wissen es nicht und widersetzen uns oft.
Da gibt es die Seele, den Körper, den Geist, aber wir sehen so wenig.
Ein Teil bleibt im Schatten.
Drei Teile sind in mir, in dir und in jedem Menschen: Der, den ich sehe, der, den du siehst und der, den wir beide nicht sehen. Das ist der Schatten.
In der Annahme des abgelehnten Schattens besteht der erste Schritt zur Individuation, sagt man.
Wenn nun jemand deinen Schatten besser erkennen kann als du selbst – was ja außen stehend schnell einmal leichter ist – dann lass es zu, dass er dich aufmerksam macht, wenn du wirklich Erkenntnis erlangen willst."

Wir werden Frieden finden,
wir werden den Engeln lauschen
und den Himmel sehen
funkelnd von Diamanten.

Anton Tschechow

Personen–Glossar der Signaturen

Hiro (Hieronimus) Fielding: Baldrian

Erna Fielding: Kamille

Elisabeth (Sissy) Valerie Fielding: Hanf

Maria Huemer, geschiedene Rizzardi: Weißdorn

Matteo Rizzardi: Majoran

Franz Hinterstätter: Kümmel

Rosa Hinterstätter: Sonnenhut

Roman Hinterstätter: Mohn

Erwin Rencker: Stiefmütterchen

Pater Bernhard: Sonnenblume

Leonhard Kreutzer: Fenchel

Karl Herbert Landwieser: Wermut

Nelly (Eleonore) McDougal: Anis

Christof Reitmeier: Brennnessel

Klaudia Jung: Hopfen

Albert Donnenberg: Angelika oder Engelwurz

Zita Bacher: Löwenzahn

Anna Viktoria Bacher: Johanniskraut

Die Trilogie

Die Saga um ein matriarchalisch geführtes Familienunternehmen umspannt den weiten Bogen nicht nur verschiedenster europäischer Länder und deren Geschichte mit sehr unterschiedlichen Kulturen, sondern auch die Generationen und ihre Weltsicht innerhalb eines ganzen Jahrhunderts.

Die literarische Besonderheit: Wortwahl und Sprachmuster passen sich nicht nur den Personen und Ländern an, sondern auch der Zeit – 1958 wurde anders gesprochen als 2002. Gerade der erste Band gibt deshalb ein interessantes Bild der rasanten Sprachveränderung im 20. Jahrhundert.

Heidi Pexa

Band 1
Die Vision - Die Gudrun Geschichte

Gudrun flüchtet in den 70er Jahren des 20. Jhdts aus einer behüteten „spießigen" Kindheit und Jugend in ein abenteuerliches Leben „am Balkan". Auf der Flucht vor Mann und Krieg verfolgt sie zielstrebig ihre Vision vom keltischen Erbe.

416 Seiten, 13,5 x 21,2 cm,
Hardcover, Schutzumschlag
ISBN: 978-3-9502434-1-3

Die Fernsehserie zur Romantriologie geht demnächst in Produktion - Sichern Sie sich schon jetzt die Bände 2 und 3 zu den TV-Folgen!

Weitere Informationen zur Triologie, der Fernsehserie und den geplanten Hörbüchern finden sie auf www.albatrust.at

Heidi Pexa

Band 2
Die Möglichkeit - Karolines Geschichte

Gudruns Tochter Karo wird die Triebfeder des Unternehmens. Neue Ideen, alternative Materialien, für alles trägt sie die Verantwortung. Unterstützung kann sie nur schwer annehmen. Sie braucht lange, erlebt Enttäuschungen und Niederlagen, bis sie sich an ihr keltisches Erbe, die Vision ihrer Mutter, erinnert und ihre Möglichkeiten darin sieht.

384 Seiten, 13,5 x 21,2 cm,
Hardcover, Schutzumschlag
ISBN: 978-3-9502434-2-0

Heidi Pexa

Band 3
Die Grenze - Alinas Story

Karos Baby ist da. Karo bringt Keltic design auf Erfolgskurs. Alina kann mit der Power – Unternehmen – Strategie ihrer Schwester und dem Leistungsdruck für alle nichts anfangen. Sie wird übersehen und übergangen, bis sie ein starkes Zeichen setzt.

384 Seiten, 13,5 x 21,2 cm,
Hardcover, Schutzumschlag
ISBN: 978-3-9502434-3-7

Adelheid Fitzinger
Das etwas andere Familienmodell
... oder von der Unnötigkeit der Väter

Adelheid Fitzinger arbeitet seit vielen Jahren im Bereich Kinder, Jugend und Familie.

Das etwas andere Familienmodell hat sie vor Jahrzehnten – zunächst notgedrungen - entworfen und mit wachsender Freude und Selbstwertschätzung auch gelebt. Jetzt geht sie deshalb damit an die Öffentlichkeit, weil vermehrt der konträre Standpunkt „Frauen zurück an den Herd" vertreten wird und ihr jedes Mal die Galle überläuft, wenn es denn so gemeint ist, wie es gesagt wird.

Lassen Sie sich von ihren Ideen und Erlebnissen überraschen und unterhalten. Es erwartet Sie kein erhobener Zeigefinger, sondern eine Praxis bezogene Schilderung, wie „es" auch gehen kann mit Kindern....und ohne Schuldzuweisungen!

Sollte Sie das Buch nicht amüsieren, Sie keine Anregungen erhalten und keine AHA Erfahrung aufblitzen, bringen Sie es zum Buchhändler zurück. Sollte es sich um eine BuchhändlerIN handeln, fragen Sie sie, was Sie wohl falsch gemacht haben; Sie wissen, es gibt für alles Gebrauchsanweisungen.

Sollten Sie an einen BuchhändlER geraten, können Sie an diesem lebenden Beispiel testen, wie weit es mit der Konfliktfähigkeit, dem Teamgeist oder der Beziehungswilligkeit usw. usf. her ist.

320 Seiten, 16,5 x 24 cm, Hardcover
ISBN: 978-3-9502434-5-1